치매예방과 국민건강증진을 위한

노인건강운동 이론과 실제

이광재 김미숙 김경란 김은주함께지음

엘맨출판사

■ 차 례

노인건강과 체육

생활수준의 향상과 의학 기술의 발달로 인간의 평균수명은 연장된 반면, 건강수명은 단축되면서 노인의료비가 개인은 물론 국가적 차원의 문제로 부각되고 있으며 사회적 역할상실 등으로 증가된 여가시간의 활용이 삶의 질과 밀접한 관계를 형성하게 되면서 건강 유지와 삶의 질 향상에 노인의 체육활동이 사회적 관심사로 부각되고 있다.

그러나 우리나라 노인의 체육활동 참여는 일본 등 선진 국가에 비해 매우 낮은 실정이다. 이는 다른 나라에 비해 빠르게 증가 하고 있는 노인인구에 대한 사회적 전반적인 대책 부족과 노인 체육 관련 정책 및 사업의 부족 등에서 그 원인을 찾을 수 있을 것이다.

우리나라 노인 인구는 세계에서 유래를 찾을 수 없을 만큼 빠르게 증가 하고 있다. 우리나라의 65세 이상 고령인구의 비중은 2014년 인구 10명 중 1명(12.7%) 2040년은 인구 10명 중 3명(32.3%)로 늘어날 전망이다.

통계청이 발표한 '2014년 한국의 사회지표'에 따르면 우리나라 총인구는 5042만 4000명으로 전년대비 0.004% 증가 했다.

□ **(고령인구)** 2015년 우리나라 65세 이상 인구비율은 13.1%이며, 2030년 24.3%, 2040년 32.3%, 2060년 40.1%로 지속적으로 증가 전망

  ○ 노령화지수_{유소년인구 100명에 대한 65세 이상 인구}는 1990년 20.0명에서 2015년 94.1명로 4.7배나 증가하였으며, 25년 후인 2040년에는 현재의 3배 이상 증가하는 288.6명이 되어 인구 고령화는 빠른 속도로 진행 될 것으로 전망

【 인구규모와 인구성장 】

(단위 : 천명, %, 세, 해당인구 100명당)

	총인구	인구 구성비(%)			인구성장률	중 위 연 령	노 년 부양비[1]	노령화 지수[2]
		0~14세	15~64세	65세 이상				
1990	42,869	25.6	69.3	5.1	0.99	27.0	7.4	20.0
1995	45,093	23.4	70.7	5.9	1.01	29.3	8.3	25.2
2000	47,008	21.1	71.7	7.2	0.84	31.8	10.1	34.3
2005	48,138	19.2	71.7	9.1	0.21	34.8	12.6	47.3
2010	49,410	16.1	72.8	11.0	0.46	37.9	15.2	68.4
2014	50,424	14.3	73.1	12.7	0.41	40.2	17.3	88.7
2015	50,617	13.9	73.0	13.1	0.38	40.8	17.9	94.1
2030	52,160	12.6	63.1	24.3	0.01	48.5	38.6	193.0
2040	51,091	11.2	56.5	32.3	-0.39	52.6	57.2	288.6
2050	48,121	9.9	52.7	37.4	-0.76	55.9	71.0	376.1
2060	43,959	10.2	49.7	40.1	-1.00	57.9	80.6	394.0

자료 : 통계청, 「장래인구추계」 2011.12.
주 : 1) 노년부양비 = (65세 이상 인구/ 15~64세 인구) × 100
    2) 노령화지수 = (65세 이상 인구/ 0~14세 인구) × 100

○ 노년부양비^{생산가능인구 100명에 대한 65세 이상 인구}는 2015년에 17.9명에서 2060년에는 80.6명이 되어 4배 이상 증가 예상

< 노년부양비 및 노령화지수 >

자료 : 통계청, 「장래인구추계」

□ **(연령계층별 구조 변화)** 2060년 생산가능인구(15~64세)와 유소년인구(0~14세)는 각각 2015년 규모의 59.2%^{36,953천명→21,865천명}, 63.5%^{7,040천명→4,473천명}에 불과한 수준으로 감소 전망

< 인구 연령구조의 변화 >

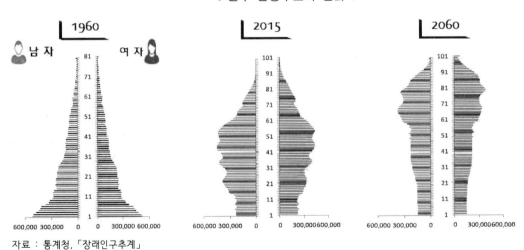

자료 : 통계청, 「장래인구추계」

< 연령계층별 인구 구성비 >

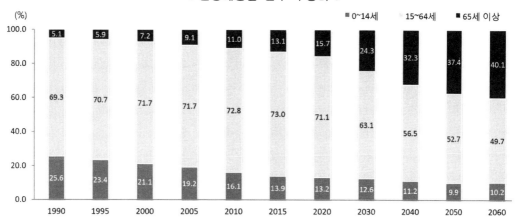

자료 : 통계청, 「장래인구추계」

이렇듯 노인인구가 매년 빠르게 증가하고 노인평균수명이 연장되면서 국가는 고령사회 진입에 대비한 다양한 노인대책이 요구되고 있다.

노년기 체육활동을 통하여 대두분의 노인이 겪고 있는 생리적 노화현상을 지연시키고 심리적, 사회적, 고립감과 고독감을 감소시켜 우리나라의 노인들이 행복한 노후 생활을 영위 할 수 있도록 도움을 줄 수 있는 노인건강운동 지도자를 양성하고자 한다.

Ⅰ. 노인의 이해

1. 노인의 개념

1) 노인이란

노인이라는 용어는 일반적으로 흔하게 사용되는 말이면서 그 개념을 일률적으로 정의하는 것은 단순하지 않다. 왜냐하면 노인이란 용어에는 심신기능의 쇠퇴인 늙어가는 현상, 즉 노화라는 의미와 시간의 흐름에 따라 물리적, 기계적으로 측정되는 달력상의 나이, 즉 역연령 이라 는 두 가지 의미가 포함되어 있고 아울러 노인이 처해 있는 역사적, 사회 적, 문화적 영향도 받기 때문이다.

일반적으로 나이가 많으면 노화 현상이 오고 노화한 사람은 나이가 많다고 할 수 있겠으나 이를 모든 사람에게 적용할 수는 없으며, 개인이 처해 있는 환경과 경제적, 사회적, 문화적 상황에 따라 개인차가 크다고 할 수 있다.

이와 같은 노인의 정의에 대한 어려움 때문에 우리나라의 노인복지 관련서적에서는 노인을 정의할 때 1951년의 국제노년학회와 브린(L.Breen)의 정의를 주로 인용하고 있으며 전자에서는 노인이란 인간의 노화과정에서 나타나는 생리적, 심리적, 환경적 변화 및 행동의 변화가 상호작용을 하는 복합 형태의 과정에 있는 사람 이라고 규정하였고, 후자는 노인을 생리적, 생물학적 면에서 쇠퇴기에 있는 사람 심리적인 면에서 정신기능과 성격이 변화되고 있는 사람, 사회적인 측면에서 지위와 역할이 상실되어 가는 사람이라고 정의 하였다.

또한 인간은 성장함에 따라 신체구조의 변화, 사고의 변화, 행동의 변화가 일어난다. 그리고 태아기, 유아기, 학령전기, 아동기 및 청소년기를 거쳐 청년기, 장년기, 노년기로 접어들게 된다. 사회복지적 관점(주: 이인정.최해경, 「인간행동과 사회환경」나남출판)에서는 노년기를 60~75세의 노년전기와 75세 이후인 노년기 후기로 구분하여 분류하기도 한다. 그러므로 노인을 전반적으로 이해하기 위해서는 노인의 본질 및 시대적 · 사회적 · 정치적 · 문화적 · 경제적 배경에 대한 이해 및 노인에 대한 전통적, 일반적 개념과 현재의 상황, 그리고 미래에 대한 예측까지를 포함하여야 한다

흔히들 "노인(老人)"이라고 하면 말 그대로 "나이가 들어 늙은 사람" 을 의미한다. "노인(老人)"에는 "늙음"이 전제가 된다. 나이든 사람에대한 일반적

호칭으로 "노인(老人)"을 가장 널리 사용하고 있다. "고령자(高齡者)"라는 용어는 노인만을 지칭한다기보다는 장년층에서 노년층까지의 보다 넓은 인구를 통칭하는 경우에 주로 사용된다.

우리나라에서는 예부터 회갑(回甲)의 시기를 일반적으로 '노'에 들어서는 단계로 생각해 왔으며, 인생 70을 '고래희(古來稀)'라 하였다.

노인에 대한 존경의 의미를 담고 있는 용어로 우리의 옛글에서는 "아주 큰 아버지와 같은 존재"라는 의미를 지닌 "한아비"라는 용어가 사용되었다. 영어권에서는 늙은사람(older person), 나이든 사람(aged), 연장자(elderrly), 선배시민(senior citizen), 황금연령층(golden gae)이라는 용어가 사용되고 있다. 프랑스에서는 적극적인 노후생활을 영위한다는 의미로 제3세대라는 용어, 중국의 고전인 '예기(禮記)에는 50세를 애(艾), 60세를 기(耆), 70세를 노(老), 80~90세를 모(耄)라고 했으며, 모두 두발(頭髮)의 변화상태에 따라 '노'의 단계를 구분하였으며 일본에서는 실버(silver) 또는 노년이라는 용어를 노인이라는 용어와 함께 사용하고 있다. (주: 권중돈, 「노인복지론」 학지사)

2) 연령에 따른 개념

① 생물학적 연령 : 개인의 신체적 · 생리적 변화와 기능 정도에 따른 연령.

초령 노인 (55세~64세)	활력이 있고 유능한 그룹으로 은퇴를 하였거나 직장과 가정에 대한 시간적 투자를 줄인 노인들로 재정적으로 안정되었으며 상당한 교육을 받았고 시간을 의미 있게 활용하는 방법을 찾는다. 또한 사회적으로 중요한 자원으로 인식되며, 정치적 · 사회적 · 경제적 요구가 활발하다.
고령 노인 (65세~74세)	대부분의 퇴직자가 해당하며 신체적 · 정신적 · 사회적 상실을 경험하고 사회적 지지와 건강에 대한 서비스를 가장 필요로 하는 집단이다.
초고령 노인 (75세 이상)	신체적으로 노쇠하고 질병에 걸린 경우가 많으며 사회적 활동이 어렵다. 대부분 경제적으로 곤란하며 가정적 · 사회적으로 고립되어 있다

(뉴가르텐/Neugarten)의 [미국 노인의 생물학적 연령과 사회적 건강의 특징]연구)

② 자각 연령 : 개인이 가지고 있는 주관적인 평가에 따른 연령
③ 역연령(曆年齡) : 달력상의 계산으로 60세 혹은 65세 이상을 노인이라한다.
④ 행정적 규정에 따른 연령
　　㉠ 노인복지법, 생활보호법 : 65세
　　㉡ 전통적 개념 : 회갑 (60세)

노인에 대한 정의를 한마디로 정의하는 것은 매우 어렵다. 노인(老人)이란 "노화의 과정 또는 그 결과로서 신체적, 생리적, 심리적, 사회적 기능이 약화되어 자립

적 생활능력과 환경에 대한 적응능력이 약화되고 있는 사람"이라고 규정 할 수 있다.

※ 우리나라에서 말하는 노인의 범위(법령에 따라 상이함)
 − 노인복지법 : 만 65세 이상인자를 노인으로 규정(노인의 법정연령)
 − 국민연금법 : 60세부터 노령연금 급여대상자로서 노인으로 규정
 − 고령자고용촉진법시행령 : 고령자는 55세 이상, 준 고령자는 50세 이상
                         55세 미만인자

그러나 이젠 오늘날은 젊은 어르신으로 노인의 개념이 달라지고 있다!!

　Young Old 오늘의 노인은 어제의 노인이 아니다.　보기에도 좋고 건강하다.　미국 시카고대학의 저명한 심리학 교수인 버니스 뉴가튼(Bernice Neugarten)은 55세 정년을 기점으로 75세까지를 영 올드(Young Old,이하 줄여서 'YO'라 함)로 구분한다 이 구분에 따르면 75세까지의 YO세대는 아직 노인이 아니다. 젊고 건강한 신중년 또는 젊은 고령자쯤으로 해석하는게 좋을 듯하다. 일본에서는 YO세대를 '액티브 시니어(Active Senior)'라고 부른다. 신감각고령자 남의 돌봄이 필요 없는 건강한 연장자라는 의미다. 따라서 세대별 인생주기가 달라지는 것을 알 수 있다.

※ 달라진 세대별 인생주기
우리의 할아버지 세대는 : 유소아기 − 중년기 − 노년기
우리의 아버지 세대는 　: 유소아기 − 청소년기 − 중년기 − 노년기(60세)
우리의 세대는 : 유소아기 − 청소년기 − 청년기 − 중년기 − 노년기(70세)
아들의 세대는 : 유소아기 − 청소년기 − 청년기 − 중년기 − 노년기(80세)

※ 노년기의 4단계
1) 은퇴 전기 : 60 ∼ 65
　　외모, 성적기능, 스태미너, 민첩성 등에서 부정적 변화의 속도가 증가하
　　고 사회적 활동의 주축에서 벗어나는 시기
2) 은퇴기 : 65 ∼ 75
　　생산적인 단계에서 의타적인 단계로 전환하는 시기
3) 노년기 : 76 ∼ 80세 이상
　　경제적, 사회적 활동에서 완전히 벗어나는 시기로 노화과정이 뚜렷해지
　　며 질병이 수반되기 쉬운 시기
4) 종료기 : 인생의 마무리를 짓는 단계로 임종을 준비하는 시기
　　인생의 최종단계로서 질병에 대처하는 강인한 용기, 사람들과의 화해,
　　죽음을 받아들이는 자세가 필요한 시기이다.

따라서 노인이라 함은
1) 환경변화에 적절히 적응할 수 있는 자체조직에서 결핍되어 있는 사람
2) 자신을 통합하려는 능력이 감퇴되어 가는 시기에 있는 사람
3) 인체기관, 조직기관 등에 있어서 감퇴현상이 일어나는 시기에 있는 사람
4) 생활 자체의 적응이 정신적으로 결손 되어 가고 있는 사람
5) 인체의 조직과 기능저장의 소모로 적응이 감퇴되어 가는 시기에 있는
   사람인 것으로 설명된다.

2. 노화의 개념

1) 노화의 정의
　　노화란 인간이 태어나서 죽을 때까지의 삶의 과정에서 나타나는 생물학적, 심리적 또는 사회적 변화를 의미한다. 노화과정은 점진적으로 나타나는 것이므로 종합적으로 본다면 연령의 증가에 따라 전체적으로 기능이 저하되는 상태이고 연령은 전체 기능저하의 정도를 표시하는 어느 정도의 척도가 되는 것이라고 말할 수 있다.

　　Dorland 의학 사전을 살펴보면 '노화란 연령이 증가함에 따라 발생하는 점진적인 구조적 변화로서 질병이나 사고에 기인하지 아니하고 궁극적으로는 사망을 초래하는 것이다.' 라고 정의되어 있다. 노화란 일반적으로 신체내의 균형이 깨져 내적 및 외적환경에 대한 적응을 어렵게 만드는 신체구조의 변화와 기능의 점진적인 저하를 의미한다.

　　내적환경이란 유전적 인자를 뜻하며 외적환경이란 외부적인 환경 인자를 의미하는데 노화는 이 두 가지 인자에 의한 적응력 감소나 상실을 동반하게 된다.

　　노화는 진정한 노화와 병적 노화로 구분할 수 있다. 건강한 노화는 질병이 없고 이상적인 환경에 있어도 성장, 성숙 후에 자연적으로 오는 노화를 말하며 시간경과에 따라서 피할 수 없는 보편적인 노화 즉 생리적인 노화이다. 반면에 병적 노화는 필연적이 아닌 질병, 환경조건 등의 스트레스로 인해 노년기에 자주 나타나는 노화를 의미하며 보통 노화를 말할 때는 진정한 노화만을 의미하기도 한다.

2) 노화의 특징
　　한의학의 대표 고전인 <황제내경>에서는 인간의 노화 단계를 나이로 설명하는데

여자는 7의 배수로, 남자는 8의 배수로 단계를 나누어 노화가 나타난다고 한다. 보통 여자는 35세, 남자는 40세가 지나면 성장의 최고조는 지나고 노화의 조짐이 본격적으로 나타난다고 한다. 유명한 동물학자 '콘호드' 는 '노화(老化)는 생에서 죽음에 이르는 시기의 흐름' 이라는 말을 했다.

노화에는 개인차 남녀의 성차가 있으나 유전이 많이 관계된다. 눈의 노화는 7세, 미각(味覺)은 13세, 체력(體力)은 17세, 혈관(血管)은 10세, 뇌(腦)는 20세부터 노화가 시작된다고 한다.

① 노화는 모든 동물에게 있는 보편적 과정으로 평균 40세에 시작된다고 보며 신체 부위별로 차이는 있으나 생체 내 모든 곳에서 발생한다.
② 노화는 어떤 환경 속에서도 나이가 들어감에 따라 반드시 발생하며 불가피한 자연현상이다.
③ 노화는 외부적 요인에 의한 것이라기보다 내부적 요인에 의한 변화이다. 물론 스트레스, 질병, 부상 등 이차적 원인에 의해서 노화과정이 촉진되기도 한다. 그러나 일차적 노화인 노화쇠퇴는 내재적이고 세포의 재생과 관련되며, 역전될 수 없는 유전적으로 계획되어진 변화이다.
④ 노화현상은 직선적이며 매우 서서히 계속 진행되는 기능저하이며 급격한 기능저하는 병적인 현상으로 본다.
⑤ 노화는 유기체의 여러 수준에서 일어난다. 각 장기 조직에 형태적, 생리적 및 생화학적 변화가 발생하여 생체기능, 저항력, 적응력, 회복력, 예비력 등이 감소되고 몸의 평형상태가 감퇴한다.
⑥ 노화현상 진행은 여러 가지 질병합병을 초래하는 계기가 되며 항상 사망의 위험성에 다가가게 되고 질병 유무에 상관없이 결국 노화로 인하여 누구나 사망에 이르게 된다.

3) 노화이론

(1) 생물학적 이론

최대 수명(110-120년)은 일반적으로 변화되지 않지만 몇몇 사람들만이 이렇게 오래 산다. 그 이유가 무엇일까? 우리의 생리를 변화시키고 '노화' 심지어는 죽음을 가져오는 근본적인 원인은 무엇일까? 왜 사람들은 다른 비율로 나이가 드는 것일까? 여러 노화의 생물학적 이론들은 이러한 문제들을 풀기 위해 시도되었다. 명확한 노화이론을 발전시키는데 있어 주요한 문제 중 하나는 여러 효과들로부터 야기되는 것들을 분리시키는 것이다. 많은 이론들이 테스트되었고 여전히 테스트되어지고 있다. 이러한 이론들은 진실로 간주되어져서는 안되고 세포와 신체기능의 점차적인 감소 그리고 결국에는 죽음을 가져오는 노화의 현상을 하나의 이론으로 설명할 수 없다는 것을 기억하는 것이 중요하다. 많은 노화의 생물학적 이론들 각각이 몇 십년 이상 발전되어오고 있다 하더라도 유전적 이론, 손상 이론, 단계적인 불균형 이론 세 가지 주요범주로 나누어진다.

① 유전적 이론(Genetic Theories)

유전적 이론은 신체 내 노화비율을 결정짓는 유전의 역할에 초점을 맞추고 있다. 몇몇 유전자들은 실제적으로 노화의 비율을 조절한다. 수천 개의 유전자들은 병리학의 발전에 있어 중요한 역할을 한다. Medvedev(1981)에 의하면 신체노화는 불완전한 세포의 재생성을 가져오는 세포내 DNA sequences의 점차적인 분해로 인해 발생한다. 유전적 이론들은 또한 노화과정이 신체의 각 세포 속으로 프로그램 되어 있는 생물학적 시계에 의해 조절된다고 제안한다. 이 과정은 사람의 세포가 영구히 성장하고 분열하는 것을 방해한다. 가장 오래되고 가장 저명한 노화이론중 하나는 Hayflick limit로서 이것은 사람의 세포가 단지 제한된 수 대략 50회 정도에 의해 분열될 수 있고 그 후 갑자기 분열이 멈춰서 죽는 것이라고 제안한다 (Hayflick, 1061). Hayflick 이론은 최근에 논의가 되어지는데 왜냐하면 현재 모든 세포가 같은 비율로 노화되거나 분열되는 것은 아니라는 것이 알려졌기 때문이다. 예를 들면 면역계와 내분비계 세포들은 아주 적은 수만큼 분열되지만 뉴런과 근육 세포들은 전혀 분열되지 않는다. 심지어 Hayflick은 대부분의 사람들이 가능한 세포 수명의 한계에 이르기 전에 질병 때문에 죽는다는 것을 인정한다.

② 손상이론(Damage Theories)

손상이론은 세포 기능 이상과 죽음의 주요 결정요소로서 세폰 손상의 축적을 강조한다. 이러한 이론들에 의하면 세포들은 세포내 DNA error또는 cross-likages 부산물들, 글루코스, 프리 라디칼의 축적에 의해 손상을 입는다. 세포손상 이론들 중 가장 인정되는 것 중 하나는 프리 라디칼 이론(free-radical theory)이다 (Harman,1956) 프리 라디칼은 원자 또는 원자의 그룹으로 최소한 하나의 짝을 이루지 않은 전자로써 대단히 높게 작용을 한다. 프리 라디칼 생성이 일일 생활 하는데필요한 에너지를 제공하고 박테리아 침입자들을 죽인다 하더라도 초과된 프리 라디칼은 산화에 손상을 주어서 세포막 DNA의 세포 구성물들과 RNA(ribonucleic acik)생성 그리고 세포 대사에 필요한 효소들과 올바른 세포 분열에 손상을 준다. 프리 라디칼은 특별히 심혈관계, 근육신경계, 면역계, 내분비계에 손상을 준다. 결국 세포 손상의 축적은 심혈관계 질환, 당뇨병, 신경변성 질환, 암, 황반변성 (macular degeneration)과 같은 질병의 숙주에 대한 위험을 증가시킨다. 대사시 인체의 프리 라디칼 생성과 더불어 세포들은 환경적 화학물질들(특별히 담배 연기) 햇빛의 자외선, 복사로부터의 프리 라디칼에 노출된다. 다른 높은 지지를 받고 있는 손상이론은 cross-linkage와 연관된다. 나이가 들어감에 따라 연결 조직의 중요한 큰 분자들(거대분자;macromolecules)(엘라스틴과 단백질 콜라겐)은 뒤얽히게 되거나 cross-linked되어서 폐, 신장, 맥관구조(masculature), 위장계, 근육, 인대, 건내 조직들의 탄력을 감소시킨다(Warner et al,1987). 분자들의 cross-linkage는 또한 크게 얽히게 만들어서 세포내 영양소와 화학적 전달자들의 운반을 방해한다. 섬유들의 cross-linkage는 프리 라디칼 산화 증가에 의해 발생되어진다고 생각되어진다. 흥미롭게도 보다 활동적인 생활습관과 건강한 식이를 섭취하는 것은 cross-linkage을 방해하거나 지연시키는 것처럼 보인다.

③ 단계적 불균형 이론(Gradual lmbalance Theories)
점차적인 불균형 이론들은 신체 조직은 다른 비율로 노화되어지고 이것은 특별히 중추신경계(뇌와 척수)와 내분비계 내에서의 생물학적 기능의 불균형 때문이라고 전제한다(Frolkis.1968;Finch.1976). 중추신경계와 내분비계(두 시스템을 합쳐 neuroendocrine system이라 함)는 실제의 스트레스나 지각된 스트레스 또는 환경적 공격에 대한 신체의 적응을 돕기 위한 호르몬의 분비를 조절하는 복잡한 생화학적 네트워크에 관여한다. 이러한 조직들의 기능부전은 호르몬의 불균형과 결핍을 가져오고 이것은 부정적으로 많은 신체 기능에 영향을 미치는 다른 생리적 그리고 대사적 불균형을 가져온다.

(2) 신체적 노화이론
① 소모(Wear and Tear)이론
신체와 그 세포들이 과용과 남용으로 인해 손상을 받는다는 것이다. 간, 위, 콩팥, 피부 등과 같은 기관들은 음식물이나 환경 속에 존재하는 독소, 지방, 당분, 카페인, 알코올 그리고 니코틴의 과도한 섭취, 태양 자외선 및 신체적, 정서적 스트레스 등에의해 소모된다. 이 기관들을 사용하는 것만으로도 그것들을 소모시킨다.

② 신경호르몬(Neuroendocrine)이론
딜만(Dilman) 박사가 주장한 신경호르몬 체계에 중점을 둔 소모이론이다. 호르몬은 신체기능을 회복시키고 조절하는 주요기능을 담당하고 있다. 만일 노화로 인해 소르몬 분비가 감소되면 신체가 자신을 회복하고 조절하는 능력이 저하된다. 호르몬 생산은 고도로 상호 작용의 메카니즘을 갖고 있으므로 한 가지 호르몬이 감소하면 전체적으로 영향을 미치게 되어 연쇄적으로 다른 기관으로 하여금 호르몬 분비를 떨어뜨린다.

③ 유전조절(Genetic Control)이론
이 이론은 DNA 내에 노화가 유전적으로 입력되어 있다는 것이다. 독특한 유전적 암호를 가지고 태어나기 때문에 어떤 형태의 신체적, 정신적 기능을 나타내도록 이미 정해져 있다. 따라서 우리가 얼마나 빨리 늙을 것인지 그리고 얼마나 오래 살 것인지 하는 것은 유전적 영향을 많이 받는다. 노화예방 의학에서는 DNA에 대한 손상을 예방하고 회복을 증진시키기 위해 우리의 세포 내에서 DNA의 기본적인 골격을 강화시키려는 시도를 한다.

④ 자유기 또는 활성산소(Free Radical)이론

항 노화 연구에서 자유기 이론은 자유로운 전자를 하나 가지고 있어서 매우 불안정하고 파괴적인 방식으로 다른 분자들과 반응하는 특징을 가진 모든 분자들을 총칭하는 용어이다. DNA와 RNA 합성 및 단백질 생성을 방해하고 중요한 화학적 과정에 필요한 세포 효소를 파괴한다. 이러한 형태의 자유기 손상은 출생부터 시작하여 사망할 때까지 지속되어 나이가 들면 자유기 손상의 축적 효과가 증가하게 된다.

(3) 심리적 노화이론

노화의 심리적 이론들은 개인의 심리적 발달 그리고 성공적 노화와 관련된 심리적 특질을 설명하려고 시도한다.

maslow는 낮은 수준의 욕구는 그 다음 수준의 욕구에 마음을 쏟기 이전에 충족되어야만 한다는 인간 욕구의 단계를 묘사하였다. maslow에 따르면, 더 많이 자아실현되고 더 많이 초월적이 된다면 개인은 더욱 현명해진다. 자아실현은 자기성취를 발견하고 자신의 잠재력을 인식하는 것으로 정의된다. 초월은 다른 사람들이 자신들의 자기성취를 발견하고 자신들의 잠재력을 인식하는 것을 도와주는 것으로 정의된다. 기본적 인간 욕구의 순서 또는 이러한 기본적 욕구를 묘사하는데 사용된 용어에 대해서는 의견의 일치가 거의 이루어져 있지 않지만 자신의 기본적 욕구가 충족되었을 때 사람들이 더욱 성공적으로 노화한다는 것을 일반적으로 받아들여지고 있다.

Erikson의 발달의 심리사회적 단계는 성격 발달의 초기 이론중의 하나이다. 성격 발달은 8단계를 거쳐 진행되고, 각 단계는 일부 형태의 심리사회적 위기로 특징되며, 성공적인 노화를 가져오기 위해서는 이러한 위기가 해결되어야 한다.
성공적 노화로 유도하는 긍정적 성격 발달을
• 친구 및 연인과의 밀접한 관계를 형성하는 능력
• 가족을 부양하거나 어떤 형태의 작업을 통해 생산적이 되며
• 자신의 일생을 긍지와 만족감을 가지고 회상할 수 있는 능력으로 묘사한다.

Baltes는 보상이 수반된 선택적 적정화 이론에서 성공적 노화의 결정요소에 대한 또 다른 시각을 제공하였다. 이 이론에 따르면, 성공적 노화는 노년에서의 신체적, 정신적, 사회적 손실에 적응하는 노인의 능력과 많은 관련이 있다. 이 이론은 노년에서의 기능적 독립성 유지를 위한 3가지 행동적 생활관리 전략에 초점을 맞춘다.
• 삶의 최우선 영역 즉, 만족감과 통제력의 느낌을 가져다주는 영역에 초점
• 삶을 풍요롭게 하고 향상시키는 데 도움이 되는 자신의 기술과 재능을 최적화
• 목표를 달성하기 위해 자신 또는 다른 사람의 다양한 개인적 전략과 기술적 자

산을 사용하면서 신체적, 정신적 손실을 보상한다.

예를 들면, 움직임에 제약을 받는 사람을 위한 한 가지 전략은 지팡이나 보조기구를 사용함으로써 여러 가지 직업적, 사회적, 그리고 여가 활동에 계속해서 참여할 수 있도록 하는 것이다.

기능적 능력을 향상시킴으로써 노년에서의 상실을 보완하도록 도움을 줄 수 있으며 이러한 기능적 능력의 변화는 일상적인 활동을 수행하는 능력뿐만 아니라 삶의 질에도 영향을 미친다. 기능적 능력은 자신의 환경과 조화를 이루면서 얼마나 쉽게 생각하고, 느끼고, 행동하는가를 의미한다. 조금 더 현실적인 측면에서 살펴보면, 기능적 능력은 친구를 방문하고, 활동적인 여행에 참여하며, 공공 서비스와 시설을 사용하는 능력 같은 개인의 사회적 삶을 결정하며 이러한 능력은 성공적 노화에 도움이 된다.

Bandura(1997)에 따르면, 개인의 자기 효능감은 성공적인 노화에 필수적인데, 그 이유는 자기 효능감이 개인의 사고 형태와 감정적 반응, 생활방식의 선택과 행동, 작업이나 활동에 쏟는 노력, 삶의 난관에 부닥쳤을 때의 인내심에 영향을 미치기 때문이다. 달성 가능한 목표를 설정하는데 도움을 주고 지도자가 대상자에게 존경과 지지를 보여줌으로써 자기 존중감과 자기 효능감을 증가시키는 데 도움을 줄 수 있다.

① 분리이론

노인들이 왜 사회의 중심권에서 이탈하는가를 설명하기 위해 개발된 이론이다. 사회가 유익하지 않은 노인의 개입을 허용하지 않으며 점차 사회에서 분리해야 하기 때문에 노인과 다른 사회구성원 사이의 상호작용이 점차 감소하고 노인 스스로도 사회에서 멀어지기를 원하는 것으로 본다.

② 지속성이론

노인의 기본적인 성격성향에 대한 이해를 제공하는 이론으로 노년기의 성격은 젊을 때의 성격성향을 지속하는 것이지 변화하는 것이 아니라고 본다. 성격은 역할 활동과 생의 만족도 간의 관계를 결정짓는 중요한 요인으로 노년기라고 해서 성격이 변하는 것이 아니라 새로운 환경에 대한 갈등으로 이전의 방식을 억제하면 마치 성격이 변한 것처럼 보인다.

③ 사회교환이론

개인과 집단 사이에 교환이 지속된다면 교환에 참여하는 사람이 그 상호작용에서 이득을 얻는 한 지속되므로 노인은 사회적 상호작용에서 얻는 이득이 감소하기 때문에 사회교환활동 역시 감소된다고 본다.

④ 성장발달이론

이전의 발달단계에서 수행해야 할 과업완수 수준이 노년기 노화과정의 예측인자
가 된다는 이론으로 각 발달단계를 지내면서 성공적인 적응전략을 개발하여 이제까
지 생애의 성장발달 과업을 성공적으로 완수한 노인은 노년기도 성공적으로 대처하
게 된다.

(4) 사회적 노화이론

사회학적 측면에서의 노화이론들은 주로 노년기에 일어나는 사회관계의 변화 즉
노인들의 지위와 역할 변화에 대한 설명이다. 예를 들어 성공적인 노화를 가능하
게 하는 요인들은 무엇인가? 성공적 노화를 위해 노인들은 무엇을 해야 하는가?
이와 관련하여 사회가 해야 할 일은 무엇인가? 노인들은 은퇴를 해야 하는가 아니
면 일을 계속해야 하는가? 노인들은 지역사회의 활동에 적극적으로 참여하는 것이
바람직한가? 아니면 조용히 지내는 것이 노인 복지에 도움이 되는가? 이러한 질
문들은 근본적으로 노인들이 주위의 환경과 어떠한 관계를 유지해야 노인 자신의
복지를 위해서 보다 나은 사회를 위해 좋은가라는 문제에 귀결된다.

① 근대화이론(Modernization theory of aging)

근대화 과정이 노인의 지위를 떨어뜨리고 이들의 사회적 위치를 점점 불리하게
만든다는 것이다. 카우길과 홈스는 근대화가 노인의 지위를 약화시키는 네 가지
사회적 요인을 의료기술의 발전, 생산기술의 발전, 도시화, 교육의 대중화라고 지적
한다. 지식과 가치면에서 세대간의 격차를 증가시키면서 노인들을 고립시키고 근
대화과정에서 나타나는 산업화와 도시화가 노인의 지위를 약화시키는 한국적 현실
에 적용할 수 있는 이론이다.

② 역할이론(Role theory)

역할이론은 인간은 자신이 수행하는 사회적 역할들에 의해 자신의 사회적 존재
의미를 확인하면서 그에 상응하는 자아개념(self concept)을 지켜가게 된다는 것이
다. 많은 사람들이 노년기에 접어들면 새로운 역할의 취득은 없고 과거에 수행하
던 역할들을 상실하게 되면서 사회적 정체감과 자아 존중감이 흔들리게 된다.

③ 활동이론

하비거스트(Havighurst, 1963;1968)와 그의 동료들에 의해 주장된 이론으로 노
년기에도 노년기와 노인에 대한 사회적 무관심과 편견에 도전하여 중장년 시절처럼
지속적으로 활동하고 또 은퇴로 잃어버린 역할을 대체할 수 있는 새로운 역할을 찾
아 지속적 활동을 하는 역동적인 노인들이 성공적 노화의 길을 걷게 된다는 것이다.

④ 은퇴이론

커밍과 헨리(Cumming & Henry, 1961)가 처음 주장한 것으로 은퇴와 더불어 사람은 사회적 활동을 줄이고 사람들과의 상호 작용도 줄이면서 조용히 지내는 것이 자신이나 사회 모두를 위해서 기능적이라는 것이다. 이 이론은 노인들의 은퇴는 자연스럽고 정상적인 것이며 사회를 위해서도 기능적이라고 간주하고 있으나 모든 사람들이 은퇴나 비활동적이기를 바라는 것은 아니고 모든 노인들이 병약하여 활동력을 상실하는 것은 아니라는 점에서 개인의 중요성을 간과하고 있다.

그 밖에 지속성이론, 하위문화이론, 연령계층화이론, 상호주의이론, 사회적교환이론, 정치경제이론 등이 있다.

4) 노화와 기능적 역량의 변화

(1) 심폐계(cardiopulmonary system)

심장과 혈관으로 구성된 심혈관계는 신체 전체를 걸쳐 혈액을 순환시키며 심장은 규칙적인 유산소 운동을 통해 더 강해지고 신체 기능을 수행함에 있어 신체가 필요로 하는 혈액의 양을 순환시키기 위해 심장의 수축에 의한 펌프기능이 작용을 한다. 강해진 심근은 기능을 수행하기 위해 신체가 요구하는 혈액의 양을 순환시키기 위한 수축 빈도를 적게하여 보다 효율적인 펌프가 된다. 유산소 운동은 또한 혈관의 필수적인 탄성을 유지하고 모세혈관의 수를 증가시키며 모세혈관들은 심장에 의해 제공된 혈액을 혈관을 따라 운반하고 조직들로 분포하게 한다.

폐 시스템은 폐와 기도로 구성되어 있고 폐들은 심장으로부터 혈액을 받아서 산소와 함께 혈액을 채우고 그 다음 이산화탄소가 받아들여지고 기도를 통해 내보내어 지며 심혈관계와 폐 시스템이 휴식하는 신체로 산소를 제공하기 위해 함께 활동하고 이들은 심폐(cardiopulmonary) 또는 심호흡(cardiorespiratory) 기능이라 불리운다.

심폐계의 노화는 많은 주요 요인들과 연관이 되어 있으며 하나는 감소된 산소 운반체가 호흡기능과 연관되어 있고, MacRae(1986)에 의하면 폐조직 탄성의 소실, 심장벽의 경축, 호흡, 근육의 근력 감소를 가져온다고 한다. 이러한 사태들의 결합은 심폐지구력의 유의한 감소를 가져온다. 다른 요인들은 일회 박출량과 최대 심박수의 감소이며 최대 심박수는 10년마다 대략적으로 6.3% 비율로 감소하고, 이는 최대 심박수가 25세의 경우 분당 195회였다면 65세의 경유 분당 170회가 되는 것이다(Shephard. 1989). 1회 박출량과 최대 심박수 감소 모두는 심박출량 감소에 기여한다. 결국 혈압 증가와 다른 혈관과 연관된 문제들을 가져온다. 이러한 모든 요인들은 노화와 연관된 심폐지구력 활동 수행의 유의한 감소를 가져오고 노화된 심폐계는 또한 혈중 지방 증가, 글루코스 내성감소, 인슐린 민감성 감소 등을 가져온다.

이러한 변화들은 동맥경화증과 당뇨병의 위험성을 증가시킬 수 있다. (MacRae. 1986).

심혈관계와 호흡계에서 노화와 연관된 변화들은 널리 알려져 있듯 노화 그자체로 부터 발생하는 구조적이고 기능적 변화들만큼이나 신체적 활동의 유의한 감소와도 연관이 있다. 이러한 변화들은 일상생활의 활동과 신체 활동 모두를 제한할 수도 있다. 규칙적인 신체 활동이 많은 이러한 변화들에 역으로 반응한다 할지라도, 노화로 인한 심장, 폐, 혈관의 변화들은 고령자들에게 처방된 활동들 내에서 요인으로 작용한다.

① 유산소 역량
유산소 역량은 혈액과 산소를 활동하는 근육으로 운반하는 심폐계의 능력이고 최대 신체 활동을 위한 산소와 에너지 기질을 사용하는 근육의 능력을 말한다. 유산소 역량은 다양한 기관과 조직에 의해 수행되는 네 가지 생리학적 기능의 상호작용을 말한다. 폐호흡(폐), 중추 순환(심장과 신경전도), 말초 순환(동맥, 정맥, 모세혈관), 유산소 호흡(근육 세포의 미토콘드리아) 유산소 역량은 최대산소섭취량(maximal oxygen uptake)을 결정하기 위해 가스 분석을 통해 가장 정밀하게 측정된 것을 말하거나, 또는 분당 신체 활동 시 신체 전체 산소의 양을 말한다.
노화의 진행은 골격근에서 최대산소섭취량의 점진적인 감소를 가져오는데 이는 폐로부터 미토콘드리아로 모든 심폐계 구성요소들의 기능적 노화로부터 발생한다(Hepple. 2000). 최대 유산소 역량은 체력 수준과 상관없이 남성과 여성 모두 노화가 진행됨에 따라 감소한다. 25세에서 65세까지 최대산소섭취량은 10년마다 평균 약 10% 감소하고(Hawkins et al., 2001) 그 다음 80세까지 천천히 감소한다.
심장과 폐는 안정시와 약한 신체 활동시 적절하게 기능을 할 수도 있지만, 그러나 운동 강도가 증가함에 따라 심하게 부담을 가질 수도 있다(Scheuermann et al., 2002). 많은 요인들이 운동 역량 감소에 관여를 한다. 심장과 폐로부터 근육까지 산소의 공급과 전달을 결정하는 요인들은 최대산소섭취량을 결정하는 역할을 담당한다. 이러한 요소들 중 노화와 연관된 몇몇 변화들은 장기간 비활동 시 수반되는 변화들과 비슷하다. 그러므로 규칙적인 운동과 적절한 강도의 신체활동은 고령자와 약한 성인이라 할지라도 체력의 심폐 요소들을 증진시킨다.
노화와 비활동에 의해 수반되는 중추 순환과 말초 순환에서의 변화는 여러 가지이다. 최대 운동 시 분당 심장을 떠나는 혈액의 최대 양인 최대 심박출량은 노와에 의해 감소된다. 최대 심박출량은 대략 35세와 65세 사이에 년간 평균 1% 감소하는 최대산소섭취량과 같은 비율로 감소하고 이는 노화와 연관된 최대산소섭취량에서의 대부분의 감소를 설명할 수 있다. 최대 유산소 역량에 영향을 미치는 노화와 연관된 다른 심혈관 변화는 최대 심박수(점진적 운동 테스트에서 피로 지점에 수행된 마지막 분에서 얻어진 심박수로 10년에 5~10회씩 감소한다) 최대 일회박출량(일회 심장 박동 시 나오는 혈액의 양), 동정맥산소차(동맥혈 산소와 정맥혈 산소 사이에서의 차의 감소)를 들 수 있다. 많은 고령자들의 경우, 이러한 변화들은 운동강도가 자신의 유산소 역량보다 클 때 심장에 매우 큰 긴장을 일으켜서 심각한 징후나 증상을 가져올 수 있다(예/현기증, 근육관련, 심장 고통).

고령자들의 또 다른 주요 최대산소 섭취량 감소 요인은 근육의 산화적 역량 감소를 들 수 있다. 이는 미토콘드리아내 산소와 에너지 기질로부터 에너지를 생성하기 위한 근육 세포의 능력을 말한다. 미토콘드리아 양 밀도, 호흡 역량, 산화적 효소 활성은 노화된 근육에서 감소하는 것을 볼 수 있고, 이는 피로 시작 전에 유산소 운동의 양을 제한할 수 있다. 규칙적인 유산소 운동은 고령자라 할지라도 운동하는 근육이 혈액으로부터 보다 많은 산소를 뽑아낼 수 있고 미토콘드리아의 산화적 역량을 증가시킬 수 있게 한다. 이는 최대산소섭취량의 증진과 적은 피로와 함께 운동 역량의 증가를 가져온다. 최대산소섭취는 각 개인의 각 유산소 역량 수준과 활동 수준의 변화에 의해 보다 영향을 받는다.

장기간 유산소 운동 훈련은 노화로 인한 최대산소섭취량 감소 비율을 저하시킨다(10년간 6~7%)고 보았지만 최대 심박수의 감소비율은 아니었다. 지구력 훈련을 통해 유산소 역량은 좌업생활을 하는 젊은 성인들과 유사한 수준으로 생전에 더디게 유지될 수 있다. 이러한 사실에도 불구하고 훈련된 고령자 운동선수들은 젊은 지구력 선수들보다 평균 40% 낮은 폐 산소섭취량을 보였다. 이는 노화에 의한 유산소 역량의 감소는 지구력 훈련에 의해 지연될 수는 있지만 완전히 멈출 수는 없다는 것을 말하는 것이다. 같은 수준의 활동을 유지하는 것이 노화와 수반된 피할 수 없는 변화들을 지연시킨다 할지라도 이러한 변화들이 완전하게 없어지는 것은 아니다. 그럼에도 불구하고 고령자들은 지구력 운동으로 유산소 역량을 증가시킬 수 있고 결과적으로 어쩌면 보다 활동적일 수 있다.

노화와 연관된 심혈관 변화

중추 변화	말초 변화
✓ 최대 심박출량 감소 ✓ 최대 일회박출량 감소 ✓ 최대 심박수 감소 ✓ 심근 수축 시간 연장 ✓ 체혈압 증가 ✓ 운동시 카테콜라민 분비를 담당하는 심장근육 감소	✓ 활동하는 근육으로의 혈류량 감소 ✓ 동정맥 산소차 감소 ✓ 활동하는 근육의 산화적 역량 감소 ✓ 근육 미토콘드리아 수와 밀도 감소

② 심박수

안정 시 심박수가 나이에 따라 크게 변화하지 않고 남아있다 하더라도 최하 운동과 최대 운동 모두에 반응하는 수축을 증가시키기 위한 심장의 능력이 심장 자극계 또는 자율신경계에 의해 심장의 동적인 조절에서의 변화의 결과로 감소된다. 최대 심박수는 20세가 대략 최대치에 이르고 이 이후로 10년마다 10회씩 감소한다. 그러나 Patersom(1999)등은 최대 심박수가 나이에 따라 예측이 잘 되지 않는다는 것을 발견했다. 사실상 유산소 체력을 예측함에 있어 나이로 예측한 최대 심박수의 사용에는 문제가 있다. 왜냐하면 일반적인 예측 공식(HRmax = 220-나이)으로부터 계산되어지는 최대 심박수는 남성(분당 6~11회)과 여성(분당 7~9회) 모두에서 최대 심박수가 실제보다 낮게 어림잡기 때문이다. 그러므로 RPE scale(운동강도)이 심박수를 이용한 것보다 보다 더 적절한 운동 강도를 결정하는 방법이다.

③ 혈압

안정 시와 운동 시 혈압은 나이에 따라 점차적으로 증가한다. 증가된 혈압은 어떤 운동 강도에서도 심장의 활동 비율과 산소 요구량을 상승시키고 특별히 고 강도에서 고혈압(140/90)이 있는 사람들에게 위험요인으로 작용할 수 있다. 흡연, 알코올 섭취, 비만, 비활동을 포함하여 생활습관 요인들은 고혈압에 영향을 준다. 감소를 담당하는 기전이 밝혀지지는 않았지만 동적인 유산소 운동은 혈압을 감소시킨다. 운동의 혈압을 낮추는 효과는 정상적인 혈압을 가지고 있는 사람들(대략적으로 2/3mmHg 감소)보다는 고혈압의 초기 단계에 있는 사람들(대략적으로 7/6mmHg감소)에게서 보다 더 명확하다. 동적인 유산소 운동에 반응하는 혈압은 최대산소섭취량 40~70%(최대심박수 55~80%, 운동자각도 12~15)사이의 운동 강도에서 비슷하게 나타난다. 또한 주당 3~5회, 그리고 회당 30~60분 사이에서 운동시 비슷하게 나타난다.

④ 폐기능 변화

폐효율은 또한 나이에 따라 감소한다. 폐활량(vital capacity)은 점진적으로 감소하는데 70세까지 40 또는 50% 정도까지 감소한다. 폐에서의 가스교환 효율성은 또한 나이에 따라 감소한다. 30~70세 사이에 최대수의환기량(자발적인 노력에 의해 분당 최대로 호흡할 수 있는 양)은 50%까지 감소하고 폐잔기량(최대호기 마지막에 폐에 남아있는 공기의 양)은 30~50%까지 증가한다.

노화와 연관된 기능의 감소는 호흡근육의 근력 감소, 흉벽 경직 증가, 기도 폐쇄로부터 올 수 있다. 폐의 결합 조직에서의 탄성 손실은 고령자들의 경우, 운동시 최대 폐포환기(폐에서 대기와 폐포 사이에서 교환된 공기의 최대 양)의 감소를 가져온다. 흉벽의 탄성 감소는 고령자들의 호흡 활동을 증가시키고 호흡 근육에 의한 혈류 요구를 증가시킨다. 운동시 호흡 근육, 운동하는 근육들, 피부사이에서 혈류에 대한 경쟁은 운동 강도가 증가함에 따라 피부의 이른 시작을 가져올 수도 있다. 그러나 적절한 강도에서 고강도 신체적 운동은 약 60세까지 노화와 연관된 안정시 폐 기능의 쇠퇴를 막을 수도 있다. 요가, 태극권, 기공, 필라테스와 같은 깊은 호흡, 횡경막 호흡과 흉보외곽의 탄성 증가에 초점을 맞추는 형태의 운동들은 폐 기능의 증진을 보인다. 폐의 가스 교환은 고령자들의 경우 만성적 심질환이나 폐질환과 같은 질병을 앓고 있지 않다면 일반적으로 운동 수행을 제한하지는 않는다. 그러나 짧은 호흡은 고령자들 각 개인의 호흡량이 폐회기량의 50% 정도에 이를 때 종종 고령자들이 자발적으로 운동을 중지하게 만든다. 이러한 수준의 호흡곤란은 최근에 적절한 강도에서부터 격렬한 강도의 신체적 활동에 참여하지 않은 고령자들이 잘 견뎌내지 못함을 보인다. 신체적 활동이 규칙적인 습관이 될 때 호흡곤란 감각으로 인해 활동을 멈추기 전에 고령자들은 많은 폐환기량을 사용할 수 있을 것이다.

(2) 신경계(nervous system)
신경계는 신체의 모든 기능들을 조절하는 컴퓨터와 같이 작용한다. 신경계는 중추 신경계와 말초신겨계로 구성되어 있어 신경 가지가 나오면, 근육과 통합될 때까지 계속 세분화된다. 마지막 신경 섬유가 골격근에 붙는 가지들을 갖고 근수축을 자극한다(Kreighbaum. 1987)
신경계는 신체에 의해 진행되는 모든 메시지를 보내고 받으며, 이러한 메시지로부터 반응하는 작용을 한다. 신경계가 노화되면 메시지를 받고, 보내고 전달하는 능력이 느려져서 이러한 메시지에 대한 느린 반응을 보인다. 노화된 신경계에서 또한 예측된 조절(변화를 예측하여 움직임을 시작)이라기보다는 반응 조절(수정된 움직임을 시작하기 위해 피드백 이용)에 의존하는 것이 커진다. 젊은 사람들이 요구에 대한 조절 기능을 사용하는 능력을 가진 반면, 나이든 사람들은 점차적으로 예측 조절의 선택이 감소되어 그 때는 단지 반응 조절에 필수적으로 의존하게 된다. 반응 시간과 움직임 시간의 감소, 그리고 예측 조절이라기보다는 반응의 이용은 속도를 필요로 하는 움직임을 효율적으로 수행하지 못한다(Stelmach & Cogginm. 1989)
반응 시간의 감소는 상당한 중요성을 가지고 있다. 왜냐하면 빠른 반응들은 많은 일상 활동들에 적절한 기능을 필요로 하기 때문이다(MacRae. 1989) 거기에 시각, 청각과 같은 감각지각의 감소는 시각, 청각 감각운동 기능과 연관된 뇌 구조에서의 글루코스 이용 수준 감소로부터 올 수도 있다. 반응 시간, 움직임 시간, 예측 조절, 감각지각의 감소는 노화시 협응성, 평형성, 민첩성을 가져온다.

(3) 근 골격 계(musculoskeletal system)
근무력과 근육량의 손실(sarcopenia)은 유산소 역량, 골밀도, 인슐린 민감성, 대사적 비율의 감소와 체지방, 혈압, 심혈관 질환과 당뇨병 증가와 같은 결과를 가져오는 노화와 연관된 손실들을 가져온다. 하체에서 노화와 연관된 근력의 감소는 또한 신체적 기능부전과 독립성의 결여를 가져오는 평형성과 이동성의 문제를 가져온다. 근육 기능에서 노화와 연관된 변화들은 유전학, 질병, 식이, 스트레스, 특별히 신체적 비활동을 포함한 많은 요인들에 의한 것이다.

노화로 인한 근육 기능의 변화

> ✓ 근육량 감소 (sarcopenia)
> ✓ 근력 감소
> ✓ 근육 파워 감소
> ✓ 근지구력 감소
> ✓ 근육 미토콘드리아에서 유산소 효소 활성 감소

골격 계는 뼈, 관절, 건, 인대로 구성되어 있고 각 관절들은 함께 붙들고 있으며 골격계의 모든 움직임은 관절에서 일어난다. 근육계는 근육과 건으로 구성되어 있고 뼈의 움직임을 일으키는 힘을 제공한다. 각 근육은 적어도 두 개의 뼈에 붙어 있고 하나 또는 그 이상의 관절에 크로스(cross)되어 있다. 골격 계와 근육계의 상호작용은 근골격계 레버를 형성하여 움직임이 일어나게 한다.

근육들은 다음 두 가지 중 하나만 할 수 있다.

㉠ 움직임을 통해 뼈를 당기기 위해 짧아지거나 수축한다.

㉡ 중력과 같은 몇몇 다른 저항력에 대한 반응에 대해 짧아지려고 시도한다. 후자의 경우 짧아지려는 시도는 큰 힘에 의해 방해되고, 그래서 근육은 저항에 반대하여 길어지려고 잡아당겨지거나 밖으로 당겨진다.

근 골격계의 노화는 많은 요인들과 관계가 있으며 감소된 근력과 근지구력은 부분적으로 나이 든 성인들에게 있는 근 섬유의 수와 크기를 감소시키고 노화 시 근 섬유가 보다 느리게 신경 자극에 반응하고 보다 적은 근 반사 효율성을 갖는다는 추가의 증거가 있다. 근육량과 반응성의 감소는 70세까지 약 25~30%근력의 감소를 가져온다. 발목이 약해짐으로써 오는 심한 근육 량의 감소는 나이가 듦에 따라 많은 퇴보를 가져온다.

노화된 근 골격계의 또 다른 특성은 근육량의 일반적인 손실이다. 이는 제지방량의 전체적인 감소를 가져온다. 몇몇 연구자들은 제지방량의 감소가 기초대사량의 감소에 강하게 영향을 미친다고 믿고 있다. 근육 유연성 또한 분명한 감소를 보인다. 이러한 감소는 근섬유 유연성의 감소와 연결조직의 탄성의 감소 때문이다. 게다가 관절 유연성과 연골, 인대, 건에서의 변화와 연관된 안정성의 감소를 가져온다. 근육과 관절의 노화로 인한 전체적인 유연성의 감소는 70세까지 25~30%로 추정된다(Elkowitz & Elkowitz. 1986)

근골격계의 노화와 연관된 마지막 요인은 근골격계의 구조적 보전의 감소이고, 이는 골량과 골무기질 함량에 가장 유의하게 영향을 미친다. 여성의 경우 골의 손실은 35세 전후로 시작되고 대략 70세까지 30% 감소를 가져온다고 보고되고 있다. 남성의 경우, 골 손실은 주로 50세 전후로 시작되고 70세까지 15~20%의 감소를 보인다. 특별히 여성의 경우, 이러한 높은 비율의 골 손실은 젊은 성인들과 비교해서 나이든 성인들이 뼈 골절의 비율이 높은 원인이 된다.

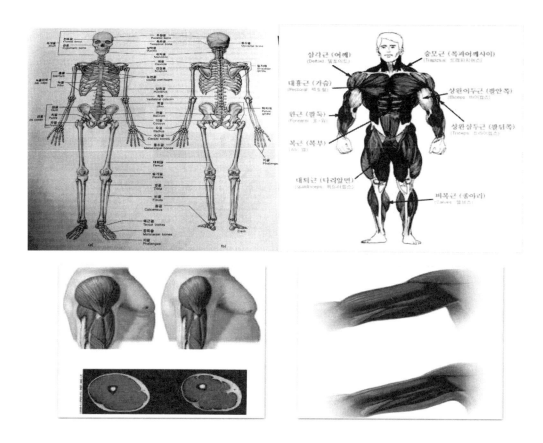

근육감소증(sarcopenia)

① 근육량(Muscle Mass)

골격근은 두 가지 형태의 근섬유로 분류된다. Type1-근섬유는 천천히 수축하고 더디게 피로해지는 반면, Type2-근섬유는 빠르게 수축하고 빠르게 피로해진다. 연구자들은 type 1 근섬유가 항중력 근육을 제외하고 나이가 듦에 따라 변화가 거의 없음을 발견했다. 그러나 type 2 근섬유는 근섬유의 수와 크기에 있어 25~50%의 감소를 갖는다. 등과 대퇴부에서 type 2 근섬유의 높은 수축 때문에 고령자들에게 있어 이러한 근육들은 처음에 위축된다. 특별히 몸통과 하체에서 선택적인 위축과 type 2 근섬유에서의 손실은 이러한 근육들 사용의 감소와 이러한 근섬유가 활성화되기 위해 필요로 되어지는 고강도의 신체적 활동의 결핍으로 인한 것이다. 근육량 감소와 운동 단위 수의 감소로 인해 발생하는 결과 중 주요한 하나는 근력의 손실이다. 근력은 50~70세 사이에 평균 대략적으로 30%를 감소하고 80세 이후에 보다 더 극단적인 손실을 보인다. 근육량과 같이 하지에서 근력의 많은 손실이 있는데 이는 이동성 문제와 많은 연관이 있다. 그러므로 고령자들을 위해 설계된 운동 처치는 운동단위의 동원을 최대화하고 특별히 등, 대퇴, 장딴지의 근육에서 type 2 근섬유와 같은 근섬유들의 비대를 증진시키는데 집중시켜야만 한다.

② 근파워(Muscle Power)
파워는 수행되어진 일(활동)에서의 비율로 정의되어지고 일을 시간으로 나눔으로 계산할 수 있다. 파워를 조절하는 골격근의 능력은 많은 일상적인 활동을 수행하는데 있어 중요하다. 그러나 근파워를 발전시키는 능력은 나이가 듦에 따라 감소한다. 노화된 근육의 파워를 생성하는 능력은 습관적인 신체 활동, 선택적인 type 2 근섬유의 비대, 운동 단위의 수 감소를 포함한 요인들에 의한 것이다. 근 파워에 있어서 노화와 성과 연관된 변화들은 남성 고령자들에서보다 여성 고령자들에서 관찰된 근 손상과 노화를 일으키는 근육 기능의 손상을 부분적으로 설명할 수도 있다. 예를 들면 감소된 다리의 파워는 고령자들의 경우 감소된 근력보다 더 많이 수행을 손상할 수도 있다. 왜냐하면 빨리 걷기, 계단 오르기, 신속히 일어나기와 같은 많은 기본적인 일상 활동들이 다리의 근 파워를 필요로 하기 때문이다.

5)노화와 관련된 고정관념
노화에 대한 가장 잘못된 생각 중의 하나는 노화가 상실과 퇴화, 비관적인 전망뿐이라는 널리 퍼져 있는 인식이다. 노화를 부정적인 상태 또는 사회적 문제로 인식하는 경향은 노인의 기능적 능력에 대한 현재의 연구결과와 일치하지 않는다. 자신들을 불우하거나 또는 퇴화하고 있다고 생각하지 않는 대부분 노인들의 자아인식과도 일치하지 않는다.

미국국립노화연구소(NIA)의 첫 번째 소장이었던 Robert Butler는 사회 전반에 걸쳐 노화의 부정적인 결과에만 불균형적으로 초점을 맞추는 경향이 있음을 지적하였다. Butler는 이러한 경향을 **노인차별주의**(ageism)라고 불렀으며, 나이에 근거해서 개인 또는 집단을 차별하는 것으로 정의하였다. 그는 노인차별주의가 세 가지 구성요소를 가지고 있다고 제의하였다.
① 노인에 대한, 고령에 대한, 노화 과정에 대한 편견
② 특히, 취업에서 이러한 문제가 두드러지지만 다른 사회적 역할에서도 마찬가지로 노인에 대한 차별적 대우
③ 노인에 대한 진부한 믿음을 고착화시키고, 만족스러운 생활을 위한 기회를 감소시키며, 개인의 존엄성을 훼손시키는 제도화된 정책과 절차
이와 더불어 Butler는 이러한 편견, 차별적 행동, 불공평한 정책은 노화를 자연적

인 과정에서 사회적 문제로 변화시키도록 만들었다고 결론을 내렸다.

　노인에 대한 진부한 태도는 노화에 관해 널리 퍼져있는 잘못된 믿음의 결과로 인한 것이다. 신체활동 전문가와 건강 전문인은 노화 과정 그리고 늙는다는 것이 무엇을 의미하는 것인지에 대한 더욱 정확한 정보를 제공함으로써 이러한 잘못된 생각들을 바로잡는데 많은 것을 할 수 있다. 늙어가는 것에 대한 가장 보편적인 잘못된 생각의 하나는 나이가 많아지면서 건강과 신체 기능의 모든 측면이 퇴화한다는 것이다. 규칙적인 운동이 많은 신체적 및 심리적 변인들의 저하 속도를 변경시킬 수 있다는 명백한 증거들이 제시되고 있는 것이 현실이다.

　노화에 대한 또 다른 잘못된 생각은 노인들의 건강 및 기능적 능력에서의 모든 변화는 나이가 많아지면서 나타나는 자연적인 결과라는 것이다. 하지만 반드시 그런 것은 아니다.

　예를 들어, 많은 사람들을 조사할 경우 나이가 많아지면서 근력이 저하된다는 것을 항상 발견 할 것이다. 하지만 이러한 변화가 단순히 나이가 많아지면서 나타나는 근력 저하의 상당한 부분은 오랜 기간 동안의 신체적 비 활동으로부터 초래되는 비 활동성 위축(disuse atrophy)에 의한 것임을 무시해서는 안 된다.

[신체활동과 노화에 관한 잘못된 생각과 고정관념]

잘못된 생각 1 : 운동하기 위해서는 건강해야만 한다?
많은 노인들은 운동하기를 거부하는데, 그 이유는 운동하기 위해서는 건강해야만 한다고 잘못 생각하고 있기 때문이다. 신체활동은 많은 노인들의 삶의 질을 향상시킬 수 있으며 만성적 건강 문제와 질병이 있는 사람에게 가장 효과적일 수 있다. 운동지도자는 건강 문제에 있음에도 불구하고 규칙적으로 운동하는 지역사회의 역할 모델(role model)을 보여줌으로써 이러한 잘못된 생각을 깨우치는 데 도움을 줄 수 있다.
잘못된 생각 2 : 운동을 시작하기에 너무 늦었다?
많은 노인들은 신체활동이 많게는 90세 또는 100세인 사람을 포함해서 모든 연령의 사람들에게 효과가 있다는 것을 모르고 있다. 운동지도자는 나이가 신체활동에 장애가 되지 않는다는 생각을 갖도록 하는데 도움이 되도록 활동적인 노인들의 사진을 눈에 띄는 곳에 걸어두거나 상기시켜 스스로 긍정적인 자극을 받도록 유도한다.
잘못된 생각 3 : 특별한 복장과 장비가 필요하다?
특별한 복장이나 장비가 요구되지 않는다. 편안한 신발과 일상적인 복장으로 안전하고 효과적인 운동을 실시할 수 있다. 탄력 밴드와 물로 채워진 물통처럼 돈이 거의 들지 않는 장비로도 효과적인 근력 트레이닝을 할 수 있다. 많은 노인들에게는 문화적 요인이 복장과 운동의 선택에 영향을 미친다. 제공하려는 신체활동을 지도자가 선택할 때에는 문화적 및 세대적 요인을 고려해야만 한다.
잘못된 생각 4 : 고통이 없으면 운동 효과도 없다?
많은 노인들은 효과가 있으려면 운동은 고강도이어야만 한다고 생각하기 쉽다. 하지만, 상당한 효과를 얻기 위해서는 힘들거나 또는 피로할 정도가 되어야 할 필요가 없다는 것을 인식시켜 줄 필요가 있다. 운동지도자는 사교댄스, 걷기, 정원 가꾸기와 같은 저.중 강도의 신체활동이 일상생활에 더 많은 신체활동을 추가시킬 수 있는 적절하고 효과적인 방법이라는 생각을 노인들에게 일깨워 줄 필요가 있을 것이다.
잘못된 생각 5 : 너무 바빠서 운동을 못한다?
신체활동은 특정 시간 및 장소에서만 이루어져야 하는 것이 아니라 쇼핑, 집안일과 같은 일상적인 활동으로도 이루어질 수 있다는 것을 이해하는 노인은 거의 없다. 신체활동 전문인은 노인들이 자신들의 바쁜 일상생활을 검토하고 신체활동을 증가시킬 수 있는 기회를 찾아내는 데 도움을 줄 수 있다.

7) 신체활동과 심리적 웰빙

노인들에게서의 신체활동과 심리적 기능 사이의 관계를 조사한 대부분의 초기 연구는 두가지 특정 심리적 상태에 미치는 신체활동의 영향에 대해 초점을 맞추었다. 이는 우울증과 불안신경증(anxiety neurosis) 이다. 하지만, 최근에는 이러한 형태의 연구는 줄어들었다.

McAuley와 Rudolph(1995)는 비교적 적은 숫자의 노인들만이 임상적 수준의 우울증과 불안으로부터 고통을 받으며, 신체활동의 효과에 대한 우리들의 관심을 정신적 질병보다는 심리적 웰빙(자기존중감, 자기효능감, 전반적 웰빙 같은 좋은 심리적 건강의 측면)에 두는 것이 더 적절하다고 언급하였다. 규칙적인 신체활동이 심리적 건강에서의 유익한 향상과 관련이 있다는 가설을 지지하는 많은 증거들이 있지만 다른 측면으로 보면 조심스럽게 해석해야 하는 부분도 있다. 지도자의 특징, 참가자의 인지적 상태와 감정적 상태, 운동량(신체활동 형태, 빈도, 강도, 지속시간) 등을 포함해서 신체활동의 환경과 관련된 많은 요인들이 고려되어야만 한다.

초기 연구들은 자기개념(self-concept:개인의 지각, 마음가짐, 하나의 개인으로서 그리고 사회에서의 자신의 역할에 대한 자신의 가치)과 자기존중감 같은 비교적 일반적인 심리적 개념과 신체활동 사이의 관계를 조사하였다(Folkins & Sime, 1981).

8) 신체활동과 인지 기능

인지 기능의 유지는 노년에서의 삶의 질에 필수적이다. 인지 기능(cognitive function)은 기억, 집중, 학습, 목표 설정, 의사 결정, 그리고 문제 해결을 포함한 복합적인 능력을 말한다. 신체활동이 중추신경계의 정보 처리에 미치는 영향에 대해 많은 연구가 이루어져 왔다. 인지 능력은 나이가 많아지면서 상당히 저하되는 것으로 알려져 있으므로 신체활동과 인지 기능(중추신경계, 특히 정보 처리 과정에서의 기능과 효율성을 묘사하기 위해 사용된 포괄적인 용어) 사이의 관계에 대한 대부분의 문헌은 노인 피험자들과 관련된 것 이었다. 하지만 인지 기능에 미치는 노화, 기존의 질병 상태, 체력 수준, 생활방식 등에 의한 영향을 구분하기가 어렵다. 체력, 인지, 노화에 대한 연구는 두 가지 주요한 의문에 초점을 맞추었다.

• 아주 잘 단련된 노인은 같은 연령의 체력이 덜 단련된 사람보다 더 나은 능력을 보이는가?
• 비교적 짧은 기간의 신체활동 증가는 예전에 비 활동적이었던 노인에게서 어느 정도의 인지 능력 변화를 가져올 수 있는가?

노년에서의 체력 또는 건강과 인지 능력 저하 사이의 관계를 조사한 연구들은 나쁜 건강과 질병이 인지 능력을 저하시킨다는 것 또한 보여주었다.
그뿐만 아니라, 이제는 신체적으로 활동적이며 단련된 노인이 같은 연령의 덜 단련된 사람보다 흔히 인지적 정보를 더욱 효율적으로 처리한다는 것을 암시하는 상당한 양의 증거가 있다.

예를 들면, Dipietro, Seeman, Merill, 그리고 Berkman(1996)은 신체적으로 활동적인 노인들이 다섯 가지 인지 기능 검사에서 덜 활동적인 노인들보다 유의하게 나은 결과를 거둔다는 것을 발견하였다. 이러한 차이는 성별, 자신이 평가한 건강, 사회 활동 수준과는 관련이 없었다. 단기간의 트레이닝 프로그램이 프로그램 시작 이전에 비활동적이었던 노인의 인지 기능에 유의한 향상을 가져올 수 있는지는 분명하지 않다.

비록, 운동 트레이닝과 인지 기능 사이에 어떠한 관련이 있는지에 대해서는 아직까지도 많은 것이 밝혀져야 하겠지만 가장 최근의 연구들은 운동 트레이닝이 최소한 인지적 처리 과정의 일부 측면에는 효과가 있음을 지속적으로 발견하고 있다.

9) 신체활동과 삶의 질

삶의 질(QOL:qual-ity of life)은 심리적 구성개념(construct)이며 삶의 만족에 대한 개인의 의식적 판단으로 정의된다.
의료적 연구에서는 삶의 질이 더욱 특정적인 용어로 정의된다. 예를 들면, 건강과 관련된 삶의 질은 전반적인 신체적 및 심리적 건강과 관련된 특성의 집합체를 묘사하는데 사용되는 포괄적 용어이다.

노인을 위한 신체활동의 심리적 효과와 인지적 효과

즉시 얻을 수 있는 효과	• 이완 : 적절한 신체활동은 이완을 증대시킨다. 이완을 촉진시킬 수 있도록 건강 전문인들은 노인들이 자신들의 일상생활에 틈틈이 신체활동을 포함시키도록 장려해야 한다. • 스트레스와 불안 감소 : 규칙적인 신체활동은 스트레스와 불안을 감소시킬 수 있는 증거가 있다. 야외모임이나 쇼핑여행 같은 많은 사교적 행사에 신체활동 기회를 포함시킬 수 있다. • 기분상태의 개선 : 수많은 사람들이 적당한 운동후에 기분이 나아졌다고 이야기한다. 신체활동은 저하되는 건강과 장기적 고독의 일부 부정적인 결과에 대처하는 데 도움이 될 수 있다
장기적인 효과	• 전반적 웰빙 : 장기간의 신체활동 후 심리적 기능의 거의 모든 측면에서 향상이 관찰되었다. 규칙적으로 활동적인 사람은 강한 자기존중감과 자기효능감을 가지고 있다. 활동적인 노인은 자신의 삶을 더욱 잘 통제하고 있다는 느낌을 가진다. • 향상된 정신 건강 : 규칙적인 운동은 우울증, 불안신경증을 포함한 여러 정신적 질병의 치료에 중요한 역할을 할 수 있다. 신체활동은 많은 심리적 상태에 대한 치료의 핵심적인 한 부분으로 자주 권고된다. • 인지 기능의 향상 : 규칙적인 신체활동은 인지 기능에서의 노화와 관련된 저하를 지연시키는 데 도움이 될 수 있을 것이다. 유산소 트레이닝 그리고 유산소 운동과 근력 운동을 결합한 트레이닝 두가지 모두 인지 기능을 향상시킨다는 증거들이 많아지고 있다.

장기적인 효과	• **운동 능력의 효과** : 규칙적인 활동은 소근육 및 대근육 운동능력 두 가지 모두에서의 노화와 관련된 저하를 예방하거나 지연시키는 데 도움을 준다. 신체활동은 평형성을 향상시키고 넘어짐의 위험을 감소시키는데 도움을 줄 수 있다. • **기술 습득** : 나이에 상관없이 모든 사람들이 신체 활동을 통해 새로운 기술을 배울 수 있으며 기존의 기술을 다듬을 수 있다. 신체적으로 활동적이 됨으로써 노인들은 노년에서의 인지 기능을 유지하는데 도움을 줄 수 있는 새로운 운동 기술을 습득할 수 있다.

3. 노인의 특성

1) 신체적, 생리적 특성

나이가 들면 가장 먼저 신체적인 변화가 일어나게 된다. 즉 체력이 떨어지고 그 결과 각종 질병에 대처 할 수 있는 능력이 현저하게 떨어지게 된다. 이러한 신체적 노화는 사회활동의 감소와 함께 심리적 불안정을 촉진시켜 전체적인 건강을 저해하게 되는 것이다.

노화현상은 극히 자연스러운 것으로서 적절한 대응책이 마련되지 않으면 노화의 과정은 더욱 가속되는 것이다. 신체의 노화현상은 체세포의 재생감소로 인한 생체 실진 세포수의 감소와 세포의 예비능력 저하로 생긴 생리변화이다 이러한 노화의 결과 노인의 생리기능은 내부 각 기능의 적응력, 저항력, 회복력의 감퇴로 질병에 걸릴 확률이 높아지고 연쇄반응을 일으켜 합병증을 유발하게 되며 회복하는 능력이 저하되어 재생이 어렵다 뿐만 아니라 내부 환경을 일정하게 유지하는 능력이 손상 받게 된다.

또한 심장에서 뿜어내는 혈액의 양이 감소하고 박동력도 떨어지며 심장수축의 혈압아 높아지게 되고, 척추 사이에 있는 연골조직들이 얇아지면서 척추가 굽고 압축 된다. 또한 칼슘의 고갈에 의해서 뼈가 가벼워지고 그 조직이 성글어 진다. 근육은 위축되어 있을 뿐만 아니라 근섬유의 총량도 놀랄 만큼 감소하여 탄력성과 수축 이 완능력이 현저히 저하되고 힘과 크기도 작아져 통증 및 상해와 운동재한을 받기 쉽 다. 신경계는 자극에 대한 반응이 늦어진다.

노년학을 전공하는 학자들은 노인을 여러 가지 각도에서 분석·연구하고 있지만, 주로 생리학적 측면에서 노인을 연구한다. 사람이 늙는 것은 신체조직과 기능이 소 모되어 낡아져가고 있기 때문이며, 사람이 늙는 데에는 정신적인 노화도 크게 작용 한다. 그리고 노화현상의 원인에는 여러 가지 설이 있는데, 옛날에는 생명에너지

(vital energy)가 있다고 가정하고, 이것이 소모되는 것을 노쇠라고 하였으며, 완전히 소모한 상태를 사망이라고 생각하였다.

이 설은 사람은 일생 동안 소모할 수 있는 생명에너지의 일정량을 받아 소모한다는 것인데, 그 속도가 빠르면 단명할 것이며, 아껴서 천천히 소모하면 장수할 수 있다는 것이다. 그러나 이는 생명에너지에 대하여 과학적인 증명이나 설명이 부족하기 때문에 하나의 가설로서의 범위를 면치 못하였다.

노화현상을 생리적 측면에서 볼 때 가장먼저 나타나는 것은 시력감퇴이다. 시각은 40세를 넘으면 노안이 되어 예민도가 줄어들게 되고, 그 예민도는 나이가 더 할수록 심해져서 70~80세가 되면 노인성 백내장이라는 현상이 나타나 시력은 급속히 떨어져 버리고 만다. 시력이 떨어지면 행동속도도 느려지고 적극성도 줄어들며 독서 등에서도 흥미를 잃게 되어서 뇌세포의 노화에 더욱 박차를 가하게 된다.

이어 청각장애가 나타나는데, 70세쯤 되면 약 30%가 난청이 되고, 80세쯤 되면 반수 이상의 노인들이 귀가 멀게 된다. 이어서 치아가 망가지는데, 이는 대체로 60대에서 50%, 70대에서 60%, 80대에서 80%의 비율로 나타나게 된다.

다음으로 소화기능을 보면, 40~50대에서는 소화기계가 쇠퇴하기 시작하여 나이가 들수록 심해지게 되는데, 그 이유는 갈수록 침이나 위액 등이 줄어들기 때문이다.

한편, 노년이 되면 폐 기능도 약해지고, 혈액 면에서는 적혈구의 저항이 약해질 뿐만 아니라, 피를 만드는 기능도 약해져서 빈혈을 유발하게 된다. 그 외에 대체적으로 나이가 많아지면 신경이나 근육의 반응시간이 길어지기 때문에 행동이나 작업이 느려지고 세심한 일을 하지 못하며, 이에 따라 사고의 위험성이 커진다. 젊었을 때부터 익혀온 행동이나 일은 경험의 힘으로 그 쇠퇴를 보충할 수 있으나, 새로운 기술이나 일을 배우는 것은 매우 어렵다. 시력이나 체력이 떨어지면 행동이 둔해지고 작업능력은 더욱 낮아진다.

출생 시 약 150억 개였던 세포는 30세가 지나면서부터 매일 10만개 정도가 죽는다고 한다. 건강한 보통 성인남자는 약 1,200g 이나, 이것도 60세가 넘으면 약 900g 으로 줄어든다. 또 근육의 무게도 20~30% 가벼워진다. 그 결과, 노년기에는 근력이 쇠퇴하여 심장에 보내지는 혈액량과 폐에 흡입되는 공기량이 젊은 시절의 반 정도밖에 안 된다. 이러한 현상들이 생리적인 면에서 노화연상이다.
- 피부에 탄력이 없고 주름살이 많아지며 노인성 피부반점(검버짐)이 생긴다.
- 등이랑 허리가 굽고 보폭이 좁아진다.

- 감각기능이 퇴화하여 수전증이 생긴다.
- 치아결손 현상을 보인다.
- 소화 효소량의 감소와 위의 활동 약화로 인하여 변비가 생긴다.

2) 심리적 특성

노년기는 생의 마지막 단계로 신체 조직의 뚜렷한 기능 저하와 자아 적응의 저하가 두드러지며 완수기 또는 절망의 시기, 쇠퇴기라고 부르기도 한다. 이들의 공통된 욕구는 경제적인 노후생활에 대한 보장, 가정과 사회에서 연장자로서의 유지, 가장, 친척, 친구, 이웃 등과의 원만한 접촉, 적절한 여가생활의 추구 등으로 모든 기본적인 욕구가 더욱 강하게 느껴지는 시기이다. 칼빈은 노인의 심리적 특징으로 경제적인 불안감, 생활 부적응에서 오는 불안과 초조감, 정신적 흥미의 감퇴에서 오는 내폐성, 육체적인 쾌락추구, 활동성의 감소, 성적 충동의 감퇴, 새로운 상황에 대한 학습이나 적응의 곤란, 고독감, 질투심, 보수적, 대변, 우둔, 과거에 대한 집착, 회고, 누추함 등을 제시하였다.

또한 노인은 다른 연령과는 다른 특유한 사회 심리적, 신체적 욕구를 가지고 있는데 시몬스는 가능한 오래살고 싶은 욕구, 집단 활동에 계속해서 적극적으로 참여하고 싶은 욕구, 자신이 갖고 있는 특권인 소유물, 권리, 권위, 위신 등을 보호하고자 하는 욕구, 죽음을 위엄과 편안으로 맞고자 하는 욕구 등이 있다고 했다.

따라서 노인에게는 안정의 욕구, 승인욕구, 지식욕구, 애정욕구, 생존욕구 등이 있다고 볼 수 있다. 그러나 이러한 욕구와는 달리 고령화됨에 따라 노인에 대한 사회적 평가는 달라지고 있다. 즉 사회로부터 오는 소외감과 이탈감, 신체적, 기능적, 정신적으로 오는 능력저하로 인한 불안 심리를 부추기며 자신의 사회적, 가정적 지위 상실로부터 오는 심리적 소외감과 시회상실 등 욕구 충족의 결여로 인하여 경제적 빈곤, 건강의 악화, 역할의 상실, 소외된 고독감 등의 문제에 당면한다.

일반적으로 노인의 심리 또는 욕구는 도시와 농촌의 차이가 있을 수 있고, 또 노인 개개인의 입장에 따라 그 희망하는 바가 다를 수도 있다. 그러나 노인들의 심리적 욕구를 종합해 보면 다음과 같다.

첫째, 안정된 노후를 희망하고 있다. 왜냐하면, 노인들은 수입이 없어 자식들로부터 도움을 받고 있으므로 항상 심리상태가 불안정하기 때문이다.

둘째, 노인들은 심리적으로 자신의 존재가치를 인정받기 싶어 한다. 나이가 들면 가족이나 사회엣 자신을 상대해 주지 않는 듯 한 느낌이 들어 항상 고독감을 느끼므로 존재가치를 인정받고 싶어 하는 것이다.

셋째, 노인들은 신체활동을 요구한다. "늙어서 아무것도 할 수 없다." 라고 말하지만, 속마음은 무언가 일을 하고 싶은 욕망이 가득 차 있다.

넷째, **많은 사람들을 사귀고 싶어 한다.** 왜냐하면, 나이를 먹을수록 대화의 상대가 없어짐을 느끼게 되기 때문이다.

다섯째, **노인은 장수할 것을 원하는 것이 일반적인 경향이다.** 이제 죽어도 여한이 없다고는 하지만, 더욱 건강하고 오래 살려고 하는 것이 노인의 분석이다.

이와 같은 노인의 심리적 욕구해소를 위하여 취미에 따른 신체활동, 여가선용 등의 문제가 하나씩 해결 되어야 할 것이다.

3) 사회적 특성

노인은 자신의 사고방식과 지식, 지위가 사회적으로 주요한 부분을 차지하고 있던 시기에서 세대교체나 은퇴 등으로 물러나게 되며 가정구조나 사회적 기대의 변화와 같은 인생의 큰 변화를 경험하게 된다. 이러한 변화는 적응력이 낮은 노인에게 심한 갈등과 정신적 고통을 주며 전통적인 규범과 관습, 문화 사이에서 큰 혼란을 겪게 된다.

일반적으로 노인은 그 존재가치가 저하됨에 따라 젊은이들로부터 무시당하고 가족이나 친척들의 무관심을 겪게 되며 심지어 노인들 간에 있어서도 대수롭지 않은 존재로 여겨질 뿐 아니라 고집과 거부성을 띠고 있어 단체 활동을 할 경우 다른 단체와의 타협과 수용이 개인보다 어렵다고 하였다. 특징을 보면

- 개인이 차지하는 사회적 지위가 불어나거나 줄어드는 역할의 변화가 생긴다.
- 권력, 보상. 선택의 재량을 상실한다.
- 대인관계와 사회참여도가 줄어든다.

오늘날과 같은 산업사회에서는 노인의 지식이나 경험, 기술, 그리고 그들의 사고방식이나 사상은 일단 뒤로 물러나게 되어 사회에서 별로 쓸모없는 것이 되어 버리고 만다. 따라서 사회적 문화란 자연히 젊고 유능한 세대들에 의하여 주도될 수밖에 없다.

그러나 분명한 것은 노인층은 사회적으로 노인문화를 가지고 있어야 하며, 이것은 노인들의 생활방식이고, 사회적으로 노인들의 세계에서만 통하는 독특한 취미·태도·사고 등의 일체감들이다. 결국, 사회에서의 노인문화란, 노인층이 갖는 요구나 기대, 사회가 노인층에게 요구하는 기대와의 복합적 소산이라고 말할 수 있다.

노인들의 사회적 역할은 여기에서 나오는 것이며, 이는 또 노인들의 사회적 역할을 규정하는 바탕이 되는 원인이기도 하다. 이를 위하여 노인들의 사회적 역할을 새로운 각도에서 확대하여야 한다. 노인들은 현실적으로 이해관계를 초월할 수 있으므로 객관적으로 사물을 판단할 수 있고, 비판적으로 사리를 평가 할 수 있다.

그러므로 기성세대와 젊은 세대 간의 사회적 대립이나 갈등을 조정할 수 있고, 그들의 적극적 조정력은 정치적 문제에도 조언자로서 관여 할 수 있는 가능성을 갖는다. 우리나라에서는 대부분의 노인들은 TV나 라디오와 벗하거나, 손자들과 어울리고, 친지들을 방문하거나 담소로 소일하며, 아니면 낮잠 등으로 지내는 경우가 많다. 말하자면, 소일거리에 대한 훈련이 없어서 보람 있는 여가생활을 즐길 줄 모르고, 또한 여가를 위한 경제적 여유도 부족한 실정이다. 사회적으로 볼 때 노인들을 위한 제도적 장치는 전무하며, 전술한 바와 같이 친교에 의한 소일거리, TV나 기타 오락물을 찾는 소극적인 여가 활동, 자기취미에 따른 적극적인 신체활동, 그리고 사회봉사를 통한 자기 확대 등으로 서열화(序列化)된다.

그러므로 우리나라 노인들은 좀 더 고차원적이며, 심리적인 여가활동이나 소일방법을 도입하고 그것을 자신의 정상적인 일과로 습관화 시켜 자연스럽게 실시하도록 하는 것이 중요하다.

4) 성격적 특성
나이가 들어감에 따라 노인은 사회심리적인 변화와 신체적인 변화와 더불어 성격의 특징이 나타난다.
① 노인들은 우울해한다. 우울증은 건강과 경제사정의 악화, 배우자 또는 친구의 죽음으로 인한 고독과 소외감이 우울증을 증가 시키게 된다.
② 조심성, 경직성이 증가된다.
③ 융통성이 적어져 어떤 행동을 함에 있어 큰 득이 없음에도 옛 것을 고집한다.
④ 보수적 경향이 있다.
⑤ 경제적인 면뿐만 아니라 신체적, 정신적으로 의존성이 증가됨을 볼 수 있다.
⑥ 과거에 대한 회상이 증가 되고 자기 중심적인 사고를 갖는다.
⑦ 오랫동안 사용해온 친숙한 사물이나 대상에 대한 애착심이 강해진다.
⑧ 의심을 하고 보며 과욕이 증대된다.
⑨ 내향성과 수동성의 증가된다. 따라서 적응력이 저하되어 변화에 민감하지 못하고 무사안일적인 태도를 갖는다.

4. 노인의 문제

노년기에 접어들면서부터 경제적으로 자립하지 못하고, 건강이 악화되며 의지할 곳이 마땅하지 못하여 어려운 생활을 하게 되는 사람이 많아지고, 변화하는 사회에 적응하지 못해 노인들은 사회적 부적응을 겪게 되는데 이런 곤란은 인간으로서의 회회생활의 기본적인 욕구가 충족되지 않은 상태를 말한다. 일반적으로 노인문제는 노인이 겪고 있는 4가지, 즉 빈곤, 고독, 무위고, 병고로 표현되고 때로는 빈곤, 병고, 고독의 3악으로 일컬어지기도 한다.   한국사회에서는 노인문제와 욕구는 노인이 처해있는 사회경제적 조건에 따라 다양하며 농어촌에 살고 있는 노인과 도시에 살고 있는 노인이 갖는 문제의 성격은 현격하게 다르고, 자녀와 함께 사는 노인과 따로 사는 노인들이 겪는 문제와 욕구는 매우 상이한 것으로 나타나고 있다.   노인문제가 일반적으로 도시에서 더욱 심한 것으로 생각하기 쉬우나 실제로는 농어촌의 경우와 저소득층의 경우에서 더 심각하게 발견 할 수 있으며 고령에 수반되는 사회생활상의 갖가지 곤란이라고 할 수 있다.

1) 노인문제의 원인

(1) 노인인구의 증가

현대사회에 있어서 노인문제가 사회문제로 등장하게 되는 가장 가시적인 배경은 노인인구의 증가 현상이다.

※ UN 고령화 사회의 분류

고령화 사회 (aging society)	전체인구 중 65세 이상 인구비율이 7% 이상 14% 미만
고령 사회 (aged society)	전체인구 중 65세 이상 인구비율이 14% 이상 20% 미만
초 고령 사회 (super-aged society)	전체인구 중 65세 이상 인구비율이 20% 이상

※ 우리나라 인구 10명 중 1명 65세 이상임

우리나라의 65세 인구는 1960년 73만명(2.9%)에서 지속적으로 증가 2010년 현재 545만명(11%) 고령화 사회 진입 2030년에는 1,269만명(24.3%)초고령 사회가 될 예정이며 2060년은 1,762만명(40.1%) 수준으로 성장 세계 최고령사회진입 전망 특히 85세 이상 인구는 2010년 37만명(0.7%)에서 2060년 448만명(10.2%)로 10배 이상 증가현상으로 노인 평균수명이 연장되고 있다.

[그림 8] 총인구 대비 연령계층별 고령인구 구성비, 2010-2060

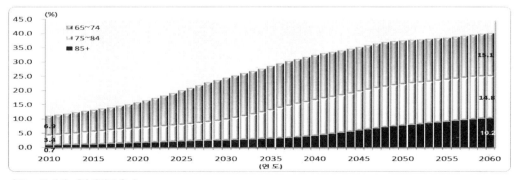

자료 : 통계청, 「장래인구추계」

이처럼 한국은 지구 역사상 유래를 찾을 수 없는 짧은 기간에 고령화 사회에서 고령사회가 될 것이기에 오랜 기간 걸쳐 인구고령사회에 대처해 온 선진국보다 그 충격이 클 것이다. 노령인구의 증가는 사회의 근대적인 발전에 따른 역작용으로써 나타난다고 볼 수 있다. 이러한 노령인구의 증가원인은 의료기술의 발달이나 생활수준의 향상으로 인해 평균 수명이 연장된 탓인데 1960년대의 우리나라 사람의 평균 수명이 52.3세 였으나 '73년 63.1세, '93년 72.8세, 2000년 75.9세, 2008년 79.4세로 늘었고 2013년 현재는 80세 앞으로도 평균수명은 계속 늘어날 것이며 100세 건강시대를 기대하고 있다. 고령화 사회에서 고령사회를 진입하는데 스웨덴은 85년 미국이 70년 가장 빨리 진행되었다는 일본도 25년이 걸렸는데 그에 비해 우리나라는 20년도 채 안 걸린 것으로 예상된다. 하지만 이렇게 고령사회로의 진입은 빠른데 비해 그에 대한 대책은 너무나 미비한 상태이다. 우리나라 여성평균수명은 85세로 남성보다 약 7년 더 길며 노인인구의 성비불균형 현상은 연령층이 높을수록 현저하게 나타난다.

[표 6] 연령계층별 고령인구, 구성비 및 성비, 1960-2060

(단위 : 천명, %, 여자인구 1백명당)

중위가정		1960년	1970년	1980년	1990년	2000년	2010년	2020년	2030년	2040년	2050년	2060년
총 인 구		25,012	32,241	38,124	42,869	47,008	49,410	51,435	52,160	51,091	48,121	43,959
구 성 비		100.0	100.0	100.0	100.0	100.0	100.0	100.0	100.0	100.0	100.0	100.0
	65세+	2.9	3.1	3.8	5.1	7.2	11.0	15.7	24.3	32.3	37.4	40.1
	65~74세	2.2	2.3	2.8	3.5	4.9	6.9	9.1	14.6	15.8	15.3	15.1
	75~84세	-	-	-	-	2.0	3.4	5.1	7.2	12.5	14.4	14.8
	85세+ (75세+)	(0.7)	(0.8)	(1.1)	(1.6)	0.4	0.7	1.6	2.5	4.1	7.7	10.2
인 구	65세+	726	991	1,456	2,195	3,395	5,452	8,084	12,691	16,501	17,991	17,622
	65~74세	556	741	1,050	1,500	2,303	3,405	4,653	7,616	8,063	7,345	6,636
	75~84세	-	-	-	-	918	1,677	2,621	3,759	6,359	6,947	6,505
	85세+ (75세+)	(170)	(251)	(406)	(695)	173	370	810	1,316	2,079	3,700	4,480
구성비	65세+	100.0	100.0	100.0	100.0	100.0	100.0	100.0	100.0	100.0	100.0	100.0
	65~74세	76.5	74.7	72.1	68.3	67.8	62.4	57.6	60.0	48.9	40.8	37.7
	75~84세	-	-	-	-	27.0	30.8	32.4	29.6	38.5	38.6	36.9
	85세+ (75세+)	(23.5)	(25.3)	(27.9)	(31.7)	5.1	6.8	10.0	10.4	12.6	20.6	25.4
성 비	65세+	66.0	70.0	59.7	59.8	62.0	69.1	74.5	81.1	82.5	82.8	87.0
	65~74세	66.6	75.3	68.2	68.5	70.0	81.1	88.9	92.9	93.4	96.5	106.8
	75~84세	-	-	-	-	51.3	56.6	66.1	75.2	80.9	83.4	88.0
	85세+ (75세+)	(63.9)	(56.0)	(41.3)	(43.9)	30.0	34.9	37.0	43.9	53.2	59.8	62.6

자료 : 통계청, 「장래인구추계」

(2) 사회적 여건의 변화

자본주의의 출현으로 인해 자본과 노동이 분리되고 산업화의 진전으로 노동력이 상품화 되어 인간의 가치를 노동력과 생산성에 근거하여 평가하려는 경향에 따라 생산력 면에서 상대적으로 뒤떨어진 노인은 자연히 노동사회로부터 밀려나게 되었다. 더불어 산업구조의 근대화에 따른 인구 이동과 이에 수반되는 가족제도의 붕괴에 의한 동거 부양의 감소 또는 핵가족화로 인한 가족의 세대별 분화가 추진되었고 농어촌의 청, 장년층이 도시에 집중됨에 따라 젊은 세대가 없는 노인 단독세대가 많이 형성되었다. 또한 서구의 수평적 문화가 유입되면서 노인을 공경하는 고유의 윤리적 가치관이 점점 회박해져 가는 현상을 볼 수 있다.

노인문제는 어느 시대에나 있었다. 모든 사회는 그들의 문화 속에 사회를 지탱해 주는 여러 제도와 밀접하게 연결된 합리적인 노인부양체계를 가지고 있다. 20세기에 들어서 비서구사회(非西歐社會)에서는 이른바 서구화 과정을 거치면서 그들의 기존의 전통적인 노인부양체계가 와해되었으나 새로운 노인부양체계가 정립되지 않은데서 많은 혼란과 어려움을 겪고 있는 사실을 널리 관찰할 수 있다.

우리나라에서도 20세기 말엽부터 급속하게 제기된 노인문제의 배경으로 ① 급속한 노인인구의 증가, ② 산업화와 도시화에 따른 가족의 분리와 핵가족, ③ 전통적인 노부모부양체계의 붕괴와 새로운 체계의 미정립, ④ 노인의 탈가족화(脫家族化)와 이로 인한 노후생활의 여러 어려움의 증대, ⑤ 노인문제의 사회적 책임에 대한 정부의 노인복지대책의 미흡 등을 들 수 있다.

우리나라의 65세 이상 노인인구는 1960년대 이후에 일어난 급속한 경제성장에 따른 국민생활수준의 향상과 보건의료 분야의 발달로 인한 평균수명의 상승으로 급속한 증가추세를 보이기 시작하여, 1960년의 79만에서 1995년 현재 266만으로 성장했으며, 2000년에는 337만, 그리고 2020년에는 690만에 달할 것으로 예상된다.

이로 인해 노인인구가 전체인구에서 차지하는 구성비는 그 동안의 안정적인 3% 수준에서 급속한 상승세를 보여 1980년의 3.8%, 1995년의 5.9%, 2000년의 7.1%, 그리고 2020년에는 13.2%가 될 것이 예상되어 우리 나라가 급속한 인구고령화사회로 진입하고 있다.

이러한 노인인구의 급성장은 노인인구의 실수증가뿐만 아니라, 그 동안 진행되었던 연령구조의 변화에 의해서 1960년대까지의 피라미드형 구조가 인구억제정책의 성과와 이로 인한 소자화(小子化)에 따라 종형(鐘型)화하는 데서 오고 있다.

이러한 변화는 ①1970년대 이후부터 시작되는 연소인구(0~14세 인구)의 절대수 감소, ②생산인구(15~64세 인구)의 완만한 증가, ③노인인구(65세 이상)의 급속한 성장으로 진행되고 있다.

이러한 경향은 각 연령집단의 구성비 및 성장율의 변화추세에서 뚜렷이 관찰된다. 연령구조의 변화는 부양지수에도 변화를 가져와 생산인구의 피부양인구(연소인구 및 노인인구)에 대한 부담은 1960년대 이후 현재까지 지속적인 감소추세를 보이고 있으나, 피부양인구 부양비의 구성은 1980~2000년 사이에 연소인구 부양비가 82.5%에서 29.4%로 급속한 감소를 보이고 있는 반면, 노인인구 부양비는 6.

0%에서 9.4%로 증가하고 있으며, 2000년 이후에는 더욱 빠른 증가가 예상된다.

특히 주목해야 할 점은 노인인구의 연소인구에 대한 비율을 나타내는 노년화지수 (老年化指數)가 기간 중 7.2%에서 31.9%로 빠르게 늘어나고 있으며, 2025년경에 는 99.8%가 되어서 연소인구와 그 수가 같아지는 초고령화시대에 진입한다는 사실 이다. (9페이지에 붙임)

1960년대 이후의 급속한 산업화와 도시화과정을 노인문제와 연결해서 보면, ① 산업사회의 정년제로 인한 이른 사회활동으로부터의 퇴출, ② 젊은 농촌노동력인구 의 도시집중에 따른 부자세대간의 분리·별거, ③ 젊은 세대의 핵가족선호사상과 부 모부양기피의식의 만연, ④ 이로 인한 전통적인 노부모 부양체계의 쇠퇴 등의 요인 으로 인하여 노인이 가족으로부터 튀어나오는 이른바 탈가족화 현상이 진행되고 있 다.

이로 인해 노인문제가 종래의 가족 안에서의 문제에서 사회적 책임으로 바뀌고 있으나, 대책의 미흡으로 노인의 노후생활이 여러 가지 면에서 어려움에 처해 있다.

오늘의 노인문제는 이른바 '노인의 사고(四苦)'라 하여, ① 노인의 경제적 빈곤, ② 노인의 보건·의료문제, ③ 노인의 무위(無爲)·무료(無聊), ④ 노인의 사회적 소 외 등을 들고 있다.

(3) 경제적인 어려움
자식들 뒷바라지를 위해 모든 것을 희생하고 노년기에 경제적으로 의존해야만 하는 노인 인구가 많다는 점이다. 65세 인구 중 건강문제가 43.6%, 경제적 어려움 38.4%, 소일거리 없음 5.3% 순으로 건강문제가 가장 큰 어려움으로 나타나고 노후 의 빈곤문제나 건강문제는 여성노인에게 많고 여성노인은 타 연령집단의 여성이나 남성노인에 비하여 경제적으로 더 어렵고 취약한 상황에 처해있다. 노인복지시설 이용자는 약 70%가 여성노인들이며 고령화의 진전은 여성노인 문제의 증가로 이해 되어야 하며 여성노인들이 노년기를 보다 건강하고 만족스럽게 보낼 수 있도록 사 회적 관심이 모아져야 할 때이다.

노후생활의 경제적 어려움은 ① 전통적인 노부모의 가족 내 부양체계의 와해, ② 산업사회화에 따른 이른 정년제와 노인의 사회활동에 대한 사회의 실직적인 문 호봉쇄(門戶封鎖), ③ 노인 스스로의 노후생활에 대한 심적·물적 준비 부족, ④ 정 부의 노후생활을 위한 경제대책의 미흡 등으로 일어나고 있다.   그러므로 사회가 우선적으로 개선해야 할 것은

첫째, 노인의 생활안정을 위해서는 ① 소득보장의 강화(경로연금의 지급, 노인취 업알선센터의 지원, 노인공동작업의 설치·확대 등)을 추진하고 있으며, ② 보호가 필요한 노인을 위해 종전의 시설중심의 사업에서 지역과 가족중심의 복지체계로 바 꾸고 있다. 또한 노인복지시설의 확충과 운영비 지원, 노인의 집과 경로식당의 운영

비 지원, 1인세대(독거노인)에 대한 간호·보호 등에 대한 대책이 펼쳐지고 있다.

보다 근본적으로는 ① 정년연장과 퇴직 후 재고용, ② 생활보호자 지원의 현실화, 선언적이며 단순노동직종에 국한되어 있는 노인고용촉진법의 내실화, ③ 현노인(現老人) 인구집단에 대한 무갹출연금제의 실시, ④ 경로우대제의 강화 등이 수반되어야 한다.

둘째, 건강한 노후생활을 위해서 ① 의료서비스의 강화, ② 치매노인사업(치매노인의 등록·상담, 치매전문의료시설의 설치)의 강화, ③ 재가노인(在家老人)복지사업(사업비 지원, 가정봉사원(home-helper, 가정도우미)의 파견사업 지원, 주간보호사업·단기보호사업의 확충) 등을 추진하고 있다.

보다 근본적으로는 종전의 치료 위주의 보건·의료서비스를 예방·건강증진의 방향으로 전환하고, 지역사회차원에서의 가정·지역사회서비스를 강화하며, 노인의료비의 저가지출을 위한 제도적 장치 등이 마련되어야 한다.

셋째, 존경받으며 활동하는 노인상을 정립하기 위해서는 ① 경로분위기의 조성(○경로의 달○, ○경로의 날○, ○부모의 날○ 설치, 경로우대제 확충, 노부모 봉양의식의 앙양), ② 생산적인 여가활용(전국 3만여 경로당에 대한 운영비 지원, 여가시설의 등록과 관리, ③ 노인봉사활동의 활성화(노인에 의한 환경관리, 교통정리, 한문선생 등의 활동과 봉사수당의 지급) 등을 도모하고 있다.

이것도 보다 근원적으로는 노부모를 모시는 자손에게 세제 감면, 봉양비 지원, 3세대아파트의 건립과 분양 등 뚜렷한 혜택을 제공함으로써 경로·효친과 노부모봉양 의식을 북돋아 생활의 윤리규범으로 사회화되어야 한다.

21세기에 들어서면서 노인인구가 급증할 뿐만 아니라 고학력·고경제력 인구가 노인인구집단으로 편입되며, 이 시기의 국력신장과 아울러 생각할 때 앞으로의 노인복지는 그 방향과 사업내용이 더욱 다양화·세분화되어야 한다.

(4) 여가 및 사회참여 여건의 부족

평균수명 연장, 소득 수준 향상 등으로 건강한 노인들의 사회 참여 욕구의 증대와 함께 노후를 보다 풍요롭고 안락하게 보낼 수 있는 사회적 여건이 미흡하고 여가 및 주거 시설이 부족하다. 기존의 시설도 생활보호 대상노인 등 저소득층을 위주로 운영되고 있는 실정이다.

노인의 무위·무료의 문제는 ① 조기정년으로 인한 사회적 역할의 상실, ② 핵가족화와 주거환경의 변화에 따른 가정 내 역할의 상실, ③ 은퇴 후의 길어진 노후생활을 위한 소일(消日)자료 및 여가이용시설의 부족 등의 요인에서 오고 있다.

노인의 고독한 심리는 ① 역할상실, ② 노쇠에 따른 심정의 약화, ③ 배우자·친지 등과의 사별에서 오는 슬픔과 고립감, ④ 죽음을 앞두고 느끼는 두려움과 인생의 허무감 등에서 온다.

노인의 사회적 소외(疎外)는 노후생활을 하면서 사회로부터 여러 가지 따돌림을 받는 현상을 말하며, 노인에 대한 ① 거부, ② 천시·냉대, ③ 무관심, ④ 무례함 등의 여러 형태로 나타나고 있다.

소외의 원인으로는 노인측의 ① 현대산업사회의 생활에 대한 부적응, ② 심신의 노쇠에 따른 사회활동의 비효율성, ③ 사회발전에 불필요한 존재라는 인식 등의 요인과, 사회의 ① 노인에 대한 사회참여기회의 봉쇄, ② 노인경시풍조의 만연, ③ 경로·효친사상의 쇠퇴 등의 요인을 들 수 있다.

노인에 대한 소외는 노인도 노년기의 심신의 변화를 자각하고 이에 슬기롭게 적응하면서 끝까지 사회 발전에 이바지하는 자세로 살아야 할 자신들을 ① 사회의 낙오자·패배자로 인식케 하고, ② 주위에서 일어나는 일들에 대해서 냉소와 더불어 방관자로 자처하며 여생에 임하게 한다.

노인의 여러 면에 걸친 생활의 어려움은 해결되어야 하며, 짧지 않은 그들의 여생이 자립적이고, 참여적이며, 존경받고 보호받으며, 즐겁고 보람찬 것이 되어야 한다.

지금까지 우리 나라의 노인문제는 가족 안에서의 문제로 대개 집안에서 해결되었다. 그러나 광복 후 ① 급속한 서구문화의 유입, ② 6·25전쟁기를 통해 얻어진 생존을 위한 윤리배제적 생활관, ③ 1960년대 이후의 산업화·도시화·핵가족화 등으로 생겨난 개인주의 문화의 확산은 전통적으로 가족주의 문화로 노인문제를 점차 가족 밖의 사회적 문제와 책임으로 전화시켰다.

현재 노인문제에 대한 대책은 노인복지법(1981년 6월 3일 제정, 1997년 개정)의 기본이념에 따라 해결되고 있다. 현 노인복지법의 기본이념은 ① 노인에 대한 경로와 생활안정, ② 노인의 능력에 따른 사회참여, ③ 노인의 심신의 건강유지와 사회 발전에 대한 기여 등의 명제를 제시하고 있다.

이의 실현을 위해 ① 경로효친의 미풍양속이 유지되는 건전한 가족제도의 유지·발전과 ② 노인복지증진의 국가, 지방자치단체 및 노인복지사업자의 역할을 강조하고 있다.

구체적으로는 ① 복지조치(구호가 필요한 노인의 상담·시설 입소, 건강진단, 경로우대, 노령수당, 노인직종의 개발, 생업지원, 주택 등), ② 노인복지시설 및 복지사업(복지시설의 종류와 시설 설치), 그리고 ③ 비용 등에 대해서 규정하고 있다.

앞에서 말한 노인문제의 해결 내지 노인복지정책 전개의 기본방향은 노인에 대한 '선가정봉양 후국가보호(先家庭奉養 後國家保護)'의 복지적 전개를 뜻하는 것이며, 전자는 노인을 위한 가족의 책임을 그리고 후자는 국가와 사회의 책임을 명시하는 것이다.

그러나 ① 핵가족의 증대와 소자화(小子化), ② 노인인구의 증대와 탈가족화는 노인의 가족 내 봉양의 기반을 무너뜨리고 있으며, 더욱이 ③ 정부의 사회적 책임을 강조하는 일련의 개인주의적 노인복지정책은 이를 부채질하고 있다.

그러나 다른 한편으로는 1995년 현재 65세 이상 노인의 약 50%가 3세대가족 안에서 자녀들의 가족주의적 봉양을 받고 있어 노부모에 대한 전통적인 가족내 봉양의 풍습이 아직도 엄존하고 있다.

이와 같은 현실을 감안할 때 노인복지정책의 방향과 구체적인 대책에서는 노인에 대한 가족의 역할과 사회의 역할이 재검토·재조정되고 전통과 개혁이 조화롭게 공생·발전하는 새로운 노인부양 문화의 정립이 모색되어야 한다.

노인문제의 해결에는 ① 노인, ② 가정, ③ 사회, ④ 국가가 다함께 노력해야 하나, 문제의 영역에 따라 노력과 책임의 소재 및 크기가 다르다.

예를 들어 경제적 빈곤과 노인의 보건·의료문제를 해결하려면 노인 스스로와 가족의 절약생활, 건강관리를 위한 노력보다도 정부의 역할과 대책이 크며, 노인의 무위·무료문제의 해소에는 정부에서 여가시설을 늘리고 소일프로그램을 개발하는 것도 필요하지만 노인 스스로의 생활자세와 가족의 보살핌이 보다 절실하다.

II. 노인성 질환

1. 치매

대부분 노인들은 신체적 기능들이 떨어져 만성적 질병과 합병증적 현상도 빈번하게 발생해 많은 의료비 지출이 요구된다. 특히 노인질병의 진료는 고액진료가 많으므로 일부 건강보험이 제도적으로 뒷받침 하고 있지만 개인적으로 일시에 진료비를 부담하는 일은 상당히 어려운 일이다.

1) 치매(dementia)의 개념
(1) 노인치매의 개념

치매란 '노망'이라 흔히 말하며 건망증과 지능의 저하로 일상생활을 영위하지 못하는 상태를 말한다. 즉 치매는 일단 정상적으로 성숙한 뇌가 후천적 외상이나 질병 등의 외적인 요인에 의해서 기질적으로 손상 또는 파괴되어 전반적으로 지능, 학습, 언어 등의 인지기능과 고도정신기능이 감퇴하는 복합적인 임상증후군을 일괄하여 지칭하는 것이다. 또한 치매는 사회생활이나 일상생활의 일정한 수준을 유지하기가 곤란하며 노화와 관련된 정상적인 건망증과는 달리 인지기능의 전체가 영향을 받으므로 성격의 변화와 감정조절 및 행동조절능력의 장애도 함께 발생하게 된다. 따라서 따뜻한 관심 속에서 케어가 이루어져야 한다.

치매라는 용어는 프랑스인 Pinnel이 최초로 노인성 치매를 사용하였으며 1906년 알츠하이머는 51세의 오거스트디 라는 여성 환자에게서 진행성 인지기능장애,환각,망상,생활능력상실의 증상을 확인하였다.

어의적으로 치매(demenia)는 라틴어 'dement'에서 유래된 것으로 '정신이 없다' 또는 '제정신이 아니다'라는 의미로 해석된다.

치매관리법 제2조에 의하면 '치매'란 퇴행성 뇌질환 또는 뇌혈관계 질환 등으로 기억력,언어능력,지남력,판단력 및 수행능력 등의 기능이 저하됨으로써 일상생활에 지장을 초래하는 후천적인 다발성 장애를 말한다.

세계보건기구의 국제질병분류(ICD-10)에 의하면 치매란 보통 뇌의 반성 또는 진행성 질환에서 생긴 증후군의 결과로 기억력,사고력,지남력,이해,계산,학습능력,언어 및 판단력을 포함한 고도이 대노피질기능의 다발성 장애라고 정의하였다.
즉, 치매란 뇌의 질환으로 인한 일상적 사회활동 장애 또는 대인관계에 지장을 초래하는 장애라고 볼 수 있다.

노인성 치매는 노인의 나이에 따라 60세 또는 65세 기준으로 초로성 치매와 노인성 치매로 구분하며 원인에 따라
* 치매의 종류 : 알츠하이머형 치매, 혈관성 치매, 기타 질병에 의한 치매, 분명치
                     않은 치매
* 치매의 정도 (임상적 분류기준 DSM-5에서 확인가능))
   ● 경증, 중등증 - 가정에서 생활하면서 적절한 주간보호서비스를 받으면 인지와
                     생활능력의 향상이 가능
   ● 중증 - 절대적 간병을 필요

(2) 치매의 유병률과 발병률
치매의 유병률이란 어떤 집단 전체 인구 중 특정 질병을 가진 사람의 비율로 65세 노인인구 100명당 치매 노인 수를 의미한다.

보건복지부 조사에서 치매 유병율은 8.4%였으며 치매 환자 수는 421,387명으로 남성 163,450명 여성 257,936명으로 추정된다.(2008)

발병률이란 특정 기간 동안 질병을 가진 환자가 얼마나 발생하는가를 말하며 2005년 발표된 세계 치매 유병률에 대한 Delphi Consensus Study에 의하면, 매해 세계적으로 연간 460만명,7초당 한명씩 발생하고 있다.

치매 발병률은 노인 인구 천 명당 12.4명/년이었고 연령별로 65~69세는 인구 천명단 2.5명/년이었는데 90세 이상이 되면 치매 발병률은 인구 천명당 85.5명/년으로 급격히 증가하였다.

(3) 치매의 임상적 증상
● 기억력 장애
: 기억력의 감퇴는 알츠하이머병과 같은 대뇌피질을 침범하는 치매에서 전형적으로 나타나 초기 현상이다.
치매의 초기에는 기억력의 장애가 경미하여 타인의 이름을 잊거나 물건을 잃어버리는 등 기억력이 감퇴되었음을 자각할 수 있으나 점차 최근에 일어난 사건들이나 다른 사람과 나누었던 대화 내용들을 잊어버린다.

● 언어의 장애
: 알츠하머 치매와 혈관성 치매와 같은 피질을 침범하는 치매는 환자의 언어 능력에 영향을 준다.

알츠하이머 치매는 물체의 이름을 대는데 어려움을 느끼며 혈관성 치매는 병변의 위치에 따라 여러 종류의 실어증이 나타날 수 있다.

- 실행증
: 치매환자는 물체의 사용하는 방법이나 잘 알려진 동작을 실행하지 못한다.

- 실인증
: 실인증은 지각기능이 온전함에도 불구하고 물체를 알아보거나 인지하지 못한다. 의자나 연필과 같은 물체를 지각할 수 있는 능력이 상실될 수 있으며,가족이나 거울 속에 자신의 모습조차 알지 못한다.

- 집행기능의 장애
: 집행기능은 추상적으로 생각하고 복잡한 행동을 계획하고 진행하고, 감시하고, 중지할 수 있는 능력을 의미한다.
추상적 사고의 장애는 새로운 작업에 직면하는데 곤란을 느끼게 하며 새로운 복잡한 정보의 처리가 요구되는 상황을 회피하게 된다.

- 정신증상
: 알츠하이머 치매 환자의 약 20~30%가 환각을 가지며 30~40%가 주로 편집증적 도는 체계적이지 못한 피해망상을 보인다.
망상은 주로 기억력의 장애와 연관되어 자기 소유물이 도둑 맞았다는 등의 피해적인 주제가 많으며 공격적이고 난폭한 행동도 나타난다.

- 인격의 변화
: 치매 환잔 내성적으로 변하고 자신의 행동이 다른 사람에게 미치는 영향에 대해 개의치 않는다. 가족이나 간호하는 사람에게 절대적으로 행동한다.

(4) 치매의 예방
치매환자는 조기 발견을 통해 10~20% 완치가 가능하다. 치매에 대한 잘못된 편견이 치매를 고칠 수 없는 병으로 인지하고 있는 경우가 많다. 그러나, 다양한 치매의 원인 중 뇌종양,심각한 우울증,갑상선 질환,약물 부작용,영양문제 등은 일찍 발견해서 치료하면 회복할 수 있다.

이에 보건복지부는 2007년부터 '무료치매검진사업'을 통해 60세 이상이면 누구나 전국 보건소에서 치매 검사가 가능하도록 실시하고 있으며, 치매로 진단 받고 보건소에 등록할 경우 치료관리비도 지원한다.

① 손과 입을 바쁘게 움직여라
: 손과 입은 가장 효율적으로 뇌를 자극할 수 있는 장치이다.
 손놀림을 많이 하고 음식을 꼭꼭 많이 씹자.

② 머리를 써라
: 활발한 두뇌활동은 치매 발병과 진행을 늦추고 증상을 호전시킨다.
 두뇌가 활발히 움직이도록 기억하고 배우는 습관을 가지자.

③ 담배는 당신의 뇌도 태운다.
: 흡연은 만병의 근원으로 뇌 건강에 해롭다.
 담배를 피우면 치매에 걸릴 위험이 안피우는 경우에 비해 1.5배나 높다.

④ 과도한 음주는 당신의 뇌를 삼킨다.
: 과도한 음주는 뇌세포를 파괴시켜 기억력을 감퇴시키고, 치매의 원인인 고혈압,
당뇨병 등의 발생 위험을 높이게 된다.

⑤ 사람들과 만나고 어울리자.
: 우울증이 있으면 치매에 걸릴 위험이 3배나 높아진다.
 봉사활동이나 취미활동 등에 적극적으로 참여하고 혼자 있지 말고 사람들과 어
울려 외로움과 우울증을 피하자.

⑥ 건강한 식습관이 건강한 뇌를 만든다.
: 짜고 매운 음식은 치매의 원인이 되는 고혈압,당뇨병 등의 발생 위험을 높인다.
신선한 야채와 과일, 특히 호두, 잣 등 견과류는 뇌기능에 좋으므로 이러한 식품을
적당히 섭취하자.

⑦ 몸을 움직여야 뇌도 건강하다(노인운동)
: 적절한 운동은 신체적, 정신적 건강에 좋다.
 적절한 운동은 치매의 원인이 되는 고혈압, 고지혈증, 당뇨병 등을 예방하고 증상
을 호전시킨다.
 일주일에 2회 이상 30분이 넘게 땀이 날 정도로 운동을 하자.

 * 알츠하이머 치매의 13%는 운동 부족 때문이다.
 * 운동을 열심히 하면 전체 치매 위험은 2/3 수준으로 줄고, 알츠하이머 치매 위
   험은 1/2 수준으로 준다.
 * 운동 부족군을 줄이면 세계적으로 치매 환자가 38만 명이 준다.

⑧ 치매가 의심되면 보건소에 가자
: 60세 이상 노인은 보건소에서 무료로 치매조기검진을 받을 수 있다.

⑨ 치매에 걸리면 가능한 빨리 치료를 시작하자.
: 치매 초기에는 치료 가능성이 높고 중증으로 가는 것을 방지할 수 있다. 따라서 치매는 가능한 빨리 발견하여 치료하는 것이 중요하다.

⑩ 치료, 관리는 꾸준히 하자.
: 치매 치료의 효과가 금방 눈에 안 보인다 할지라도 치료, 관리를 안하고 방치하면 뇌가 망가져 돌이킬 수 없다.

2) 알츠하이머

알츠하이머병 환자는 다양한 영역에서 인지 기능 장애를 보이다. 증상은 서서히 시작되고 진행하기 때문에 정확히 언제부터 증상이 시작되었는지, 일상생활의 장애는 언제부터 있었는지 그 시점을 정확하게 말하기 힘들다.

① 인지 기능 장애

• 기억장애

가장 처음에, 그리고 가장 흔하게 나타나는 증상이다. 초기에는 사람이나 사물의 이름을 잘 기억하지 못하거나, 최근에 나누었던 대화의 내용이나 최근에 있었던 일의 내용을 자세히 기억하지 못하는 등 기억장애가 시작된다. 이때 옛날 기억은 비교적 잘 유지된다. 그러다가 병이 진행되면서 옛날 기억도 점차 장애를 보인다. 대화 중에 말하고자 하는 단어가 잘 생각이 나지 않거나 방금 전에 한 이야기를 기억하지 못하는 기억장애는 흔하게 나타나지만, 일반적인 언어장애는 잘 나타나지 않는다. 그러나 병이 진행됨에 따라 상대의 말을 잘 이해하지 못하고 말수가 줄어들게 되며, 결국에는 말을 전혀 하지 못하게 되기도 한다.

• 공간지각장애

엉뚱한 곳에 물건을 놓아두거나, 놓아둔 물건을 찾지 못한다. 또, 잘 알던 길에서 길을 잃거나 오랫동안 살아온 집을 못 찾기도 한다. 그리고 복잡한 그림을 따라 그리지 못하고, 운전도 할 수 없게 된다.

• 계산장애, 실행증, 실인증

계산장애와 실행증, 실인증은 흔하게 나타나는 증상이다. 실행증으로 인해 평소에 사용하던 물건을 사용하지 못하거나 옷 입기 등의 기본적인 일상생활의 장애를 보인다. 실인증은 알츠하이머병의 중-후기부터 나타나는데, 알고 지내던 사람들을 잘 알아보지 못하게 되고 심해지면 가족과 배우자도 알아보지 못하게 된다.

② 전두엽 기능 장애

병이 진행되어서 뇌의 전두엽을 침범하게 되면 문제 해결, 추상적 사고, 결정 내리기가 힘들어 지고 판단력이 떨어진다. 즉, 여행, 사교 모임, 주식 투자, 사업 같은 일들을 수행하기 힘들어진다. 병의 초기에는 주로 기억 장애를 중심으로 하는 인지 기능 장애는 있고 전두엽의 기능 장애는 심하지 않기 때문에, 사회활동이나 일상적인 생활은 그런대로 유지할 수 있다가 병이 진행되면서 인지 기능 장애가 더심해지고 범위가 넓어져서 사회활동을 할 수 없게 된다. 더 진행하면 일상생활의 간단한 일조차도 혼자 해내기 힘들어진다.

〈그림. 뇌의 구조와 기능〉

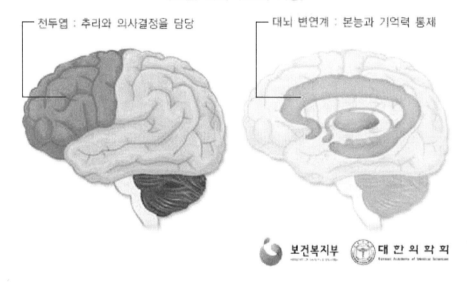

전두엽 : 추리와 의사결정을 담당   대뇌 변연계 : 본능과 기억력 통제

보건복지부   대 한 의 학 회

③ 행동 심리적인 문제

행동 심리증상도 알츠하이머병의 매우 중요한 증상이다. 알츠하이머 병의 주된 증상은 인지 기능 장애이지만, 실제로 병원에 입원을 하게 되는 이유는 행동 심리증상인 경우가 많습니다. 이 증상은 크게 이상 행동과 이상 심리 증상으로 나뉜다. 이상 행동은 공격적으로 변하고 의미 없이 주변을 배회하고, 부적절한 성적 행동을 하고 보호자를 쫓아다니거나 소리 지르기, 악담, 불면증, 과식증 등의 증상을 보인다. 이상 심리 증상은 불안, 초조, 우울증, 환각, 망상 등의 증상을 보이다. 초기 치매에서도 우울, 낙담, 무감동 등의 증상이 나타나지만, 대부분의 증상은 중기 이후에 많이 나타난다. 각각의 증상을 보면 무감동, 무관심은 경증의 경우 10-15% 정도에서 나타나고, 말기의 경우에는 50%에서 나타난다. 우울증도 알츠하이머 환자에게 매우 흔히 나타나는 증상이다. 그리고 망상은 알츠하이머병 환자의 40%에서 병의 과정 중에 경험하는 것으로 나타난다.

망상의 증상은 주로 도둑이 들었다거나 누가 물건을 훔쳐가려 한다든지 배우자를 의심하는 형태가 흔하며, TV에 나오는 사람과 대화하려 하거나 거울에 비친 자신을 다른 사람으로 착각하고 말을 거는 등의 형태로도 나타난다. 환각은 경증의 경우에는 5-10% 정도에서 나타나고, 병이 진행되면 빈도가 증가하지만 망상처럼 흔하지는 않다.

알츠하이머병의 행동 심리적인 문제 중에서 초조, 불안, 배회, 수면 장애, 공격성 등은 가족과 간병인에게 큰 짐이 된다. 따라서 환자를 입원시키게 되는 중요한 심리 증상과 달리 행동 증상은 치매의 정도와 매우 밀접한 관련이 있다. 공격성의 증가는 20-50%의 환자에서 나타나며, 여러 가지 문제를 유발할 수 있는 원인이 되며. 공격성을 미리 예측할 수 있는 인자는 정확히 알려져 있지는 않으며 우울과 낙담이 공격성과 관련이 있을 것이라는 연구결과가 있다.

④ 일상생활 능력의 손상

알츠하이머병 환자에서 나타나는 인지 기능 장애는 종국에는 환자들의 일상생활 수행 능력을 앗아간다. 중등도의 치매로 진행이 되면 시장보기, 돈 관리하기, 집안일 하기, 음식 준비하기 등의 능력이 떨어지게 되고, 중증으로 진행되면 용변 보기, 옷 입기, 목욕하기 등의 기본적 일상생활 수행 능력이 급격히 떨어진다. 알츠하이머병이 진행됨에 따라 여러 가지 증상들이 더욱 악화되어 결국 대화가 불가능해지고 자신을 돌보기 힘든 상태가 된다. 치매 말기에 치매환자의 주요 사망원인으로는 흡인성 폐렴, 요로 감염, 패혈증과 폐색전증이 있다.

(1) 비전형적 알츠하이머병

비전형적인 알츠하이머병에는 다음과 같은 유형이 있다.

① 시각형 - 질병 초기에 기억 장애 외에 시각장애가 두드러지는 경우

② 우뇌형 - 초기에 기억장애 외에 시공간 장애가 심한 경우

③ 좌뇌형 - 언어장애가 두드러지는 경우

④ 일차성 진행성 실행증 - 실행증이 심하게 나타나는 경우

⑤ 전두엽성 - 발병 초기부터 기억력의 저하뿐 아니라 전두엽 기능의 저하가 두드러지게 나타난 경우 이러한 비전형적인 알츠하이머병 환자들은 치매 증상을 유발할 수 있는 다른 여러 가지 퇴행성 뇌질환과 감별하기 어렵다.

(2) 알츠하이머병의 경과

알츠하이머병의 진행에 영향을 줄 수 있는 요인은 다양하다. 일반적으로 성별과 교육정도가 경과에 영향을 주는 요인이라고 알려져 있다. 또 발병시기가 이를수

록 악화 속도가 빠르다고 한다. 알츠하이머 병 환자에서 경직 등과 같은 파킨슨 증상이 나타날 수 있는데 이러한 파킨슨 증상이 발생한 경우에는 악화 속도가 더 빠른 것으로 알려져 있으며 알츠하이머병에 동반된 여러 행동 심리 증상도 인지기능의 악화 속도에 영향을 주는데, 특히 정신 이상 증상이 있을 때에 알츠하이머병의 악화 속도가 더 빠르다고 알려져 있다. 이외에도 심혈관 질환, 알코올 남용, 체중 감소, 요양기관 입원, 발병 초기의 언어능력 상실 정도, 전두엽 기능 장애 등도 증상을 나쁘게 하는 요인으로 알려져 있다.

아포 지단백(apolipoprotien) E4 유전 형질은 알츠하이머병의 발병률을 높일 뿐 아니라 병의 발병 시기에도 영향을 줄 것으로 생각이 되지만, 일부에서는 밀접한 관계가 없다는 의견도 있다.

비스테로이드성 소염제의 영향은 아직 확실하지 않다. 210명의 알츠하이머병 환자를 대상으로 한 이전의 연구에서는 비스테로이드성 소염제를 복용한 군에서 인지기능 저하가 느리다는 하였으나, 최근의 다른 연구에 의하면 큰 효과가 없다는 결과도 있었다. 또 여성호르몬 보충 요법에 관해서도 인지기능을 호전시킨다는 연구 결과가 있었지만, 최근의 결과는 효과를 입증하지 못하였고, 오히려 치매의 유병률이 높아진다고 보고하였다.

(3) 장기 요양 기관 이용에 관한 예측인자

알츠하이머병이 발병하고부터 장기 요양기관 입원이 필요하게 되기까지의 기간은 가족들에게 매우 중요한 관심사이지만 실제로 예측하기는 어렵다. 초조, 배회, 공격성 등과 같은 이상 행동은 환자를 입원시키게 되는 중요한 이유이고, 그 밖에도 사회 복지 환경, 경제적 사정 역시 환자가 입원을 하는데 영향을 준다.

알츠하이머병 환자의 장기 요양기관 이용 예측인자에 관한 연구결과 Knopman 등의 연구 결과에 따르면, 경증 알츠하이머병 환자의 12%가 1년 후에 전문 요양시설(너싱홈)을 이용하게 되고, 35%는 2년 후에 이용하게 된다고 한다. 중증 알츠하이머병 환자의 경우에는 1년 후에 39%, 2년 후에 62%가 전문 요양시설을 이용하게 되며 주된 입원 사유는 대소변 실금, 초조감, 보행 장애, 배회, 과행동증, 야간 행동 장애 등이 있다.

또 다른 연구에 따르면 알츠하이머병으로 진단된 이후 전문 요양 기관에 입원하게 되기까지의 기간은 평균 3.1년이었고, 독신환자의 경우는 2.1년으로 더 짧았다고 한다. 결혼 여부도 요양 기관 입원까지의 기간에 영향을 주는 것으로 나타난다.

(4) 증상 발현 이후의 기대 여명

알츠하이머병 증상이 나타난 이후의 생존 기간에 관한 연구 결과 역시 다양하다. 보고에 따라 2-20년에 이르고 평균 생존 기간은 10.3년 정도이나, 임상적으로 관찰되는 수명은 이보다 짧다는 의견도 있다.

생존 기간을 짧게 하는 요인들은 영양 결핍, 탈수, 감염 등이 있으며 환자의 나이, 성별, 질병의 중증도도 영향을 준다. 나이가 많을수록, 남자 환자가 더 생존기간이 짧다고 하며, 생존기간과 인지 기능의 감소 속도도 밀접한 연관이 있으며 그 밖에도 교육 정도, 동반 질환, 아포지단백의 유전형, 이상행동 및 심리 증상, 체중 등도 연관이 있을 것으로 생각이 되나 확실하지는 않다. 일반적인 노인군과 비교하였을 때 알츠하이머병 환자들은 암과 뇌졸중, 심혈관계 질환의 발생률은 오히려 낮다고 알려져 있다.

2. 우울증

1) 우울증의 개념

우울증은 흔한 정신질환으로 마음의 감기라고도 불린다. 그러나 우울증은 성적 저하, 원활하지 못한 대인관계, 휴학 등 여러 가지 문제를 야기할 수 있으며 심한 경우 자살이라는 심각한 결과에 이를 수 있는 뇌질환이다.

다행히 우울증은 효과적으로 치료될 수 있는 질환으로 초기 완쾌율이 2개월 내에 70-80%에 이르는 의학적 질환이다. 우울증에는 상담과 정신과 치료가 필수적이며 중등도 이상의 우울증은 항우울제 투여도 반드시 필요하다. 특히 최근 개발된 항우울제들은 뇌내의 저하된 세로토닌을 증가시켜 우울 증상을 호전시키고, 부작용이 거의 없이 안전하게 우울증을 개선할 수 있다.

〈그림. 우울한 기분과 우울증의 차이〉

2)우울증의 원인

(1) 생물학적 원인

우울증은 뇌의 신경전달물질의 불균형으로 인해 초래된다. 흔히 세로토닌이라는 뇌내 신경전달물질의 저하가 우울증과 관련된다. 항우울제는 이러한 신경전달물질을 조절하여 우울증의 원인을 치료한다.

(2) 유전적 원인

우울증은 유전 질환이 아니다. 다만, 우울증이 있는 부모나 형제, 친척이 있다면 우울증에 걸릴 확률은 일반인에 비해 약간 높을 수 있다.

(3) 생활 및 환경 스트레스

사랑하는 사람의 죽음, 이별, 외로움, 실직, 경제적인 걱정과 같은 스트레스가 우울증을 유발하거나 악화시킬 수 있다.

(4) 신체적 질환이나 약물

암, 내분비계 질환, 뇌졸중 등 다양한 질환이 우울증을 유발할 수 있다. 심지어 치료약물도 일부 우울증을 유발할 수 있다. 병원에 입원한 내외과계열 환자의 20% 이상이 치료가 필요한 우울증이라는 보고가 있다. 이러한 우울증은 원인을 치료하면 우울증도 호전될 수 있기 때문에 반드시 감별진단 할 필요성이 있다.

〈그림. 신체질환이나 약물에 의한 우울증〉

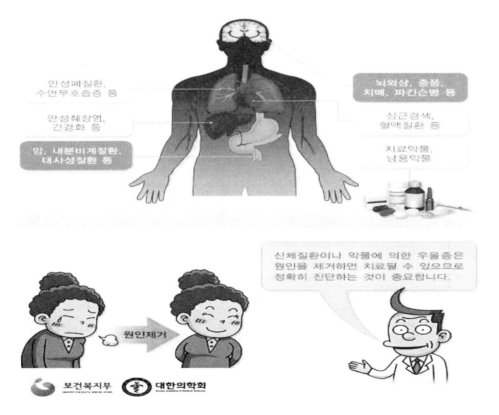

- 54 -

3) 주요 증상

- 지속적인 우울감
- 의욕 저하, 흥미의 저하
- 불면증 등 수면장애
- 식욕 저하 또는 식욕증가와 관련된 체중변화
- 주의집중력 저하
- 자살에 대한 반복적인 생각, 자살시도
- 부정적 사고, 무가치감, 지나친 죄책감
- 일상생활 기능 저하, 학업능력저하, 휴학, 생산성 저하, 가족갈등, 이혼 등

우울증에 걸리면 이전에 스트레스를 극복할 때 사용하던 방법들 예를 들어 영화를 보거나 친구를 만나도 즐겁지 않게 되어 나는 이를 극복할 수 없을 것 같고 이러한 괴로움이 앞으로도 영원히 지속될 것처럼 느껴지게 된다.

(1) 연령에 따른 우울증의 특징적 증상

- 우울증은 30-40대에 가장 흔하지만 어느 연령에서나 발병할 수 있는 질환으로 기본 증상은 의욕 저하가 대표적이지만 연령과 성에 따라 독특하게 표현되기도 하므로 아래의 특징을 알아두는 것이 도움이 된다.
- 특히 우리나라에서는 감정을 표현하기보다는 감추는 것이 미덕으로 여겨져 우울증이 우울한 감정보다 신체적 증상으로 표현되는 경우가 많다.
- 여성의 경우 산후 우울증, 갱년기 우울증 등 특정 시기에 우울증의 위험이 높아 주의를 요한다.
- 우울증의 결과가 때로 알코올 의존이나 남용으로 나타나는 경우를 이차성 알코올 의존이라고 한다. 이 경우 우울증을 치료하면 알코올 문제도 호전될 수 있으므로 조기 발견이 중요하다.

〈그림. 연령에 따른 특이한 우울증상〉

소아청소년	중년	노인
• 짜증, 반항 • 등교 거부, 성적 저하 • 여러 가지 신체증상 • 약물남용 • 청소년 비행 • 고3병	• 건강 염려증 • 죄책감, 의심 • 절망감, 공허감 • 건망증 • 빈둥지 증후군 • 홧병	• 모호한 신체 증상 • 불면 • 불안 • 집중력과 기억력 저하 (가성치매)

보건복지부 대한의학회

(2) 병원을 방문해야 하는 경우

우울증의 증상이 2주 이상 지속되어 일상생활에 지장을 줄 경우에는 정신과 전문의와 상의하는 것이 좋다. 그러나 우울증이 심할 때 부정적인 생각이 지배하기 쉽고 이런 이유로 치료에 대한 기대도 부정적인 경우가 많다. 그렇게 때문에 가족, 친구 등 보호자의 지지와 역할이 중요하다. 병원을 방문할 경우 환자에 대해서 잘 아는 보호자가 함께 내원하여 의사에게 구체적인 정보를 제공하는 것도 많은 도움이 된다. 특히 자살사고 등 위험성이 있는 경우는 즉시 방문할 필요가 있다.

4) 자가 진단 및 치료

벡우울척도는 우울증의 선별검사로 가장 많이 사용되고 있는 자가보고형 척도검사이다. 총점 16점 이상이면 우울증을 의심해볼 수 있으므로 전문가와의 상담이 필요하다. 질문지의 결과가 반드시 우울증의 진단을 의미하지는 않는다. 정확한 진단은 의사를 방문함으로써 받을 수 있다. (※ 우울증 척도 자가진단표 부록참고.)

(1) 우울증의 진단 기준

아래는 우울증의 진단 기준으로, 9가지 중 5개 이상의 증상이 2주 이상 지속하며 기존의 기능과 비교하여 명백한 장애가 있는 경우 진단할 수 있다. 그러나 우울증 진단은 진단 기준에 따라 기계적으로 이루어지는 것은 아니다. 가장 중요한 것을 숙련된 전문가의 면담을 통한 임상적 진단이다.

- 하루의 대부분, 그리고 거의 매일 지속되는 우울한 기분이 주관적인 보고(슬프거나 공허하다고 느낀다)나 객관적인 관찰(울 것처럼 보인다)에서 드러난다.
  ※ 주의: 소아와 청소년의 경우는 과민한 기분으로 나타나기도 한다.
- 모든 또는 거의 모든 일상 활동에 대한 흥미나 즐거움이 하루의 대부분 또는 거의 매일같이 뚜렷하게 저하되어 있을 경우(주관적인 설명이나 타인에 의한 관찰에서 드러난다)
- 체중 조절을 하고 있지 않은 상태(예: 1개월 동안 체중 5% 이상의 변화)에서 의미 있는 체중 감소나 체중 증가, 거의 매일 나타나는 식욕 감소나 증가가 있을 때
- 거의 매일 나타나는 불면이나 과다 수면
- 거의 매일 나타나는 정신 운동성 초조나 지체(주관적인 좌불안석 또는 처진 느낌이 타인에 의해서도 관찰 가능하다)
- 거의 매일의 피로나 활력 상실
- 거의 매일 무가치감 또는 과도하거나 부적절한 죄책감을 느낌(망상적일 수도 있는, 단순히 병이 있다는데 대한 자책이나 죄책감이 아님)

- 거의 매일 나타나는 사고력이나 집중력의 감소, 또는 우유부단함(주관적인 호소나 관찰에서)
- 반복되는 죽음에 대한 생각(단지 죽음에 대한 두려움뿐만 아니라), 특정한 계획 없이 반복되는 자살 생각 또는 자살 기도나 자살 수행에 대한 특정 계획

① 신체검사

갑상선 기능저하증 등 다양한 신체질환이 우울증을 유발할 수 있다. 그러므로 적절한 검사를 통해 다른 질환을 평가하는 것이 중요하다.

② 심리검사

앞에 소개된 벡우울척도와 같이 환자 스스로 작성하는 자가보고척도가 도움이 된다. 숙련된 임상심리사와 진행하는 심리검사는 증상평가와 환자가 가진 방어기제 및 내적자원의 평가를 통해 치료계획수립에 도움을 줄 수 있다. 다행히 우울증은 효과적으로 치료가 가능한 질환이다. 초기 완쾌율이 2개월 내에 70-80%에 이르는데, 주요한 치료 방법은 정신치료와 약물치료가 있다. 가벼운 우울증은 상담만으로 충분한 경우도 있으나 중등도 이상의 우울증에서는 약물치료가 필수적이다. 특히 최근 개발된 항우울제는 뇌내 저하된 세로토닌을 증가시켜 우울증의 원인을 치료하며 부작용이 거의 없이 안전하게 우울증을 개선할 수 있다.

(2) 치료의 단계

※ 치료를 반드시 고려해야 하는 경우
- 우울증으로 인한 증상으로 일상생활에 불편함이 지속되는 경우
- 직업 기능, 학업 기능의 저하가 지속되는 경우
- 자살의 위험성이 있는 경우
- 동반되는 내과질환의 치료에 부정적인 영향을 주는 경우

우울증은 잘 치료될 수 있는 의학적 질환이다. 정신과 의사는 환자의 증상과 전신 상태, 질병의 진행 정도, 환자의 선호도 등을 종합적으로 검토하여 적절한 치료법을 환자와 함께 선택한다.

우울증의 치료는 급성기, 지속기, 유지기 치료로 세 단계로 나누어진다.
- 급성기 치료(2-3개월) ; 증상의 관해를 목적으로
- 지속기 치료(4-6개월) ; 관해를 유지함을 목적으로
- 유지기 치료(6-24개월) ; 반복성 우울증의 경우 재발 예방을 목적으로

항우울제 복용 후 대개 1-2주후 효과가 나타나며 8주에 70-80%는 증상이 소실된다. 그러나 우울증은 재발이 잦기 때문에 급성기 치료 이후에도 4-6개월간 유지요법을 시행하는 것이 재발을 막는 방법이다.

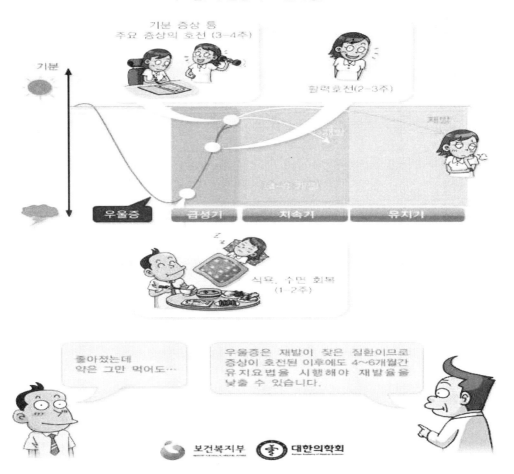

〈그림. 우울증의 호전과정〉

(3) 약물요법

① 항우울제

대개 세로토닌에 작용하는 약물로 뇌신경에 작용하여 세로토닌을 증가시키고 수용체 수를 정상화시켜 우울증을 치료하는 약이다. 여러 종류의 항우울제가 사용되고 있으며 환자의 증상과 선호에 따라 적절한 약물을 선택하는 것이 중요하다.

특히 항우울제는 효과가 서서히 나타나지만 내성과 의존이 없는 장점이 있다. 치료 초기에 입이 마르거나, 변비, 기립성 저혈압 등의 부작용이 나타날 수 있다. 그렇다고 치료를 중단해서는 안 되며 의사와 상의하여 부작용 대처법을 숙지하고 용량을 조정하거나 다른 약물로 교체하는 방법을 선택하는 것이 중요하다.

② 수면제

낮에 자거나 눕지 않고 활동을 늘리는 등 행동요법이 중요하다. 그러나 불면증이 심한 경우 일시적으로 수면제를 사용하는 것이 증상 호전에 도움이 될 수 있다. 주로 항불안제 계열의 약물이 사용되며 비습관성 수면제도 유용하게 사용되고 있다.

③ 항불안제

동반되는 불안증 치료를 위해 우울증의 급성기 치료에 주로 사용된다. 이중 벤조디아제핀 계열의 약물은 일부 내성과 의존의 위험이 있으므로 전문가의 처방하에 필요량을 필요기간만큼 복용하는 것이 좋다.

④ 정신요법

필요에 따라 지지정신치료, 정신분석, 인지행동치료, 대인관계치료 등 다양한 정신과적 상담을 할 수 있다. 이를 통해 우울증의 특징적인 부정적 사고를 감소시키고 스트레스에 대처하는 능력을 향상시켜 우울증을 예방하는 효과를 볼 수 있다. 대부분 정신과 의사는 항우울제와 함께 정신요법을 함께 진행하며 이 경우 가장 효과적인 것으로 알려져 있다.

⑤ 기타 비약물학적 치료

흔히 사용되고 있지는 않지만 전기경련요법과 뇌자극법도 유용한 치료방법이다. 전기경련요법은 최근에는 전신마취하에 안전하게 시행되고 있으며 심한 우울증이나 자살위험이 높은 경우 치료효과가 매우 빠른 장점으로 인해 현재도 시행되고 있는 치료법이다. 뇌자극법도 치료불응성 우울증에 효과적인 것으로 알려져 있다.

5) 우울증 대처

① 우울증에 잘 대처하는 방법

일부 환자의 경우 우울증을 병으로 보지 않고 방치하다가 극단적으로 자살을 선택하는 경우가 있다. 따라서 우선 우울증을 병으로 인식해야 하며, 우울증의 조기 증후를 제대로 알아야 한다.

또한 자신의 기분을 흔드는 외적 내적 사건을 인식해야 하며, 우울증 증세에 대한 자기 나름대로의 대처방안을 고안해야 한다. 이때 주위의 도움이 필요할 수도 있다. 증상이 심한 경우 전문가와의 상담이 필수적이다. 우울증은 잘 치료되는 질환이라는 사실을 기억한다.

② 가족이나 친구가 우울한 환자를 돕는 방법

- 우울증의 증상으로 인한 환자의 변화(짜증, 무기력, 약속 지키지 않음 등)를 비난하지 않고 우울증인지 의심해보고 차분히 대화를 나눈다.
- 세심한 배려로 친구의 어려움을 충분히 들어주고 이해하고 공감하고 격려해준다.
- 우울증 치료를 받도록 적극적으로 권유하고 중등도 이상의 우울증의 경우 항우울제를 복용하도록 돕는다.
- 섣부른 충고보다는 경청하는 자세로 친구가 감정을 표현할 수 있도록 돕는 것이 좋다.
- 환자를 혼자 두지 않고 운동 등 여러 가지 활동을 같이 하면 좋지만 너무 강요하면 환자는 내가 얼마나 힘든지 모른다고 생각할 수 있다.
- 자살에 대해서 언급한다면 자세히 묻고 자살의 위험이 있는 경우 즉각적으로 치료를 받도록 하여야 한다.

③ 우울증에 극복할 수 있는 생활습관

- 긍정적인 생각을 가진다.
- 운동하는 습관을 갖는다.
- 규칙적이고 균형 잡힌 식습관을 가진다.
- 알콜은 우울증 치료의 적이므로 반드시 피한다.
- 명상과 요가, 이완요법이 도움이 된다.
- 낮잠을 30분 이내로 하고 침대는 잠을 자는 용도로만 사용한다.

④ 우울증 진단

우울증 진단은 정신과 전문의와의 상담이 가장 바람직 하지만 여러 경로를 통해 우울증 치료에 대한 구체적 정보를 무료로 제공받을 수 있다. 보건복지부에서 운영하는 정신건강상담의 전화(1577-0119)가 24시간 이용이 가능하며 보건복지부 긴급전화(129)를 통해서도 위기 시 상담이 가능하다.

대부분의 시·군·구 단위에서 운영하고 있는 정신보건센터를 통하면 전문의 상담과 사례관리를 제공받을 수 있다. 인터넷상에서는 신경정신의학회에서 운영하는 웹사이트 해피마인드(www.mind44.co.kr)을 통해 우울증에 대한 정보와 무료상담이 가능하다. 또한 서울광역정신보건센터 위기관리팀에서 운영하는 (www.suicide.or.kr)을 방문하면 인터넷 채팅으로 상담을 할 수 있다.

6) 노인 우울증, 치매와 구분

노인에서 나타나는 우울증은 치매와 구분하기 쉽지 않다. 치매와 유사한 집중력·기억력 저하 등 인지기능장애가 흔하게 나타나기 때문이다. 치매를 의심해 병원을 찾는 노인 환자 10명 중 4명은 치매가 아닌 노인성 우울증이라는 학계보고도 있다.

실제로 2006년 6월부터 2007년 5월까지 기억력 감퇴를 이유로 강동성심병원 치매예방센터를 찾은 환자 100명을 검사한 결과 이중 9명이 우울증으로 판정 받았으며, 그 외 18명이 치매를 비롯한 다른 질환에 우울증을 동반하는 것으로 나타났다.

우울증과 치매, 상호작용 통해 서로 악영향 노인 우울증에서 나타나는 치매와 유사한 인지기능장애를 노인성 치매와 구별하여 가짜 치매라고 해서 '가성치매(pseudodementia)'라고 부른다. 우울한 노인의 15%에서 가성치매가 발생한다고 알려져 있다. 조기에 적절한 치료를 받으면 회복률이 80%나 되지만 치매로 착각하면 우울증 치료시기를 놓치기도 한다.

노인성 치매는 서서히 수년에 걸쳐 발병하는 것에 비하여 가성치매는 진행 속도가 빠른 것이 특징이다. 또한 가성치매 환자는 인지기능 저하로 인한 치매증상보다 우울한 기분, 의욕저하, 식욕저하, 불면, 초조감, 신체증상 등 우울증 증상이 더 먼저 나타난다.

가성치매 환자는 과거 우울증을 앓은 적이 있거나 가족 중에 우울증 병력이 있는 경우가 많다. 보통 치매 환자의 30~40% 정도가 우울증 증세를 함께 보이는데 이 경우에는 활동장애나 지적 장애가 더 심하게 나타난다고 한다. 때문에 치매의 예방뿐 아니라 치료에도 우울증 치료는 중요한 요인이다.

① 노화한 뇌, 스트레스에 취약

노년기에는 당뇨, 고혈압, 심장병 등 만성 질환을 갖고 있는 경우가 많은데, 이러한 질환들이 잘 조절되지 않거나 이로 인한 장애나 합병증이 있을 경우 우울증이 생길 위험성이 증가한다.

노화로 인한 능력의 감소에 관한 자각, 인생의 목표를 달성하지 못했다는 자괴감 또는 절망감 등의 문제가 우울증을 유발할 수 있다. 또한 시력저하, 청력 저하, 보행 장애 등 노화로 인한 신체적 장애 등도 우울증을 유발할 수 있다. 더욱이 주위의 형제, 친구, 배우자 등의 죽음으로 인하여 상실의 경험을 하게 되는 스트레스에 취약할 수도 있다.

노화가 진행됨에 따라 뇌 자체도 노화하여 실제로 뇌에서 분비되는 신경 전달 물질 일부에 양적 변화가 나타나며, 이러한 화학물질들의 부조화의 결과로서 우울증이 발생할 수 있다.

② 치료시기

본인조차 자신이 우울증에 걸렸다는 사실을 자각할 수 없을 뿐만 아니라, 가족이나 친구 등 주위의 사람들도 기운이 없는 것은 나이 탓이라고 치부해버리기 쉽다. 특히 유교적 사고방식을 가진 한국 노인들은 서양 노인들과 달리 자신의 감정 표현에 서툴기 때문에, 환자의 감정의 변화를 다른 사람이 눈치 채지 못하기도 한다.

노인 우울증은 기분이 가라앉음, 절망·우울감 등 마음의 고통뿐만 아니라 두통·복통이나 위장 장애 등의 신체적 증상으로 나타나는 경우가 많은데, 이처럼 다양한 증상으로 나타나기 때문에 우울증을 진단하지 못하고 지나치기 쉽다.

③ 치매와 우울증의 구분법

치매와 우울증으로 인한 가성치매를 구분하기는 쉽지 않다. 그러나 근소한 차이를 보이는 부분이 있는데, 일단 진짜 치매는 시작된 시기가 애매하지만 가성치매는 '3개월 전' 등으로 시기가 명확한 편이다. 또 어느날 갑자기 기력이 떨어지고 의욕 저하와 기억력 감퇴를 호소하면 가성치매일 가능성이 높다.

인지기능 검사를 시행하면 노인성 치매 환자의 경우 최대한 자신의 인지기능 저하를 숨기기 위해 검사에 열심히 임하려는 경향이 있는데 반해, 가성치매 환자는 검사 동기나 의욕이 저하되어 있기 때문에 검사를 귀찮아하거나 대강대강 대답하는 경우가 많다. 따라서 불분명할 경우 '잘 모르겠다'는 대답이 많다.

인지기능 검사상 가성 치매에서는 주의력과 집중력 장애의 기복이 심한 데 반하여 노인성 치매 환자에서는 지적 수행 능력의 저하가 전반적이며 일관되게 관찰된다. 가성치매의 경우 언어장애는 잘 나타나지 않는다.

※ 노인 우울증 5가지 체크리스트

노인이 다음과 같은 증상을 보이면 우울증을 의심해보고 검사를 받아볼 필요가 있다.

- 뭘 물어보면 잘 모르겠다며 건망증을 보일 때
- 평소와 달리 여기저기 몸이 아프다고 할 때
- 잠을 잘 못자고 입맛이 떨어진다고 할 때
- 평소 좋아하던 일을 하기 싫어할 때
- 자주 어쩔 줄 몰라 하며 초조해 할 때

[도움말 = 한림대의료원 강동성심병원 정신과 연병길 교수]

7) 스트레스와 우울증

① 지위변화와 스트레스

사람의 평균 수명이 점점 길어지고 노인 인구의 비율이 급속히 증가하고 있다. 60세가 되면 회갑잔치를 하고 친지와 후손들로부터 그만큼 살아온 것에 대한 축하를 받는 전통적인 의식도 이제는 그 의미가 많이 희석되어졌다. 55세면 요즘에는 아직도 얼마든지 일할 수 있는 나이로 간주된다. 그럼에도 불구하고 최근 통계에 의하면 우리나라의 정년퇴직 연령은 55세에서 60세 사이가 제일 많다. 일을 잃고 사회적인 활동을 중단한다는 것은 본인이나 사회적으로 볼 때 큰 손실이다. 과거 농경사회에서는 수십년간 경험을 통해 쌓여온 노인들의 지혜가 가장 중요했다. 또 농경 중심에서는 땅이 모든 생산의 바탕인데 통상적으로 땅의 소유자는 그 집안의 가장 어른이었으므로 노인들은 자연히 존경을 받게 되고 가정과 사회에서 군건한 지위를 확보하고 있었다. 그러나 현대의 산업. 정보화 사회는 엄청나게 불어나는 새로운 지식들을 빨리 익히고 이를 바탕으로 젊고 활기찬 노동력에 의해 제품을 생산하는 것이 가장 중요하다. 따라서 지금의 사회는 변화에 즉각적으로 대응할 수 있는 유연한 사고와 새로운 지식, 그리고 강하고 힘찬 노동력을 요구한다. 노인들은 자연히 소외되고 사회와 가정에서의 주도권을 상실하게 되었다.

② 스트레스와 우울증

노년기에 가장 흔한 두 가지 정신장애는 치매(dementia)와 우울증이다. 노년기에 들면 더 우울증이 많아지느냐 하는 데에는 논란이 있다. 일반적으로 노인들은 정신과의사를 잘 찾지 않는 경향이 있고 또 이들이 내과 등을 방문하더라도 타과 전문의사들이 노인들의 정신과적 문제를 발견하는 것이 용이치 않다. '노인들에게 무슨 심리적 갈등이 있겠느냐'하는 마음도 있고 '노인들의 정신적 스트레스란 다 뻔한 것 아니냐'는 등의 일종의 역전이(countertransference: 의사가 자기 자신의 어렸을 적에 매우 가까운 관계였던 사람들, 대개 부모들에게 가졌던 감정을 그대로 환자에게 옮기는 것을 말함)가 작용하기 때문이다. 노인들의 경제적 어려움과 가족들의 관심 부족도 정신장애를 간과하게 하는 한 요인이다. 어쨌든 노인들의 우울증은 다른 연령 군에 비해 정신과적으로 적절한 치료를 받을 수 있는 기회가 적은 것으로 생각되는데 그래도 그 빈도가 타 연령 군과 비슷한 것을 보면 노년기에서 우울증이 더 많지 않나 짐작케 한다.

③ 증상

일반적인 우울증의 증상을 다 나타낸다. 울적함, 의욕상실, 무력감, 고독감, 이유 없는 슬픔, 불면, 식욕저하, 허무감, 과잉한 걱정 등이 주된 증상들인데, 노년기 우울증은 특히 초조함과 안절부절못함이 심하여 '초조성 우울증'이라고도 한다. 방안을 초조히 왔다갔다하고 머리를 쥐어뜯고 하는 경우도 자주 본다. 건강에 대한 염려가 많고 질병, 빈곤, 죄악, 허무의 망상을 보인다. 노인들은 이와 같은 일반적인 우울증의 증상보다도 다음과 같은 신체적 증상이 주로 나타남으로서 흔히 조기 발견을 놓치고 병을 악화시키거나 심하면 자살에 이르게 할 수도 있다. 노년기 우울증 환자들은 '우울한 기분', '죄의식', '열등감' 등의 정서적인 측면보다 동통, 불면, 식욕저하, 체중감소, 두통, 소화불량 등의 신체화 증상을 주로 호소하는 경우가 많다. 따라서 내과, 정형외과, 신경과 등을 방문하는 경우가 많고 대개는 별 뚜렷한 진단을 받지 못하고 이병원 저병원으로 표류하는 수가 많다. 특히 식욕 감퇴와 체중감소는 악성 종양의 징후이기도 하므로 두 질환의 감별이 필요하다.

④ 노년기 심리와 해결과제

에릭 에릭슨이란 심리학자는 노년기를 인간의 마지막 발달 단계로 보고 이 시기는 통합(integrity)이냐 절망(despairs)이냐의 갈등에 처하는 시기로 보았다. 노년기가 되면 사람들은 자신의 과거를 돌아보고 회상하게 된다. 자신에게 주어졌던 모든 기쁨과 슬픔, 행복과 불행, 성취와 좌절 등을 반추하고 "이 모든 것들이 '나' 란 존재로 연유한 것이며 내게 기쁨과 행운을 주었던 사랑도, 또 내게 슬픔과 분노를 주었던 사람들과의 만남도 결국은 내가 존재하였기 때문이며 나의 숙명이었다"고 받아들일 때 그 사람은 노년기에 모든 원망, 증오와 분노를 스스로 내적으로 통합시킴으로서 마음의 평안을 찾고 자연스럽게 앞으로 닥쳐올 생의 마지막 순간에 대처하게 되는데 이를 통합이라고 한다. 반대로, 과거에 자신에게 주어졌던 모든 운명적인 것을 부인하고 원망하며 자신이 당한 모든 불행이 자신의 잘못이 아닌 다른 사람의 또는 시대와 사회의 잘못 때문이라고 이를 원망할 때 노년기에 마음속의 불안은 더 커지고 분노와 슬픔을 주체할 수 없는 상태에 이르게 된다. 이렇게 되면 앞으로 다가올 죽음에 의연하게 대처하지를 못하고 두려워하며 따라서 각종 건강염려증(hypochondriasis)이나 신체화증상(Somatization)에 시달리게 되는데 이를 절망(despaire)상태라 한다. 상기의 환자는 소위 이 시기의 심리적 과제인 통합을 이루지 못하고 절망상태에서 우울장애로 고생하고 있는 전형적인 한 증례이다.

⑤ 치료

노년기에 발병한 우울증은 대체로 청년기나 장년기에 발병한 우울증에서 보다 예후가 좋지 않다. 뇌 자체의 노화에 의해서 회복력이 떨어져있고 노인들에게서는 환경적 변화도 그리 쉽지 않다. 특히 약물에 대한 흡수, 대사 등이 저하되어 있어 약물에 대한 부작용이 많이 나타나 충분한 용량을 사용하여 치료를 못하는 수가 많다. 일반적으로 많이 사용되는 항우울제들은 혈압강하작용(orthostatic hypotension), 기억력장애, 장운동저하 등의 항콜린성 효과(anticholinergic effect)가 있으므로 약물 선택 시 각별한 관심이 필요하다. 비교적 이들 부작용이 적은 약물인Desipramine, Nortriptyline 등의 사용이 바람직하다. 노인들은 기립성 저혈압으로 쓰러지기를 잘하며 골절상을 입는 경우가 많고 또 항콜린성 작용에 의한 심장이상이 많기 때문이다. 최근 약 10년 동안에 이런 부작용을 많이 해결한 항우울제들이 계속 도입되고 있어 노인들의 우울증 치료에 획기적인 발전을 가져왔다. 따라서 과거의 약물들에서 흔히 나타나는 입마름, 졸림, 변비, 체중증가, 심장장애 등의 노인들이 견디기 힘든 부작용들이 거의 제거됨으로써 노인 환자들이 보다 수월하고 안정하게 치료받게 된 것이 매우 다행스러운 일이다. 전기충격요법

(Electroconvulsive therapy: ECT)이 노인들에게 매우 효과적이다. 우선 상기의 약물 부작용들을 배제할 수 있고 비교적 빠른 치료효과를 갖기 때문이다. 과거와는 달리 최근의 전기충격요법은 마치 하에서 이루어지므로 실제적인 경련이 없어 골절 상등의 염려도 없다. 역학적 통계에 의하면 항우울약물만으로 치료할 때 6개월 내 회복되는 경우가 70%인데 전기치료와 약물복용을 병용할 경우 85%의 노인 우울증 환자들이 6개월 내 치료효과를 기대할 수 있다. 때로는 매우 난치의 만성적인 우울증이 노인들에게는 많은 편이다. 정신 자극제인 카페인(Caffeine), 리탈린 (Methylphenidate)등이 효과적이란 보고도 있다. 지지적인 정신요법을 꼭 병행해야한다. 실제로 닥친 상실에 대한 비애감을 극복케하고 과거를 회상함에 있어 잘못된 인간관계에 의한 분노를 내성적 통찰을 통하여 해결하도록 도와줌으로써 언제 닥쳐올지 모르는 죽음에 대한 두려움을 극복하도록 해준다.

< 자가측정 간이척도 >

	예	아니오
1. 현재의 생활에 대체적으로 만족하십니까?		
2. 요즈음 들어 활동량이나 의욕이 많이 떨어지셨습니까?		
3. 자신이 헛되이 살고 있다고 느끼십니까?		
4. 생활이 지루하게 느껴질 때가 많습니까?		
5. 평소에 기분은 상쾌한 편이십니까?		
6. 자신에게 불길한 일이 닥칠 것 같아 불안하십니까?		
7. 대체로 마음이 즐거운 편이십니까?		
8. 절망적이라는 느낌이 자주 드십니까?		
9. 바깥에 나가기가 싫고 집에만 있고 싶으십니까?		
10. 비슷한 나이의 다른 노인들보다 기억력이 더 나쁘다고 느끼십니까?		
11. 현재 살아 있다는 것이 즐겁게 생각되십니까?		
12. 지금의 내 자신이 아무 쓸모 없는 사람이라고 느끼십니까?		
13. 기력이 좋은 편이십니까?		
14. 지금 자신의 처지가 아무런 희망도 없다고 느끼십니까?		
15. 자신이 다른 사람들의 처지보다 더 못하다고 생각하십니까?		

3. 뇌졸중

1) 뇌졸중의 개념

뇌졸중은 이전부터 '중풍'이라고도 불러 왔다. 하지만 다양한 원인에 의해 뇌졸중이 발생하므로 이제는 더 이상 사용하기엔 적절하지 않은 명칭이다.

서양의학의 아버지로 불리는 히포크라테스는 갑자기 발생하는 마비 즉, 지금의 뇌졸중에 관해 기술하였다. 1620년에 처음으로 뇌졸중의 병적 증상들이 밝혀졌고 사망 후 시신에서 뇌출혈이 있었음을 알게 되었다. 이러한 부검을 통해 경동맥과 척추동맥이 뇌혈류를 공급하는 주된 혈관인 것도 알 수 있었고 또한 이러한 연구를 통해 뇌졸중이라는 것이 혈관이 터져 혈액공급이 중단된 것도 원인이 될 수 있지만, 혈류가 막혀서 혈액공급이 중단된 것도 원인이 될 수 있다는 생각을 하기 시작하였다.

히포크라테스로부터 2,400여년이 지난 오늘날에는 진단과 치료가 즉각적으로 이루어지기만 한다면 상당수 환자에서는 심각한 후유증 없이 정상생활로 복귀하는 것도 가능해졌다. 말하자면 지금까지는 힘들게만 여겨졌던 뇌졸중 치료의 희망을 환자와 가족들에게 줄 수 있게 된 것이다.

뇌졸중은 매우 응급을 요하는 질환이다. 왜냐하면 뇌에 혈류 공급이 중단되면 빠른 시간 내에 뇌세포는 죽게 되고 돌이킬 수 없는 결과를 초래한다.

이러한 뇌졸중은 2가지 형태가 있는데 뇌에 혈액을 공급하는 혈관이 막혀서 발생하는 '허혈성 뇌졸중'과 뇌로 가는 혈관이 터지면서 출혈이 발생하는 '출혈성 뇌졸중'이 있다. 그리고 잠깐 동안 혈류 공급이 중단되어 발생하는 '일과성 허혈 발작', 소위 '작은 뇌졸중'이 있다.

(1) 허혈성 뇌졸중(ischemic stroke)

어떤 원인에 의해 뇌혈류가 줄어들거나 중단되면 궁극적으로는 뇌 조직이 죽게 되는 뇌경색 상태가 되고 이러한 뇌조직의 괴사를 허혈성 뇌졸중이라고 부른다. 허혈성 뇌졸중은 전체 뇌졸중의 80%가까이를 차지하고 그 원인의 대부분은 '혈전'이라고 하며 응고된 혈액 덩어리가 뇌에 산소와 영양분을 공급하는 혈관을 막아서 발생한다.

혈액응고는 우리 몸에서 지혈 작용을 한다거나 몸에 상처가 났을 때 혈관들이 회복되는 것을 돕는 매우 유익한 과정이나, 혈관 안에서 발생하여 혈액의 흐름을 막는다면 끔찍한 결과를 초래할 수도 있는 것이다.

응고된 혈액 덩어리들은 2가지 경로를 통해서 뇌경색과 뇌허혈을 유발하는 것으로 알려져 있다.

① 심장에서 만들어진 혈전이 혈관을 따라 이동하여 뇌동맥을 막는 것이며 이것을 '뇌색전증'이라고 한다.

② 뇌혈관 벽에서 자라나는 혈전에 의해 혈관이 점점 좁아지다가 막히는 것으로 이러한 방식으로 발생하는 뇌손상을 '뇌혈전증'이라고 한다.

한편, 비교적 큰 뇌동맥에서 발생하는 뇌색전증이나 뇌혈전증 외에 이러한 대뇌동맥에서 수직으로 분지하는 관통동맥이라는 작은 혈관이 막히면서 비교적 작은 크기의 뇌경색이 발생하는 것을 '열공경색'이라고 부른다. 이외에도 뇌혈관이 막히지는 않고 좁아져서 뇌혈류가 매우 감소하는 경우에도 허혈성 뇌손상을 유발할 수 있다. 이 경우는 원인 질환으로 대뇌동맥의 동맥경화증이 동반된다.

〈그림. 허혈성 뇌졸중〉

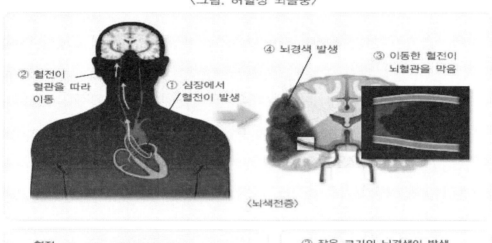

② 혈전이 혈관을 따라 이동
① 심장에서 혈전이 발생
④ 뇌경색 발생
③ 이동한 혈전이 뇌혈관을 막음

〈뇌색전증〉

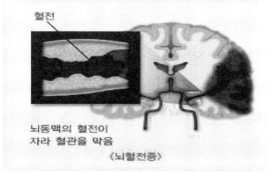

혈전

뇌동맥의 혈전이 자라 혈관을 막음

〈뇌혈전증〉

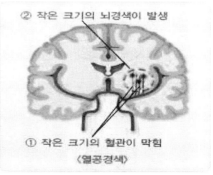

② 작은 크기의 뇌경색이 발생

① 작은 크기의 혈관이 막힘

〈열공경색〉

보건복지부 대한의학회

(2) 출혈성 뇌졸중

출혈성 뇌졸중이란 뇌에 혈액을 공급하는 뇌혈관이 어떤 원인에 의해 파열되어 출혈을 일으키면서 발생하는 뇌졸중으로 전체 뇌졸중의 20%를 차지하는 것으로 알려져 있다. 뇌혈관이 출혈을 일으키면 해당 부위의 혈액공급이 차단되어 뇌신경이 손상될 뿐 아니라 혈액이 뇌 속에 고이면서 뇌조직을 압박하거나, 손상된 뇌혈관이 수축을 일으키면서 추가적인 뇌손상이 유발된다.

이러한 뇌출혈은 뇌의 혈관이 여러 가지 원인에 의해 파열되면서 발생하는데 발생 부위에 따라 뇌실질 내 출혈과 지주막하 출혈로 구분된다.

① 뇌실질내 출혈

뇌실질내 출혈은 소위 뇌 속(실질)에서 혈관이 파열된 것으로 고혈압이 가장 중요한 원인이다. 혈압이 높은 고령자에서 과로나 정신적 스트레스 등으로 인해 갑작스럽게 발생하는 경우가 많다.

② 지주막하 출혈

지주막하 출혈이란 뇌를 싸고 있는 지주막 아래에 위치한 혈관이 출혈을 일으킨 것으로서 동맥류 출혈이 가장 흔한 원인이다. 동맥류는 혈관벽 일부가 얇아지거나 약해지면서 혈관의 높은 압력으로 인해 서서히 늘어나 확장되면서 풍선모양을 이룬 것이다. 이러한 동맥류가 여러 원인으로 인해 파열되는 것을 '동맥류 출혈'이라고 한다. 한편, 뇌혈관 동정맥기형의 경우에도 출혈성 뇌출혈을 일으킬 수 있다. 동정맥기형은 동맥과 정맥을 구성하는 혈관들이 비정상적으로 엉기고 늘어나 비정상적인 혈관덩어리를 형성한 것인데, 이러한 혈관들도 쉽게 파열되면서 뇌출혈을 일으킬 수 있다.

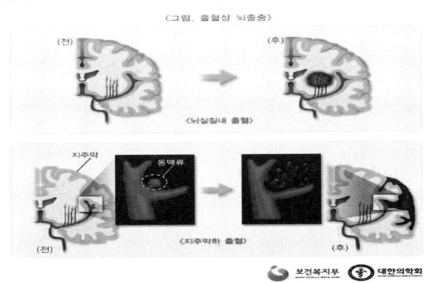

〈그림. 출혈성 뇌졸중〉

〈뇌실질내 출혈〉

지주막   동맥류

〈지주막하 출혈〉

(3) 일과성 허혈발작

일과성 허혈발작은 처음에는 뇌졸중과 똑같은 증상으로 시작된다. 그러나 시간이 경과하면서 증상이 소실되고, 뚜렷한 장애를 남기지 않는 특징이 있어서 '작은 뇌졸중'으로 불리기도 한다.

미국에서는 매년 5만 명의 일과성허혈발작환자가 발생하는 것으로 알려져 있으며 이 사람들 중 3분의1은 가까운 장래에 급성뇌졸중이 발생하는 것으로 보고되고 있다. 그러므로 일과성허혈발작은 뇌졸중의 고위험군에 속하는 증상으로 보고 있으며, 이러한 증상을 경험한 환자들은 현재 증상이 소실되어 불편한 것이 없더라도 적극적인 뇌졸중 예방을 해야 한다.

(4) 재발된 뇌졸중(Recurrent stroke)

뇌졸중이 발생한 환자들 중 약 25%에서는 5년 이내 다시 뇌졸중이 재발하는 것으로 알려져 있다. 그리고 뇌졸중은 재발될수록 그로 인한 합병증도 심각해질 수 있으며 사망률 또한 높아지는 것으로 보고되고 있다.

2) 발생현황

1993년 통계청이 발표한 사망원인 통계연보에 의하면 우리나라에서 뇌졸중은 암 다음으로 중요한 사망원인이다. 뇌졸중은 인구 10만명 당 83.3명의 사망률을 보이고 있으며 식생활의 개선, 노령인구의 증가, 각 위험인자 치료의 미진함으로 인해 발생빈도는 증가하는 것으로 알려져 있다.

심사평가원이 보험자료 및 사망통계를 활용하여 조사한 결과에 의하면 우리나라에서 2004년 한해에만 약 10만 5천명의 뇌졸중 환자가 발생한 것으로 추정된다. 특히 노인연령에서는 젊은 성인에 비해 10-20배정도 많이 발생하여 65세 이상의 인구 중 5% 정도가 뇌혈관 질환에 의해 불편을 겪고 있어 인구의 노령화에 따른 대표적 질병으로 그 중요성이 더해가고 있으며 또한 그 예방과 치료에 대해 더욱 관심을 갖게 하고 있다.

3) 증상

뇌는 대동맥에서 분지된 좌, 우의 경동맥과 척추동맥에 의하여 혈액공급을 받고 있다. 뇌는 부위에 따라 각 영역에 혈액을 공급하는 혈관이 구분되어 있으며, 각자 담당하는 기능이 다르기 때문에 어느 혈관이 문제를 일으켰는지, 손상된 뇌의 위치와 범위가 어떠한지에 따라 매우 다양한 증상을 나타낼 수 있다.

한편, 뇌졸중은 발생 즉시 심각한 증상을 느끼고 응급실을 찾게 되기도 하지만 발생 후 수개월 지나서 병원을 방문할 정도로 애매한 증상을 가진 분들도 있고, 어지러움, 운동장애, 간질, 치매와 같은 다른 신경과적 문제로 방문하여 뇌 촬영 결과 뇌경색이 발견되는 경우도 있다.

〈그림. 뇌의 영역별 기능〉

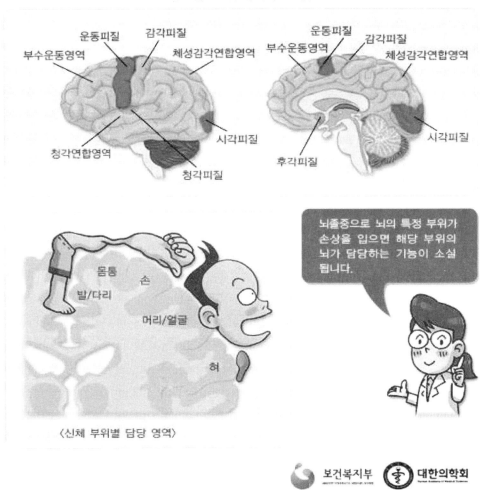

〈신체 부위별 담당 영역〉

뇌졸중으로 뇌의 특정 부위가 손상을 입으면 해당 부위의 뇌가 담당하는 기능이 소실됩니다.

보건복지부   대한의학회

① 반신불수

대뇌의 운동피질에서 시작하여 팔, 다리 및 안면으로 내려가는 운동신경은 대뇌를 내려가다가 연수에서 교차한다. 그러므로 한쪽 뇌혈관에 병변이 생겨 혈액공급이 중단되면 그 반대쪽의 팔, 다리 및 안면의 하부에 갑자기 마비가 발생하게 된다.

② 감각이상 및 감각소실

피부의 모든 감각(통각, 온각 및 촉각 등)은 말초신경을 통하여 척추신경에 전달되고 척수에서 감각신경 또한 교차하여 반대쪽 시상체와 감각을 담당하는 뇌에 도달한다. 그러므로 한쪽 뇌의 기능에 이상이 생기면 그 반대쪽의 얼굴, 몸통 및 팔다리의 감각에 이상이 생기게 되어 남의 살 같거나 저리고 불쾌한 느낌이 생기는 수도 있고, 닿는 감각이나 아픈 감각이 떨어지기도 한다.

③ 두통 및 구토

뇌졸중 환자의 첫 증상으로 심한 두통과 반복적인 구토에 이어 의식장애가 나타나는 것을 많이 볼 수 있는데, 이는 뇌압이 높아져서 발생하는 것이다. 두통과 구토는 허혈성 뇌졸중보다는 출혈성 뇌졸중 때 더 많이 나타나는 증상이다. 특히 동맥류가 터질 때 발생하는 두통은 망치로 머리를 세게 때리는 듯 격렬한 두통이 갑자기 발생하면서 환자가 의식을 잃기도 한다.

④ 어지럼증(현훈)

우리 몸의 평형을 담당하는 소뇌와 이와 연결되는 뇌간에 혈액공급이 부족할 때 올 수 있는 증상으로 메스껍고 토하는 증상과 함께 몸의 균형을 잡지 못하게 되는 것이다. 뇌졸중의 어지럼증은 내이의 질병 때문에 생기는 어지럼증과 구별하기 힘들 때가 많지만 뇌졸중에서는 의식장애, 한쪽 팔다리의 마비 및 감각 손실 등의 다른 임상증상들을 동반하는 수가 많아 구분이 가능하다.

⑤ 언어장애(실어증)

말을 유창하게 하고 다른 사람의 말을 듣고 이해하는 언어 능력은 주로 좌측 대뇌가 담당하고 있다. 실제로 오른손잡이의 90%, 왼손잡이의 70%가 좌측 대뇌에 언어중추가 존재하기 때문에 언어장애가 있는 경우에는 우측 반신불수가 동반되는 경우가 많다. 언어의 중추에는 말을 하는 운동중추와 눈으로 글자를 읽거나 귀로 듣고 이해하는 감각중추가 있으며, 이러한 부위는 서로 다른 혈관이 분포하기 때문에 질병이 있는 혈관에 따라 운동성 언어장애 또는 감각성 언어장애가 나타날 수 있다.

⑥ 발음장애(구음장애)

발음장애란, 언어장애와 달리 말은 할 수 있으나 입술이나 혀가 제대로 움직여지지 않기 때문에, 정확한 발음이 어렵게 된 것을 말한다.

⑦ 안면신경마비

안면신경을 담당하는 뇌의 영역이 손상을 입으면 얼굴 근육의 운동을 담당하는 안면신경이 마비된다. 이 경우 마비된 반대편으로 입이 끌려가게 되고 마비된 쪽의 눈은 잘 안 감기게 되는데, 이러한 증상은 반신불수와 동반되는 경우가 많다.

⑧ 운동실조증

팔다리의 힘은 정상이나 마치 술 취한 사람처럼 비틀거리고 한쪽으로 자꾸 쓰러지려는 경향을 보이거나, 물건을 잡으려고 할 때 정확하게 잡지 못하고 자꾸 빗나가는 것을 의미하며, 이는 소뇌 또는 뇌간에 이상이 발생하였음을 시사하는 소견이다.

⑨ 시각장애/시야결손

눈으로 본 물체는 망막, 시신경, 시각로를 통해 시각을 담당하는 후두엽의 시각중추로 전달되며 사람은 그제서야 '아! 이것이 무엇이구나'라고 눈에 보이는 것을 인지하게 된다. 만약 뇌졸중에 의해 이 과정의 어느 한 부위에라도 장애가 생기면 시각장애 또는 시야의 결손이 생기게 된다.

⑩ 복시

복시란 하나의 물체가 두개로 보이는 것을 말한다. 이것은 안구를 움직이게 하는 뇌의 부위에 장애가 생기면서 양쪽 눈의 축이 어긋나게 되며, 그 결과 물체의 상이 양쪽 눈의 서로 다른 부위에 맺혀서 발생한다. 이는 주로 뇌간경색 때 동안신경의 마비가 초래되어 나타나게 되는 증상이다.

⑪ 연하곤란

음식을 먹거나 물을 삼키기 힘들어지는 증상으로 뇌간이나 양측 대뇌의 경색이 있을 때 발생할 수 있다. 연하곤란이 발생한 환자는 사래가 곧잘 들게 되어 삼킨 음식물이 기관지로 들어가게 되고 그 결과 흡인성 폐렴이 발생할 수 있다. 흡인성 폐렴은 연하곤란이 발생한 뇌졸중 환자에서 비교적 흔한 합병증이며, 뇌졸중 환자가 사망하는 주요한 원인이 되므로 주의해야 한다.

⑫ 혼수상태

의식 중추인 뇌간이나 대뇌의 상당히 큰 부위에 뇌졸중이 생긴 경우 의식이 점차 악화되어 혼수상태에 빠지게 되며 다른 신경학적 이상소견이 동반되는 경우가 많다.

⑬ 치매 증상

사람의 지적 능력, 즉 기억력, 계산력, 판단력 등을 담당하는 뇌의 영역이 손상을 입을 경우 치매와 유사한 증상이 발생할 수 있다.

4) 진단

뇌는 부위에 따라 각각의 담당 기능이 다르기 때문에 특정한 부위가 손상을 입을 경우 이에 해당하는 특징적인 신경증상이 발생한다. 의사는 혈압 등 전신상태와 의식상태를 체크하고 다양한 신경학적 검사를 통해 뇌졸중풍의 발생여부와 손상의 범위, 손상의 위치 등을 확인한다.

최근에는 뇌졸중을 진단하고 손상의 위치와 범위를 정확히 평가할 수 있는 다양한 검사들이 개발되어 환자의 진단과 치료에 적극적으로 활용되고 있다.

① 전산화 단층촬영(CT)

CT는 뇌졸중 진단을 위해 가장 흔히 사용하는 검사법으로 X-선을 이용하여 신체를 촬영하고 컴퓨터를 이용하여 신체의 단면 연상을 만들어 내는 것이다. 이 검사방법의 장점은 비교적 빠른 시간에 검사를 진행할 수 있으며 뇌출혈 여부를 신속히 감별할 수 있다. 그러나 뇌종양이 뇌출혈처럼 보이는 경우도 있고, 허혈성 뇌졸중의 경우 발병 후 일정한 시간이 지나야 병변이 보이는 점 등이 진단에 어려움을 주기도 한다. 출혈성 뇌졸중의 경우 출혈이 발생하고 나서 곧바로 CT에서 관찰되기 때문에 허혈성뇌졸중을 치료하기위한 혈전용해제 사용에 앞서 반드시 뇌출혈을 감별하는 도구로서 유용하게 사용되고 있다. 뿐만 아니라 CT촬영은 혈전용해제 사용 이후에도 합병증으로 발생할 수 있는 뇌출혈의 경과관찰에서도 중요하게 사용되는 검사이다.

〈그림. 출혈성 뇌졸중의 CT소견〉

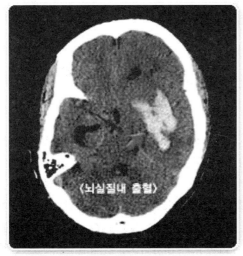
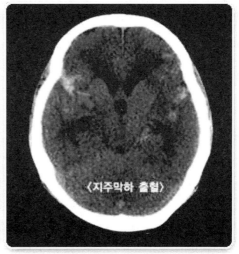

〈뇌실질내 출혈〉 〈지주막하 출혈〉

 보건복지부  대한의학회

② 자기공명영상(MRI)

자기공명영상(MRI)은 CT와 함께 뇌졸중 검사에 많이 사용되는 검사로서 자기장을 이용하여 몸의 단면영상을 얻는다. MRI는 CT에 비해 출혈을 진단하는 능력은 비슷하지만 초기의 허혈성 뇌경색과 범위가 작은 뇌경색의 경우, 그리고 뇌출혈과 비슷해 보이는 뇌종양의 진단에는 훨씬 유용하다는 장점이 있다. 그러나 심장박동기와 같이 금속성 부착물을 가진 환자는 검사 자체를 시행할 수 없으며 CT에 비해 검사비용이 비싸며 이 장비를 보유한 병원이 많지 않다는 문제가 있다. 한편, 최근에는 MRI를 이용하여 혈관의 상태를 촬영하는 MR혈관촬영술(MRA; Magnetic Resonance Angiograph)도 시행되고 있다.

〈그림. 자기공명영상(MRI)〉

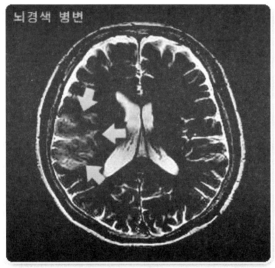

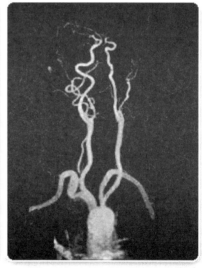

〈허혈성 뇌졸증의 MRI소견〉   〈MR혈관촬영술〉

 보건복지부

③ 혈관조영술

혈관조영술이란 X-선을 투과시키지 않는 조영제라는 약물을 혈관 속으로 주입하면서 X-선 사진을 촬영함으로써 혈관의 영상을 얻는 검사법이다. 뇌졸중은 혈관이 막히거나 터져서 발생하는 질병이기 때문에 혈관의 어디가 좁아지거나 막혔는지 등 혈관의 상태를 혈관조영술과 같은 영상으로 직접 확인하는 것은 질병의 진단과 치료에 큰 도움이 된다. 혈관조영술은 우선 경동맥이나 쇄골하정맥, 상완동맥 또는 대퇴동맥 등을 통해 속이 빈 가는 도관(Catheter)을 삽입하고, 촬영을 원하는 혈관의 시작부위까지 전진시킨 후 도관을 통해 소량씩의 조영제를 주사기로 주입하면서 사진을 촬영한다. 이때 조영제가 흘러가고 있는 혈관은 다른 조직에 비해 X-선을 통과시키지 않기 때문에 사진 상에 혈관의 모양이 구분되어 보이는 것이다.

〈그림. 혈관조영술〉

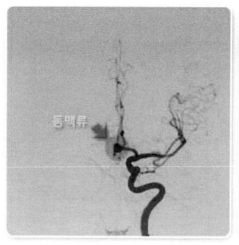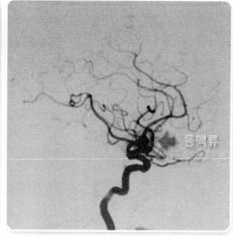

〈정 면〉

④ 초음파검사

초음파검사는 초음파를 발생시키는 기구를 이용하여 신체 내부로 초음파를 발사하고, 이것이 신체 각 조직에 반사되어 돌아오는 것을 영상으로 구성하여 보여주는 것이다. 뇌졸중의 진단과 평가를 위해서는 경동맥 초음파검사와 심장 초음파검사의 두 가지 검사가 주로 사용된다.

• 경동맥 초음파

경동맥 초음파 검사는 초음파 진단기구를 이용하여 뇌로 혈액을 공급하는 경동맥의 혈관상태를 측정하는 검사방법이다. 경동맥 초음파검사는 혈관 내 혈전의 형성유무와 함께 혈관이 좁아져 있는 정도, 경동맥을 통과하는 혈류의 속도 등을 확인할 수 있다.

• 심장 초음파

심장 초음파 검사는 초음파 진단기구를 사용하여 실시간으로 움직이는 심장의 내부를 직접 관찰하면서 심장의 구조를 확인하고 혈역학적인 기능을 평가하는 방법이다. 심장초음파를 시행하는 가장 중요한 목적은 심장 내부의 혈전유무를 확인하는 것이다. 심방세동 등 심장기능에 이상이 발생한 환자는 심장 내부의 혈류가 정체되면서 혈전이 형성될 수 있으며, 혈전의 일부가 떨어져 나가 동맥을 타고 이동하다가 뇌혈관을 막으면 허혈성 뇌졸중을 유발할 수 있기 때문이다.

〈그림. 좌심방 내 혈전의 심장초음파 소견〉

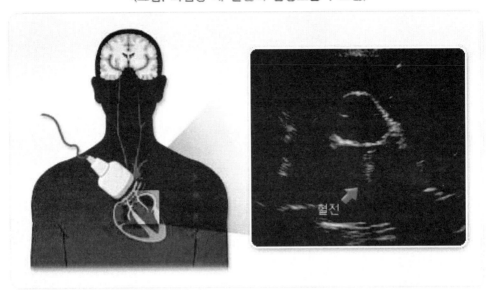

한편, 심장초음파는 심장 및 대혈관의 선천성 기형, 심장 확장, 심장 근육의 비대, 심장 근육 움직임의 이상, 판막 질환 유무 및 정도, 심장내부와 주위의 비정상적인 구조물 등을 진단하기 위해서도 사용된다.

5) 치료

뇌졸중은 응급 질환이다. 다시 말하면 뇌졸중이 발생하고 난 후부터는 매 분 중요한 시간이 지나게 된다. 혈류 공급 중단 시간이 점점 길어질수록 환자는 회복이 어려워지고 심한 합병증도 남게 된다.

뇌졸중의 가장 흔한 경우인 허혈성 뇌졸중의 경우 "tPA"라고 하는 혈관을 재개통 시키는 약물로 치료가 될 수 있는 질환이다. 이 약물을 사용할 수 있는 적절한 시기를 놓치지 않기 위해서는 신속한 처치가 필요하다.

치료의 기회는 3시간 이내가 효과적이지만 환자를 평가하고 검사하는 병원 내의 과정을 감안한다면 60분 이내에 병원에 도착하는 것이 중요하다고 할 수 있다.

뇌졸중의 치료는 뇌졸중의 원인이 허혈성인지 출혈성인지에 따라 전혀 다른 치료 방법을 사용하게 된다.

(1) 허혈성 뇌졸중의 치료

허혈성 뇌졸중이 발생한지 오랜 시간이 지나서 이미 손상된 뇌조직이 회복될 수 없는 만성 환자의 경우에는 다음의 치료들이 중점적으로 시행된다.

- 뇌졸중의 재발 방지를 위한 약물 치료
- 뇌졸중 위험인자의 적극적인 교정(혈압조절, 혈당조절, 고지혈증 치료 등)
- 이미 발생한 뇌졸중 및 장애에 대한 합병증 예방, 재활 치료

한편, 급성기 허혈성 뇌졸중의 경우 증상 발생 후 경과 시간, 위험인자, 타 질환의 기왕력, 뇌출혈의 위험성 등을 고려할 때 일반화된 치료를 적용하기는 힘들며 환자 개개인의 임상양상, 뇌영상 소견, 증상의 변화 여부 등을 자세히 검토한 후 치료를 결정하게 된다.

궁극적으로 급성기의 치료는 조기 혈관 재개통에 의해 비가역적인 뇌손상을 최소화하는데 가장 큰 목적이 있다. 따라서 가능한 의심증상이 있을 때는 신속히 의료진을 찾는 것이 현명하다. 시간적인 기준은 일반적으로 증상이 시작된지 3시간 이내에 병원을 방문하는 것이 효과적이라고 알려져 있으나, 증상을 늦게 발견하였거나 응급실 내에서 진단과 처치에 소요되는 추가적인 시간 등을 고려하였을 때 119 등에 연락하여 최대한 빨리 응급실을 방문하는 것이 가장 중요하다.

① 급성기 치료의 일반 사항
- 호흡치료
  뇌졸중 환자에서는 여러가지 원인에 의해 저산소증이 잘 유발된다. 또한 뇌간경색이나 다발성 뇌경색으로 인해 의식 저하가 있는 경우 연하 장애로 인해 흡인성 폐렴이 발생하는 경우가 많으므로 비위관 (L-tube)을 이용한 유동식 투여가 필수적이며 다발성 뇌경색이나 뇌간 경색으로 의식장애가 심한 환자들은 기관절개술을 시행하여 흡인성 폐렴을 예방하고 호흡관리에 유의하여야 한다.
- 체온 강하
  지속적 발열은 신체대사율의 증가, 신경전달물질의 유리 등 여러 가지 경로를 통해 뇌손상을 악화시킨다고 알려져 있다. 그러므로 환자가 고열이 보이는 경우 적극적인 체온 강하요법이 필요할 수도 있다.
- 심장 변화
  심근경색이나 부정맥은 뇌경색 자체에 의해 유발될 수도 있다. 특히 우측 중대뇌동맥영역의 뇌경색 시 이러한 빈도가 높으며 심전도모니터를 실시해 보면 의미 있는 심전도의 변화와 부정맥이 발생하는 것으로 알려져 있

다. 간혹 치명적인 부정맥이 유발되는 경우도 있으므로 주의하여 관찰해야
한다.

- 혈압조절

  뇌혈관 질환의 급성기에는 대부분 혈압상승을 보이며 이것은 뇌혈류의 감
  소에 의한 방어기전으로 나타나거나 방광확장, 통증, 뇌압상승 등으로 인
  해 발생하는 것으로 알려져 있다. 일반적으로 엄격한 혈압조절은 시행하지
  않으며 혈압을 일부러 갑작스럽게 떨어뜨리릴 경우와 뇌혈관이 좁아져 있
  는 경우는 혈류 감소로 인해 임상증상의 악화를 초래할 수 있으므로 적절
  한 수준에서 혈압을 조절하는 방법을 선택한다.

- 당 조절

  당뇨환자에 있어서 고혈당은 대사성 산증, 무산소 당분해의 증가, 뇌-혈관
  장벽의 파괴 등으로 뇌세포의 사멸을 가속화 시키므로 혈당을 적절한 수
  준으로 유지한다.

- 뇌압강하 치료

  뇌경색의 부위가 크거나 이차적으로 뇌출혈이 생기면 부종에 의해 뇌압
  이 올라가고, 심하면 뇌탈출로 인해 환자가 사망하는 경우가 생길 수 있
  다. 따라서 환자의 머리를 20-30도 정도 올려 주거나 마니톨, 이뇨제 등
  의 약제를 사용하여 뇌압을 낮춰주는 뇌압 강하 치료를 시행한다. 한편,
  이러한 내과적 치료로도 뇌탈출이 심하여 뇌간 압박이 진행할 때는 수술
  을 실시하는 경우도 있다.

② 급성기 치료 약제

- 혈전 용해제

  혈전 용해제는 혈전을 용해시키는 약물이다. 혈전 용해제를 사용하는 것은
  막혀 있던 혈관을 다시 통하게 하여 회복 가능한 뇌조직을 최대한 살려
  내는데 목적이 있다. 그러나 혈전용해제는 생성된 지 얼마 지나지 않은 초
  기의 혈전만을 녹일 수 있으며, 발생 6시간이 지난 경우 사용할 수 없다.
  그리고 합병증으로 뇌출혈이 있을 수 있으므로 의료인의 판단에 따라 반
  드시 필요한 경우에만 사용하고 있다.

- 항응고제

  동맥경화에 의해 혈관 안쪽 면이 손상되면 이 부위에 혈소판 응집이 일어
  나게 되고 혈전이 형성된다. 혈전의 크기가 점차 증가하여 동맥의 대부분
  을 막기도 하며 혈전의 일부가 떨어져 뇌경색이나 일과성 뇌허혈을 일으
  키기도 한다. 항응고제는 혈액의 응고를 저지하는 효과가 있으며 일부 혈
  소판 응집억제 효과도 가지는 것으로 알려져 있다. 일반적으로 항응고 요
  법은 여러가지 원인의 색전에 의한 뇌경색에 사용되며 이차적인 색전증
  예방을 위한 목적으로도 쓸 수 있다.

- 항혈소판제제
  항혈소판제제는 혈소판의 응집을 방해하여 혈전이 발생하는 것을 억제하는 역할을 한다. 항혈소판제제의 대표적인 약물로는 아스피린(aspirin)이 있으며 위장장애나 출혈성 경향이 증가하므로 투약 중에는 의료진과 적극적인 상담 및 관리가 필요하다.

(2) 출혈성 뇌졸중의 치료

출혈성 뇌졸중의 일반적인 치료 원칙은 지나친 혈압상승을 조절하고 기도유지 및 안정을 취하며 전산화 단층촬영(CT)이나 자기공명영상(MRI)으로 출혈의 위치 및 정도를 파악하여 정도가 경미하면 약물치료를 시행하고 출혈량이 30ml이상이나, 의식이 계속 악화되는 경우 수술적인 치료를 고려하는 것이다.

수술적인 치료로는 90년대 초반까지는 주로 개두술을 시행했으나 현재는 뇌정위적으로 혈종에 도관을 삽입하여 혈종을 흡인하고 혈전용해제를 주입하여 제거하는 방법이 주로 사용되고 있다.

한편, 동맥류 출혈에 의한 뇌졸중의 경우에는 시간이 지나면서 재출혈이 발생할 위험이 상당히 높으므로, 수술로 동맥류의 목 부분에 클립을 끼우거나 혈관조영술을 이용하여 늘어난 동맥류를 폐쇄시키는 방법을 사용하기도 한다.

※ 신경학적 후유증

수술로서 혈종을 제거한다 하더라도 신경학적인 결손은 어느 정도 남을 수 밖에 없는 것이 현실이다. 이런 신경학적 후유증(반신마비 등)은 적극적인 물리치료와 약물요법으로 대개 수술 후 6개월에 빠른 속도로 회복을 보이고 약 1년까지 서서히 회복을 보이는데, 대부분의 경우 1년 정도의 시간이 지나면 증상은 고정되어 뇌출혈 환자의 경우는 어느 정도 핸디캡을 가지고 살게 된다.

6) 예방

최근 우리의 식생활이 서구화되면서 과거에는 흔히 보지 못하던 동맥경화증이나 그로 인한 협심증, 심근경색증 환자들을 주위에서 흔히 접하게 되고, 우리나라에서도 점차 뇌경색증의 발생빈도가 증가하는 추세에 놓여 있으며, 서구의 경우에는 뇌졸중의 80%가 뇌경색에 의해 초래된다.

뇌졸중에서 특히 중요한 것은 뇌 조직은 한번 경색이 와서 괴사에 빠지면 어떤 치료 (침술, 약물치료, 물리치료 등)에도 회복될 수 없다는 점이며, 뇌졸중이 발생하면 심각한 후유증이 남게 되고 이로 인한 환자 자신의 고통은 물론이고 사회적, 경제적 손실은 매우 엄청난 규모에 달하게 된다.

외국의 경우에도 장기입원 환자의 20%가 중풍환자로 가족들의 도움이 필요한 것으로 보고되고 있다. 이러한 뇌졸중을 근본적으로 치료할 수 있는 방법은 예방뿐이며, 과거 10여 년간에 걸친 의사들의 주된 관심도 실제로 뇌졸중의 효과적인 예방에 있다.

뇌졸중의 예방을 위하여 알아야 할 중요한 사항은 뇌졸중에 대한 위험인자를 규명하는 것이며, 이에 따라 효과적인 약물 및 수술요법을 시행함으로써 뇌졸중의 발생을 줄일 수 있게 되었다.

뇌졸중의 가장 좋은 치료는 철저한 예방이다. 뇌졸중이 발생할 수 있는 기회를 증가시킬 수 있는 모든 요인들에 대해 인지하고 이러한 요인들을 적극적으로 감소시켜야 한다.

① 고혈압

뇌졸중의 가장 중요한 위험인자이며 뇌경색환자에서 50%이상, 뇌출혈환자에서 70~88% 동반된다. 고혈압이 있으면 동맥경화증이 일어나서 혈관의 벽이 두꺼워지거나 딱딱해지게 되고, 이로 인해 혈관이 좁아지고 혈관의 안벽이 상처받기 쉬워 매끄럽지 못해 엉겨 붙으면서 결국 막히게 되어 뇌경색이 일어나게 된다. 또 혈압이 높은 경우에는 작은 혈관의 벽이 약해지다가 파열되므로 뇌출혈의 원인이 된다.

② 심장병

뇌졸중 환자의 75%에서 심장병이 동반된다. 협심증, 심근경색증, 심장판막증 또는 심방 세동 등에 의하여 심장 내의 피의 흐름에 이상이 생겨 혈액이 심장 내에 부분적으로 정체해 있을 경우 혈전이 발생한다. 그리고 혈전이 떨어져나가 뇌혈관을 막게 되면 뇌경색이 발생하게 된다.

③ 당뇨병

당뇨병환자는 동맥경화증의 원인 질환이면서 동맥경화증의 다른 원인 질환인 고혈압과 고지혈증 또한 잘 동반된다. 이러한 동맥경화에 의한 뇌졸중 증가 이외에도 작은 동맥이 막혀서 발생하는 열공성 뇌경색 또한 많이 발생한다.

④ 뇌졸중의 과거력

한번 뇌줄중이 발병한 환자에서 위험인자에 대한 아무런 치료를 하지 않을 경우 뇌줄중이 재발할 확률이 상당히 높다. 구체적인 재발 빈도는 100명의 환자 당 해마다 8~10명 정도이며, 일시적으로 혈관이 막혔다가 저절로 풀려서 24시간 내에 정상으로 회복되는 경우에서도 약 40%에서 뇌경색이 결국 발생하게 된다.

⑤ 고지혈증

혈중의 총 콜레스테롤 양과 저밀도 지방단백이 증가하게 되면 동맥경화증이 촉진되고 고밀도 지방단백이 많아지면 동맥경화증이 억제된다. 고지혈증이 있는 경우에는 혈관 내에 콜레스테롤이 침착되면서 혈관이 좁아지므로 뇌졸중이 잘 발생하게 된다.

⑥ 흡연

담배를 피우게 되면 교감신경의 흥분으로 인하여 혈중 카테콜라민이 증가하게 되고, 동맥경화증이 유발되어 뇌졸중에 대한 위험이 2-3배로 늘어난다.

⑦ 비만과 식이 습관

비만환자에서는 고혈압과 당뇨병의 빈도가 비교적 높아 동맥경화증이 쉽게 발생하므로 뇌졸중의 위험이 커진다.

⑧ 알코올

만성 알코올중독이나 과음을 할 때는 심부정맥과 심근수축 이상, 고혈압 및 뇌혈관수축 등을 일으켜서 쉽게 뇌졸중이 많이 발생한다.

⑨ 뇌출혈의 다른 위험인자들

뇌동맥류, 동정맥기형 및 출혈성 질환을 가지는 경우에는 뇌출혈의 위험성이 상당히 높다. 이러한 위험인자를 가진 사람은 사전에 의사와 상의하여 필요한 예방조치를 취하는 것을 고려해야 한다.

⑩ 생활요법
- 겨울철 추운 곳에서 오랜 시간을 있거나 갑자기 추운 곳으로 나오는 것을 피한다. 특히 고혈압이나 비만한 고령자는 화장실, 목욕탕 등 급격한 기온 변화나 혈압 변화를 가져오는 곳에서 특별히 주의를 해야 한다. 이는 추우면 혈관이 수축하여 혈압을 높여 혈관이 터지기 쉽기 때문이다.
- 규칙적인 운동을 한다. 신체가 섭취하는 에너지보다 신체를 움직여 소비하는 에너지가 적으면 에너지 과잉이 되고 비만의 원인이 된다. 에너지의 균형을 잡는 것 이외에, 운동부족을 그대로 방치하고 식사의 양을 줄이는 것보다 신체를 자주 움직여 거기에 어울리는 에너지를 소비하도록 해야 한다.
- 또 적당한 운동은 스트레스 해소, 불면 해소에도 효과가 있다. 전업주부나

앉아서 하는 일이 많은 사람은 1일에 남성은 200-300Kcal, 여성은 100-200kcal 정도의 운동이 이상적이다.
- 과로를 피하고 충분한 수면을 취한다.
- 일상생활에서 스트레스 해소를 잘 해야 한다.
- 변비를 예방하고 배변습관을 좋게 가지도록 노력한다.
- 염분의 과다 섭취에 주의한다. 고혈압 예방을 위해서는 소금을 1일 10g 이내로 섭취하는 것이 추천된다.
- 동맥경화 예방을 위해 콜레스테롤이 높은 음식을 피하고 야채와 과일을 많이 먹는다.

4. 골관절염

1) 골관절염의 개념

퇴행성 관절염은 퇴행성 관절 질환, 골관절염이라고도 불려지며, 국소적인 관절에 점진적인 관절 연골의 소실 및 그와 관련된 이차적인 변화와 증상을 동반하는 질환이다. 관절을 보호하고 있는 연골의 점진적인 손상이나 퇴행성 변화로 인해 관절을 이루는 뼈와 인대 등에 손상이 일어나서 염증과 통증이 생기는 질환으로, 관절의 염증성 질환 중 가장 높은 빈도를 보인다.

특별한 기질적 원인 없이 나이, 성별, 유전적 요소, 비만, 특정 관절 부위 등의 요인에 따라 발생하는 일차성 또는 특발성 관절염과 관절 연골에 손상을 줄 수 있는 외상, 질병 및 기형 등이 원인이 되어 발생하는 이차성 또는 속발(성) 관절염으로 분류한다. 빈도는 비교적 높은 편이어서 하나 이상의 관절에서 관절염을 보이는 빈도는 15~44세에는 5% 미만, 45세~64세에서는 25~30%, 65세 이상에서는 60%이상(일부 인구에서는 90%)의 빈도를 보인다.

노령 인구의 증가에 따라 그 발병확률도 증가하는 추세이며, 나이가 많아질수록 여성에게서 더 많이 나타난다. 또한 엉덩이 관절은 남성에서, 손이나 무릎 관절은 여성에서 더 많이 나타나는 경향을 보인다.

2) 원인

예전에는 골관절염을 노화 현상의 일부로 생각하였으나, 최근에는 단순 노화 현상과는 다른 관절 연골의 변화를 보이는 질환으로 생각하고 있다. 일차성(특발성) 퇴행성 관절염의 확실한 원인은 밝혀져 있지 않으나 나이, 성별, 유전적 요소, 비만, 특정 관절 부위 등이 영향을 주는 것으로 생각되고 있다.

이차성(속발(성)) 퇴행성 관절염은 관절 연골에 손상을 줄 수 있는 외상, 질병 및 기형이 원인이 되는 것이다. 세균성 관절염이나 결핵성 관절염 후 관절 연골이 파괴된 경우, 심한 충격이나 반복적인 가벼운 외상 후에 발생되는 경우 등이 대표적이다. 그러나 이차성이라고 진단되어도 원인을 밝히지 못하는 경우가 있을 수 있다. 동일 원인에 노출되었다 하더라도 모두 관절염으로 진행하는 것은 아니라서 일차성과 이차성의 구별이 분명한 것은 아니다.

골관절염의 원인은 부위별로도 어느 정도 차이를 보일 수 있다. 척추의 경우는 직업적으로 반복되는 작업이나 생활 습관 등이 원인이 될 수 있다. 엉덩이 관절에 있어서는 무혈성 괴사와 엉덩이 관절 이형성증 혹은 외상이 많은 원인을 차지한다. 무릎 관절의 경우는 나이, 성별(여성) 및 몸무게가 주된 원인 인자로 작용한다.

발목 관절의 경우 발목 관절의 골절 또는 주변 인대의 손상이 퇴행성 관절염을 유발하는 가장 흔한 원인이 된다. 팔꿈치의 관절염은 육체 노동자나 운동 선수들 같이 직업이 원인이 되는 경우가 많다.

3) 증상

골관절염에서 가장 흔하고 초기에 호소하는 증상은 관절염이 발생한 관절 부위의 국소적인 통증이다. 대개 전신적인 증상은 없는 것이 류마티스 관절염과의 차이점 중 하나이다.

통증은 초기에는 해당 관절을 움직일 때 심해지는 양상을 보이다가 병이 진행되면 움직임 여부에 관계없이 지속적으로 나타나기도 한다. 관절 운동 범위의 감소, 종창(부종, 부기), 관절 주위를 눌렀을 때 통증이 발생하는 압통이 나타난다. 관절 연골의 소실과 변성에 의해 관절면이 불규칙해지면 관절 운동 시 마찰음이 느껴질 수도 있다. 이와 같은 증상들은 일반적으로 서서히 진행되며 간혹 증상이 좋아졌다가 나빠지는 간헐적인 경과를 보이기도 한다.

관절염이 생긴 부위에 따라 특징적인 증상을 보이기도 한다. 무릎 관절에 발생한 경우 관절 모양의 변형과 함께 걸음걸이의 이상을 보일 수 있다. 엉덩이 관절에 발생한 경우는 자세 이상을 관찰할 수 있다. 손의 관절염의 경우 손가락 끝 마디에 골극(가시같은 모양으로 덧자라난 뼈)이 형성되기도 한다.

4) 진단 및 검사

퇴행성 관절염은 환자의 자세한 병력을 분석하고, 신체 검진 및 방사선 검사 소견에서 보이는 관절의 여러 가지 변화와 퇴행성 관절염의 특징적인 소견을 종합함으로써 진단이 가능하다. 최근에는 방사선 동위 원소를 이용한 골 주사 검사(골 스캔)로 진단에 도움을 받기도 한다.

그러나 나이가 많은 사람은 모두 어느 정도의 퇴행성 변화를 보이므로 다른 모든 질환을 제외시킴으로써 퇴행성 관절염의 추정 진단이 가능해진다. 확진은 이후 관절경이나 수술 등을 통하여 퇴행성 변화를 직접 확인함으로써 가능해진다.

퇴행성 관절염의 진단을 위한 검사를 조금 더 자세히 살펴보면, 단순 방사선 검사 (x-ray)는 가장 유용한 검사 중의 하나이다. 아래 방사선 사진을 보면 초기에는 정상 소견을 보일 수 있으나 점진적으로 ㉠관절 간격의 감소가 나타나며 ㉡연골 아래 뼈의 음영이 짙어지는 경화 소견을 볼 수 있다.

〈그림. 퇴행성관절염의 방사선 사진〉

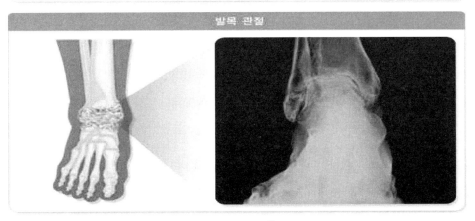

여기서 더욱 진행되면 ⓒ관절면의 가장 자리에 뼈가 웃자란 듯한 골극이 형성되고 ⓔ관절면이 불규칙해진다. 이차성 관절염의 경우 원인이 되는 과거 외상이나 질환의 흔적 혹은 변형 등이 관찰되기도 한다. 다만 방사선 검사에서의 변화가 증상 및 활동력의 심한 정도를 그대로 반영하는 것은 아니어서 40세 이상에서 90% 정도는 방사선 검사에서 퇴행성 변화를 보이지만 이 중 30% 정도만이 증상을 보이게 된다.

동위 원소를 이용한 골 주사 검사(골 스캔)는 관절염이 있는 부위에 혈류가 증가하고 골 형성이 활성화되어 검사에서 짙은 음영을 관찰할 수 있어 단순 방사선 검사에서 이상이 나타나기 이전인 가벼운 관절염도 진단이 가능하다는 특징이 있다.

자기 공명 영상(MRI)은 동반된 연부 조직(내부 장기와 딱딱한 뼈 등을 제외한 우리 신체의 연한 조직인 근육, 인대, 지방, 섬유 조직, 활막 조직 및 신경 혈관 등)의 이상이나 관절 연골의 상태를 보는데 유용하고, 진단적으로 관절경을 시행하면 골 병변이 나타나기 이전에 연골의 변화와 상태를 관찰할 수 있다.

〈그림. 퇴행성 관절염 환자의 관절연골 손상소견〉

〈자기 공명 영상(MRI)〉

〈관절경 사진〉

보건복지부　대한의학회

5) 치료

관절염의 일반적인 보존적 치료 방법과 수술적 치료 방법을 살펴보고, 이 중에서 각 관절에서의 치료 방법의 특징을 간략하게 살펴보도록 한다.

(1) 일반적 치료

부위별 퇴행성 관절염은 관절 연골의 퇴행성 변화에 의해 발생되므로 이를 완전히 정지시킬 수 있는 확실한 방법은 아직 없다. 따라서 본 질환의 치료 목적은 환자 자신이 질병의 성질을 이해하여 정신적인 안정을 갖고, 통증을 줄이고, 관절의 기능을 유지시키며, 변형을 방지하는데 있다.

그러나 변형이 이미 발생한 경우에는 이를 수술적으로 교정하고 재활 치료를 시행하여 관절의 손상이 빨리 진행되는 것을 예방하고, 환자가 통증을 느끼지 않는 운동 범위를 증가시킴으로써 환자의 일상 생활에 도움을 주는데 그 치료의 목적이 있다.

관절염의 치료는 크게 보존적 치료와 수술적 치료로 나누어 볼 수 있다.

① 보존적 치료 방법

㉠ 생활 습관 개선

나쁜 자세나 습관, 생활이나 직업, 운동 활동 등 관절에 무리가 되는 것은 가급적 하지 말아야 통증의 감소는 물론 관절의 손상을 방지할 수 있다. 비만이 체중 부하 관절의 퇴행성 관절염 발생과 밀접한 관련이 있고, 특히 무릎 관절 부위의 발생확률과 밀접한 관계를 보이므로 체중 감량이 퇴행성 관절염 증상 개선에 도움이 될 수 있다. 또한 지팡이 등의 보조 기구를 사용하여 관절에 가해지는 부하를 줄여주는 것도 효과적일 수 있다.

㉡ 약물 요법

퇴행성 관절염을 예방하거나 치료할 수 있는 확실한 약물은 개발되어 있지 않다. 그러나 진통 및 소염 작용을 가진 많은 약품들이 개발되어 현재 사용되고 있다. 비스테로이드성 소염제가 대표적인 약제로 가장 많이 사용되고 있다. 그러나 장기 투여의 가능성이 있으며 소화기 계통 및 응고 기전의 부작용이 있을 수 있어 의사의 처방에 따른 신중한 투약이 필요하다. 최근에는 소화기 계통의 부작용을 줄여주는 새로운 기전의 비스테로이드성 소염제가 개발되어 사용되고 있다. 이 약제들의 경우에도 심혈관 계통 부작용의 가능성이 거론되고 있으므로 사용에 주의가 요구된다. 합성 진통 마취제는 보다 강력한 진통 작용을 보이지만, 나이가 많은 환자들에게서 변비, 의식 혼동 등의 부작용을 일으킬 수 있으므로 신중히 사용하여야 한다. 최근에 연골의 파괴 방지와 생성에 관여한다고 주장되는 약물들이 건강 보조 식품의 일종으로 사용되고 있다. 가장 흔히 쓰이는 것이 글루코사민, 황산 콘드로이친 등으로 이들은 소위 연골 성분의 생성을 자극한다는 이론적인 장점을 지니며 일부 증명되기도 하였으나 아직까지는 논란의 여지가 있다. 장기 복용에도 큰 부작용 없이 일정 정도의 효과가 있다고 알려져 있다.

ⓒ 관절에 대한 국소 치료

적절한 휴식과 운동을 균형 있게 시행하여 증상의 호전을 기대할 수 있다. 휴식이 증상의 호전에 중요하지만, 지나친 휴식은 근육의 위축을 가져와 관절 운동 범위의 감소를 초래할 수 있으므로 주의해야 한다. 부목이나 보조기를 일정 기간 착용하여 관절을 쉬게 해 줄 수도 있다. 관절염의 증상으로 근육의 위축이 나타날 수 있기 때문에 근육 강화와 운동 범위의 회복은 관절의 부하를 감소시킬 수 있다. 그래서 수영, 자전거 타기 등을 이용한 운동 치료나 물리 치료를 초기 치료로 병행할 수 있다. 예를 들면 무릎의 퇴행성 관절염에 대하여 허벅다리 앞쪽 근육(대퇴 사두근)을 강화하는 운동이 통증 감소와 기능 향상에 도움이 된다. 목이나 엉덩이 관절의 경우 간헐적인 견인 요법이 도움이 될 수 있다. 또한 온열 요법, 마사지, 경피적 신경 자극 요법 등의 물리 치료가 증상 완화와 근육 위축 방지에 효과적일 수 있다.

〈그림. 근육강화 및 신장 운동〉

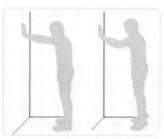

▶ 발꿈치 들어 올리기 운동: 다리를 어깨 넓이만큼 벌리고 벽면에 기대고 선 후 뒤꿈치를 최대한 높이 든다. 5초 정도 유지한 후 천천히 제자리로 돌아온다

▶ 동적성 운동: 발목을 90° 구부린 후 다리를 쭉 편 상태에서 바닥에 앉는다. 다리 전체 특히 허벅지에 서서히 힘을 준다. 숫자를 1부터 10까지 헤아리면서 점점 세게 힘을 주고 천천히 힘을 뺀다.

▶ 다리 들어올리기 운동: 그림과 같이 누운 후 허벅지에 힘을 준 후 다리를 바닥에서 15cm 정도 들어올린다. 그 상태에서 점점 힘을 세게 주고 5~10정도 유지 후 주었던 힘을 빼면서 천천히 다리를 내린다.

▶ 장딴지 근육 신장운동: 그림과 같이 다리를 앞뒤로 벌린 상태로 벽을 마주보고 선다. 뒤쪽다리의 무릎을 쭉 편 상태에서 발뒤꿈치가 바닥에 닿도록 한 후 상체를 앞으로 기울인다. 이때 뒤쪽 다리가 뻐근할 때까지 상체를 기울이고 10초 정도 유지한 후 제자리로 돌아온다. 장딴지가 부드러워질 때까지 반복적으로 시행한다.

▶ 사타구니 신장운동: 그림과 같이 양손으로 두 발목을 잡고 팔꿈치를 무릎 안쪽에 올려 놓는다. 양쪽 사타구니가 뻐근할 때까지 팔꿈치로 무릎을 벌린 후 10초 정도 유지한 후 제자리로 돌아온다. 능숙해지면 점점 다리를 넓게 벌린다. 부드러워질 때까지 반복적으로 시행한다.

▶ 쪼그려 앉기: 다리를 어깨넓이만큼 벌리고 선 후, 등을 편 상태에서 그림과 같이 반정도 쪼그리다가 다시 제자리로 돌아온다.

▶ 전방 반동운동: 다리를 어깨넓이만큼 벌리고
선 후 등을 편 상태에서 그림과 같이 두 손을
허리춤을 잡은 후 한 걸음 나아간다.
이때 무릎을 90° 정도 구부린다. 이후 다시
제자리로 돌아온다.

대퇴골 근위(부) 혹은 골반 절골술은 대퇴골 두나 골 두를 싸고 있는 비구의 위치를 바꾸어 체중부하 면적을 넓히거나 비교적 건강한 관절 연골이 새로운 체중 부하 면이 되도록 바꾸어 주는 방법이다. 이 방법은 동통을 줄이고 교정함과 동시에 퇴행성 변화의 진행을 막거나 늦추기 위한 목적으로 시행한다. 따라서 퇴행성 변화가 생기기 이전에 예방적으로 시행하는 것이 이상적이나, 어느 정도의 퇴행성 변화가 있더라도 인공 관절 치환술을 늦추기 위하여 시행할 수 있다. 인공관절 치환술은 원래의 관절을 대치하는 방법이다. 퇴행성 관절염의 경우 비구와 대퇴골 두가 동시에 손상되어 엉덩이 관절의 전체를 바꾸어주는 전치환술이 가장 보편적으로 이용되고 있다. " 심한 통증을 호소하는 관절에 스테로이드 제재(부신 피질 호르몬제)를 관절 내에 주입하면 수 시간 또는 수 일 이내에 증세가 호전되는 것이 보통이다. 그러나 효과가 일시적이고 자주 사용하면 습관성이 되기 쉽다. 또한 스테로이드(부신 피질 호르몬) 자체가 관절 연골의 변성을 촉진시켜 질환의 전체적인 진행에 해로운 영향을 끼치게 된다. 스테로이드 주입 시 이차 감염의 가능성이 있으므로, 특히 3개월 이하 간격의 반복 주사나 1년에 3~4회 이상의 사용은 피해야 한다. 히알루론산은 관절의 윤활, 보호 작용이 있는 것으로 알려져 있어 관절강 내 주사로 수 개월간 효과적일 수 있다고 보고되어 초기 퇴행성 관절염의 치료에 보조적으로 사용되고 있다.

② 수술적 치료 방법

비수술적 치료 방법에도 불구하고 더 이상 증상의 호전이 없으며, 관절의 변화가 계속 진행하여 일상 생활에 지장이 극심한 경우에는 수술적 치료 방법을 실시하게 된다. 일반적으로 사용되고 있는 수술 방법으로는 관절경을 이용한 관절 내 유리체의 제거, 활막 절제술, 골극 제거술, 절골술, 관절 성형술 및 관절 고정술 등이 있다.

㉠ 관절경

관절경을 이용하여 관절 내부를 세척하고 유리체 및 활액막을 제거하여 증상을 완화시킬 수 있다. 최소한의 피부 절개로 수술이 가능하고 수술 전후 통증이 적으며 수술 후 회복에 필요한 기간이 비교적 짧아 특히 무릎 관절염 환자에게 흔히 시행된다. 그러나 질환의 완전한 치료를 얻기 어려우며 수술의 효과가 지속되는 기간도 환자마다 달라 예측하기 어려운 면이 있다.

  ⓛ 절골술

절골술은 일반적으로 퇴행성 관절염이 증상의 악화가 심해지는 중등도 이하이거나, 관절의 한 부분에만 발생한 경우 관절의 정렬을 바꾸어 줌으로써 하중이 가해지는 부분을 변경시킬 목적으로 시행된다.

〈그림. 절골술〉

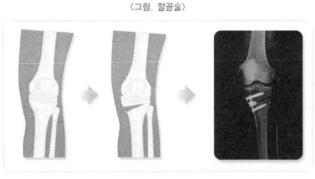

  ⓒ 소파 관절 성형술, 다발성 천공술

소파 관절 성형술과 다발성 천공술은 연골 아래 골에 미세 출혈을 일으켜 관절 연골의 재형성을 촉진하는 방법으로 중등도 이하의 관절염에서 시도된다.

  ⓔ 관절 성형술(치환술)

관절 성형술은 보다 심한 관절염에서 고려되는 방법으로, 인공 관절 치환술이 대표적이고 효과적인 방법이다.

〈그림. 인공 관절 치환술〉

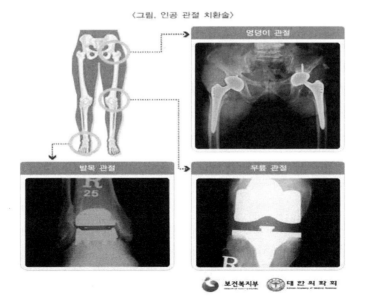

ⓜ 관절 고정술

손목이나 발목 관절의 퇴행성 관절염에 대해서는 경우에 따라 관절 고정술이나 자가 조직을 이용한 관절 성형술이 고려되기도 한다.

(2) 각 관절의 치료 방법

① 엉덩이 관절(고관절)

엉덩이 관절에 증상이 있는 경우 안정을 취하고, 비스테로이드성 소염제 복용, 온열 요법 등 물리 요법을 시행한다. 근육 경축이 심한 경우 견인을 시행할 수 있으며 체중을 줄이고 근력 강화 운동을 하게 하고 필요에 따라 지팡이를 짚게 하는 것이 장기적으로 도움이 된다. 속발(성)인 경우 일단 증상이 나타나면 보존적 치료를 해도 급속히 악화되는 것이 보통으로 선행 병변을 고려하여 수술로 병의 진행을 완화시킬 수 있다면 조기에 수술적 치료를 하는 것이 바람직하다. 수술적 치료는 크게 원래의 관절을 살리는 방법과 관절을 대치하는 방법의 두 가지가 있다. 원래의 관절을 살리는 방법으로 골극 절제 및 낭종 소파술, 근유리술, 대퇴 근위(부) 절골술, 골반 절골술 등이 있다. 이들 중 골극 절제 및 낭종 소파술과, 고관절 주위의 근육을 절단하여 고관절에 가해지는 하중을 줄여주는 방법인 근유리술은 현재 거의 시행되지 않는다. 대퇴골 근위(부) 혹은 골반 절골술은 대퇴골 두나 골 두를 싸고 있는 비구의 위치를 바꾸어 체중부하 면적을 넓히거나 비교적 건강한 관절 연골이 새로운 체중 부하 면이 되도록 바꾸어 주는 방법이다. 이 방법은 동통을 줄이고 교정함과 동시에 퇴행성 변화의 진행을 막거나 늦추기 위한 목적으로 시행한다. 따라서 퇴행성 변화가 생기기 이전에 예방적으로 시행하는 것이 이상적이나, 어느 정도의 퇴행성 변화가 있더라도 인공 관절 치환술을 늦추기 위하여 시행할 수 있다. 인공관절 치환술은 원래의 관절을 대치하는 방법이다. 퇴행성 관절염의 경우 비구와 대퇴골 두가 동시에 손상되어 엉덩이 관절의 전체를 바꾸어주는 전치환술이 가장 보편적으로 이용되고 있다. 경우에 따라서는 관절 고정술을 시행하기도 하는데, 관절 고정술은 통증을 확실히 없앨 수 있고 안정성이 뛰어난 장점이 있다. 그러나 관절 운동이 없어져 허리, 반대쪽 엉덩이 관절, 같은 쪽 무릎 관절 등에 부담을 증가시키게 되어 양측 엉덩이 관절이 모두 퇴행성 관절염이 있거나 허리나 같은 쪽 무릎 관절에 심각한 병변이 있는 경우에는 시행하기 곤란하다. 그러나 젊은 남자와 같이 높은 활동성이 필요한 경우에는, 치료 방법으로 고려되기도 한다.

② 무릎 관절

대부분 보존적으로 치료를 시작해야 하며, 일상 생활이나 작업 활동, 여가 활동을 변경하고, 체중 감소로 병변의 진행을 막을 수 있다. 또, 보조기, 목발이나 지팡이, 비스테로이드성 소염제, 관절 내 스테로이드 주사, 진통제의 사용 등을 고려할 수 있다. 심한 통증이 지속되거나 관절의 불안정성, 변형, 운동 제한 등이 진행하면 수술적 치료를 하게 된다. 수술적 치료는 관절경적 세척술 및 변연 절제술부터 인공 관절 치환술까지 많은 방법이 있다. 환자의 나이와 기대 활동 수준, 골관절염의 정도, 관절염이 진행된 무릎 관절 구획의 수에 따라 선택할 수 있다.

㉠ 관절의 변연 절제술

관절의 변연 절제술은 비교적 조기에 시행될 수 있고 병적인 활액막 등 연부 조직, 골극, 연골 등을 절제하여 증상을 호전시키고 병변의 진행을 늦출 수 있다. 그러나 관절을 열어서 시행하는 변연 절제술은 증상이 재발하며 수술 후 통증이 심하고 재활기간이 길어 잘 사용하지 않는다.

㉡ 관절경 수술

관절경을 이용하여 퇴행성 관절염을 치료하기도 한다. 관절경적 관절 세척술은 초기에는 관절 내 연골 부유물과 염증 매개 물질의 제거에 따른 이차적인 효과에 의해 증상을 완화시킨다. 그러나 통증의 감소가 일시적일 뿐만 아니라 젊고 활동적인 사람의 경우에는 그 효과가 불확실하다. 관절경적 변연 절제술은 손상된 반월상 연골의 부분 절제술, 유리체의 제거, 손상된 연골의 성형술 등이 있다. 비교적 합병증이 적고 재활 치료 기간이 짧아서 보존적 치료에 효과가 없는 초기 퇴행성 골관절염 환자가 적응 대상이지만 치료 효과에 대한 예측이 어렵다. 증상을 가진 기간이 짧고 기계적인 증상을 가진 사람에서 결과가 좋으나, 방사선 검사에서 부정정렬, 특히 'X' 형 다리를 가진 외반 변형을 가진 사람은 결과가 좋지 않은 편이다. 소파 관절 성형술은 관절 연골의 파괴가 심한 부위를 출혈이 될 정도로 연골 하 골까지 전동 소파기를 사용하여 긁어줌으로써 섬유 연골로 분화시키는 방법이다. 관절경적 다발 천공술은 국소적인 연골 전층에 손상이 발생한 경우에 노출된 연골 하 골과 해면골에 천공을 시행하여 섬유 연골의 생성을 촉진하는 방법이다. 그러나 연골 하 골판과 해면골의 파괴로 수술 후 충격 흡수 능력이 저하되고 천공 시 발생하는 열에 의한 골 괴사로 조기에 섬유 연골의 마모가 초래될 수 있다. 관절경적 미세 천공술은 골수 내 세포의 분화에 의해 마모된 관절 연골을 재생시키는 술식이다. 체중 부하 단순 전후방 방사선 검사에서 경도의 관절 간격 협소와 중등도의 퇴행성 변화를 보이고, 관절경 검사에서 심한 연골 결손이 있을 때 시행할 수 있다. 연골 하 골의 노출 병변 부위에서 주위의 정상 연골 부위까지 잔존한 연골 조직을 제거한 후 30도 또는 45도 구부러진 송곳을 사용하여 4~5mm깊이의 구멍을 3~4mm의 고른 간격을 유지하며 뚫어 결손 부위 전역에서 연골 재생을 꾀하게 된다. 이 술식은 무릎 관절 내 어느 부위의 병변에도 접근이 용이하며 열에 의한 괴사를 예방할 수 있고 구멍의 깊이와 간격의 조절이 용이하다는 장점이 있다. 관절경적 치료는 합병증이 적고 재활 치료 기간이 짧으며 이후 다른 수술을 하는데 지장을 주지 않는다는 장점이 있다. 그러나 퇴행성 관절염의 자연 경과를 바꿀 수 없으므로 인공 관절 치환술 등의 시술 시기를 늦추는 제한적인 역할만이 가능하다고도 할 수 있다.

㉢ 자가 또는 동종 골연골 이식술 및 자가 연골 세포 이식술

자가 골연골 이식술은 약 2cm이하의 연골 결손이 있을 때 사용하는 방법으로 체중 부하가 일어나지 않는 부위에서 원통형의 골연골을 채취하여 연골 결손 부위에 이식하는 방법이다. 외상 후 발생한 관절염에서 좋은 결과를 보이나 채취한 부위에 합병증이 발생 할 수 있다.

〈그림. 골연골 이식술〉

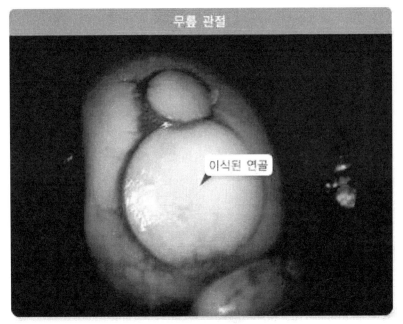

보건복지부 대 한 의 학 회

자가 연골 세포 이식술은 건강한 관절 연골을 채취하여 실험실에서 약 3~4주간 배양한 후 이를 관절 연골 결손 부위에 이식하는 방법으로 손상 전의 연골과 가까운 연골을 생성할 수 있다. 비교적 큰 연골 결손을 가진 젊은 환자에 시행할 수 있으나 오랜 기간의 재활 및 활동 제한이 필요하다는 단점이 있다.

ⓒ 절골술

절골술은 다리의 비정상적인 축을 바로 잡음으로써 무릎 관절에 부하되는 하중을 비교적 건강한 관절면에 옮겨 관절 정렬을 개선하여 통증을 감소시켜 주는 수술 방법이다. br /> 내반슬(O형 다리)이나 외반슬(X형 다리) 중 한 쪽 관절면만의 병변이 있을 때 시행할 수 있다. 그러나 20도 이상의 교정이 필요하거나 15도 이상 다리가 펴지지 않는 경우, 또는 류마티스 관절염 등의 경우는 시행할 수 없다. 합병증으로는 변형의 재발, 비골 신경의 마비, 불유합, 감염, 관절 내 골절, 슬개골의 위치 변경 등이 있을 수 있다. 기술적인 어려움이 있으나 시행 적응증이 되는 경우에 있어서 많은 환자에서 좋은 결과를 보이고 있다.

ⓜ 인공 관절 치환술

인공 관절 치환술은 한 구획 치환술과 전치환술로 나누어 볼 수 있다.
한 구획 치환술은 활동이 많지 않으며 한쪽 구획의 관절염이 심한 경우에 적용된
다. 그러나 90도 이상의 관절 운동이 가능하고 다리가 거의 다 펴지고, 내외반 변
형이 15도 이하인 60세 이상 환자의 경우에 시행할 수 있다.

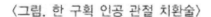

〈그림. 한 구획 인공 관절 치환술〉

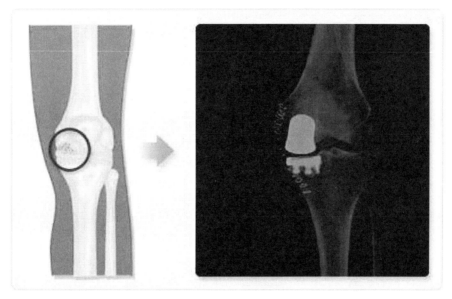

보건복지부 대 한 의 학 회

한 구획 치환술은 수술할 때, 병변이 없는 관절 구조물을 보존함으로써 무릎 관
절의 기능을 원활히 하고 위치 감각을 유지할 수 있다. 관절 운동 범위가 정상에
가까우며 수술 시간이 짧고 병원 재원일을 줄일 수 있는 장점이 있다. 한 구획 치
환술은 수술 술기가 어렵고 생존율이 낮다는 문제점이 있었으나 최근 적용 범위를
엄격히 하고 인공 삽입물 및 기구의 개발과 정확한 수술 기법으로 보다 나은 결과
를 기대하고 있다. 무릎 관절 전치환술은 퇴행성 변화가 현저히 진행되고 동통의
정도가 심할 때 무릎 관절의 운동과 안정성을 유지하면서 통증을 없애는 목적으로
시행한다. 초기 무릎 관절 전치환술 실패의 원인은 삽입물의 분리로 이를 개선하기
위해 골 시멘트를 사용하지 않는 무시멘트 고정이 고안되었다. 그러나 이후의 시멘
트 고정 삽입물의 장기 추적 결과가 우수하다고 보고되고 무시멘트 고정이 실제로
골 증식이 잘 일어나지 않고 골 용해의 발생 빈도가 높아 현재는 대부분 시멘트를
사용하여 삽입물을 고정하고 있다. 현재는 인공 관절 치환물의 설계가 많이 개선되
어 향후에 관절 사이에 위치하는 폴리에틸렌 재질의 향상을 가져올 경우 더 좋은
성적을 얻을 수 있을 것으로 기대된다.

또, 최근에는 기술의 발전과 함께 새로운 수술법이 무릎 관절 전치환술에 도입되어 과거의 수술과는 또 다른 분야가 개척되고 있다. 환자의 병에 걸리는 비율을 감소시키고 조기 활동을 가능하도록 수술 절개를 작게하는 최소 침습적 수술과 수술의 정확도를 높이기 위해 컴퓨터를 수술에 도입하는 컴퓨터 항법 인공 관절 치환술 등이 시도되고 있다.

ⓑ 관절 고정술

관절 고정술은 관절의 고정으로 통증이 완전히 소실되고 안정성을 얻을 수 있는 수술법으로 노년층보다는 젊은 연령에서 한쪽 무릎 관절에 적용을 고려할 수 있다.

③ 발목 관절

발목 관절의 경우에도 보존적 요법을 먼저 시행하도록 하고, 심한 골관절염에서 과거에는 유합술이나 절골술 등이 주로 이용되어 왔습니다. 최근에는 연골 이식술이나 발달된 술기와 인공 관절 기구의 개발로 발목 관절의 전치환술이 다시 각광을 받고 있다.

6) 경과 및 합병증

퇴행성 관절염의 자연 경과는 개개인에 따라 다양하기 때문에 한 가지로 정의하기 어렵다. 관절염의 증상들은 서서히 시작하여 호전과 악화를 반복하는 간헐적 양상을 보이다. 연령이 증가하고 관절염이 진행될수록 방사선 검사에서 변화 및 관절의 변형이 심해지는 것이 일반적이나 이 역시 증상의 심한 정도와 일치하지는 않는다.

현재까지 어떠한 치료 방법으로도 퇴행성 변화가 이미 발생한 관절을 정상 관절로 복구할 수는 없는 것으로 알려져 있다. 심하지 않은 퇴행성 관절염의 경우 약물 요법 등의 보존적 치료를 통하여 증상을 완화시키고 생활 습관이나 과체중 등 관절염의 악화 요인을 개선함으로써 추가적인 관절염의 진행을 막아주고 통증 없이 생활하는 것이 가능하다. 약물 요법이나 국소 주사 요법으로 치료를 시도할 때 약제의 여러 가지 부작용에 주의하여야 하며 반드시 의사의 처방에 따라 정해진 용법으로 사용하는 것이 안전하다.

수술적 치료 중, 관절경에 의한 수술 방법은 비교적 간단한 수술로 증상 완화를 기대할 수 있으나 그 효과의 지속 여부가 일정하지 않는다. 퇴행성 관절염의 대표적인 수술 방법인 인공 관절 치환술의 경우 효과적인 통증의 경감을 얻을 수 있고 변형된 관절이 교정되는 효과가 있다. 그러나 인공 관절의 수명이 제한적이기 때문에 향후 재치환술을 필요로 할 수 있고, 수술 과정에 있어 출혈이나 감염 등의 합병증이 발생할 수 있으므로 정형외과 의사에 의한 세심한 진료 후 선택적으로 실시되어야 한다.

7) 예방

정상 체중을 유지하는 것이 체중이 실리는 관절에 발생하는 퇴행성 관절염의 예방에 필수적이다. 또한 무리한 동작의 반복, 좋지 않은 자세 등이 관절의 퇴행성 변화를 유발할 수 있으므로 주의하여야 한다. 무리한 운동은 관절에 좋지 않지만 적당한 운동으로 근육을 강화하고 관절 운동 범위를 유지하는 것은 관절염 예방에 필수적인 요소이다. 식이 요법이나 약물 요법을 통한 퇴행성 관절염의 예방은 현재까지 확실히 검증된 방법이 없으므로 이와 같은 방법에만 의존하는 것은 좋지 않다.

8)식이 조절

과체중의 경우 체중을 지탱하는 관절에 부담을 줄 수 있으므로 체중을 조절하여 관절염의 발생 위험을 줄이는 것이 중요하다. 그러나 무절제한 체중 감소는 영양 결핍을 초래하여 뼈와 관절에 부정적인 영향을 미치므로 뼈와 관절에 적절한 영양 공급을 위한 균형 잡힌 식사 섭취가 필요하다. 연골 손상의 예방과 치료에 항산화 영양소의 섭취가 도움이 될 수 있으므로 비타민 C, 비타민 E, 베타케로틴, 셀레늄과 같은 항산화 영양소가 많이 함유된 채소와 과일을 충분히 섭취하도록 한. 또한, 평소 뼈와 관절에 주요 영양소인 칼슘과 칼슘 흡수를 촉진시켜 줄 수 있는 식품을 섭취한다.

① 제한사항과 권유사항

- 카페인은 칼슘 배설을 촉진시키므로 과다하게 섭취하지 않습니다 (1일 커피 2잔 이내).
- 과다한 단백질은 칼슘 손실을 일으키므로 지나친 단백질 섭취를 제한한다.
- 나트륨은 체내에 칼슘과 균형을 이루므로 과다한 나트륨의 배설 시 칼슘 손실을 발생하므로 싱겁게 섭취한다.
- 섬유소 급원 식품의 수산, 피틴산 등의 물질을 통해 칼슘의 체내 이용을 감소시킬 수 있으므로 섬유소 섭취량이 1일 35g을 넘지 않도록 한다.
- 비타민 K는 골 손실과 칼슘 배설량을 감소시켜 골 밀도에 좋은 영향을 주므로 비타민 K 함량이 높은 식품(녹황색 채소, 간, 곡류, 과일)을 충분히 섭취한다.
- 칼슘의 주요 급원 식품: 우유 및 유제품, 멸치, 뱅어포, 뼈째 먹는 생선, 해조류, 채소 및 두부, 콩, 칼슘 첨가된 오렌지주스나 제과, 시리얼
- 비타민 D의 주요 급원: 생선기름, 달걀 노른자, 비타민 D 강화식품
- 건강보조식품 및 대체요법이 모든 사람에게 효과적인 것은 아니므로 주의해야

한다. 골관절염 치료에 사용되는 여러 약물의 사용을 줄이고, 연골 생성 및 통증 완화를 위하여 글루코사민, 콘드로이친, 오일 및 허브 등 많은 대체요법이 사용되고 있다. 그러나 모든 환자에게 효과적인 것은 아닙니다. 특히, 콘드로이친과 글루코사민이 인슐린 작용에 영향을 미칠 수 있으므로 인슐린 저항성이나 환자의 경우 사용이 권장되고 있지 않으므로 주의해야 한다. 또한, 조개류에 알레르기가 있는 경우와 혈행개선제를 복용하고 있는 경우에도 주의해야 한다.

② 식생활 실천사항

- 다양한 식품을 먹으며, 정상 체중을 유지한다.
- 칼슘 및 비타민 D가 부족되지 않도록 한다.
- 카페인을 과다하게 섭취하지 않는다.
- 단백질을 과다하게 섭취하는 것을 제한한다.
- 저지방식사를 한다.
- 싱겁게 먹는다.
- 녹황색 채소, 간, 곡류, 과일을 충분히 섭취한다.
- 규칙적으로 운동하며, 금연한다.
- 불필요한 대체요법의 사용은 주의한다.

5. 고혈압

1) 고혈압의 개념

심장은 혈관 속의 혈액을 전신으로 순환시키는 펌프역할을 담당한다. 신체의 혈액 순환은 크게 체순환과 폐순환으로 구분된다.

(1) 체순환

좌심실의 수축에 의해 대동맥으로 뿜어져 나간 혈액이 동맥을 거쳐 전신의 모세혈관으로 흘러 들어가 신체 각 조직에 산소와 영양분을 공급하고 이산화탄소와 노폐물을 받아낸 후 정맥을 거쳐 우심방으로 돌아온다.

- 좌심실 → 동맥 → 신체 각 조직의 모세혈관 → 정맥 → 우심방

(2) 폐순환

우심방에서 우심실로 흘러간 혈액은 우심실의 수축에 의해 **폐동맥**을 따라 **폐포** 모세혈관을 통과하면서 이산화탄소를 내보내고 산소를 받아들인 후 **폐정맥**을 따라 좌심방으로 돌아온다.

- 우심실 → 폐동맥 → 폐포 모세혈관 → 폐정맥 → 좌심방

혈압이란 혈관 속을 흐르는 혈액의 압력으로 측정부위에 따라 동맥압, 정맥압, 폐동맥압, 폐정맥압 등 다양한 종류가 있으나 일반적으로 이야기하는 혈압은 팔의 동맥에서 측정한 동맥압력을 의미한다.

압력을 기록하는 단위는 흔히 기압을 측정할 때 이용되는 mmHg를 사용한다. 1mmHg는 수은기둥을 1mm까지 밀어 올릴 수 있는 압력을 의미하며, 읽을 때는 "밀리미터 머큐리"라고 한다.

한편, 심장의 펌프작용은 심장의 수축과 이완에 의해 발생하기 때문에 팔에서 측정한 동맥의 압력은 좌심실이 수축할 때 높아지고 이완할 때 낮아지면서 파동 모양을 그리게 된다. 좌심실의 수축에 의해 가장 높아진 순간의 압력을 "수축기 혈압"이라고 하며, 좌심실의 이완에 의해 가장 낮아진 순간의 압력을 "이완기 혈압"이라고 한다.

〈그림. 수축기 혈압과 이완기 혈압〉

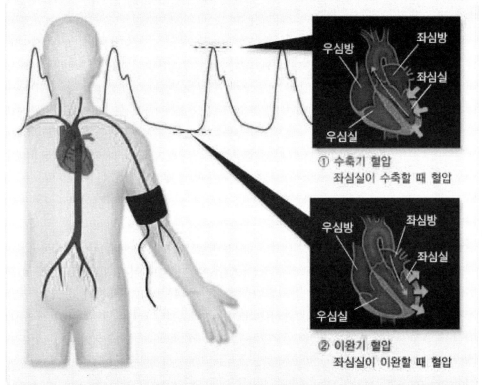

고혈압이란 성인에서 수축기 혈압이 140mmHg 이상이거나 이완기 혈압이 90mmHg 이상일 때를 말한다.

고혈압은 우리나라 성인의 약 30% 이상에서 발견되는 아주 흔한 질환이며, 외국의 27% 정도보다 오히려 높은 유병률을 보이고 있다.

고혈압은 **관상동맥**질환과 뇌졸중, 신부전 등 전신에 걸쳐 다양한 합병증을 일으키며 이 중 상당수는 환자의 생명과 건강을 직접적으로 위협할 정도로 심각한 문제를 발생시킨다. 그러나 일반적으로 고혈압은 증상이 없으므로 혈압을 측정해 보기 전까지는 진단이 되지 않고, 진단이 되더라도 환자 자신이 치료의 필요성을 느끼지 못하는 경우가 대부분이다. 2009년 국민건강영양조사의 통계에 따르면 만 30세 이상에서 고혈압의 유병률은 30.3%로 2007년 24.6%에 비해 증가 경향에 있고, 본인이 고혈압 환자라는 것을 알고 있는 인지율이 58.8%, 고혈압 환자임을 알고 치료 받고 있는 비율인 치료율이 53.0%, 실제로 치료 받아 잘 조절되고 있는 환자는 30.1%로 보고 되고 있다. 바로 이런 이유로 고혈압을 "침묵의 살인자"라고 부르는 것이다.

2) 원인 및 위험인자

고혈압은 그 발생원인에 따라 다음 두 가지로 구분한다.

(1) 1차성 고혈압

"본태성 고혈압"이라고도 하며, 원인이 명확하지 않은 고혈압증을 의미한다. 1차성 고혈압은 전체 고혈압 환자의 90-95% 이상을 차지하는데, 대개 나이가 들면서 점차 증가한다. 유전 경향이 강하며, 소금 섭취량이 많은 지역에서 발생률이 증가한다.

(2) 2차성 고혈압

기존에 환자가 앓고 있던 다른 질환에 의해서 고혈압이 발생하는 것을 의미한다. 신장질환이나 부신 종양, 일부 선천성 심장질환 등 다양한 질환이 원인이 될 수 있고 일부 약물도 2차성 고혈압을 일으킬 수 있다. 전체 고혈압 환자의 5-10% 정도를 차지하며, 1차성 고혈압에 비해 고혈압이 갑자기 나타나고 혈압도 상대적으로 더 높은 경향이 있다.

(3) 위험인자

고혈압의 위험인자는 크게 환자가 노력해도 어쩔 수 없는 위험인자와 환자의 노력을 통해 조절할 수 있는 위험인자로 구분된다. 고혈압의 위험인자를 이와 같이 구분하는 이유는 고혈압은 당뇨병 등 다른 대부분의 만성질환과 마찬가지로 의사의 노력과 함께 환자 스스로도 자신의 질병과 신체 상태를 꾸준히 관리하여야 하는 질병이기 때문이다.

① 환자가 조절할 수 없는 위험인자

- 나이 : 환자의 나이가 증가할수록 고혈압의 발생위험도 증가한다.
- 가족력 : 고혈압은 유전적인 경향이 있다. 가족 중 고혈압 환자가 있는 사람은 그렇지 않은 사람에 비해 고혈압의 발생위험이 증가한다.

② 환자가 조절할 수 있는 위험인자

- 비만 : 체중이 증가할수록 고혈압이 생길 가능성이 높다.
- 활동 감소 : 신체활동이 적은 사람일수록 고혈압이 생길 가능성이 높다.
- 흡연 : 흡연은 혈관을 수축키는 작용이 있을 뿐 아니라 **혈전**이 발생할 위험이 높아지므로 고혈압 환자는 절대 금연해야 한다.
- 염분 섭취 : 염분은 삼투압 작용에 의해 혈액의 양을 증가시킨다. 과도한 염분 섭취는 혈액 양을 증가시켜 혈압을 상승시킨다.
- 스트레스 : 과도한 스트레스는 일시적으로 혈압을 상승시킨다. 과식이나 흡연, 음주로 스트레스를 풀려고 하면 오히려 혈압을 올리는 결과를 가져온다.

3) 증상 및 합병증

대부분의 고혈압 환자는 혈압이 심각한 수준까지 올라갈 때조차도 무증상인 경우가 많다. 일부 고혈압 초기에 둔한 느낌의 두통이나 어질함, 코피 등을 호소하는 경우가 있으나 이는 일반적인 고혈압에서 볼 수 있는 전형적인 증상은 아니다.

그러나 혈압이 높은 상태가 장기적으로 지속되면 신체 각 부위에 다양한 합병증이 발생할 수 있으며, 이들 중 상당수는 심장발작이나 뇌졸중처럼 치명적인 문제를 발생시킨다. 바로 이런 이유 때문에 고혈압을 "침묵의 살인자"라고 부르는 것이다. 고혈압을 잘 조절하지 않을 경우 나타날 수 있는 합병증에는 다음과 같은 것들이 있다.

(1) 고혈압과 혈관

건강한 동맥은 튼튼하고 탄력성과 유연성을 가지고 있다. 그러나 고혈압 상태가 지속되면 혈관에 다음과 같은 변화가 초래된다.

① 동맥경화증, 죽상경화증

고혈압으로 인해서 동맥 내의 압력이 높아지게 되면 동맥 내피세포에 변화를 주어 결국 동맥벽이 두껍고 단단해지는데, 이를 동맥경화증이라고 한다. 순환하는 지방과 세포들로 쌓이게 되면 죽상경화증이 시작되어 몸 전체의 동맥들에도 영향을 주게 된다. 결국 심장, 신장, 뇌, 팔, 다리로 가는 혈류가 원활해지지 못하여 흉통 (협심증), 심근경색, 심부전, 신부전, 뇌졸중, 말초 동맥 질환, 동맥류 등이 생길 수 있다.

② 대동맥류

혈압이 높은 상태로 지속되면, 동맥벽의 일부가 늘어나면서 꽈리처럼 동맥류가 만들어질 수 있다. 동맥류가 터지면 치명적인 내출혈을 일으키게 된다. 동맥류는 우리 몸의 어느 동맥에서건 만들어질 수 있지만 가장 큰 동맥인 대동맥에서 제일 잘 생긴다.

(2) 고혈압과 심장

① 관상동맥 질환

관상동맥이란 심장의 근육에 혈액을 공급하는 혈관을 말한다. 동맥경화나 혈전 등에 의해 관상동맥이 좁아지거나 막히게 되면 심장의 혈액공급에 차질이 발생하면서 심한 흉통을 일으키는 협심증을 발생시킬 수 있다. 이러한 상태가 심해질 경우 심장 근육이 혈액을 공급받지 못하여 괴사되는 심근경색이 발생할 수도 있다.

〈그림. 관상동맥질환〉

- 100 -

② 심부전

고혈압으로 인해 계속 심장이 부담을 받게 되면 심장근육은 약해지고 효과적으로 일을 할 수 없게 된다. 결국 심장도 지쳐서 기능이 급격히 떨어지게 되며 심장 발작으로 인한 손상이 더해지면 심장 기능이 더욱 저하된다.

③ 좌심실 비대

무거운 아령을 들 때 팔의 이두박근이 커지는 것처럼 고혈압은 그 자체로 심장에 부담을 주어 좌심실 비대를 가져옵니다. 심실이 충분히 늘어나지 못하면 그만큼 혈액도 완전히 충만되지 못하고 체내에 필요한 만큼의 혈액을 밖으로 내뿜을 수 없게 된다. 이러한 상태는 결국 심장발작, 심부전, 심장급사 등의 위험도를 증가시킨다.

(3) 고혈압과 뇌질환

① 일과성 뇌허혈 발작(Transient ischemic attack: TIA)

일과성 뇌허혈 발작이란 아주 짧은 시간 동안 일시적으로 뇌로의 혈액공급이 중단되는 것으로, 주로 고혈압으로 인한 죽상경화증이나 혈전에 의해 일어난다. 이것은 종종 뇌졸중 발생의 위험신호로 볼 수 있으므로 주의를 기울여야 한다.

② 뇌졸중(Stroke)

고혈압을 잘 조절 되지 못하는 경우 뇌혈관이 손상되고 약해져, 좁아지거나 파열되면서 뇌졸중을 일으킬 수 있다. 또한 고혈압은 동맥류를 만들기도 하는데, 혈관벽이 부풀어서 파열되면 뇌에 심각한 출혈을 일으키게 된다.

③ 치매(Dementia)

치매란 사고, 말, 인지, 기억, 시각과 운동기능 상실을 일으키는 뇌의 질환이다. 특히 혈관성 치매는 뇌에 혈액을 공급해 주는 동맥들이 광범위하게 좁아져 막히거나 혈행 장애로 인한 뇌졸중이 원인이 되어 발생하는데, 두 경우 모두 고혈압이 중요하게 작용한다.

(4) 고혈압과 신장

신장은 여분의 체수분과 혈액의 노폐물을 거르고 배출시키는 역할을 하는 장기로, 이 과정은 대부분 혈관을 통해 이루어진다. 그러나 고혈압으로 인해 혈관이 손상을 받으면 결국 신장도 손상을 입어 여러 가지 형태의 신장질환을 일으키게 된다. 여기에 당뇨까지 있는 경우 손상은 더욱 가속화된다.

(5) 고혈압과 눈

우리의 눈에는 매우 가늘고 정교한 혈관을 통해 혈액이 공급된다. 다른 혈관들과 마찬가지로 망막혈관 역시 고혈압으로 인한 손상에 매우 취약하다.

〈그림. 눈의 구조〉

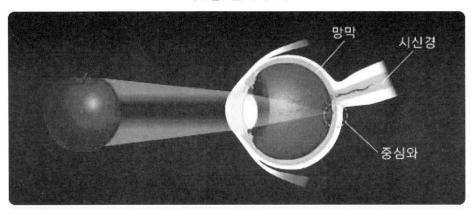

① 망막혈관 손상

고혈압이 지속되면 눈의 미세한 혈관들이 손상을 입으며, 특히 카메라의 필름 역할을 하는 망막의 혈관이 영향을 받아 출혈, 미세 동맥류, 시신경 부종 등이 발생하는데 이것을 "고혈압성 망막증"이라고 한다. 고혈압성 망막증이 발생하면 복시, 시력소실 등을 일으킬 수 있고, 고혈압과 당뇨가 함께 있을 경우 이러한 위험성은 훨씬 더 증가한다.

② 시신경 손상

고혈압으로 인해 혈관이 손상을 입고, 그 결과 혈액공급이 차단되면 시신경 세포가 파괴되어 시력이 감퇴된다.

(6) 고혈압과 기타 문제들

① 성기능 장애(Sexual dysfunction)

발기부전은 남성에서 나이가 들면서 점차 증가하는 흔한 질환이기는 하지만, 고혈압 환자에서 더 많이 발생한다. 그러나 여성에서 고혈압과 성기능 장애와의 관련성에 대해서는 아직 확실하지는 않는다.

② 골다공증

고혈압은 소변에서의 칼슘 배설을 증가시켜 골밀도 감소를 일으킬 수 있다. 골다공증이 심해지면 골절의 위험성이 커지는데, 이는 노년기 여성에서 더 흔하다.

③ 수면장애

목 주변 근육이 이완되면서 심한 코골이가 나타나는 폐쇄성 수면 무호흡증은 고혈압 환자의 반수 이상에서 나타난다.

4) 진단

혈압이 높다면 정기적으로 혈압을 재보는 것이 좋습니다. 특히 고혈압은 별다른 증상을 동반하지 않는 경우가 대부분이며, 혈압을 측정해보기 전에는 고혈압의 발생 여부를 확인할 방법이 없다.

고혈압은 여러 차례 병원 방문을 통해 적어도 2회 이상 측정하여 지속적으로 혈압이 140/90mmHg 이상일 경우에 고혈압으로 진단할 수 있다.

〈표. 성인에서의 고혈압 기준〉

혈압의 범위	수축기(mmHg)		이완기(mmHg)
정상	120 미만	그리고	80 미만
고혈압 전단계 (전고혈압)	120-139	또는	80-89
1단계 고혈압	140-159	또는	90-99
2단계 고혈압	160 이상	또는	100 이상

(1) 혈압을 측정 시 유의점

- 혈압 측정 30분 전에는 담배를 피우거나 커피를 마시지 않는다.
- 측정 전, 발은 평평한 바닥에 디디고 의자에 등을 편하게 기대어 5분간 앉아 있다. 이때 팔은 심장 높이 정도의 탁자 위에 올려놓는다.
- 팔이 편하게 노출될 수 있도록 가능하면 짧은 소매의 옷을 입는 것이 좋다.
- 혈압 측정 전에 화장실은 미리 다녀오는 것이 좋습니다. **방광**이 꽉 차게 되면 혈압측정값이 달라질 수 있다.
- 혈압을 두 번 잴 때는 적어도 2분 이상의 간격을 두고 측정하고, 평균치를 계산한다.

(2) 백의 고혈압

어떤 사람들은 진료실에서 잴 때만 혈압이 높은 경우가 있는데, 이를 '백의 고혈압(white-coat hypertension)'이라고 한다. 백의 고혈압이 의심된다면 집에서 혈압을 측정하거나 24시간 동안 30분마다 자동으로 혈압을 측정하는 24시간 활동혈압 측정기를 이용해서 진단할 수 있다.

〈그림. 백의 고혈압〉

〈백의 고혈압〉
실제로는 고혈압이 없으나 진료실에서 혈압을 측정하면
심리적 긴장 등으로 인해 혈압이 높게 측정되는 현상

 보건복지부  대한의학회

(3) 가정용 전자 혈압계 사용 시 주의사항

최근에는 가정용 전자 혈압계가 일반화되어 많은 사람들이 이를 이용하여 혈압을 측정하고 있다. 그러나 전자 혈압계는 진동 방법에 의해 혈압을 측정하기 때문에 수축기 혈압은 비교적 정확히 측정해 주지만 확장기 혈압은 평균 혈압에서 계산된 수치이므로 수은 혈압계와는 약간의 차이가 있다. 특히 팔뚝에서 측정하지 않고 손목이나 손가락에서 측정하는 전자혈압계의 경우 이러한 오차가 더욱 커진다. 그러므로 가정용 전자 혈압계를 가지고 있는 사람들은 병원을 방문할 때 기계를 한 번 가져와 수은 혈압계로 측정한 혈압과 어느 정도의 오차가 발생하는지 확인한 후 사용하는 것이 바람직하다

5) 치료

(1) 목표 혈압의 설정

혈압을 잘 조절하면 심각한 합병증을 예방할 수 있다. 또한 당뇨나 고지혈증처럼 고혈압에 영향을 줄 수 있는 질환을 잘 관리하는 것도 중요한다.

목표 혈압은 모든 환자에게 동일하지는 않는다. 물론 모든 사람이 140/90mmHg 아래로 유지해야 하지만, 일부의 환자들에서는 이보다 더 엄격한 혈압목표가 필요한다. 동반질환에 따른 치료 목표 혈압은 다음과 같습니다.

- 일반 고혈압환자 : 140/90mmHg 미만
- 만성 신장질환, 당뇨병 : 130/80mmHg 미만

(2) 고혈압의 비약물적 치료

금연, 절주, 식이요법, 규칙적인 운동 등 비약물적 치료법은 고혈압의 치료를 위해 필수적으로 수행되어야 하지만, 전단계 고혈압이나 정상혈압을 가진 성인 모두에게도 고혈압의 예방과 악화 방지를 위해 추천되고 있다.

특히 수축기 혈압 120~139mmHg, 이완기 혈압 80~89mmHg의 전단계 고혈압 환자는 약물요법을 필요로 하는 별도의 적응증이 없다면 생활습관 교정을 포함하는 비약물요법이 우선적으로 추천된다.

건강한 생활습관은 고혈압뿐 아니라 모든 성인병과 암, 만성질환의 예방과 치료에 도움이 된다. 생활습관 교정의 주요 내용은 비만한 환자의 경우 체중을 감소시키고 적절한 식이 조절을 시행하며 적당한 운동과 절주 그리고 금연을 시행하는 것이다.

① 체중 감소

체질량지수(BMI; Body Mass Index)는 비만 여부를 판단하기 위해 가장 흔히 사용되는 지표 중 하나이다. 체질량지수는 체중을 신장의 제곱으로 나눈 것을 의미하며, 이 값이 25 이상이면 비만으로 판단한다.

〈그림. 체질량지수 계산법〉

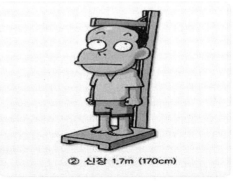

체중 감량에 의한 혈압 강하 효과는 체중 1kg 감소 시 수축기 혈압은 1.6mmHg, 이완기 혈압은 1.3mmHg 정도가 낮아지는 것으로 알려져 있다.

② 운동요법

운동은 주 3회, 한 번 시행 시 30분 정도의 속보 운동이 추천된다. 운동요법을 규칙적으로 시행할 경우 비록 체중이 감소되지 않더라도 운동 그 자체로 인해 수축기 및 이완기 혈압이 각각 5mmHg 정도 하강하는 효과를 얻을 수 있다.

운동할 때에는 손상의 위험을 줄이기 위해 서서히 시작하는 것이 좋습니다. 그리고 운동 전 충분히 준비운동을 하고, 운동 후에도 가볍게 정리 운동을 해야 한다. 운동 강도는 점진적으로 높여야 한다. 근력강화 혹은 저항성 운동을 하고자 한다면 먼저 주치의와 상의하여 동의를 구하는 것이 좋다. 왜냐하면 근육이 수축하는 동작에서 숨을 참으면 혈압이 오를 수 있기 때문이다.

㉠ 운동을 시작하기 전 검사가 필요한 경우

자신의 신체 상태에 무리가 되는 운동은 심장마비나 뇌졸중, 관절염 등을 유발하여 오히려 건강을 위협할 수 있다. 특히 다음에 해당하는 사람은 운동을 시작하기 전에 의사의 상담과 진찰을 통해 적절한 운동을 처방받는 것이 좋다.

- 40세 이상의 남성, 50세 이상의 여성
- 흡연자
- 과체중이나 비만한 사람
- 고혈압이나 고지혈증 등 만성질환을 갖고 있는 경우
- 심장질환의 과거력이 있는 경우
- 55세 이전에 심장관련 질환의 가족력이 있는 경우
- 운동 시 가슴통증이나 어지럼증을 느낀 경우
- 자신의 건강상태를 확신할 수 없는 경우

㉡ 운동하는 중에 다음과 같은 증상을 하나라도 느낀다면 즉시 운동을 멈추고 병원을 방문하여야 한다.
- 흉통, 가슴 답답함이나 조이는 느낌
- 어지럼증, 실신
- 팔이나 턱으로 전해지는 통증
- 심한 호흡곤란, 숨참
- 불규칙한 심장박동
- 심한 피로감

③ 식이요법

㉠ 저염식

경증 고혈압 환자에서 4주간 염분 섭취를 1일 3g으로 줄인 결과 1일 12g의 염분을 섭취한 경우에 비해 수축기 혈압은 16mmHg, 이완기 혈압은 9mmHg 정도 감소된 것으로 보고되었다. 우리나라의 경우 싱겁게 먹는 사람의 경우도 하루 15g의 소금을 섭취하기 때문에 외국의 경우처럼 저염식을 제대로 시행하는 것은 매우 어려울 것이다. 그러나 소금 섭취를 감소시키는 자체만으로도 어느 정도의 혈압강하 효과를 기대할 수 있으므로 저염식을 꾸준히 지속적으로 시행할 필요가 있다.

㉡ 칼륨(포타슘), 칼슘 섭취

칼륨과 칼슘을 섭취하는 것이 혈압 강하에 도움이 된다. 그러나 신장기능이 나쁜 사람에게는 고칼륨 혈증 등 치명적인 부작용이 생길 수 있으므로 반드시 주치의와 상의하여 결정하여야 한다.

㉢ 지방 섭취 감소

지방 섭취의 감소는 혈압감소에 직접적인 영향을 미치지는 않지만 전체적인 심혈관 질환의 감소를 위해서는 도움이 된다. 그러나 우리나라 사람의 고지혈증은 지방이 많은 음식물의 섭취에 의한 것보다 유전적 요인 등 다른 요인에 의한 영향이 크기 때문에 운동과 식사량 조절을 통해 표준체중을 유지하는 것이 더 중요한다.

㉣ 금연

흡연 시 수축기 혈압은 4.8mmHg, 이완기 혈압은 3.9mmHg 정도 상승하며, 이러한 효과는 노인 환자에서 더 크게 나타난다. 이처럼 흡연은 혈압을 직접적으로 상승시킬 뿐 아니라 동맥경화를 촉진시켜 **관상동맥**질환이나 뇌혈관질환, 말초혈관질환의 위험을 크게 증가시킨다. 그러므로 고혈압이 있는 사람은 반드시 금연해야 한다.

④ 기타

㉠ 절주

음주는 음주 당시에는 혈압을 다소 감소시키지만, 그 직후 및 만성적으로 혈압을 상승시키는 효과가 있다. 성인에서 허용되는 음주량은 30g(소주 또는 맥주 1잔) 이하로 하여 1주에 2회 이내이며, 그 이상의 음주는 건강에 악영향을 미칠 수 있다.

㉡ 카페인

커피, 홍차 등 카페인 함유 기호식품은 하루 5잔 이상의 과량만 아니라면 특별히 문제를 일으키지 않는다.

㉢ 스트레스, 수면장애

성인 고혈압의 상당 부분은 스트레스와 관련이 있다. 스트레스가 심할 경우 스스로 스트레스를 피하거나 조절할 필요가 있으며, 불면증이 심하거나 수면 중 무호흡증이 있는 경우 의사의 진단을 받을 필요도 있다.

(3) 고혈압의 약물치료

생활습관을 바꾸는 것도 장기적으로 혈압을 조절할 수 있는 방법이다. 그러나 대부분의 환자들은 생활습관 교정만으로는 충분히 혈압을 떨어뜨릴 수가 없으며, 혈압을 조절하기 위해 약물치료를 필요로 한다. 수축기 혈압 140mmHg, 이완기 혈압 90mmHg 이상인 1기 이상의 고혈압 환자는 생활습관 교정과 약물치료를 동시에 시작해야 하며, 특히 수축기 혈압 160mmHg, 이완기 혈압 100mmHg 이상의 2기 고혈압 환자는 2가지 이상의 약물을 동시에 투여하는 경우도 있다. 한편, 약물에 대한 반응과 부작용의 발생은 환자 개개인에 따라 차이가 나기 때문에 각 환자마다 최상의 약물처방을 찾는 데에 여러 차례의 시도가 필요할 수 있다.
ekdma 내용은 고혈압 치료에 사용되는 항고혈압 약물에 대한 기초적인 정보이다.

① 이뇨제(Thiazide diuretics)

이 약물은 신장에 작용해서 체내의 나트륨과 수분을 제거함으로써 혈액의 양을 감소시킨다. 타이아지드(thiazide)계 이뇨제는 고혈압 치료의 일차약제일 뿐만 아니라 고혈압에 동반되는 **심부전**을 예방할 수 있는 중요한 역할을 한다.

② 베타 차단제(Beta blocker)

베타 차단제는 심박동을 느리게 하여 심장의 부하를 줄여줍니다. 단독으로 사용 시에도 효과는 좋으나, 이뇨제와 함께 사용할 경우 더욱 효과적이다.

③ 안지오텐신 전환효소 저해제(Angiotensin-converting enzyme(ACE) inhibitor)

이 약물은 혈관 수축작용을 가진 물질의 형성을 차단시켜 혈관이 이완되도록 돕습니다. 안지오텐신 전환효소 저해제는 특히 **관상동맥** 질환이나 심부전, 신부전을 가진 환자들의 고혈압 치료에 유용한데, 베타 차단제와 마찬가지로 이 약물도 단독 사용보다는 타이아지드계 이뇨제와 병용할 경우 더 효과적이다.

④ 안지오텐신 II 수용체 차단제(Angiotensin II receptor blocker)

안지오텐신 II 수용체 차단제는 혈관 수축물질의 형성에는 영향을 주지 않고 이 물질의 작용을 차단함으로써 혈관을 이완시키는 역할을 한다. 안지오텐신 전환효소 저해제와 같이 **관상동맥** 질환, 심부전, 신부전 환자에서 유용한 고혈압 약물이다.

⑤ 칼슘 채널 차단제(Calcium channel blocker)

이 약물은 혈관벽의 평활근을 이완시키고, 일부 심박수도 느리게 한다. 자몽 주스를 일부 칼슘 채널 차단제와 섭취하면 약물의 혈중 농도를 높여 약의 부작용이 나타날 위험이 있으므로, 자몽과 칼슘 채널 차단제는 같이 먹지 않는 것이 좋습니다.

⑥ 레닌 저해제(Renin inhibitor)

레닌은 신장에서 만들어지는 효소로, 혈압상승 기전을 개시하는 물질이다. 레닌 저해제는 이 과정에 관여하는 레닌에 직접적으로 작용하여 레닌의 능력을 약화시킴으로써 다른 고혈압 약물들보다 체내 혈압조절과정에서 가장 먼저 작용한다. 혈압이 잘 조절되면 심혈관계 질환의 위험도를 줄이기 위해 아스피린을 처방하기도 한다. 만일 앞에서 설명한 약물들의 조합으로도 혈압이 목표치까지 감소되지 않는다면 다음의 약물들도 처방할 수 있다.

⑦ 알파 차단제(Alpha blocker)

알파 차단제는 혈관에 작용하는 신경 자극을 감소시켜서 혈관 수축물질의 작용을 낮춥니다.

⑧ 알파-베타 차단제(Alpha-beta blocker)

혈관에의 신경 자극을 줄이는 것 이외에도 심박수를 감소시켜 수축 시 혈관을 통과해야 하는 혈액의 양을 줄이는 효과가 있다.

⑨ 혈관 확장제(Vasodilator)

혈관 확장제는 동맥벽의 근육에 직접 작용하여 혈관의 수축을 방지한다.

(4) 항고혈압 약물의 부작용

어떤 약물이건 부작용은 가지고 있으나 항고혈압 약제들의 경우 오랜 시간 동안 그 효능과 안전성이 입증되어 왔고, 부작용의 위험성보다 약물 사용으로 인한 이득이 훨씬 큽니다. 실제로 많은 수의 환자들 중에서 약 복용에 따른 부작용 문제를 호소하는 경우는 매우 적습니다. 약물 종류에 따라 생길 수 있는 부작용에 대해 간단히 설명 gk면 다음과 같습니다.

- 이뇨제 : 우리 몸에 있는 칼륨이라는 미네랄이 감소되어 무기력감, 다리경련, 피로감 등이 생길 수 있다. 이때에는 칼륨이 포함된 음식 섭취가 도움이 된다. 장기간의 이뇨제 복용 시 통풍발작이 오는 경우가 있으나 흔한

부작용은 아니며 치료로 호전된다. 당뇨환자에서 혈당이 증가할 수 있는데 많이 오르는 것은 아니고, 이때는 고혈압약을 바꾸거나 식사조절, 인슐린이나 당뇨약의 용량 조절로 대부분 교정된다. 소수의 환자들에서 발기부전을 호소하는 경우도 있다.

- 베타 차단제 : 불면, 수족냉증, 피곤, 우울, 서맥, 천식증상, 발기부전이 나타날 수 있다. 만일 당뇨로 인슐린 치료를 받고 있는 환자라면 치료반응을 주의깊게 살펴보는 것이 좋습니다.
- 안지오텐신 전환효소 저해제 : 만성적인 마른 기침, 피부발적, 미각소실이 나타날 수 있다.
- 안지오텐신 II 수용체 차단제 : 어지럼증이 종종 일어날 수 있다.
- 칼슘 채널 차단제 : 가슴 두근거림(심계항진), 발목 부종, 변비, 두통이나 어지럼증이 있을 수 있다.

Ⅲ. 노인건강과 운동(체육활동)

1. 노인운동의 필요성

　운동은 모든 연령의 사람들을 위하여 여러 방법으로 삶의 질을 높여준다. 몸의 균형, 힘, 조종, 유연성과 인내력을 키워주고 개선시켜 주며 정신적 건강, 신체의 조절 능력 그리고 인지 능력 향상에도 기여한다. 노인이 활동적인 삶을 가지면 정기적으로 새로운 친구를 만들 수 있고 사회적 기능을 유지할 수 있으며 유연성 균형 근육의 강도가 개선이 되면 노인들이 무력해지는 가장 큰 이유인 낙상 사고를 예방할 수 있다. 또한 활동적인 사람은 정신병 유병률을 낮출 수 있다.

운동은 나이가 들어서 시작해도 즐길 수 있다. 노인들에게 흔한 질환인 심혈관계 질환, 관절염, 골다공증 그리고 고혈압 등 많은 질병들을 예방할 수 있으며 특히 규칙적인 운동과 신체활동은 이러한 상태와 관련된 무력함과 고통을 줄여주는데 도움이 된다, 또한 운동은 우울증이나 알츠하이머병 같은 정신이상 질병의 치료에도 많은 도움을 준다. 조직화 되고 적절하게 잘 짜인 신체활동 모임이나 또는 간단한 조깅을 통해, 새 친구를 사귈 수 있고 사회와 관계를 유지하고 외로움이나 소외감도 줄일 수 있다. 이러한 운동이나 신체활동은 사람의 정신적 안정의 기반인 자존감과 자족감을 키워준다.

모든 연령의 사람들과 동일하게 특히 노인은 자신이 가장 좋아하는 운동이나 신체활동을 해야 한다. 걷기, 수영, 스트레칭, 춤, 정원 가꾸기, 하이킹, 그리고 자전거 타기는 모두 노인에게 있어 훌륭한 운동이다. 인간의 생리적 기능은 30세까지는 거의 최고 수준을 유지하지만 그 이후에는 신체 활동이 적을 경우 해마다 0.75~1% 씩 감소하게 된다. 나이가 들어감에 따라 노화에 의한 신체적 변화에 의해 체력도 함께 감소하게 된다.

그러나 노화로 인한 노인들의 체력 저하는 완전히 예방할 수는 없지만 적절한 신체활동과 규칙적인 운동을 통해 체력이 감소되는 속도를 늦출 수 있을 뿐만 아니라 체력을 증진시킬 수도 있다. 그러므로 노인들의 건강유지와 건강증진을 위해서는 심폐 지구력, 유연성, 근력을 증진시킬 수 있는 운동을 해야 한다.　이 시기에는 무엇보다도 신체적·정신적인 노화에 적응하는 것이 중요하다.

노년기에는 건강유지와 노화에 수반되는 신체적 기능의 쇠퇴는 물론 신체조직의 균형상실에도 적응해야하기 때문에 정신적인 고충을 극복하지 않으면 안 된다. 신체적인 건강이나 기능의 쇠퇴 및 상실은 정신적인 위축감 또는 패배의식과 허무감을 동반하는 경우가 많다.

노년기의 신경증적 행동이나 우울증은 대체로 신체적 기능쇠퇴에 동반되는 정신적인 증세라고 볼 수 있다. 또한 기억력 ·추리력에서도 현저한 감퇴현상이 나타나는데, 특히 기억력의 감퇴 때문에 고통을 겪게 된다. 또한, 지각능력이나 사고능력의 속도 및 강도에서 쇠퇴 현상이 나타난다.

한편, 사회구조의 산업화· 도시화· 과학화는 노인들의 사회적 역할과 기능을 박탈함으로써 그들에게 건강·고독·소외문제를 가중시키고 있다. 이 문제를 해결하기 위해서는 건강증진과 소외해서가 절실한데 이러한 문제들은 이미 개개인의 책임수준을 넘어 하나의 커다란 사회문제로 제기되었다.

따라서, 이것을 어떻게 해결할 것인가 하는데 정책적 관심이 되고 있다. 현대사회가 직면하고 있는 노인문제는 첫째, 소득원의 상실. 둘째, 신체의 노후로 인한 건강문제. 셋째, 역살상실. 넷째, 소외와 고독 등으로 구분할 수 있다.

사람은 나이가 들어감에 따라 새로운 상황에 대한 행동과 사고의 적응도가 떨어져 심리적· 사회적 스트레스를 더욱 심하게 받게 된다.

이와 같은 것을 감소시키기 위해서는 적절한 체육활동이 무엇보다도 중요하다. 노인들이 주체할 수 없이 많은 여가시간을 어떻게 보내느냐는 개인·가정·사회 또는 국가적 관점에서도 대단히 주요한 문제이다.

2. 노인운동 프로그램

1) 구성요소
노인이 실시할 운동 프로그램을 구성할 때는 운동의 종류, 강도, 빈도, 시간, 기간 또는 단계를 반드시 고려해야 한다.

① 운동의 종류 : 노인운동의 목표가 지구력 향상, 신체 가동범위와 유연성 개선 그리고 근력을 유지시키는 것이므로 이를 위해서는 심장 운동량을 최소화시킬 수 있는 큰 근육근이 동원되는 반복적이고 동적 지구성 운동을 선택하는 것이 좋다. 지구성 능력의 향상에 도움이 되는 운동은 걷기, 조깅, 등산, 계단 오르기, 수영, 사이클 등이 적합하며 유연성 증진과 근력유지에 도움이 되는 운동은 어깨 및 고관절

부위의 회전운동과 같은 큰 근육이 사용되는 운동이 적절하며 여기에는 맨손체조, 노 젓기, 수영, 스트레칭 동작 등이 대표적으로 사용된다. 이러한 운동은 유연성을 개선 시켜 주고 근력과 근 질량을 증가시킬 뿐 아니라 골다공증 또는 골연화증에 예방적, 치료적 효과가 있다.

  ② 운동의 강도, 시간, 빈도 : 운동의 강도는 대상자의 1일 칼로리 섭취량의 10%에 해당하는 열량을 소모할 수 있도록 하거나 최대 운동 능력의 40~70% 강도를 활용하는 것이 바람직하다. 그러나 노인들은 최대 운동 능력을 측정하는 것이 위험하므로 안정시 심박동 수와 연령으로 최대 심박동 수를 산출하고 이에 따라 목표 심박동수를 결정한다. 노인 운동의 목표 심박동수는 최대 심박동 수의 60~70% 수준이 적절하다.

2) 운동 프로그램 구성

  규칙적인 신체활동은 신체 기능을 개선시키고 건강을 유지시키기 위해 노인들에게 매우 중요하다. 운동프로그램은 점진적으로 시작 되어야하며 질병과 장애를 고려하여 결정되어야 한다. 노인운동 프로그램은 참여하는 노인들이 운동의 효과를 최대로 볼 수 있도록 하는 것이 중요하다. 먼저 안전을 우선으로 생각하고 준비운동과 본 운동 정리운동을 잘 구성해야 한다.

(1)준비운동

 준비운동은 본 운동을 시작할 때 매우 중요한 운동이다 운동을 시작하면 심박 수 및 혈압의 증가 활동근의 혈액 공급증가, 교감신경 긴장 등 호흡 순환계와 자율신경계의 급격한 변화가 일어난다. 이러한 현상은 운동 중에 사고의 원인이 될 수 있으므로 준비운동으로 이를 예방할 수 있다.

 준비운동은 신체의 제 기능을 안정 상태로부터 운동하기에 적합한 상태로 서서히 유도해주는 일련의 준비과정이다. 준비운동은 가벼운 런닝과 스트레칭 그리고 본 운동과 같은 동작을 짧게 하면서 곧 쓰일 근육을 활성화 시키는 순서로 진행되며 마지막으로 실제 본 운동에서 하게 될 운동을 낮은 강도로 실시한다.

소요시간은 10~15분정도로 구성하고 운동의 유형은 가벼운 걷기, 스트레칭 또는 가벼운 체조 형태가 적합하다. 이때 사용하는 근육은 본 운동에서 주로 사용할 근육근과 관절을 중심으로 하는 것이 좋고 강도는 지치지 않고 심리적, 생리적으로 스트레스를 받지 않을 정도가 적당하다.

유연성 향상을 목적으로 한 스트레칭은 근육의 온도가 높아 졌을 때가 효과적이기 때문에 준비운동 때 보다 정리운동 시 수행할 것을 적극 권장한다.

① 준비운동의 원리

준비운동과 정리운동은 보다 격렬한 운동으로 안전하게 넘어가고 운동으로부터 적절하게 회복하기 위한 것 이다. 운동 수업에서 이들 구성요소는 모든 연령층에게 중요하지만, 특히 노인들의 부상을 예방하고 가장 효율적인 기능을 향상시키는 데 필수이다.

㉠ 준비운동과 관련된 생리적인 변화

준비운동(warming)은 체내 온도를 상승시켜 심폐계, 신경근육계, 대사계를 더 높은 강도의 운동에 대비해 준비시키는 변화를 일으킨다. 준비운동은 수많은 신체 조직의 효율을 증가시키는데, 예를 들어 폐의 순환을 증가시키고, 운동하는 근육에 산소 운반을 높인다. 또한 이것은 신경계의 기능에 영향을 미쳐 협응과 반응시간을 향상시킨다. 준비운동은 근육과 힘줄, 관절의 혈액 포화도(blood saturation)를 증가시켜 부상의 위험을 현저히 감소시킨다. 준비운동의 생리학적인 정의는 몸의 휴식 상태에서 활동으로 넘어가기 위해 근육과 혈액의 온도를 상승시키는 것 이다. 이것은, **수동적인 준비운동**(passive warm-up : 뜨거운 샤워, 사우나, 초음파와 같은 외부적인 이용하는 것)이나 **능동적인 준비운동**(active warm-up : 동작을 이용함)을 통해 이룰 수 있다. 일반적으로는 노인운동지도자가 준비하는 운동 형태에 관계없이 능동적인 준비운동이 소극적인 준비운동보다 선호된다. 그러나 뜨거운 샤워 형태의 수동적인 가열은 관절염이 있는 노인들의 경우 체력단련 활동을 시작하기 전에 이용할 수 있다.

준비운동은 심혈관계 반응의 효율성을 향상시키고, 갑자기 힘든 운동을 할 때 흔히 발생하는 다양한 심혈관계 이상을 예방한다. 관상동맥의 혈류 적응은 즉시 발생하지 않기 때문에 휴식상태에서 높은 강도의 신체활동으로 넘어가는 전환기로서 준비운동이 필요하다. 또한, 폐 혈류의 저항을 감소시켜 폐의 혈액 순환을 현저히 향상시킨다. 적절한 준비운동은 유산소 운동과 저항 훈련으로부터 노인들이 근골격계 손상을 입을 수 있는 위험을 예방하기 위해 중요한 안전 조치이다. 상승한 체온은 산소 운반에 관여하는 신체조직에 대해 동원 명령을 내리는 자극의 역할을 하여 유산소 대사의 효율성을 증가시킨다. 유산소 운동 전에 준비운동을 실시할 때 지방 대사로부터 더 많은 에너지가 공급된다는 증거가 있다(DeVries & Housh, 1994). 지방 대사의 증가는 운동중에 탄수화물을 남겨둘 뿐만 아니라(지구력이 필요한 운동선수에게 중요함) 체중 감량 프로그램을 실시하는 개인들에게도 도움을 줄 수 있다. 근육의 기계적 효율성도 준비운동에 의해 향상되는데, 이것은 근육이 더 빨리 이완되고 수축되게 한다. 그 결과 근력, 파워, 협응이 필요한 동작들이 증진된다. 또한 신경근육 조직의 혈액 포화도를 증가시켜 세포에 더 많은 연료를 운반하고 근육과 힘줄, 관절의 탄성을 늘린다. 이렇게 증가된 탄성은 노인들의 부상 예방에 매우 중요한 요소이다.

[준비운동의 생리적 효과]

생리적인 변화	특수한 효과
헤모글라빈과 미오글로빈으로부터 산소의 해리가 증가됨	움직이는 근육에 더 많은 산소를 전달함. 보다 효율적인 산소의 사용
근육의 점도가 감소됨	기계 효율성과 힘 향상
근육, 힘줄, 인대의 혈액 포화도가 증가됨	탄성 증가, 부상 위험 감소, 필수 연료의 운반 증가
신경 충격의 속도와 신경 수용체의 감수성이 증가됨	협응력과 반응 시간 향상
폐 저항의 감소	폐 순환의 증가
심장 혈류의 증가	심근 허혈의 위험 감소
대사율의 증가	효율성 향상

② 준비운동의 기본 원리

준비운동은 체온을 상승시켜 보다 격렬한 운동으로 서서히 넘어갈 수 있게 한다. 이것은 또한 적절한 동작 기법과 운동 강도를 확립하여 안전하고 효과적인 운동의 기반을 마련해 준다. 그리고 수업 참가자들의 사회적, 정서적, 인지적인 참여를 유도한다.

㉠ 체온의 상승

체내의 온도를 상승시키기 위해서는 능동적인 준비운동이 소극적인 준비운동보다 선호된다. 수업 참가자들이 낮은 강도의 연속 동작과 쉬운 관절 가동범위 활동을 10~20분 동안 실시하게 해 체내 온도를 약 1/2~1℃ 상승시킨다. 준비운동의 길이와 강도를 결정할 때는 참가자들의 건강과 체력 수준 그리고 수행할 활동의 유형을 고려한다. 더 높은 강도의 운동 프로그램과 더 허약하거나 몸 상태가 좋지 않은 참가자들의 경우에는 더 긴 준비운동이 권고된다.

㉡ 안전하고 효과적인 준비운동

체내 온도를 상승시키고 다양한 기능 능력을 갖고 있는 노인 참가자들을 더 높은 강도의 운동에 안전하게 준비시키기 위해서는 다양한 유형의 활동을 이용할 수 있다. 예를 들면, 걷기, 앉거나 선 상태에서 하는 리듬이 있는 운동, 정지한 자전거와 좌식 스텝퍼와 같은 심혈관 기구를 사용하는 것 등이 있다. 가능하면 수업 중에 실시하려고 하는 것과 같거나 비슷한 큰 근육을 쓰는 동작을 더 낮은 강도로 준비운동에 포함시킨다. 나중에 운동에서 사용할 동작을 더 느린 템포와 강도에 따라 하면 준비운동도 되고 연습도 된다. 예를 들어, 수업의 유산소 컨디셔닝 구성요소 중에 양팔을 머리 위로 뻗는 동작이 있다면 참가자들이 같은 동작을 유사한 관절 가동범위 내에서 실시하되, 준비운동에서는 더 느리게 실시한다.

준비운동을 실시하는 환경 또는 선택한 활동의 유형을 결정한다. 환경 고려사항에는 참가자의 수에 비하여 이용할 수 있는 공간의 크기, 바닥의 특징, 기구 사용 가능성 등이 있다. 체내 온도가 운동에 반응해 얼마나 빨리 상승하는가에 크게 영향을 주는 실내온도도 고려해야 한다. 새로 온 참가자 집단에게 준비운동을 가르칠 때는 준비운동의 중요성을 설명하고, 참가자들이 과도하게 운동하지 않는지 징후를 잘 살펴보아야 한다. 각 참가자가 준비운동의 강도에 얼마나 잘 반응하느냐는 그가 더 높은 강도의 운동에 어떻게 반응할지를 암시한다.

ⓒ 참가자들 참여시키기

운동 수업중 준비운동 시간은 참가자 집단과 사회적, 정서적으로 접촉할 수 있는 완벽한 때 이다. 이때는 참가자들과 대화하고, 상호작용을 장려하고, 참가자들의 이름을 익히고, 수업에 들어올 때 반갑게 맞아주고, 새로 온 참가자를 전체에게 소개시키는 기회가 된다. 이러한 행위들은 집단 전체에서 노인운동지도자가 개별 참가자들에게 진심 어린 관심을 갖고 있음을 보여준다. 준비운동이 참가자들에게 동작에 대한 성취감과 성공의 느낌을 가질 수 있는 많은 기회를 제공하도록 구성한다. 또, 참가자들이 자신의 수준에 맞게 운동할 수 있는 안전하고 경쟁적이지 않은 환경을 만들고, 다양한 능력 수준에 적절한 변형 동작을 자주 시범으로 보여준다. 동작을 잘 수행하고 노력할 때마다 긍정적인 반응을 보여주고, 반드시 제때 올바르게 동작을 수행할 필요는 없다는 점을 강조한다. 또한, 노인운동지도자가 수업 후반부에 선보일 새로운 동작 순서를 가르칠 수 있는 좋은 기회이다. 이것은 참가자들이 더 느린 속도로 동작을 연습해보고 수업 후반부에서는 더 빠른 속도로 시도하기 전에 자신감을 심어줄 수 있다. 참가자들이 신체적, 정신적으로 동작을 성공적으로 수행할 수 있도록 준비시키는 것이 준비운동의 주된 목표가 되어야 한다. 음악의 유형과 이것을 수업중에 어떻게 운영할 것인가는 모두 중요한 고려사항이다.

ⓔ 준비운동 개발하기

준비운동에서 노인운동지도자의 목표는 참가자들의 신체능력에 맞추는 운동을 제공해야 함을 잊지 말아야 한다. 수업 참가자들에게 운동 강도를 체크하는 방법을 가르치는 것도 중요하다.

ⓜ 능력수준

건강한 노인들의 경우 준비운동을 위해 낮은 강도의 연속 동작을 최소한 15분간 실시한 다음 유산소 컨디셔닝이나 다른 높은 강도의 격렬한 활동으로 넘어간다. 참가자들의 심박수를 이들의 목표 운동 심박수 범위의 낮은 쪽 한계까지 서서히 높이는 활동들은 체내 온도를 원하는 만큼 상승시킬 수 있다. 허약한 노인들은 앉은 자세에서 양쪽 팔과 다리를 연속적으로 부드럽게 움직이는 동작으로 준비운동을 더 길게 하면(20분간) 효과를 볼 수 있다. 이러한 활동은 체온을 높이고 근육과 힘줄, 인대의 혈액 포화도를 증가시킨다. 연약한 참가자들은 매우 가벼운 활동 후에 땀을 흘리기 시작할 것(체온이 상승한다는 표시)이므로 이들의 반응을 주의 깊게 살펴보는 것이 중요하다.

ⓗ 활동의 유형

참가자들이 체내 온도를 상승시킬 수 있도록 정상적인 관절 가동범위 내에서 연속 동작을 하게 한다. 작은 관절 가동범위에서 서서히 큰 범위까지 진행되는 팔과 다리 동작을 선택한 다음 필요한 패턴과 협응의 난이도를 점진적으로 높인다. 준비운동 중에는 관절 가동범위를 증가시키기 위한 정적 스트레칭은 피한다. 이러한 활동은 근육이 완전히 풀려 있는 정리운동에서 쓰기 위해 남겨둔다. 또한, 준비운동은 운동 중 좋은 자세, 적절한 신체 역학, 호흡 기법을 강조할 수 있는 완벽한 기회이다.

ⓢ 사회적인 관계

준비운동은 참가자들과 중요한 사회적인 관계를 확립할 수 있는 완벽한 시간이다. 준비운동 중에 원형 대형을 사용하면 참가자들과 가까이 접촉할 수 있고 친근하게 교류할 기회를 제공한다. 준비운동 중에 친근하게 대화하면 참가자들이 서로 편하게 얘기하고 소속감을 느낄 수 있게 된다.

ⓞ 음악

노인운동지도자가 선택하는 음악과 이것을 수업 전체에서 어떻게 운영하는가는 소속감, 동작에서의 성취감, 전반적으로 즐거운 경험을 만들어낼 수 있다. 박자가 일정하고, 구분하기 쉬운 음악은 수업 중 준비운동과 활동적인 정리운동 부분에 잘 맞는다. 음악은 참가자들 간의 강한 정서적인 공감대를 형성하고, 기억을 되살리며, 따라 부르고 수업을 즐길 수 있게 한다. 이러한 유대감은 참가자들의 소속감을 느끼게 하고 수업에 계속 참여할 수 있도록 동기를 유발하는 효과가 있다.

ⓩ 성공

준비운동 중에 참가자들의 성공을 보장하기 위해서는 복잡한 결합과 스텝은 피하는 것이 좋다. 간단한 동작과 따라 하기 쉬운 리듬이 있는 패턴을 사용하는 것이 도움이 된다. 일단 참가자들이 낮은 난이도의 운동을 성공적으로 할 수 있으면 자신의 능력에 대한 자신감이 증가하여 지속적인 강습 참여도를 높이는데 효과적이다.

[효과적인 준비운동을 위한 지침]

* 난이도와 강도를 서서히 높여가면서 점진적인 운동을 10~20분간 실시함
* 박자가 일정하고 쉽게 구분되는 연령에 맞는 음악 선택
* 연속적으로 리듬이 있는 지구력운동 실시함
* 부분 관절운동 시행함
* 대상에 맞는 운동 강도 점검하기
* 활동은 신체, 사회, 정서, 정신 등 전반적인 웰빙의 많은 측면들을 증진시켜야 함

(2) 본운동

본 운동에서는 점진적으로 운동의 부하를 증가시켜 목표 심박동 수의 범위에서

20~30분 동안 운동을 수행하여 운동을 실시하는 목적을 달성할 수 있도록 구성한다. 본 운동에서는 접촉성운동, 경쟁적 신체활동, 심하게 신체를 뒤트는 운동, 돌발적인 출발, 정지, 갑작스럽게 방향을 전환하는 운동은 신체 손상을 유발할 수 있으므로 배제하는 것이 좋으며 가능하면 운동의 강도를 일정하게 유지하면서 리드미컬한 동작을 하도록 하는 것이 바람직하다. 본 운동 동안 일정한 휴식 시간이나 낮은 강도의 동작을 중간, 중간에 삽입함으로써 노인들이 피곤하지 않은 상태에서 운동을 지속하도록 하여야 한다.

①유연성 훈련
하나 이상의 관절이 움직일 수 있는 범위를 나타내는 유연성(flexibility)은 모든 연령에서 중요하다. 사람이 젊을 때는 대부분 모든 관절에서 움직이는 것이 자유롭다. 어린 아이들은 관절이 자유롭게 움직이기 때문에 갑자기 달려가거나 막대기를 주위 던지더라도 전혀 어려움이 없다. 그러나 나이가 들면서 많은 요소들이 우리의 유연성을 감소시킨다(관절의 뻣뻣함 증가, 결합조직의 변화, 골관절염). 실제로 일부 노인들의 경우에는 관절의 유연성이 너무도 심각하게 감소되어 일상적인 활동을 수행하는 능력이 저해될 수 있다. 그러나 다행히도 유연성 향상을 위해 특별히 설계된 운동들이 노인들에게 매우 효과적인 것으로 드러났다. 운동만으로는 젊었을 때의 가동성을 회복하기는 힘들겠지만, 유연성이 향상되면 신체 기능이 증가 될 수 있다. 유연성의 증가는 통증과 뻣뻣함을 감소시켜 노인들의 기분을 좋게 하기도 하는데, 이것은 생리적인 효과를 넘어서는 추가적인 이점이다.

② 유연성 운동 지침
㉠ 어떤 관절이 분명히 가동범위가 제한되는지, 어떤 근육이 뻣뻣한지를 파악하여 유연성 운동을 선택한다.
㉡ 좋은 신체 자세를 강조한다.
㉢ 몸과 근육의 웜업을 촉진하기 위해 준비운동 중에 동적 스트레칭을 실시한다.
㉣ 정적 스트레칭은 몸이 가장 웜업되고 근육과 관절이 스트레칭하기에 적절한 때까지 실시하지 않는다.
㉤ 정적 스트레칭 자세로 서서히 넘어간다.
㉥ 통증을 유발하지 않고 부드럽게 당기는 지점까지 스트레칭 한다.
㉦ 상해를 초래할 수 있으므로 스트레칭을 억지로 하거나 갑자기 실시해서는 안 된다.

③ 저항 훈련
저항 훈련 프로그램을 개발하는 원리는 참가자의 연령에 상관없이 동일하다. 그러나, 노인운동지도자들이 노인들을 지도할 때는 주의해야 할 사항들이 많다. 노인들은 기능적 능력과 의료 문제에 있어 큰 차이를 보이기 때문에 프로그램을 개인에

게 맞추는 것이 매우 중요하다. 참가자가 저항 훈련 프로그램을 시작하기 전에 현재 앓고 있는 질환, 운동 진행상황, 영양상태 등을 파악해야 한다. 노인들이 운동 수준의 증가에 적응할 능력을 갖고 있더라도 안전하고 효과적인 운동을 위한 지침을 따라야 한다. 저항 훈련 중에 적절한 호흡법, 자세, 생체역학이 의료 관련 사고를 예방하는 데 크게 도움이 된다. 또한, 노인들이 상해나 급격한 과다운동을 피할 수 있도록 올바르게 진전해나가는 것이 중요하다. 노인들은 훈련 수업을 받고 난 후 회복하는 데 시간이 더 많이 걸리기 때문에 시기별로 강도를 다양화하면 더 나은 적응 효과를 얻을 수 있다.

④ 유산소성 지구력 훈련
노인들은 노년에도 유산소성 지구력 훈련에 반응하는 능력을 유지한다. 또한, 유산소성 지구력 훈련은 노인들이 고정된 최대하 수준의 에너지 소비에서 운동을 유지하는 능력을 향상시켜 준다. 이것은 일상적인 생활에 더 낮은 수준의 VO2가 필요함을 의미하고, 따라서 활동을 더 오랜 시간 동안 더욱 쉽게 실시할 수 있기 때문에 특히 연약한 노인들의 기능 능력에 크게 영향을 미칠 수 있다. 또, 유산소성 지구력 훈련을 통해 노인들의 삶의 질이 향상될 수 있다는 증거가 된다. 젊은 성인들이 경험하는 관상동맥 질환과 뇌졸중, 고혈압, 당뇨병, 골다공증을 예방하는 효과는 대부분 노년기에 신체활동이 활발한 노인들에게도 생길 수 있다. 하지만 허약한 노인들의 경우에는 유산소성 지구력 훈련의 역할이 질병 예방보다는 증상 완화에 더 가깝다. 유산소성 지구력 훈련은 잘 알려진 연령과 관련된 생리적인 변화를 막고, 운동부족 증후군을 되돌리며, 만성질환을 억제하는 데 도움을 주고, 심리적인 건강을 극대화하고 일상적인 활동을 수행하는 능력을 유지해 준다.

▶노인 참가자들을 위한 일반적인 운동 지침
－너무 덥거나 추울 때 또는 길이 빙판인 경우에는 실외 운동을 피해야 한다.
－처방된 운동을 천천히, 주의해서 진행한다.
－운동 다음 날 참가자를 기분 좋을 정도로 피곤하게 하는 수준을 절대 넘으면 안 된다.
－적절한 준비운동과 정리운동을 실시한다.
－갑작스럽게 비트는 동작과 균형에 나쁜 영향을 미치는 운동 형태는 피한다.
－협심증이나 심실성조기수축, 과도한 숨가쁨의 경우에는 운동을 일시 중단한다.
－급성 바이러스 감염 중에는 격렬한 운동을 피해야 한다.
－냉방이 부적절한 실내에서는 운동을 피한다.
－다리나 팔이 너무 피로하고 무거워 동작의 협응이나 질이 저해되는 경우에는 유산소성 지구력 활동을 쉽게 하거나 일시 중단한다.
－유산소성 지구력 운동 전, 중, 후에 적절한 수분 공급을 보장한다.
－운동을 방해하지 않도록 활동 전에 화장실에 다녀오게 한다.

▶ 운동을 피해야 하는 경우
-기분이 좋지 않거나 열이 나거나 급성질환이 있는 경우
　(기관지염, 호흡기 감염, 류머티즘 관절염 등)
-새로운 증상이나 기존의 증상이 악화되는 경우
　(통증, 어지러움, 숨가쁨, 불안정 등)
-최근 넘어져 상해를 입었거나 진료를 받은 경우

▶ 운동을 중단해야 하는 경우

-심한 호흡곤란 -어지러움 -협심증(가슴통증) -비정상적인 심장박동이나 심장 리듬 -구토 -혼란	-심한 피로 -졸도 직전 -간헐적 종아리 통증 -운동을 변경했는데도 해결되지 않는 새로운 관절, 근육통 또는 통증의 증가 -하지의 협응 상실을 초래하는 전체 또는 부분적인 근육 피로

⑤ 평형성 및 기동성 훈련
　좋은 평형성과 기동성은 다수의 레크리에이션 활동뿐만 아니라 대부분의 일상적인 활동을 성공적으로 수행하는데 반드시 필요하다. 노인들에게서의 넘어짐 발생률이 전 세계에서 건강상 심각한 문제가 되고 있다는 점에서 볼 때 노인들을 위한 운동 프로그램에 특별히 노인들의 평형성과 기동성을 향상시키기 위한 활동들이 포함되어야 한다. 넘어짐 발생률과 그로 인한 상해의 정도는 연령의 증가에 점진적으로 비례한다. 65세 이상의 인구에서 일반적으로 건강하고, 지역사회에서 거주하고 있는 노인들의 약 35%~45%가 1년에 최소한 1회 이상 넘어지고, 넘어짐 발생률이 75세 이후에 증가하고 있는 추세이다. 근력과 유연성의 감소, 감각 정보의 중추 신경계 처리 속도 감소, 운동계의 반응 속도 감소로 이어지는 여러 가지 생리조직의 기능이 나이가 들어감에 따라 감퇴하면서 비교적 가볍게 넘어지는 것도 노인에게는 잠재적으로 위험할 수 있다. 그리하여 요즘 노인운동 프로그램에 평형성과 기동성을 향상시키기 위한 운동들이 눈에 띄게 증가하고 있다.

*정적 평형성 : 공간에서 직립 자세로 설 때 주된 목표는 질량중심을 지지 기저면의 범위 내에서 유지하는 것을 말함.
*동적 평형성 : 걸을 때는 질량중심이 지지 기저면의 범위를 넘어서 계속 이동되고 걸음을 뗄 때마다 새로운 지지 기저면이 형성된다. 몸을 기울이거나 공간 속에서 움직일 때 균형을 유지하는 것을 말함.

⑥ 감각계의 변화

평형성에 기여하는 감각계에는 시각계, 체성감각계, 전정계가 있다. 이러한 각 조직의 주변 및 중심 구성요소에서의 변화는 평형성과 기동성에 어느 정도 영향을 준다. 예를 들어, 노인들이 다양한 평형성과 기동성을 향상시키는 활동들을 할 수 있는 능력에 나쁜 영향을 미치는 시각계의 연령 관련 변화에는 시력 감퇴, 시야가 좁아짐, 깊이 인지 감소, 대비 감도의 상실 등이 있다. 시력 감퇴는 황반변성이나 백내장과 같은 특정한 안과 질환에 의해 발생할 수도 있다. 시야가 좁아지거나 흐려지는 것은 환경에 있는 물체의 가장자리와 형태를 분명히 구분하는 것을 더욱 어렵게 한다. 주변 시야의 감소는 놓친 정보를 보기 위해 머리와 몸통을 더 크게 회전하게 만들기 때문에 특히 동적 평형성과 기동성에 영향을 미칠 수 있다.

깊이를 인지하는 능력의 감퇴는 노인이 장애물을 안전하게 피하고, 계단을 오르내리고, 어떤 물체의 공간 내의 위치를 정확히 인식하는 것이 필요한 스포츠 활동에 참여하는 능력에 영향을 준다. 대조 감도의 변화는 어떤 배경에 있는 물체를 감지하거나 조명이 밝은 방에서 어두운 복도로 이동할 때 조명의 변화에 신속하게 적응하는 것을 더욱 어렵게 한다.

체성감각계(촉각과 자기 수용 감각)에서의 연령 관련 변화는 자세 안전성과 예기치 못한 균형 상실 후에 적립 자세를 빨리 회복하는 능력에 직접적인 영향을 미친다. 게다가 운동 감수성(사지의 자세와 동작을 자각하는 것)의 연령 관련 변화는 특히 시각을 사용할 수 없거나 시각이 교란될 때 노인에게 특정한 평형성 운동을 수행하는 능력에 영향을 준다.

압력과 진동을 감지하는 피부 내의 피부 수용기의 수가 감소하는 것도 다양한 유형의 자세 반응의 속도와 효율성에 영향을 준다. 수용기의 감소 이외에 나이가 들면 말초 수용기를 연결하는 감각 섬유의 수가 30%까지 감소하는 것도 관찰되었다. 이러한 변화들은 체성감각을 감소시키고 감각 정보를 얻기 위해 감각계와 전정계에 더욱 의존하게 하는 결과를 낳는다.

⑦ 운동계의 변화

적절한 운동 반응을 계획하고 실행하는데 필요한 시간이 증가하는 것은 운동계의 연령 관련 변화의 가장 큰 결과로 보인다. 많은 노인들은 주어진 움직임 상황에서 사용할 적절한 움직임 전략을 선택하는데 어려움을 겪기 시작한다. 많은 경우에는 선택된 반응 전략의 부적절한 계측(과제나 환경의 요구사항에 행동 계획을 맞추기 위해 힘과 같은 움직임 요소들을 조절하는 것)도 관찰된다. 다시 말해, 노인들은 특히 평형성이 예기치 못하게 동요되거나 방해받을 때 과도하거나 소극적인 반응을 나타내는 경향을 보인다. 근전도(EMG) 연구에서는 예기치 못한 균형의 상실에 대한 근육 활성화 패턴의 시간 순서에 있어 연령과 관련된 현저한 차이가 추가로 나타났다. 젊은 성인에게서 관찰되는 근육 활성의 전형적이고 대칭적인 패턴과 달리 건강한 노인들은 상당히 다양한 활성 패턴과 부적절한 반응을 제어하는 능력의 감소를 보인다. 부적절한 자세 반응은 기능상의 지지 기저면이 감소될 때나 지지면이

무르거나 불안정할 때, 시각 정보가 변경될 때 가장 명확하게 나타난다.

이러한 실험적인 조건들을 현실에서 찾아보면 한 발로 서서 바지를 입거나(지지 기저면의 감소) 미끄러운 지면 위를 걸어가거나 분주한 거리를 걸을 때(움직이는 시각 환경)가 해당된다. 적응 자세 제어(adaptive oostural control)의 예측 구성요소 (anticipatory component)의 연령 관련 변화도 관찰되었고, 이것은 노인들이 넘어지는데 기여하는 중요한 요소인 것으로 보인다. 적응 자세 제어는 과제와 환경 요구사항의 변화에 대해 감각계와 운동계를 조절하는 능력을 말한다. 절대근력과 근파워의 감소와 더불어 운동계의 중심 및 주변 구성요소들에서 발생하는 여러 가지 변화들은 노인이 예측 및 반응 자세 제어를 신속하고 효율적으로 실행하는 능력을 저해한다. 그러나 감각계에서처럼 운동계를 자극하기 위한 신체운동들은 평형성이 저해된 노인에게 더욱 빠르고 적절하게 반응하는 능력을 현저히 향상시킬 수 있다.

⑧ 인지 변화

노화에서 관찰되는 가장 눈에 띄는 인지 변화 중의 하나는 자세 안정성을 저해하지 않고는 여러 가지 과제를 동시에 할 수 없다는 것이다. 예상치 못한 동요 후에 균형을 회복하는 데는 젊은 사람보다 노인에게 더 많은 주의를 요한다.

연구 결과에 따르면, 노인들은 특히 자세 안정성을 유지하는데 하나 이상의 과제가 필요할 경우 여러 과제들을 동시에 수행하는 것을 더욱 어렵게 여길 수 있다. 이러한 지식은 주의를 여러 가지 과제에 배분해야 하거나 높은 인지 구성요소가 필요한 평형성 운동을 선택하는데 중요하다.

⑨ 집단 환경에서 난이도 조절하기

수업에서의 평형성 및 기동성 구성요소 동안에 평형성 난이도를 조심스럽게 조절함으로써 노인 참가자들로 구성된 집단이 참가자들의 개별 능력에 가장 잘 맞는 수준으로 동일한 평형성 운동을 하게 할 수 있다. 예를 들어, 한 집단이 앉아서 같은 세트의 체중 이동 운동을 하되, 서로 다른 과제 난이도로 실시 할 수 있다. 다시 말해, 각 개인에게 적절한 과제 또는 환경 요구사항을 간단히 조절할 수 있다. 일부 참가자들이 앉아서 하는 동적 체중 이동 운동을 하는 것을 쉽게 만들려면 이 운동을 의자 위에 놓인 발란스 디스크 위에 앉아서 의자를 잡고(지지면이 더 안정됨)할 수 있다. 반대로, 보다 숙련된 참가자들은 동적 체중 이동 운동의 같은 세트를 짐볼 위에 앉아서 양팔을 가슴 앞에 교차시킨 상태에서 실시할 수 있다. 이것은 개인의 현재 능력에 과제 요구사항을 맞추어 운동 원리인 난이도를 적용하는 것을 말한다. 또한, 운동의 환경 요구사항을 조절하여 이 집단 운동의 난이도를 조절할 수 있다. 집단 내의 일부 참가자들은 눈을 뜨고 단단한 지면 위에서 넓은 지지 기저면 내에 발을 둔 상태에서만 동적 체중 이동 운동을 할 수 있는 반면, 다른 참가자들은 눈을 감고 발을 좁은 지지 기저면이나 폼 위에 놓은 상태에서 동일한 운동을 할 수 있을 것이다. 과제와 환경 요구사항을 주의하여 조절하여 프로그램의 평형성 및 기동성 구성요소에 포함되는 대부분의 운동의 다양한 기능 수준을 수용할 수 있다.

⑩ 마음 수련 운동

심신 수련 운동은 인지 또는 마음과 관련된 구성요소와 낮거나 중간 정도의 신체적인 노력이나 움직임을 결합한 것이다. 정확하고 보편적인 정의는 없지만, 심신 수련 운동(mind-body exercise), 즉 마음 수련 운동을 심오하고 내적이며 명상에 초점을 두어 실시하는 신체 운동으로 정의한다. 이러한 내적인 집중은 스스로 판단하지 않는다. 자기초점(self-focus)에는 호흡과 자기 수용, 즉 근육감각(muscle sense)에 특별히 주의를 기울이는 것을 포함한다. 분명히 어떠한 운동 요법도 이러한 내적인 주의를 포함시킬 수 있지만, 마음 수련 운동에서는 이것이 핵심이 되는 과정이다. 마음 수련 운동은 이러한 자기를 관찰하는 명상의 상태를 우선시 한다.

⑪ 심신 운동의 효과

다양한 마음 수련 운동 요법들이 건강의 다양한 측면, 특히 심혈관계 위험인자, 심리적인 웰빙, 질병 관련 증상들을 상당히 개선시키는 수단임이 밝혀졌다. 운동 유형의 느린 속도와 명상 중심의 특징은 불안과 고혈압, 우울증과 같은 스트레스 관련 증상들을 줄이면서 신경근육 제어를 향상시키는 것으로 드러났다. 많은 심신 운동은 비교적 낮은 심박수와 혈압 반응 때문에, 에너지 비용이 높은 운동들에 비해 건강 상태가 나쁘거나 질병에 걸리기 쉬운 노인들에게 비교적 안전한 대안을 제공한다.

심혈관계 효과	• 안정시 혈압 하강 • 폐 기능 증가 • 천식 환자들의 호흡 기능 향상 • 부교감신경 긴장도와 심박수 변이도 증가 • 혈중 젖산 농도와 안정 시 산소 소비 감소 • 동맥의 내피세포 기능의 향상 • 최대 산소 소비와 신체활동 능력 증가 • 관상동맥 질환의 진행 속도 지연 • 심혈관계 질환의 위험인자상 향상
근골격계 효과	• 근력과 유연성 증가 • 신경근육 균형 증가 • 자세 향상 • 노인들의 골절 위험과 넘어짐 감소
정신 생물학적 효과	• 인지 능력 향상 • 긴장 완화와 심리적인 웰빙 향상 • 스트레스 호르몬(코티졸) 감소 • 불안과 우울증 감소 • 공황 발생(panic episode) 빈도 감소 • 치료나 스트레스에 대한 생리적, 심리적 반응 감소 • 통증, 협심증, 천식, 만성 피로와 관련된 증상 감소
기타 효과	• 노인들의 신체 기능 향상 • 포도당 내성 향상 • 제2형 당뇨병에서 당화혈색소(glycated hemo-globin)와 C펩티드 수치의 감소 • 바로레플렉스 감도(baroreflex sensitivity)의 향상 • 강박장애 증상 감소 • 골관절염 증상 감소 • 팔목터널 증후군(carpal tunnel symptom)감소

(3) 정리운동

　정리운동의 목적은 인체를 안정된 상태로 안전하게 만들어 주는데 있다. 운동을 중지하면 경우에 따라 구토감, 현기증, 심한 피로가 남을 수 있다. 운동을 하다가 갑자기 중지할 경우 빠르게 진행되었던 혈류의 이동이 급격히 감소하여 심장에서의 혈액공급 기능이 약화되면서 뇌빈혈과 현기증을 일으킬 수 있다. 이런 현상은 운동으로 활발해진 생체기능이 안정 시 수준으로 돌아오는 과정에서 상호간의 유기적 기능의 조화가 상실되어 자율신경계의 평형이 흐트러지는데서 비롯되는 것으로 운동 후 정리운동을 통해 활발해진 신체기능을 서서히 낮춰 마무리하고 스트레칭으로 피로를 풀어주면 좋다. 근육의 온도가 높을 때의 스트레칭은 유연성 향상에 효과적이며 정리운동은 준비운동처럼 5~10분이 적당하다

　① 생리적인 변화

　준비운동과 달리 정리운동(Cooling down)의 목적은 체온과 심박수, 호흡을 서서히 줄여 활동 전의 상태로 되돌리는 것이다. 모든 실질적인 목적에서 보면 정리운동은 준비운동을 거꾸로 하는 것이며 준비운동과 똑같은 낮은 강도의 연속 동작들을 많이 포함한다.

　정리운동은 근육통을 감소시키고, 고위험군 에게서 발생할 수 있는 어지러움이나 심장 이상과 같은 잠재적인 운동 관련 문제들을 예방하는 데 도움이 된다.

운동 후에 가볍게 계속 활동을 하면 다리 근육을 수축된 상태로 유지함으로써 수축과 이완 주기의 펌프 작용에 의한 정맥 환류를 증진시킨다. 이것은 혈액이 사지에 모이는 것을 막고 활동이 갑자기 중단될 때 발생할 수 있는 어지러움이나 기절을 줄일 수 있다. 혈액이 덜 모이면 운동 후의 지연된 근육의 뻣뻣함도 감소된다. 낮은 강도의 연속 동작은 근육과 혈액에 들어 있는 젖산의 수치를 운동 후에 완전히 휴식할 때보다 훨씬 빨리 줄이기 때문에 피로에서 더 빨리 회복될 수 있게 된다.

　정리운동은 높은 강도의 유산소 운동에 의해 증가하는 혈액 속의 카테콜아민(catecholamines:에피네프린과 노르에피네프린) 수치를 서서히 감소시키는 데 도움을 준다. 카테콜아민이 많으면 위험이 높은 사람들에게 심장 이상을 유발할 수 있는데, 주로 운동 중이 아니라 운동 후에 그렇다. 심장에 나타날 수 있는 이러한 운동 관련 이상이 비교적 드물기는 하지만, 세심하게 구성된 정리운동은 노인들을 위한 모든 유산소 수업에 중요한 안전 조치이다.

　② 정리운동의 생리적인 효과

　정리운동은 체온과 심박수, 호흡을 감소시켜 활동 전 수준으로 되돌리고, 혈류가 심장으로 돌아가는 것을 도우며, 확장된 근육과 피부가 휴식 수준으로 돌아가는 것을 촉진한다. 사회적인 관계, 스트레칭, 이완을 강화하고, 그날의 남은 일상으로 의식적으로 돌아가는 것도 정리운동의 중요한 측면이다. 적절한 정리운동에 시간을 충분히 허용하고(최소한 10분), 참가자들이 수업이 끝나기 전에 수업에서 나가지

않게 하는 것이 중요하다. 참가자들이 수업에서 나가기 전에 자신의 심장박동을 최소한 15초 동안 점검하거나 운동 자각도를 파악해서 자신의 몸이 완전히 회복되었는지를 확인하게 한다. 참가자들이 수업에서 일찍 나가야 하는 경우에는 심박수와 호흡, 체온이 감소될 때까지 주요 활동들을 5~10분 일찍 마무리하고 주위를 가볍게 걷게 한다. 누군가가 갑자기 수업에서 나가는 경우에는 보조자나 다른 수업 참가자를 시켜 뒤따라가서 심장에 무리가 없는지 확인하게 한다. 수업 중 유산소성 지구력 운동 부분을 마치고 나면 참가자들이 최소 15초 동안 자신의 심박수를 체크하고 운동 자각도를 파악해서 자신의 운동 강도를 점검하게 한다. 운동 강도를 1분 동안 줄이고(느리게 걷거나 이와 유사한 활동), 그 다음에 맥박과 운동 자각도를 다시 체크한다. 1분간 회복 시간 동안 심박수나 운동 자각도가 얼마나 감소했는지 각 참가자에게 규칙적으로 물어본다. 회복율은 각 개인에게 운동 강도가 어떤가에 따라 다양하다.

---

* 체온의 하강
* 심박수와 호흡의 감소
* 사지에 혈액이 모이는 것 감소
* 혈액 속의 카테콜아민 수치의 감소
* 근육통과 회복 시간 감소

---

③ 활동의 유형

정리운동은 기본적으로 준비운동을 거꾸로 하는 것이지만 보다 정적인 유연성 운동과 이완 활동으로 구성된다. 낮은 강도의 연속 동작을 5~10분간 실시해 몸이 운동에서 휴식으로 넘어갈 수 있게 한다. 점차 낮은 강도로 실시해 심박수와 호흡을 정상 상태로 되돌린다. 팔 동작은 작고 이완되게, 주로 어깨 높이 아래로 유지한다. 부드럽고 동적인 스트레칭과 협응성 및 평형성 운동을 낮은 강도의 연속 동작과 섞어 진행한다. 정리운동의 마지막 단계(근육과 연결조직이 가장 유연할 때)에는 정적인 유연성 및 이완 운동을 포함시킨다. 건강한 노인들은 바닥에서 실시하는 스트레칭에서 효과를 얻을 수 있기 때문에 하나의 근육군을 스트레칭을 위해 분리시키고 몸의 나머지 부분은 이완시킨다. 신체적으로 허약한 노인들을 대상으로 하는 수업에서는 앉아서 하는 연속 동작들을 점차 줄이고 부드럽고 정적인 스트레칭을 섞는다. 참가자들이 여전히 앉아 있는 동안 머리부터 아래까지 몸 전체(목, 어깨, 팔, 손, 등, 엉덩이, 다리, 발)를 스트레칭하는 운동들을 활용한다. 스트레칭과 수업 끝 사이에 이완 전략을 이용한다.

④ 웰니스와의 연관성 강화하기

정리운동은 참가자들이 다른 수업 참가자들과 다시 접촉하고, 노인운동지도자가 건강의 신체적, 사회적, 정서적, 인지적, 정신적인 영역 중에서 사회적인 관계를 강화하는 완벽한 시간이다. 예를 들어, 원형으로 서서 손을 잡고 낮은 강도의 정리운동을 하는 것은 사회적으로 관계를 재형성하는 좋은 전략이다. 이것은 참가자들이 수업에서 달성한 목표를 다시 확인하고 농담을 할 수 있는 기회를 제공한다. 이러한 운동들은 집단의 긍정적인 특성을 강화하고, 수업을 긍정적으로 마치는데 도움이 되며, 참가자들이 남은 일상을 준비하기 시작하는데 도움을 준다.

⑤ 일상으로 돌아가기

정리운동 중 이완 운동 단계를 마친 후에는 몇 분 동안 일상으로 돌아가는 것을 세심하게 준비하고 전달사항을 알린다. 수업 중에 달성한 개인별 또는 전체의 목표를 되새기고, 그날의 잠재적인 작은 목표들을 생각해 본다. 이러한 접근법은 자신감을 향상시키기 위해 목표를 정립하고 달성하는 것을 강화한다. 수업 밖에서 사교의 기회를 높이고 참가자들이 그날의 아이디어와 생각을 공유하게 하는 것도 사회적, 정서적인 유대감을 갖게 하는 데 도움이 되며 집단의 정체성을 확립시킨다. 참가자들이 자신의 일상생활이나 개인적인 인간관계에 이르기까지 다양한 문제에 관해서 조언을 구하고 제공하며 수업 밖에서 참가자들 간의 상호작용을 장려하는 훌륭한 기회가 될 수 있다. 집단 전체가 서로의 어깨를 주물러주는 것도 참가자들을 하나로 묶어주고 수업을 마치는 재미있는 방법이다.

[효과적인 정리운동을 위한 지침]

* 참가자들의 체력 수준에 따라 강도가 점진적으로 감소하는 리듬이 있는
  연속 운동을 5~10분간 실시함
* 정적인 스트레칭을 포함하는 스트레칭 단계
* 요가와 태극권과 같은 몸과 마음을 수련하는 간단하면서 다양한 운동
* 사회적, 정서적, 인지적인 접촉을 강화하는 활동들
* 운동 수업에서 나머지 일상으로 돌아가기 위한 이완 단계

⑥ 노인을 위한 운동 프로그램 설계의 새로운 접근법

노인들을 위한 운동 프로그램을 설계하고 수행하는 데는 개인의 요구와 능력에 맞는 독특한 접근법이 필요하다. 젊은 성인들 대상으로 하는 운동 프로그래밍의 전통적인 접근법은 일반적으로 심폐 지구력이나 근력과 같은 특별한 생리적인 요소를 향상시키는 데 초점을 두어 왔다. 이러한 프로그램들은 주로 운동 수행 능력, 체력, 몸 만들기, 체중 감량과 같은 특별한 목표를 염두에 두고 있는 사람들을 위해 설계된다. 이러한 목표가 노인들에게도 적절할 수 있지만, 건강과 신체 기능 수준이 훨씬 더 다양한 많은 노인들의 요구를 충족시키는 데는 대체 목표가 도움이 될 것이다. 많은 사람들이 평생 비교적 건강한 삶을 유지하지만 건강과 체력, 기능이 저하되는 사람들도 있다. 따라서 노인들 중에는 운동선수와 경쟁할 수 있는 사람이 있다. 또한, 노인들 중에는 운동선수와 경쟁할 수 있는 사람이 있는가 하면 의자에서 일어나기도 버거운 사람이 있다.

접근법은 노인들을 위한 안전하고 효과적인 운동 프로그램을 개발하는 데 도움이 되는 기능 훈련과 몇 가지 원리를 활용하는 데 초점을 두어 이러한 다양성을 고려한다.

⑦ 노인층의 이질성

노인들은 하나 이상의 만성 질환을 앓고 있는 경우가 많은데, 특히 관절염과 고혈압, 심장병, 뇌졸중, 당뇨병이 가장 흔하다. 1996년 Medical Expenditure Panel Study(Partnership for Solutions, 2002)의 자료에 따르면 65세 이상 노인의 62%가 두 가지 이상의 만성 질환을 앓고 있으나, 약 16%는 만성 질환을 전혀 앓고 있지 않은 것으로 나타났다. 이러한 다양성은 80세 이상의 노인들에게서도 나타난다. 노인들은 질환의 수와 유형에서 다양성을 보일 뿐만 아니라 신체 기능도 다양하다. 신체기능은 걷기, 계단 오르기, 허리 구부리기, 손 뻗어 물건 잡기와 같은 기본적인 신체 행위를 수행하는 개인의 능력을 말한다. 80세 이상의 노인들 중에서도 많은 숫자는 신체 기능에 어려움이 없다고 한다. 노인들에게서는 걷기나 무거운 물건 들기와 같은 신체 기능 수행 능력 검사에서도 이와 유사한 다양성이 나타난다. 여기에서 노인운동지도자들에게 시사하는 중요한 점은 운동 프로그램을 노인들의 다양한 건강 상태와 신체 능력을 수용할 수 있게 맞춰야 한다는 것이다.

⑧ 운동을 통해 신체 기능 최적화하기

Verbrugge와 Jette가 소개한 장애 과정 모델(disablement process model)은 Saad Nagi (1976, 1991)가 창안한 모델을 수정한 최신 모델이다. 이 모델에 따르면 병(만성질환, 부상)은 신체조직(심혈관계, 근골격계, 인지계, 감각계, 운동계)의 손상으로 이어진다. 노화 역시 병 없이 이러한 유형의 손상을 유발할 수 있다. 결국 손상이 누적되면 신체 기능 (걷기, 계단 오르기 등등)의 제한을 유발하고, 결국 장애로 이어질 수 있다. 장애(disability)는 대개 일, 레크리에이션, 집안 일, 사교적인 활동, 자기 돌보기와 같은 생활의 영역에서 복잡한 활동을 수행하는 것이 어렵거나 불가능한 상태를 정의한다. 이러한 과정의 특수한 예로 근력의 상실(신체조직의 손상)은 걸음을 느리게 하고(신체 기능의 제한) 개입을 하지 않을 경우 보행 능력의 제한이 장애로 이어질 수 있다. 그러나 손상 가능성과 기능 제한을 조기에 발견하고 개인에게 적절하게 맞춘 운동을 곁들이면 추가적인 악화를 지연시키거나 막을 수 있다. 또한, 연구에 따르면 운동이 이러한 기능 감소를 되돌릴 수 있다. 이론적인 관점에 따르면 어떤 사람이 일상적인 과제를 수행하는 데 다른 사람의 도움에 의지해야 하는 상태, 즉 장애자가 되는 신체 또는 생리적인 적성의 역치가 존재한다. 이러한 관점에 따르면 사람들은 나이가 들수록 서서히 기능이 감소하지만 이것을 받아들이거나 보완한다. 그러나 어떤 중요한 지점 아래에서는 더 이상 도움이 없으면 어떠한 일상적인 활동을 수행할 수 없게 된다. Shephard(1993)에 따르면, 비활동적인 생활을 하는 사람들은 일반적으로 약 80세가 되면 이러한 역치에 도달하는 반면, 활동적인 사람들은 이보다 10~20년 뒤에 이러한 역치에 도달하는 경우가 많다. 이러한 이론적인 관점은 운동을 통해 신체 기능을 최적화하는 것의 중요성을 강조한다. 노인운동지도자들은 참가자들의 현재 기능 상태가 어떤가에 관계없이 이들의 신체 기능을 유지하거나 향상시키는 것을 도울 수 있다. 종합적인 사전검사와 평가는 노인운동지도자에게 각 참가자의 신체 손상(유산소 지구력이나 근력의 감소), 신체 기능의 제한(자기 돌보기나 쇼핑하기와 같은 활동을 수행하는 데 있어서의 어려움)에 관한 정보를 제공한다. 초기 검사와 평가로부터 얻은 결과를 토대로 노인운동지도자들은 개별 참가자에게 가장 적합한 유형의 운동을 설계할 수 있다.

[주 요 경 로]

병	손 상	기능 제한	장 애
질병,　부상, 선천적/발달 이상	근골격계,　심혈관계, 신경계 등의 신체조직의 기능 이상과 구조적인 이상	보행, 손 뻗어 물건 잡기, 상체 구부리기, 계단 오르기, 명료하게 발표하기, 일반적인 인쇄물 보기와 같은 기초적인 신체 및 정신 활동의 제한	일, 집안 일, 자기 돌보기, 취미, 활동적인 레크리에이션, 클럽활동, 친구와 가족 만나기, 아이 돌보기, 심부름하기, 잠자기, 여행과 같은 일상적인 활동을 수행하기가 어려움

⑨ 노인을 위한 운동 및 운동 지침

1998년 미국 스포츠학회(American College of Sports Medicine : ACSM)는 노인들을 위한 운동과 신체활동의 중요성에 관한 최초의 의견서를 펴냈다.

이 의견서의 핵심 내용은 규칙적인 신체활동과 운동이 노인의 기능상의 능력과 건강을 향상시키고, 독립성과 삶의 질을 높일 수 있다는 점이다. 미국 스포츠의학회는 강력한 증거를 제시하면서 지구력 운동과 근력 훈련에 규칙적으로 참여하면 건강한 노화와 관련된 많은 효과를 얻을 수 있다고 지적했다. 비록 이 의견서가 노인들에게 운동이 미치는 효과를 나타내는 실험 증거를 살펴보기는 했지만, 연약하고 매우 나이가 많은 사람을 제외한 노인들을 대상으로 노인운동지도자들이 빈도와 시간과 같은 운동 변수를 가장 잘 설정하는 방법에 관해서는 거의 지침을 제공하지 않았다. 이 의견서는 또한 좋은 자세 안정성과 유연성을 유지하는데 운동의 역할에 관해서도 언급하고 있다. 미국 스포츠의학회는 더 많은 연구가 필요하다는 점을 인식했지만, 평형성과 근력 훈련, 걷기, 무게이동을 종합적인 넘어짐 예방 프로그램의 일환으로 포함하는 폭넓은 범위의 프로그램을 권고했다. 노인들을 위한 유연성 훈련에 관해서는 더 많은 연구가 필요하다고 느꼈지만 미국 스포츠의학회의 입장은 개인들이 관절 가동범위를 향상시키기 위해 자신의 전체 운동 프로그램에 걷기와 유산소 운동, 스트레칭과 같은 운동을 포함시켜야 한다는 것이다.

노인들을 위한 보다 구체적인 운동지침은 ACSM's Guidelines for Exercise Testing and Prescription(ACSM, 2000)에 수록되어 있다. 노인들을 위한 운동 프로그래밍의 경우에는 심폐 지구력과 저항 훈련 프로그램을 각 개인에게 맞출 필요를 강조하고 있다. 이 지침서에서는 노인들이 가능하면 1주일 중 대부분의 날에, 더 좋게는 매일 중간 강도의 운동을 최소한 30분 동안 누적할 것을 권고한다. 또한, 중간 정도의 운동을 하는 시간을 늘리거나 더 높은 강도의 운동을 하여(의사와 상의하여) 추가적인 효과를 얻을 수 있다고 제시한다. 이 지침은, 노인들이 근력 및 근지구력과 관련된 효과를 얻기 위해서는 1주일에 최소 2회(횟수마다 최소 48시간 휴식을 취함) 저항 훈련을 실시할 것을 권고한다. 또한, 노인들이 유연성을 유지하고 평형성과 민첩성을 향상시키려면 균형 잡힌 스트레칭 프로그램을 1주일에 최소 2~3일 하는 것의 중요성을 지적한다. 태극권과 요가도 이러한 효과를 얻는 데 유용한 방법이 된다. ACSM의 지침서는 전체적으로 노인운동지도자들에게 운동 처방, 건강 평가, 위험 평가와 같은 문제들에 관한 지식을 제공하는 훌륭한 자료이다.

⑩ 프로그램 설계를 위한 운동 원리
운동 프로그램을 설계할 때는 과부하와 특수성이라는 운동의 두 가지 주요 원리를 고려해야 한다.
㉠과부하(overload)의 원리
어떤 신체 조직이나 기관의 기능을 향상시키기 위해서는 이것이 정상적으로 익숙해져 있지 않는 부하(load)에 노출되어야 한다는 것을 의미한다. 반복적으로 노출시키면 이 조직이나 기관이 여기에 적응하게 되어 기능상의 능력을 향상시킨다. 이 부하는 선택된 운동의 유형이나 방식 또는 운동이 수행되는 자세, 특정한 운동의 빈도나 시간, 강도와 같은 기타 운동 변수를 조절하여 점진적으로 증가될 수 있다. 예를 들어, 심혈관계를 향상시키려면 걷는 날짜의 수 또는 보행 거리, 보행 속도, 보행 지면의 경사도를 점차 높일 수 있다.
㉡ 특정성(specificity)의 원리
운동에서 얻을 수 있는 훈련 효과들은 운동의 유형과 여기에 관계되는 근육들에만 특별하다는 것을 말한다. 예를 들어, 저항이 낮고 반복을 많이 하는 운동은 근육의 산화 능력(oxidative capacity)을 증가시키지만, 근육을 강화하는 데는 거의 도움이 되지 않는다. 이와는 달리 저항이 높고 반복이 적게 하는 운동은 근력과 근육의 크기를 증가시키는 반면, 근지구력의 증가에는 거의 도움이 되지 않는다.

⑪ 노인들에게 특별한 운동 원리
과부하와 특수성과 같은 운동의 전통적인 원리 이외에 노인학 전문가들은 노인들을 위한 프로그램에 첫째 기능 관련성(functional relevance), 둘째 난이도(challenge), 셋째 수용(accommodation)의 세 가지 원리를 추가할 것을 권고한

다.(Jones, 2002 ; Rose, 2003)

이 원리들은 노인들을 대상으로 하는 효과적인 노인운동지도자가 되기 위해 필요한 특별한 지식과 실질적인 훈련의 좋은 예 이다.

ㄱ 기능 관련성(functional relevance)

프로그램 참가자들이 정기적으로 마주치는 것과 유사한 환경에서 수행되는 일상적인 활동들의 동작을 본뜬 운동을 선택한다. 예를 들어, 평형성 및 활동 능력 훈련 동안에 참가자들은 두꺼운 카펫이 깔린 바닥에서부터 빙판길과 비슷한 미끄러운 지면에 이르기까지 모든 유형의 지면을 모방한 다양한 지면 위에서 걷는 것을 연습할 수 있다. 활동을 더욱 기능적으로 관련되게 만들기 위해서는 참가자들이 식료품 봉지 같은 웨이트를 집어 들고 방 주위를 돌아다니고 선반 위에 놓는 것을 연습할 수 있다. 기능 관련성은 특정성의 운동 원리와 유사하지만, 일상생활에서 수행되는 동작들을 모방한 기능 활동들에 초점을 둔다. 기능 관련성 원리는 수업과 일상생활에서 수행하는 활동들 간의 연관성을 더욱 잘 인식하게 한다.

> 기능 관련성 원리는 운동이 일상적인 환경에서 수행되는 기능 과제들을 자극해야 한다는 점을 강조한다.

ㄴ 난이도(challenge)

선별된 활동이나 운동들이 개인의 고유의 능력(근력, 인지, 감각 운동 능력)에 난이도를 제공해야 하지만 이것을 넘지 않아야 하고, 난이도 수준은 과제 요구사항이나 환경 요구사항을 바꿔 변경될 수 있다.

심각한 균형 문제를 갖고 있는 참가자의 경우에는 그 사람의 균형 체계에 어느 정도의 난이도를 주어야 하지만 동시에 참가자가 넘어지지 않도록 안전한 환경(안정된 지면)을 제공한다. 이 참가자는 우선 안정된 지면 위에서 걷기 시작한 다음 점차 나이도가 높은 지면이나 조명이 줄어든 환경으로 넘어갈 수 있다. 난이도는 또한 걸으면서 숫자 세기와 같은 제 2의 과제를 추가하여 조절될 수 있다. 식료품을 들어 옮기고 치워놓기와 같은 저항 훈련의 예에서는 참가자가 가벼운 중량에서 시작해서 이것을 낮은 선반 위에 놓은 다음 더 무거운 중량으로 넘어가 최종적으로 이것을 더 높은 선반 위에 놓는 것으로 넘어갈 수 있다. 긍정적인 효과를 낼 정도로 충분한 난이도를 제공하는 운동과 참가자를 부상의 위험에 노출시키는 운동은 뚜렷이 구분된다. 참가자가 의료상의 건강 상태와 신체적인 상태에 관해 많은 정보를 얻을수록 적절한 양의 난이도를 안전하게 더욱 효과적으로 제공할 수 있다. 불필요한 위험을 무릅쓰고 하는 참가자들도 있지만, 다른 사람들은 편안한 것을 선호하고 부하량이나 난이도를 증가시키려고 하지 않는다. 위험을 감수하려는 참가자들에게는 더 천천히 다음 단계로 넘어가라고 알려주는 것이 중요하지만, 다른 참가자들에게는 조금 더 난이도를 높여(안전한 범위 내에서) 부드럽게 자극하는 것이 중요하다.

난이도의 원리는 운동이 개인의 고유 능력에 맞게 난이도를 제공해야 하지만 이것을 넘지 않아야 한다는 점을 의미한다. 운동의 난이도 수준은 과제 요구사항이나 환경 요구사항 또는 둘 다를 바꿈으로써 조절될 수 있다.

ⓒ 수용(accommodation)

참가자들이 "자신의 능력에 최대한 맞게 운동을 하되, 무리하거나 통증이 발생하거나 스스로 안전하다고 생각하는 수준을 넘어서지 않게 운동하도록" 지도해야 한다는 뜻을 의미한다. 과부하의 원리에 따르면 훈련 효과를 발생시키기 위해서는 운동이 인체 시스템에 일상적인 수준을 넘어서는 난이도를 주어야 하지만, 그 대상이 노인들의 경우에는 운동 중에 개인의 능력을 넘어서지 않도록 하기 위해 수용의 원리를 적용하는 것이 중요하다. 수용의 원리는 많은 노인들에게서 나타나는 건강 및 신체 기능의 변동을 인식하고, 참가자들이 특정한 시간에 자신의 능력에 가장 맞게 운동하도록 장려한다. 예를 들어, 심장병 치료제를 복용하고 있는 사람은 어느 날에는 3.2Km를 걸을 수 있는 것처럼 느끼지만, 다음 날에는 91.4m를 걷기에도 너무 약하게 느낄 수 있다. 어떤 날에는 강도가 낮은 에어로빅 한 세트를 수행하면서 난이도를 편하게 느끼는 참가자가 다른 날에는 무릎 관절에 심한 통증을 느낄 수 있다. 이러한 통증의 변동은 관절염이나 기타 근골격계 이상이 있는 사람들에게는 흔한 일 이다. 참가자들이 자신의 느낌에 상관없이 매번 동일한 수준으로 운동을 수행하지 않게 하기 위해서는 자신의 몸에 귀를 기울이고 과도한 운동의 증상과 징후를 잘 이해하게 해야 한다. 이러한 운동 원리들이 개별 참가자에게 프로그램을 맞추고 싶어 하는 노인운동지도자들과 개인 트레이너들에게 실질적으로 많은 영향을 미친다. 노인 집단에게 운동을 가르치는 것은 다양한 능력과 질환을 수용해야하기 때문에 일반적으로 더욱 어렵다.

수용 원리에 따르면 참가자들은 무리하거나 통증을 유발하거나 특정한 시간에 스스로 안전하다고 느끼는 범위를 넘어서지 않고 자신의 능력에 최대한 맞게 운동을 수행하도록 장려해야 한다.

⑫ 노인 운동 시 주의할 사항
• 사고의 위험성을 최소화 시켜야 한다.
• 피로하지 않는 범위 내에서 팔과 다리를 많이 사용해야 한다.
• 노인의 욕구, 건강상태, 장비와 시설, 개인의 기호나 가용시간을 고려해야 한다.
• 관절부위 및 활동근육에 무리를 주지 않는 운동을 선택하여 한 시간 정도 지속할 수 있는 강도로 운동할 수 있어야 한다.
• 사고의 위험성을 최소화하기 위하여 운동의 강도조절을 해야 한다.
• 운동 전후에 가벼운 몸 풀기를 하도록 한다. (예, 가벼운 보행, 스트레칭 등)

- 운동 후 몸이 풀려 있을 때 꼭 근육을 펴는 체조 등으로 정리운동을 한다.
- 나이가 들어감에 따라 갈증을 느끼지 못할 때가 많다. 따라서 운동으로 땀을 흘린 경우에는 음료를 마시도록 한다.

⑬ 노인 운동 시 안전관리

㉠ 안전사고란?

고의성이 없는 어떤 불안전한 행동이나 조건이 선행되어 일을 저해시키거나 또는 능력을 저해시키며 직접 또는 간접적으로 인명이나 재산의 손실을 가져올 수 있는 사건을 말한다.

㉡노인의 안전을 위협하는 요인

신체적인 요인	심리 사회적 요인
- 시력 및 시야 - 청력 - 후각 - 근골격계의 변화 - 생리적인 변화 - ADL손상 및 만성질환 - 정신건강 - 기능장애 - 신경인지적 장애 - 만성 질환의 증가	- 가족 구조의 변화 - 경제적 상실 - 사회적지지 부족

3. 노인과 여가활동

캐플란(Kaplan)은 여가활동과 관련된 노인의 욕구를 다음 8가지로 구분하고 있다.
1) 사회적으로 공헌할 수 있는 봉사활동
2) 여가를 친구들과 같이 지내고자 하는 욕망
3) 자신의 존재를 타인으로부터 인정받고 싶어 하는 욕망
4) 특정한 업적이나 성과를 올려보려는 욕망
5) 오래도록 건강을 유지해 보고 싶어 하는 욕망
6) 심리학적 자극을 받아보려는 욕구
7) 가족관계를 원만히 유지하려는 욕망
8) 종교적 신앙을 포함한 정신적 만족을 얻어보려는 욕구

여기에서는 여가의 개념을 사회역할이론과 관련해서 보기로 한다. 즉, 인간은 연령의 고하를 막론하고 사회인으로서의 역할이 주어져야 한다는 활동이론(active thready)과 노년기는 신체적 쇠퇴기 이므로 모든 사회활동으로부터 후퇴하고 휴식을 취해야 한다는 쇠퇴이론(disengagement thready)이 바로 그것이다.

노이가르텐과 하비거스트(Neugarten & Harvighurst, 1968)에 의해 제시된 활동이론을 보면, 노인들은 사회적 역할에서 후퇴하는 것을 매우 싫어하고, 사회활동이 축소되는 것에 대해 저항의식을 갖는 다는 것이다. 따라서 노인들이라도 사회활동에 적극 참여함으로써 심리적으로 자기만족을 얻고자 하는 노인이 여기에 속한다.

이에 반하여 커밍과 헨리 (Cumming, E. & Henary, W. 1961)가 주장하는 쇠퇴이론에서는 노화란, 개인이 사회로부터 해방되는 과정이라고 전제하고, 노화로 인한 은퇴는 하나의 자연스러운 것이지 상호적 압력에 의해 밀려나는 것이 아니라고 했다. 따라서 노인은 사회활동을 하기에는 너무나 노화했으므로 집에서 휴식을 취하면서 소극적으로 휴가수단을 취하는 것이 합당하다는 것이다.

그러나, 오늘날 이 두 이론 모두가 틀린 것이 없으므로 두 이론을 절충한 소위 절충이론(combined theory)에 의해서 노인의 여가활동이 다루어져야 한다고 주장하는 학자들이 있다.

일반적으로 노인들이 여가를 활용해서 행하고 있는 취미활동을 보면, 자녀집 또는 친척 방문, 관공여행, TV 또는 라디오 청취, 친구들과의 대화, 서예활동, 종교활동, 장기·바둑 두기, 간단한 스포츠 활동 등이다. 하비거스트는 미국 도시 노인들의 여가활동에 관한 조사에서 가족 내의 자녀 유무가 노인들이 가족중심 생활양식을 택하느냐의 여부를 결정하며, 이것이 여가유형을 결정한다고 보고 있다.

그러나 대부분 자기 직업에 종사하는 기간 동안 확립된 여가유형이 은퇴 후에도 계속 이어지게 된다. 만일, 젊었을 때의 직업이 상당한 수입을 보장해 주었고, 그 당시의 취미활동에 접할 기회를 많았다면 이런 취미활동은 은퇴한 후에도 계속되는 경우가 많다.

윌리암슨(Williamson, 1980)은 인간은 젊었을 때 해왔던 일을 연장하는 욕구가 있으나, 고령이 되면 지나친 육체적 활동은 제한되어야 하므로 독서나, TV시청, 친구들과의 대화 등 앉아서 할 수 있는 여가활동으로 전화해나가는 것도 하나의 방법이라고 했다.

Ⅳ. 노인건강 운동의 효과

현대인들은 과학의 발달로 인한 기계화와 자동화로 신체활동이 부족해졌으며, 변하는 사회 환경에 적응하기 위해 정신적인 스트레스를 많이 받으며 생활하고 있다. 이에 현대사회의 주역이라 할 수 있는 3,40대 성인들은 건강을 위협받고 있는 실정이다. 이른바 성인병이라 일컬어지는 심장병, 고혈압, 당뇨병, 비만 등의 질병이 서구 선진국에서와 마찬가지로 우리나라에서도 날로 증가하는 추세에 있다.

성인병의 3대 위험인자로는 고혈압, 흡연, 혈중콜레스테롤 과다를 들 수 있으며, 그 외의 위험인자로는 비만, 정신적 스트레스, 운동부족, 과다한 염분섭취, 불규칙한 식사습관, 대기오염, 수질오염, 불량식품으로 인한 체내 불순물축적 등을 들 수 있다. 이 같은 위험인자들의 상호작용으로 성인병이 발생하는데, 성인병 발생의 근본적인 원인은 생활습관과 환경적 요인이다.

지금까지의 성인병에 대한 연구를 살펴보면, 65세 이전에 성인병으로 인한 사망자의 85% 정도는 예방이 가능하다고 하는데, 성인병의 예방은 건전한 생활습관과 적절한 운동을 통해서 가능하다.

특히, 운동부족은 심장질환을 포함한 성인병을 심화시키기 때문에 적절한 운동은 성인병을 예방할 수 있는 절대적인 치료법이라고 할 수 있다. 운동효과에 대해서는 생리학적인 효과는 물론 심리학적·사회학적 효과까지 여러 방면에서 논의가 가능할 것이다. 뿐만 아니라, 이와 관련한 연구결과도 매우 많다.

여기에서는 운동이 생리적 기능에 미치는 효과와 자각증사에 미치는 효과, 운동의 성인병 위험인자에 대한 효과, 그리고 운동과 정신건강에 대하여 살펴보기로 한다.

1. 운동의 신체 및 생리적 효과

신체는 기계와 마찬가지로 적당히 사용하면 건강하고 활기가 넘치지만, 사용하지 않으면 녹슬고 퇴화하게 된다. 그러므로 신체의 모든 기관이 그 기능을 유지하려면 운동을 통해 적절한 자극을 주어야 한다. 운동을 통하여 체력이 향상되고 건강을 유지한다는 것은 운동에 의한 신체자극이 신체의 생리적·생화학적 변화를 반복시켜 안정키시나 힘든 일을 할 때, 스트레스를 받았을 때 등의 상황에서 신체의 기능을 급격히 변화시키지 않고 안정시켜준다는 것을 뜻한다.

경기스포츠가 아닌 여가나 건강을 위한 운동은 전신을 이용하고, 훈련효과가 나타날 수 있는 정도의 강도와 시간이 좋다. 지속적인 운동효과의 유지·향상을 위해서는 점진적인 운동부하원리를 적용하면서 개인차를 고려하여 운동을 실시해야 한다.

1회에 20~30분 이상 주당 3회씩 지속적인 운동을 실시하면 대략 8주후부터 다음과 같은 운동효과가 나타난다.

2. 운동이 신체 기능에 미치는 효과

노인을 위한 운동 프로그램의 목표는 젊은 성인들의 목표와 다르다.
한 가지 주된 차이는 많은 노인들은 자신의 신체 기능을 향상시키거나 유지해서 독립적인 생활을 계속하거나 장애를 피할 목적으로 운동할 수 있다.

예들 들어, 욕조에서 나오거나 계단을 오를 때는 어떤 수준의 하체 근력이 필요하고, 다가오는 차를 피하기 위해서는 적절한 수준의 민첩성과 힘, 동적 평형성이 필요하다.
노인들의 경우 독립적인 생활을 유지하는 능력과 직접적으로 관련이 있을 때에는 운동의 효과가 더욱 두드러질 수 있다. 일부 노인들에게는 운동으로부터 얻을 수 있는 생리적인(체력) 효과가 너무 추상적이거나 흥미를 유발하지 못한다.

많은 참가자들은 중요한 과제와 일상적인 활동과 레크리에이션 활동을 스스로 인식하고, 따라서 노인운동지도자가 다양한 유형의 운동이 이러한 활동을 수행하는 노인의 능력을 유지하거나 향상시키는 데 어떻게 도움을 줄 수 있는지 설명해 줌으로써 더 큰 동기를 가질 수 있다.

[운동 훈련으로 향상될 수 있는 기능상의 과제]

운동훈련의 유형	기능상의 과제
유산소성 지구력 훈련	심부름을 하거나 행사에 참여하기 위해 걷기, 진공청소기 돌리기, 계단 오르기와 같은 스태미나가 필요한 활동 수행하기

상체 및 몸통 저항 훈련	손자 들어 올려 안기, 선반에 짐 올려놓기, 육중한 문 열기, 창문닦기와 같은 집안일 하기
하체 저항 훈련	바닥에서 일어나기, 의자나 욕조에 들어가고 나오기, 계단 오르기, 바닥에 있는 꾸러미 들어올리기, 인도의 연석 위로 올라가기
상체 유연성 훈련	운전이나 보행 시에 다른 차를 보기 위해 머리 돌리기, 옷 뒤에 있는 지퍼 올리기, 등 긁기, 선반위에 있는 물건 잡기, 머리 빗기
하체 및 몸통 유연성 훈련	양말이나 신발 신기, 발 만지면서 살펴보기, 발톱 깎기
평형성 및 기동성 훈련	안전하게 개 산책시키기, 환경상의 위험물이나 연석, 계단 다루기, 예상치 못한 상실에 적절하게 대처하기

1) 근육계의 변화

운동은 근조직을 비대(muscle hypertrophy)하게 한다. 근력은 근의 횡당면적에 비례하므로 운동에 의해 근력이 증가한다. 또한, 운동을 계속하면 근조직 모세혈관이 증가하여 근 혈류량이 많아지게 된다. 따라서 근조직으로의 산소공급이 원활해져 근지구력이 강화된다.

운동에 의한 근력과 근지구력의 향상은 운동 시의 강도(부하량)에 의존한다. 즉, 고강도의 운동 시에는 근력이, 저 강도의 운동 시에는 근지구력이 개선되는 것이다. 또한, 운동은 근 조직 내 호흡계의 산소 활성치와 미오글로빈(myoglobin)량을 증가시키며, 인원질(APT+CP)과 글리코겐(glycogen) 저장량을 증가시킨다. 전자의 경우에는 근지구력이, 후자의 경우에는 근력이 향상된다.

그러나 운동을 하지 않으면 근육이 줄어드는 근위축이 일어나 근섬유의 횡단 면적이 감소하게 된다. 실제로 관절을 고정시킨 후 몇 달이 지나면 근섬유의 횡단면적은 40~45%정도 감소하며, 산화효소들의 활성도 현저히 감소한다. 근육의 유연성과 관절의 가동성도 감소하여 근육이나 인대파열과 같은 부상위험을 초래하게 된다.

2) 골격계의 변화
① 관절에 미치는 효과

운동을 하면 관절 내에 활액분비가 촉진되어 관절이 부드러워지고, 관절 주위의 인대 및 근육의 신축성이 증가되므로 유연성이 개선된다. 유연성은 운동 시는 물론 일상생활에서의 상해와 밀접한 관계가 있으므로, 유연성의 개선은 건강에 중요한

의의를 갖게 된다.

② 골조직에 미치는 효과
신체의 노화현상으로 뼈는 그 밀도가 감소되고 위축될 뿐만 아니라 골다공증도 함께 나타난다. 뼈의 노화로 인한 골절상은 노인들에게서 쉽게 찾아볼 수 있는 현상이다. 극단적인 단백질 부족, 칼슘 부족도 뼈의 노화현상을 촉진하지만, 운동부족도 이를 촉진하는 주요인 중 하나가 된다. 이것은 장기적인 침상생활, 수축의 고정, 우주여행 등의 경우에 흔히 보이는 현상이다.

3) 심폐계의 변화
심폐계는 순환계와 호흡계를 말하는데, 이들 기관은 대기 중의 산소를 활동근으로 전달하는 역할을 한다. 즉, 대기 중의 산소는 폐를 거쳐 혈액으로 들어가 헤모글로빈과 결합한 후 심장과 동맥을 통해 모세혈관으로 운반되어 활동근으로 전달된다.
여기에서는 이러한 일련의 산소운반과정이 운동에 의해 어떻게 변화하는가를 살펴보기로 한다.

① 심장크기의 변화
운동선수의 심장이 일반인들의 심장보다 크다는 것은 잘 알려진 사실이다. 최근 초음파를 이용한 심장촬영술의 발달로 운동 후 심장크기의 변화 여부를 알 수 있게 되었는데, 특히 심장근육벽의 두께와 심실강의 변화를 세밀하게 측정 할 수 있게 되었다. 일반적으로 지구성 운동선수(오래달리기, 수영, 필드하키 등)의 심장비대는 심실벽 두께의 변화보다는 좌심실강의 크기가 증대된 것이라고 한다. 이는 운동을 장시간 하려면 심장의 부담을 줄이면서도 심박출향이 많아야 하기 때문인 것으로 추정된다. 근력이나 많은 힘을 필요로 하는 선수들(레슬링, 투포환 등)의 심장비대는 심실벽이 두꺼워진 것이 원인으로 작용한다. 단시간의 격렬한 운동을 할 때에는 근수축에 의한 간헐적인 동맥혈압의 상승으로 심실용적보다는 심실압력이 증가하기 때문에 반응시 심실벽이 두꺼워지는 것이다.

② 심박 수 감소와 1회박 출량 증가
지속적인 훈련으로 안정시 심박 수는 감소하고 1회박출량은 증가한다. 심박 수가 증가하면 심장의 부담이 커지고, 심장의 운동에 필요한 산소를 많이 소비해야 하므로 에너지효율 측면에서 비능률적이지만, 장기간의 운동에 의해 변화되는 심박 수 감소와 1회박출량 증가는 심장의 효율성을 증가시킨다. 일반인들의 분당 심박 수는 70회 정도이지만, 장시간 강도 있는 훈련을 받은 운동선수는 그보다 낮고, 고도로 훈련된 선수의 경우는 약 40회 또는 그 이하의 심박 수를 갖는다. 반면, 좌업생활자는 심박 수가 90회 이상인 경우도 있다. 운동선수에게서 나타나는 심박 수 감소를 운동성 서맥(bradycardia)이라고 하는데, 이는 장기간의 강도 있는 훈련으로 나타나며, 훈련에 의한 안정시 심박 수 감소의 크기는 체력이 우수할 때 더 적게 나타난다. 운동에 의한 심박 수 감소는 부교감신경 자극의 증가와 교감신경 자극의 감소로 일어난다.

심박출량은 일반인의 휴식시 1회심박출량은 약 70ml 정도인데, 훈련으로 단련되면 평균 100ml가 된다. 왜냐하면, 심실강이 커져서 심실확장시 보다 많은 혈액이 유입되기 때문이다. 1분간 심박출량(cardiac output)은 다음 공식으로 계산된다. 심박출량 = 1회박출량(stroke volume) × 심박 수(heart rate) 일반인과 운동선수의 휴식시 심박출량을 비교해 보면, 일반인은 심박 수가 70회이고, 1회박출량이 70ml 이므로 70×70 =4,900ml/min, 즉 4.9ℓ의 혈액을 1분간 순환시키게 된다. 운동으로 단련된 운동선수는 1회박출량이 약 100ml이고, 심박 수가 약 49회라면, 100×49=4,900ml로 운동선수와 일반인의 심박출량은 차이가 없다.

그러나, 운동선수의 심방은 일반인보다 분당 약 21회 적게 박동하므로 1일 3,024회나 줄이는 것과 같다. 이는 심장의 부담을 줄이면서 같은 일을 수행할 수 있으므로, 심장이 효율성이 높아진 것을 의미한다.

4) 혈압의 변화
① 안정시 혈압
혈압은 혈관 내의 혈류량, 혈류속도, 혈류저항 등에 의해 혈관벽에 미치는 압력이다, 이는 보통 수축기혈압과 이완기혈압으로 구분되어 표시된다. 규칙적인 운동이 혈압을 저하시킨다는 것은 많은 연구에 의해 보고되고 있으며, 이 경우 혈압이란 안정시의 혈압을 가리킨다. 규칙적인 운동이 혈압을 저하시키는 것은 운동이 혈관의 이완과 탄력성 유지에 바람직한 효과를 줌으로써 혈류저항을 감소시키기 때문이다. 한편, 운동은 상승하려는 혈압을 낮추려는 효과는 있지만, 정상혈압이 저혈압이 되거나 저혈압이 악화되는 것은 아니다.

② 운동 시 혈압
운동 시에는 일반적으로 혈압이 상승하는데, 특히 수축기혈압의 상승이 현저하고, 운동강도에 비례하여 상승한다. 이완기혈압은 변화가 없는 경우가 많은데, 젊은 사람의 혈압은 약간 저하되기도 하고, 고령자의 경우에는 상승하는 때도 있으나, 비교적 변화가 많지는 않다. 한편, 운동 중 혈압이 급격히 저하하는 경우도 있다. 이것은 심장이 피로해져서 펌프기능이 저하되었음을 의미하는 것으로 매우 중요한 위험신호로 보아야 한다.

5) 호흡계의 변화
지구성 훈련을 지속적으로 하면 호흡계에도 영향을 주게 된다. 먼저, 운동의 효과로 나타나는 해부학적 변화는 폐용적의 증가와 이에 따른 폐용량의 증가인데, 이는 폐활량에도 영향을 미친다. 폐활량이 증가하면 폐용적의 증가 이외에 흡기근육의 강화로 인하여 흡기용량도 증가하게 된다.

또한, 지구성 운동은 폐확산 용적을 증가시키는데, 이는 개방세포들의 증가로 인하여 나타난다. 이로 인하여 모세혈관과 세포간의 산소확산능력이 증가하여 더 많은 산소가 혈액과 결합할 수 있도록 해준다. 폐확산 용적은 훈련 후 안정시에는 약간 증가하거나 변화가 없지만, 최대하운동시와 최대 운동 시에는 훈련 전보다 증가하여 산소공급을 원활히 하는 데 기여한다.

분당환기량은 안정시에는 변화가 없지만, 최대하운동 중에는 호흡 빈도가 줄어들어 분당환기량이 감소하게 된다. 이는 환기효율성의 증가, 즉 호흡근에서 산소를 적게 소비하여 활동근에 더 많은 산소를 공급한다는 것을 의미한다. 훈련으로 호흡 빈도에 변화가 없더라도 최대운동 중 1회 호흡량이 증가함으로써 최대환기량이 증가된다.

운동에 의한 강제폐활량, 강제호기량, 최대수의적 환기량의 변화에 대해서는 학자마다 서로 다른 견해를 제시하고 있지만, 일반적인 견해는 지구성 훈련 후에 어느 정도 증가한다는 것이다.

훈련에 의한 강제폐활량의 증가는 흉벽, 늑골, 횡격막과 호흡근육증가와 기도저항의 현저한 감소가 그 원인으로 작용한다. 따라서 기도저항이 증가하는 폐쇄성 폐질환자는 운동에 의하여 기도저항이 감소되어 질병의 진행을 저지할 수 있음을 시사한다.

6) 유산소능력의 향상

유산소능력이란 유산소성 대사과정에 의하여 활동 시 요구되는 에너지를 공급할 수 있는 능력을 말하며, 일반적으로 최대산소섭취량(VO_2max)에 의하여 평가된다. 유산소능력은 세포의 가스교환기능, 심장의 펌프기능, 근육의 산소이용기능, 혈류분배 등의 생리기능에 의하여 결정되며, 지구성 운동을 계속하면 유산소능력이 개선된다.

3. 운동의 자각적 효과

운동의 효과는 운동의 강도, 종목, 지속시간과 같은 운동조건이나 운동을 행하는 사람의 성·연령·신체상태 등에 따라 각각 다르다. 그러한 효과 중 비교적 빨리 나타나는 효과가 스스로 느끼는 자각적 효과이다.
문헌에 나타난 자각적 효과는 조사내용에 따라 다르지만, 운동으로 "몸이 경쾌해졌다", "식욕이 좋아졌다", "피로가 없어졌다", "심신이 상쾌해졌다", "잠이 잘 온다", "체중이 감소되었다", "위장상태가 좋아졌다", "변비가 없어졌다", "일할 의욕이 생긴다", "숨 가쁨이 없어졌다", "요통이 없어졌다", "건강이 충실해졌다", "어깨 결림, 다리통증 등이 없어졌다" 등이 있다.

이러한 자각적 효과는 현대인의 건강상태를 나타내는 보편적 징후이기도 하다. 이와 같은 징후들이 약동하는 생명력이 넘치는 생활을 영위할 수 있게 한다면, 운동의 효과로 그 이상 바람직한 것은 없을 것이다. 운동으로 불안감, 긴장감, 의욕저하 등 현대인의 정신적 스트레스에 대처할 수 있다는 것은 바로 이러한 자각적 효과를 보더라도 인정될 수 있을 것이다.

4. 운동이 정신건강에 미치는 효과

정신자세는 운동에 영향을 미치고, 신체 상태는 정신작용에 영향을 미친다. 그림 5-1과 같이 신체와 정신은 서로 영향을 주고받는데, 이를 심신상관이라고 한다. 그러므로 건강한 생활을 영위하기 위해서는 신체와 정신이 함께 건강해야 한다.

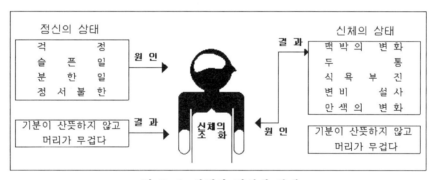

그림 5-1. 신체와 정신의 관계

규칙적인 운동은 불안감을 해소시킬 뿐만 아니라 인내력을 향상시키며 정신적 건강에도 유익하다고 알려져 있다. 땀을 흘리며 운동을 하고 나면 육체적으로는 약간 피곤하지만, 마음이 오히려 상쾌해지며 긴장감이 풀어지는 것을 느낄 수 있는 것으로 미루어 운동이 정신건강에 유익한 효과가 있음을 알 수 있다.

운동이 정신건강에 영향을 미치는 기전은 아직 밝혀지지 않았지만, 운동을 하면 뇌 조직으로 가는 혈류량이 증가하여 뇌에 산소공급을 증가시켜주기 때문에 평안감을 느낄 수 있고, 운동 시 땀에 의한 체내 염분배출로 체내의 염분축적을 해소한다. 또한, 에피네프린(epinephrine)과 노에피네프린(norepinephrine)을 분비시켜 우울증 치료에도 효과가 있다고 한다.

한편, 일상적으로 주변에서 흔히 받을 수 있는 스트레스도 정신건강을 해칠 수 있는데, 운동은 이러한 스트레스 해소에 긍정적인 효과를 주고 있다. 즉, 신체활동을 통해 에너지를 발산시킴으로써 인간의 기본적 욕구인 활동욕구를 충족시키고, 심신을 정화시킴으로써 스트레스를 해소시켜주는 것이다.

운동을 하면 운동에 필요한 에너지인 산소를 통해 신체 각 부위에 더 많이 전달해주어야 하고, 생성된 노폐물도 활발히 배출하여야 하기 때문에 신진대사가 원활하게 이루어져 개개세포가 활성화되면서 심신의 신선함을 느낄 수 있게 된다.

운동의 또 다른 효과는 운동 시에는 자신의 움직임뿐만 아니라 외부환경의 변화에 주의를 집중하게 되기 때문에, 항상 머리에 남아 자신을 괴롭히는 문제에서 벗어나게 하는 좋은 계기를 제공한다. 외부의 강한 자극이 신체에 주어질 때 체력이 강하면 신체가 이를 극복할 수 있는 잠재력을 갖기 때문에 스트레스에 의해 나타날 수 있는 신체질환에 대한 저항력이 커지게 된다.

한편, 운동의 간접효과는 장기간의 운동을 통한 신체의식의 증진이다. 오랜 동안의 운동경험을 통해 신체 각 부위의 상태변화와 움직임에 대한 감각을 향상시킬 수 있게 되고, 이러한 감각을 통해 신체컨디션을 섬세히 느낄 수 있게 된다. 따라서 자신의 컨디션에 조금이라도 이상이 생기면 곧 이상을 느끼게 되고, 컨디션 정상화를 위한 조치를 할 수 있으므로, 신체상태가 약화되는 것을 예방할 수 있을 것이다.

그러나 운동이 스트레스 해소에 긍정적인 영향만을 미치는 것은 아니다. 무리한 운동을 스트레스를 유발시키며, 기록을 목표로 하는 운동, 즉 달리기나 수영 등을 할 경우 목표한 기록을 달성하지 못하면 새로운 스트레스가 생길 수 있다.

그리고 운동을 통해 다른 사람과 경쟁해야 하는 경우에도 다른 사람과 자신의 능력 차에 따른 열등감 등으로 스트레스를 받을 수 있다. 그러므로 스트레스 해소를 위해서는 운동의 긍정적인 효과를 극대화하고, 부정적인 효과를 극소화하도록 계획하여 실시해야 한다.

5. 운동의 사회적 효과

생리적 효과와 심리적 효과 외에도 신체활동은 노인들의 사회적 기능(나이가 많아지는 것과 관련된 역할과 책임에서의 변화에 적응하는 능력)에도 유익한 효과가 있다.
신체활동의 사회적 효과 중에는 노인에게 사회에서 더욱 활동적인 역할을 할 수 있도록 해주는 것이다. 노화는 변화하는 역할에 대한 적응의 필요성을 가져온다. 친구와 주변 사람들의 죽음, 퇴직, 경제적 어려움, 나쁜 건강, 고독함 같은 요인들 때문에 많은 노인들은 독자적인 삶의 의미있는 부분이라고 생각하던 많은 역할들을 포기하도록 강요 받는다.

신체활동은 자신들의 사회적 연결망(social network)을 넓힐 수 있는 기회를 제공하고, 새로운 우정을 맺도록 하며, 퇴직 후에도 긍정적인 새로운 역할을 할 수 있도록 함으로써 노인들이 이러한 변화하는 역할에 더욱 잘 적응하는 데 도움을 줄 수 있다.

노인을 위한 신체활동의 사회적 효과

즉시 얻을 수 있는 효과	● **독립적** : 많은 노인들은 비활동적인 생활방식을 자발적으로 채택하며, 이것은 궁극적으로 독립적인 생활과 자족 능력을 위협하게 된다. 적절한 신체활동은 노인들이 독립 상태를 유지하고 사회에서 보다 적극적인 역할을 하도록 돕는다. ● **단기적인 사회적 및 문화적 통합을 촉진 시킨다** : 신체활동 프로그램은, 특히 소규모 집단 또는 다른 사회적 환경에서 이루어질 때에는 많은 노인들에게서 사회적 및 문화적 교류를 증진시킨다.
장기적 효과	● **장기적인 사회적 통합을 촉진 시킨다** : 규칙적으로 활동적인 사람은 사회로부터 물러설 가능성이 적으며 사회적 환경에 적극적으로 참여할 가능성이 크다. ● **새로운 친구** : 특히 소규모 집단 또는 다른 사회적 환경에서 이루어질 때에 신체활동은 새로운 우정과 교류를 촉진시킨다. ● **확대된 사회적 그리고 문화적 연결망** : 신체활동은 사회적 연결망을 넓힐 수 있는 기회를 개인에게 흔히 제공한다. ● **역할 유지와 새로운 역할** : 신체적으로 활동적인 생활방식은 사회에서 적극적인 역할을 유지하고, 새로운 긍정적인 역할을 맡는 데 필요한 활력적인 환경을 조성하는데 도움이 된다. ● **세대간 교류를 촉진** : 많은 사회에서 신체활동은 세대간의 교류 기회를 제공하는 공유적인 활동이므로 노화와 노인에 대한 고정관념을 없앨 수 있다.

6. 성인병과 운동요법

현대병이라고 하는 성인병은 중년기(40~65세)에 발병하여 사망률이 높고 기능장애가 심하여 사회활동에 많은 지장을 주는 암, 고혈압, 심장병, 동맥경화증, 뇌졸중, 간질환, 심부전, 위장염, 관절염, 만성폐쇄성 폐질환 등의 만성퇴행성 질환을 뜻한다. 성인병은 그 원인이 불분명한 것이 많으나. 위험인자(risk factor)가 밝혀져 있어 예방이 가능한 것으로 알려져 있다.
성인병은 발병 후 치료보다는 건강관리를 통한 사전 예방이 무엇보다도 효과적이므로, 성인병의 원인으로 알려져 있는 운동부족, 과도한 스트레스, 지나친 영양섭취, 불건전한 생활습관 음주·흡연 등의 위험인자를 제거·방지하는 것이 중요하다.

1) 성인병의 특징

성인병은 비전염성으로 만성적이며 퇴행성 과정을 밟는 질병인데, 넓은 의미로는 중년병·노인병이 포함되고, 좁은 의미로는 중년병을 의미하지만, 종종 중년병과 노인병을 통칭 한다. 성인병은 그 명칭에서 알 수 있듯이 유병률이 40세 이후에 급속히 증가한다. 성인병은 오늘날 거의 모든 사람들의 주요 사인이 되고 있는데, 다음과 같은 특징을 갖는 질병군으로 요약할 수 있다.

- 주로 40대 이후에 집중적으로 발병하는 비전염성 퇴행성 만성질병군이며, 성인의 주요 사망 혹은 기능장애의 원인이 된다.
- 질병의 직접적인 원인은 불분명한 것이 많고 다인성이다.
- 대부분의 질병이 개인생활 양식과 밀접한 관계가 있으며, 원인치료 방법이 없고 위험인자의 제거로 어느 정도 예방이 가능한 것이 많다.
- 집단발생 형태가 아니며, 개인적이고 산발적인 질병이다.
- 성인 초기부터 질병으로 형성되어 노화에 따라 발병하는 경우가 많으며, 장기간에 걸쳐 지도, 관찰, 전문적인 관리 등을 필요로 하는 질병이다.
- 재활에 특수한 훈련이 필요한 질병이다.

2) 운동부족

현대생활에서 운동부족은 생활체력을 감퇴시켜 생활의 활력을 잃게 하고, 각종 성인병을 일으키는 위험인자임에도 불구하고, 많은 사람들은 심각하게 받아들이지 않고 있다. 운동부족은 여러 가지 동맥경화증 위험인자 가운데 어떤 다른 위험인자보다도 이환율이 높은 것으로 나타나고 있다.

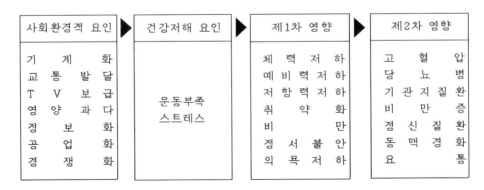

그림 5-2. 운동부족과 성인병

육체노동을 하거나 규칙적인 운동을 하는 사람들이 좌업생활자에 비해 건강하고 질병에 걸릴 위험이 적으며, 운동으로 체중을 조절할 수 있고, 고혈압을 낮출 수 있으며, 당대사 이상을 조절하고, 고밀도 콜레스테롤 농도를 증가시키는 등의 효과가 있음이 밝혀지고 있어 운동에 대한 관심을 기울어야 할 것이다.

3) 비 만

일반적으로 인체의 체지방률은 남자는 15%, 여자는 25%가 정상인데, 이를 초과할 경우 과체중 혹은 비만이라고 부른다. 비만은 고혈압, 동맥경화, 당뇨병, 퇴행성 관절질환 등의 성인병을 유발하는 위험인자로, 특히 남자의 돌연사나 여자의 울혈성 심부전과 관계가 깊다. 비만인은 정상인에 비해 사망률이 높은데, 그 이유는 대개 비만상태가 혈압과 혈중지질농도를 높이고, 당뇨병에 걸릴 위험을 증가시키기 때문이다. 또한, 비만은 몸에 유익한 고밀도 콜레스테롤(HDL-C)을 감소시키는 작용을 한다.

비만의 치료는 식이요법, 행동수정요법, 운동요법 등을 복합적으로 실행함으로써 효과를 얻을 수 있다. 운동요법은 비만증에서 흔히 볼 수 있는 고지혈증을 교정하여 혈청 트리글리세라이드와 저밀도 콜레스테롤(LDL-C)을 감소시키고, 고밀도 콜레스테롤(HDL-C)을 증가시키기 때문에 동맥경화증의 예방에도 좋은 영향을 가져다준다.

운동요법은 자신의 신체조건에 맞추어 장기간에 걸쳐 실시해야 하며, 단기간에 체중감량을 하는 것은 매우 위험하다. 자신의 적성과 능력에 따라 전문가와 상의하여 결정하여야 하며, 같은 운동량이라고 하더라도 장시간에 걸쳐 서서히 하는 것이 단시간에 격렬하게 하는 것보다 체지방을 줄이는 데 유리하다. 일단 정상체중에 도달한 후에도 지속적으로 식사를 조절하고 적절한 운동을 해야 한다. 1주일에 1~2회 정도 체중을 측정하여 체중의 변동에 따라 식사량과 운동량을 조절하는 습관을 갖는 것이 필요하다.

4) 심장질환
(1) 증 상
① 흉통 - 협심증일 때의 통증부위는 대부분 가슴 중앙이며, 가슴을 압박하는 듯하기도 하며, 쥐어뜯거나 누르거나 소화불량으로 나타나기도 한다. 흉통은 운동·흥분·식사 등으로 유발되며, 운동을 중지하면 1~5분 내에 통증은 자연히 없어진다. 겨울철 집 밖으로 나가면 협심증이 나타나기도 하는데, 이때에는 흉통이 턱·어깨·왼쪽 팔까지 뻗치기도 한다.

한편, 심근경색일 때의 흉통은 협심증과 비슷하나, 통증이 더욱 심하고 30분 내지 몇 시간 지속되는 것이 보통이며, 안정을 취해도 지속된다. 심근경색증 환자 중 20~30%는 통증 없이 발생되기도 한다.

② 호흡곤란 −심질환으로 나타나는 호흡곤란은 운동 시 나타나거나 심해지는 것이 특징이다. 호흡곤란은 누우면 심해지고, 앉으면 편해져서 심질환자는 앉아서 밤을 지내는 경우가 많다. 또한, 호흡곤란으로 심호흡을 자주해서 손발이 저리기도 하나, 간단한 운동이나 산보로 심신을 이완시키면 이러한 증상은 대부분 없어진다.

③ 피로감 − 심장기능의 약화로 인해 혈액공급이 부족하여 피로감을 느끼며 호흡곤란을 동반한다.

④ 청색증 − 심부전증으로 말초혈액순환이 불량해 코·귀·얼굴에 청색증이 나타난다. 선천성 심질환으로 인한 청색증은 손끝이나 발끝이 청색으로 나타난다.

⑤ 전신부종 − 심장 내의 혈액을 동맥으로 충분하게 배출하지 못해 폐나 정맥계에 울혈이 되며, 더욱 심해지면 간이 붓고 복수가 생기며, 전신에 부종이 생겨 손가락으로 누르면 움푹 들어갈 정도가 된다.

⑥ 심계항진 − 자신의 심박동을 느끼게 되는 현상이며, 심박 수가 빠르거나 불규칙 할 경우 심방세동을 추측할 수 있다.

⑦ 현기증이나 실신 − 뇌로 가는 혈액량이 일시적으로 감소하여 현기증이나 실신이 나타난다.

(2) 운동요법

규칙적인 운동은 심근에 영양을 공급하는 관상동맥에 많은 혈액을 흐르게 하며, 그 속도를 빠르게 함으로써 혈중콜레스테롤이나 섬유질이 동맥 내벽에 침착되는 것을 방지한다.

특히, 운동은 허혈성 심질환의 예방이 중요하며, 동물성 음식물만 먹는 마사이족에서는 허혈성 심질환자가 거의 나타나지 않는 점을 볼 때 운동의 역할이 중요하다는 것을 알 수 있다. 그림 5−3에서 보는 바와 같이 정상혈관과 운동부족에 의해 좁아진 혈관의 단면은 운동이 혈관에 미치는 영향을 나타내고 있는데, 이와 같이 운동은 혈관내벽의 콜레스테롤 침착을 방지하여 그 내경을 크게 해준다.

심질환자 중에는 허혈성 심질환자가 운동요법의 대상이 되는데, 그 위험인자로는

①고혈압 ②콜레스테롤 ③흡연 ④비만 ⑤당뇨병 ⑥통풍 ⑦정신적 스트레스 ⑧운동 부족 등이 있고 유전적인 요인도 일부 작용한다.

자각증상을 동반하지 않는 운동성 ST분절(segment) 저하에 대해 다음과 같은 조건하에서 운동을 허용해야 한다.
 - 운동 중 ST분절의 저하는 0.1mV 이내의 범위를 초과하지 말아야 한다.
 - 등척성 운동은 피해야 한다.
 - 익숙하지 않은 운동은 피한다.
 - 가벼운 운동에서 시작하여 강도를 단계적으로 높인다.

ST분절저하 이외에 협심증이나 그 밖의 심전도이상인 기외수축(其外收縮) 방실블럭(block) 심근경색 및 부정맥 등을 동반할 때에는 운동처방시 신중을 기해야 한다. 심근경색환자의 재활운동은 치유를 촉진하고 재발을 감소시키며, 치유 후의 결과를 양호하게 하는 작용이 있으나 운동처방의 실시는 의학적인 감시하에서 실시되어야 한다. 특히, 심질환자의 운동처방으로 걷기운동이 가장 바람직하다.

협심증이 있거나 심장수술을 받은 환자도 자기 심장능력에 적절한 운동을 하게 되면 운동을 하지 않은 건강한 심장보다 더 좋은 기능을 가질 수 있다고 한다. 심장판막중 등의 질환을 제외하고는 운동을 하면 치료가 가능하고, 수술 후 회복도 빠르다는 것이 증명되었다. 운동 강도는 숨이 조금 찰 정도 이하의 부하가 적당하다.

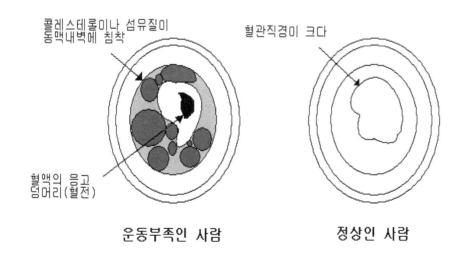

그림 5-3. 정상인의 혈관과 운동부족으로 인하여 좁아진 혈관의 단면도

5) 고혈압

고혈압(hypertension)은 모든 성인병의 원인이 되는 위험인자로서, 특히 순환기계 퇴행성질환의 근본적인 원인이 되는 만성질환이다. 고혈압은 40대에서 가장 많이 발생되는 성인병으로서 뇌출혈·심장병·신장병 등의 합병증을 초래하여 높은 치사율을 보이고, 관리가 잘 되지 않는 원인질환이기 때문에 큰 문제가 되고 있다. 전 세계적으로 통용되고 있는 혈압 판정기준은 수축기(최고)혈압이 140mmHg 이하이고, 이완기(최저)혈압이 90mmHg 이하일 때 정상혈압이라고 하고, 최고 혈압이 160mmHg이상, 최저혈압이95mmHg 이상일 때를 고혈압이라고 한다.

고혈압의 원인은 복잡하고 다양하여 그 원인규명이 어렵다. 고혈압은 원인규명이 확실하게 되지 않는 본태성 고혈압과 신장병이나 내분비 계통의 원인질환에 속방성 고혈압으로 구분되는데, 본태성 고혈압의 원인은 체질, 유전, 스트레스, 비만, 식염 과다 섭취, 환경 등이라고 알려져 있을 뿐이며, 아직 많은 연구를 필요로 하는 질병이다.

(1) 증 상

여러 연구의 결과를 보면 두통이 34.6%, 호흡곤란 22.5%, 어지러움 17.8%, 가슴이 답답하다 16.4%, 가슴이 뛴다. 15.4%, 피로감 9.8%, 부종 7.8%, 불면증 4.9%,목이 당긴다. 2.3%, 머리가 무겁다 1.8%, 몸이 춥고 떨린다. 1.3%, 흥분을 잘한다. 1.3% 등의 증상을 나타낸다고 한다.

① 본태성 고혈압의 증상
- 두통 : 뒷목 부위의 두통이 특징이다.
- 현기증 : 고혈압 자체에 의하여 현기증이 발생되는 경우는 드물다.
- 출혈 : 고혈압 때문에 코피가 다른 사람보다 더 오래 지속되는 경우가 많다.

② 고혈압의 합병증에 의한 증상
- 고혈압을 장시간 방치하면 좌심실 비대를 초래하여 결국 좌심실의 기능저하로 신부전 상태로 진행되며, 이때는 가벼운 운동으로도 호흡곤란을 느끼게 된다.
- 관상동맥질환 : 관상동맥에 동맥경화증이 진행되어 심장에 이상이 생기면 협심증 또는 심근 경색증이 발생한다.

③ 2차성 고혈압에 의한 증상 : 상당수의 2차성 고혈압은 수술에 의하여 완치될 수 있다. 대표적인 증상으로는 간헐적으로 혈압이 상승하면서 맥박이 빨라지고, 당뇨병이 생기며, 근육쇠약감, 이상감각 등이 나타난다.

(2) 운동요법

정적인 운동(등척성 운동)은 심박 수를 증가시키고, 수축기 및 확장기 혈압 모두 증가하여 평균혈압이 증가한다. 물구나무서기, 철봉, 악력, 팔굽혀펴기, 중량들기, 턱걸이 등과 같은 순간적으로 힘을 쓰는 정적인 운동을 근력은 증강시킬 수 있으나, 심맥관의 단련 및 지구력을 기르는 데에는 도움을 주지 못하므로 고혈압환자들은 이러한 운동은 삼가야 한다.

동적인 운동(등장성 운동)은 심박 수는 증가하나 평균혈압이 감소되며, 심박출량은 크게 증가한다. 이와 같이 혈압의 증가가 없으면서 심장에 의한 혈류량만 증가시키는 수영, 등산, 조깅, 골프, 낚시, 걷기, 줄넘기, 자전거타기 등의 운동이 고혈압에 적합하다.

① 운동강도 : 강도가 중간정도인 에어로빅 운동이 좋으며, 숨이 약간 찰 정도로 꾸준히 계속하면 높은 혈압이 서서히 내려간다. 격렬한 운동은 과로·긴장·흥분을 가져와 혈압을 상승시키므로 위험하지만, 완만한 운동은 근육의 혈관이 확장되기 때문에 혈압은 거의 상승하지 않는다. 혈압이 높은 사람은 운동시 혈압이 180mmHg이상 되지 않는 운동은 선택해야 하며, 최대산소섭취량의 60% 이하로 제한해야 한다.

② 운동시간 : 단시간 격렬한 운동보다 중등도의 운동으로 30~60분 계속하는 것이 좋으며, 운동전 10분간의 준비운동과 운동 후 10분간 정리운동을 반드시 실시해야 한다.

③ 운동빈수 : 최소한 주당3일 이상 운동을 실시해야만 심폐기능의 유지 및 증진이 이루어질 수 있다. 이렇게 하면 2~6주 사이에 운동의 효과가 나타난다.

④ 운동의 효과- : 본태성 고혈압환자를 트레이닝 시킨 결과 혈압이 확실하게 떨어졌으며, 쥐를 대상으로 한 실험에서도 운동을 하지 않는 쥐들은 대부분 뇌출혈을 일으켜 사망했지만, 운동을 한 쥐는 혈압이 더 이상 상승하지 않거나 하강하여 뇌출혈 발생빈도가 감소하였다.

또한, 운동량이 적으면 비만증이 되어 고혈압의 발생이 많아지는데, 농어민일수록 상대혈압이 높고, 농번기에 특히 고혈압과 뇌혈관 사고가 많이 일어나는 것도 신체활동과 고혈압과의 상관관계를 보여주는 것이다. 정신적인 노동을 하는 관리직에서는 스트레스와 관련된 확장기 혈압이 높다.

6) 당뇨병

당뇨병은 인슐린 분비이상으로 조직의 당질대사가 잘 이루어지지 않아 과혈당 상태가 발생하고, 소변으로 다량의 당이 배출되는 질병이다.

우리가 섭취하는 음식물 중 탄수화물은 위와 장에서 소화되면 혈당으로 흡수된다. 이 혈당은 혈액을 통하여 몸의 각 세포로 운반되어 인체 내에서 연료역할을 함으로써 모든 에너지의근원이 된다. 혈당이 세포로 들어가려면 인슐린이 필요한데, 인슐린이 없으면 혈중혈당이 올라가게 된다. 그러므로 인슐린이 모자라거나 제대로 작용하지 못할 경우 혈중혈당치가 올라가는 것이다.

즉, 몸에서 필요한 만큼 인슐린을 만들지 못하거나 생산된 인슐린이 세포에 제대로 작용하지 못하면 혈당치가 높아지고, 소변으로 당이 배설되며, 기운이 없어지고쉽게 피로를 느끼게 되는데, 이런 상태를 당뇨병이라고 한다. 당뇨병 여부를 판정하기 위해서는 아침 공복시의 혈당을 측정한다. 혈당치가 $70 \sim 100mg/dl$이면 정상이며 $140mg/dl$ 이상이면 당뇨병으로 본다. 식후의 혈당치가 $200mg/dl$ 이상이면 당뇨적 대사이상으로 판정한다.

혈당이 올라서 생기는 증상	합병증에 의한 증상
‧ 소변을 자주본다. ‧ 물을 자주 마신다. ‧ 허기를 느낀다. ‧ 음식을 많이 먹는다. ‧ 체중이 준다. ‧ 쉽게 피곤하고, 의욕이 감퇴된다.	‧ 신경:양쪽 발의 감각이상, 신경통, 성기능감퇴 ‧ 눈: 뿌옇게 보임, 시력장애 ‧ 피부: 피부염이 잘 생김, 가려움증 ‧ 감염: 여자의 경우 질염이 잘 발생됨 ‧ 심혈관계: 고혈압, 동맥경화증, 협심증, 중풍 ‧ 신장: 부종

표 5-1. 당뇨병의 일반적인 증상

① 증 상

당뇨병의 증상은 갑자기 나타나기 보다는 서서히 나타나므로 환자 자신도 잘 느끼지 못하는 경우가 많다. 당뇨병의 대표적인 증상으로는 공복감, 다뇨증, 피로감, 체중감소 등이 있으며 남자는 성기능이 떨어지고, 여자는 질내에 곰팡이 증식으로 인해 분비물 증가와 외음부 가려움증이 생긴다. 그리고 감기나 다른 감염에 자주 걸릴 뿐만 아니라 회복도 더디다.

그리고 당뇨병이 오래되면 여러 합병증을 유발하는데 동맥경화, 신경‧망막‧신장 등의 기능에 이상이 생기고 뇌혈전, 뇌출혈, 심근경색, 관상동맥질환, 간헐성 파행 및 세균에 대한 저항능력의 감퇴를 가져오기도 한다. 합병증으로는 고혈압, 빈혈, 부종, 망막출혈, 시력저하, 백내장 등의 증상이 나타나고 지각이상, 과도한 변비 및 설사, 배뇨이상, 기립성 저혈압 등이 수반되기도 한다.

② 운동요법

당뇨병의 조절에서 운동요법은 식사요법과 더불어 중요한 기본적인 치료법이다. 규칙적인 운동을 함으로써 말초조직의 순환혈류량을 증가시키고, 근육 및 지방세포의 인슐린작용을 활성화하여 글루코스 이용률을 증가시킨다.

신체활동시 근수축 에너지는 그 지속시간에 따라 혈중 글루코스와 근육 내의 글리코겐 및 유리지방산으로부터 주로 만들어진다. 그러므로 인간은 보다 효과적인 활동을 위하여 섭취한 음식물로부터 글리코겐 및 지방산을 여러 기관에 적절히 저장하였다가 필요할 때 이용하게 되는데, 저장과 이용을 보다 효과적으로 조절하는 기능을 담당하는 호르몬 중 대표적인 것이 인슐린과 글루카곤이다.

인슐린과 글루카곤은 서로 상반되는 길항작용을 수행하면서 혈중글루코스의 양을 적절하게 조절한다. 당뇨병은 이러한 조절기능의 비정상적 현상으로 인하여 야기되는 질환인데, 운동을 통한 조절기능의 회복 및 적절한 대항방법을 모색하는 것이 운동요법의 기본적 개념에 해당한다.

Ⅴ. 실버 웃음치료 지도법

1. 웃음치료란?

웃음치료란 웃음이란 도구로 병을 다스려 낫게 하는 것이다. 신체적, 사회적, 정서적, 정신적, 사회적, 심리적, 영적으로 여러 가지 질병과 문제를 웃음으로 예방하거나 재활 치료함을 말하며 웃음치료법이란 오감을 자극하여 웃음을 유발하여 치료하는 것을 말한다. 웃음치료는 곧 치료와 예방이다. 노인건강운동이'건강증진프로그램'에 맞추어 있는 것을 인식하고 웃음치료 또한 치료와 예방이라는 같은 맥락으로 노인건강운동 수업이 이루어져야 한다.

2. 웃음보(웃음보따리, 내 몸 안에 자가치료장치)

미국 UCLA 대학병원의 이자크프리드 박사는 1988년 3월 우리의 뇌 속에 실제로 존재하는'웃음보'를 발견했다. 이 웃음보는 철저한 바보영역으로 가짜웃음과 진짜 웃음을 구별 못하기 때문에 억지로 웃어도 웃음보는 자극을 받게 되고 15초만 화끈하게 웃어도 웃음보가 자극받음과 동시에 우리의 뇌에서는 우리 몸에 놀랍도록 유익한 21가지의 신경전달물질들이 분비된다는 것이다. 노인들께 어떻게 웃음보를 설명할 것인가? 웃음보따리 안에 들어있는 놀랍도록 유익한 다양한 보약, 명약들이 들어있다. 매일 웃고 살면 매일 보약을 드시는 것과 같으며 건강하게 장수하는 비결이다.

3. 억지웃음과 15초 웃음의 위력

억지웃음(가짜웃음)은 진짜웃음과 92%의 동일한 효과가 있다는 연구결과가 있다. 웃을 일이 없다고 하는 노인들께 억지웃음의 효과성과 필요성을 알게 한다. 웃을 일이 있어서 웃는 것이 아니라 억지로라도 웃다보면 진짜 웃을 일이 생기는 법이다. 행복해서 웃는 것이 아니라 웃기 때문에 행복하고 웃다보니 행복해지는 것이다. 하루에 15초씩 만이라도 웃는 훈련을 하자 그리하면 웃음보는 우리에게 이틀을 더 살 수 있는 보약을 선물한다. 웃을 수 있는 것은 축복이다. 소리 내어 웃을 수 있을 때 맘껏 웃으며 살 수 있게 하자

4. 웃음이 생체에 미치는 효과

① 신 경 계 : 긴강완화, 기억력증가, 불면증해소, 학업성적향상
② 호흡기계 : 산소공급2배로 머리가 맑고 좋아짐, 심장박동2배로 나쁜 공기를 신선한 산소로 바꿈, 복식호흡으로 무병장수
③ 심혈관계 : 스트레스, 분노해소, 긴장완화로 심장마비예방, 심근경색예방, 심장병예방, 동맥 이완작용으로 혈액순환과 혈압에 낮아짐
④ 소화기계 : 천연소화제, 내장 마사지, 소화호르몬 촉진
⑤ 비뇨기계 : 요실금예방, 정력 강화
⑥ 근 육 계 : 650개중 231개 움직임 얼굴 80개중 15개 움직임
⑦ 내분비계 : 혈액내 아드레날린과 스트레스호르몬인 코티졸 줄여준다.
⑧ 면 역 계 : 면역력을 높여주고, 백혈구증가 NK세포 증가로 암세포를 파괴함으로 암 예방
⑨ 다이어트 : 3분 웃으면 11칼로리 소모로 다이어트에 효과

5. 웃음소리와 건강 − 예방과 치유

관련부위를 두드리거나 지압하며 하, 헤, 히, 호, 후, 웃음소리를 내며 웃음운동을 한다.
① 하하 웃음 − 심, 폐기능
② 해해 웃음 − 기관지기능, 갑상선, 호흡기 질환, 혀건강
③ 히히 웃음 − 두뇌기능, 기억력, 치매예방,
④ 호호 웃음 − 내장기능, 내장마사지, 다이어트에 특효
⑤ 후후 웃음 − 방광기능, 요실금, 전립선, 정력

6. 건강박수와 억지웃음치료의 실제

1) 건강박수
① 짝짜꿍박수 : 혈액순환, 손발 저림, 신경통, 내장마사지
② 손바닥옆치기박수 : 신장, 다리, 심장, 소장
③ 주먹박수 : 두통, 어깨통증
④ 손끝박수 : 눈, 코, 만성비염, 코감기, 코피, 치매예방
⑤ 손가락박수 : 기관지관련 질병
⑥ 손목박수 : 방광, 전립선, 요실금, 생식기기능 강화, 정력증강
⑦ 손등박수 : 요통, 목통증, 척추

⑧ 곤지곤지박수 : 손바닥 경혈자극, 두뇌발육에 탁월

⑨ 목앞뒤, 배앞뒤 : 어깨, 옆구리 근육의 피로 완화

⑩ 팔다리 벌리고 머리위 박수 : 뱃살과 옆구리살 다이어트 효과

2) 억지웃음

억지웃음도 92% 동일한 효과 있다. 억지로 웃다보면 진짜 웃게 된다.

① 버튼웃음 : 내 몸에 웃음버튼을 정해놓고 그 곳을 만질 때 마다 웃는다.

② 질병먼지털이웃음 : 몸의 아픈 곳에 먼지를 털듯 질병을 털면서 웃는다.

③ 거울웃음 : "거울아 거울아 이 세상에서 누가 제일 예쁘니?""나!"하고 웃는다.

④ 화장웃음 : 왼손에 화장품을 놓고 볼, 이마, 턱 등을 두드리면서 웃는다.

⑤ 내시웃음 : 내시처럼 간드러지는 음성으로 "전하! 아~하하하"하며 웃는다.

⑥ 웃음차 : 한손에 찻잔, 한손에 물통 행복, 건강 등을 부어 섞어서 마시며 웃는다.

⑦ 풍선웃음 : 양 볼에 바람을 탱탱하게 불었다가 "파!"하며 터트린다.

⑧ 샤워웃음 : 웃음비누로 머리부터 발끝까지 온몸을 샤워하듯 만지면서 웃는다.

⑨ 칭찬웃음 : 두 사람씩 마주보고 상대방이 칭찬을 해 줄때마다 박수치며 웃는다.

⑩ 펭귄웃음 : 두 손을 엉덩이에 펭귄처럼 만들고 펭귄처럼 걸으며 하하하 웃는다.

3) 날마다 웃음연습

① 주간웃음법 : 월요일은 월래부터 웃고/ 화요일은 화사하게 웃고/ 수요일은 수수하게 웃고/ 목요일은 목청껏 웃고/ 금요일은 금방 웃고 또 웃고/ 토요일은 토실토실 웃고/ 일요일은 일어나면서부터 웃자

② 하루웃음법 : 아침은 아침부터 하하하/ 점심은 점점 크게 하하하/ 저녁은 저절로 하하하

③ 12달 웃음법 : 1월 달은 일없어도 웃고/ 2월 달은 이유 없이 웃고/ 3월 달은 삼삼하게 웃고/ 4월 달은 사근사근웃고/ 5월 달은 오부지게 웃고/ 6월 달은 유쾌하게 웃고/ 7월 달은 칠전팔기로 웃고/ 8월 달은 팔팔하게 웃고/ 9월 달은 구수하게 웃고/ 10월 달은 시원하게 웃고/ 11월은 시비 걸어도 웃고/ 12월은 십이지장이 끊어지도록 웃자

④ 가나다라 웃음보약

가 : 가자마자 웃고	아 : 아이처럼 웃고
나 : 나부터 웃고	자 : 자신 있게 웃고
다 : 다함께 웃고	차 : 차를 타도 웃고
라 : 라일락 향기처럼 웃고	카 : 카리스마 있게 웃고
마 : 마음까지 웃고	타 : 타잔처럼 웃고
바 : 바라보며 웃고	파 : 파도처럼 시원하게 웃고
사 : 사랑하며 웃고	하 : 하루 종일 웃자

7. 웃음치료의 긍정적 효과

웃음 심리학의 전문가 폴 에크만 박사는 사람들이 특정 감정 표현을 흉내 내면, 몸도 그와 같은 생리적인 효과를 낸다는 '안면 피드백 이론'을 주장했다. 대뇌의 감정 중추는 표정을 관장하는 운도 중추와 인접하여 서로 영향을 주고받기 때문이라고 그렇다면 가짜 웃음도 긍정적인 효과가 있다고 말할 수 있다.

1) 웃음의 효과

미국의 임상심리학자 스티브 설티노프 박사는 억지로 웃어도 우리 몸은 생각보다 큰 영향을 받는다고 강조한다.

웃음이 암을 비롯한 여러 가지 질병을 극복하고 건강을 유지하는데 도움이 된다고 말하면 누구나 한번쯤은 '도대체 웃을 일이 있어야지 웃지, 기분이 좋아야 얼굴 표정이 좋을 것이고 또 그래야 웃음도 나올 것 아닌가' 하는 생각이 들 것이다. 하지만 적어도 의학적으로는 외적 환경이나 기분과 상관없이 무조건 억지로라도 웃는 것이 건강에 도움이 된다고 한다.

2) 웃음은 뇌를 식혀준다.

두한족열(頭寒足熱) 머리를 차갑게 하라는 것은 비단 동양에서만 강조되는 것이 아니다. 민간요법은 배격하고 철저히 과학적인 검증을 요구하는 서양의학에서도 머리를 차갑게 해야 좋다는 말에는 이견이 없다. 차가운 머리를 강조하는 것은 동서고금을 막론하고 통용되는 건강수칙중의 하나이다.

그런데 웃기만 해도 머리가 차가워진다는 것이 의학적으로 인정을 받고 있다. 크게 웃으면, 벌어진 입을 통해 외부의 찬 공기가 대량 유입되기 때문에 머리의 온도가 낮아진다는 것이다.

한마디로 웃음이 뇌의 냉각기, 즉 스트레스 등으로 과부하가 걸린 뇌를 식혀주는 기능을 하고 있다는 뜻이다.

3) 웃음은 뇌를 자극한다.

억지웃음이 필요한 이유는 눈, 코, 입 등 얼굴을 움직이는 근육의 신경은 바로 뇌와 연결되어있다. 따라서 불쾌하고 짜증나는 일만 있고 도대체 웃을 일이 없더라도 억지로 웃으면 얼굴 근육의 신경이 뇌를 자극하게 된다.

그렇게 되면 뇌는 마치 즐거운 일이 있었던 것처럼 엔도르핀과 같은 면역력을 높이는 신경전달 물질을 분비한다는 것이다.

미국 캘리포니아 대학의 연구에 슬픈 연기를 오래 한 배우 일수록 우울증과 같은 정신질환에 걸릴 확률이 높아진다고 한다.

슬픈 배역에 맞게 표정관리를 하느라 일반 사람들에 비해 웃을 기회가 적은 것이 그 원인으로 분석된다.

4) 웃음의 치료기법

(1) 웃음의 요령

① 먼저 웃을 때 가슴을 펴고 웃어라.

입은 크게 벌린 상태에서 큰 소리로 손바닥을 치면서 웃어야 한다.

② 입이 '찢어질 만큼' 웃어라.

크게 웃어야 눈 밑의 신경을 자극해 쾌감호르몬의 분비를 촉진한다.

③ 날숨으로 15초 이상 웃어라.

처음엔 5초 이상을 웃기도 벅차지만 연습을 반복하다 보면 점차 웃는 시간도 늘어나고 그만큼 쾌감호르몬의 분비도 증가한다.

④ 배가 출렁일 만큼 온몸으로 웃어라.

혈액순환이 촉진되고 숙변 제거와 다이어트에도 도움을 준다.

⑤ 억지웃음은 3주 연습하면 내 것이 된다.

3주간 이상 반복하여 웃으면 자연스럽게 웃을 수 있고 웃음이 언제 들어도 매력적인 웃음이 된다.

(2) 웃음 치료기법의 실제

■ 웃음 기법

① 함박웃음

입에 손가락을 옆으로 해서 1개 넣고 크게 하하 하하하하.... 웃는다.

이런 식으로 손가락수를 늘리고 마지막은 주먹을 넣고 해 본다.

짝꿍을 마주보고 해보면 더 재미있다.

② 박장대소

손뼉을 크게 치며 웃음은 하하하로 크게 길게 배꼽이 빠지도록 웃는다.

③ 책상대소

박장대소와 동일한 방법으로 책상을 두드리면서 웃는다.

발도 함께 구르면서 하면 더욱 효과적이다.

④ 뱃살대소

박장대소와 동일한 방법으로 자기 뱃살을 두드리면서 크게 신나게 웃는다.

⑤ 사자웃음

혀를 길게 내밀고 눈은 뒤집고 두 손은 아랫배를 치고 머리는 도리도리 좌우로 흔들며 크게 소리를 내면서 웃는다. 옆 사람과 서로 마주보고 손은 사자 갈퀴처럼 앞으로 하고 머리를 흔들며 웃는다.

⑥ 거울웃음

손바닥을 거울이라고 생각하고 손바닥을 보며 표정을 지으며 "나는 행복해" "나는 즐겁다", "나는 나를 사랑해" 하며 웃는다. 거울이 앞에 있지 않더라도 언제 어디서나 혼자서 손을 보며 아름답게 미소를 지으며 하하하~ 멋지게 웃어라. 옆의 짝꿍과 함께 거울이 되어 웃으라. 한사람은 거울이고 한 사람은 웃는다. 거울은 상대가 웃는 표정과 행동, 웃음을 그대로 따라 한다.
⑦ 펭귄웃음

  양손을 엉덩이 골반에 손바닥을 펴서 붙이고 엄마 펭귄을 서로 따라다니 며 신나게 웃는다. 이때 입모양을 오므리고 발동작은 보폭을 짧게 움직이 며 재미있게 진행하고 아빠펭귄, 아기펭귄 순으로 서로 따라다니며 신나게 웃어본다.
⑧ 무릎반사 웃음

  무릎을 약간 구부리고 어깨와 손은 힘을 다 빼고 무릎을 위로 아래로 흔 들며 큰 소리로 하하! 하하하!~ 하하! 하하하! 매일 20분 정도 한다.

  미국에서 호호웃음 다이어트에 가장 많이 사용하는 기법이다. 매일 반복 하면 저절로 체력이 강해지며 소화가 잘되고 무릎관절에 효과가 있다.
⑨ 폭소웃음

  폭소를 할 때는 발끝부터 온 몸의 독소를 위로 끌어올려서 입으로 모아
  밖으로 크게 소리 내어 웃는 웃음이다.
⑩ 조개웃음

  손을 가슴 앞에서 작게 벌리면서 하하하하~ 하다가 점점 크게 벌리면서 손의 넓이만큼 웃음소리를 크게 하는 법이다
⑪ 개다리 웃음

  여러 사람, 가족이 함께 모여서 개다리 춤을 추면서 아하하하하하~ 날숨 으로 크게 웃는다, 아에이오우 한자씩 뒤에다 하하하하를 넣어서 하면 더 욱 효과적이며 음악을 활용하면 더욱 좋다.
⑫ 롤러코스터 웃음

  양손을 앞으로 뻗어서 오른팔부터 쓰다듬으며 아~~~~
  왼쪽팔도 쓰다듬으며 우~~~~
  이마부터 머리 뒤로 이~~~~
  잔에 음료수를 다르면서 아하하~~~~
  짝과 함께 따라주고 오호호~~~~
  멋있게 마시고 던지며 이히히~~~~
⑬ 새 웃음

  처음 웃음을 끌어올리기 힘이 들 때 하는 웃음 기법이다. 작은 웃음을 웃을 수 있도록 작은 날개 짓과 함께 하하 소리를 내면 된다.
⑭ 비행기 웃음

  어린아이와 같은 심정으로 돌아가 고정된 표현의 억제 판을 깨부수고 자 유롭게 내 감정을 동작과 웃음에 실어 날려 보는 기법이다.
⑮ 마음웃기

  "나는 행복해", "사랑해"를 외치며 자신의 가슴을 끌어안으며 행복한 미 소를 끌어낸다.

'당신은 사랑받기 위해 태어난 사람' 음악을 틀어 놓는다.

음악을 들으며 자신의 존귀함을 깨닫고 천하보다 귀하고 값진 자신의 존재를 사랑할 수 있는 마음을 갖게 한다.

5) 기타 웃음의 기능

① 웃음은 감기예방약이다. 웃기는 비디오를 본 그룹과 가만히 방에 앉아있는 그룹의 침에서 1gA의 농도를 실험해본 결과 웃기는 비디오를 본 그룹의 침에서는 1gA의 농도가 증가하고 다른 그룹은 변화가 없었다. 여기서 1gA은 면역글로불린의 하나로 감기와 같은 바이러스의 감염을 막아주는 역할을 한다. 즉 각종 면역세포들과 면역그로불린, 사이토카인, 인터페론 등이 증가되어 있고 코티졸 등 각종 스트레스 호르몬이 감소되었다는 것이다.

② 웃으면 뇌에서 엔도르핀 생성이 촉진되어 기분이 좋아지고 건강에 좋다. 웃음은 스트레스와 긴장에 대한 최고의 해소책이자 스트레스 자체의 발생을 막아주는 예방주사이다.

③ 웃음은 체내 면역체를 강화시켜 주는 세균의 침입이나 확산을 막아주는 천연적인 진통제인 엔도르핀을 분비시켜 육체의 고통을 덜어주는 무형의 보약이다.

④ 백혈구는 바이러스, 암 등과 싸우는데 웃음은 이와 같이 백혈구 생명력을 강화시키는 역할을 한다.

⑤ 웃음은 암도 치료한다. 일본의 오사카대 대학원 신경 강좌 팀은 웃음은 몸이 항체인 T세포와 NK(내추럴 킬러)세포 등 각종 항체를 분비시켜 더욱 튼튼한 면역체를 갖게 한다. 호쾌하게 웃으면 암세포를 제거하는 NK세포의 움직임을 활성화시킨다는 사실을 확인했다. 코미디 프로를 보면 NK세포 활성화율 3.9% 높아지고 교양프로를 보면 3.3% 감소한다. 웃음은 병균을 막는 항체인 '인터페론 감마'의 분비를 증가시켜 바이러스에 대한 저항력을 키워주며 세포조직의 증식에 도움을 주는 것으로 밝혀졌다. 이는 사람이 웃을 때 통증을 진정시키는 '엔도르핀'이라는 호르몬이 분비되기 때문이다.

⑥ 웃을 때 심장박동수가 2배로 증가하고 폐 속에 남아있던 나쁜 공기를 신선한 산소로 빠르게 바꿔준다.

⑦ 웃음은 근육, 신경, 심장, 뇌, 소화기관, 장이 총체적으로 움직여 주는 운동요법 이다.

⑧ 웃음은 모르핀보다 수백 배 강한 엔케팔린 호르몬을 분비시켜 통증을 경감시킨다.

⑨ 최근 IMG 증후군인 명예퇴직, 감봉, 정리해고 등 말만 들어도 가슴이 답답하고 식은땀이 나는 등 두려움에 사로잡히며, 여러 가지 정신적 스트레스에 노출되어있다. 이로 인하여 두통, 불면증, 위산과다, 소화성 궤양, 당뇨, 고혈압, 협심증, 우울증 등의 질환에 시달리고 있는데 이러한 병을 예방하고 치료할 수 있는 것이 웃음이다.

⑩ 불치병이 웃음으로 치유됐다는 사실을 지켜본 의학계는 치료 방법을 재검토하기 시작했다. 환자 자신의 몸속에 내재해 있는 자연 치유력을 중요하게 여기게 된 것이다. 유머 치료법, 마음－육체의 의학 등 새로운 시도들이 속속 선보였다. 소리 내어 웃는다는 전신을 움직이는 것, 근육, 신경, 심장, 뇌, 소화기 관이 총체적으로 작용한다. 손으로 피부와 근육을 마사지하는 것을 외부 마사지라 한다면 웃음은 내장을 마사지하는 내부 마사지인 셈이다. 소리 내어 웃는 것은 또 훌륭한 유산소 운동이다. 윗 몸통, 폐, 심장, 어깨, 팔, 복부, 횡격막, 다리 등 모든 근육이 움직인다. 생리학적으로 하루에 1백－2백번 정도 소리 내어 웃으면 10분간 조깅하는 것과 같은 효과를 갖는다고 알려져 있다.

⑪ 소리 내어 웃으면 통증을 느끼는 신경계를 마비시켜 진통 효과를 준다. 웃으면 「엔도르핀」과 「엔케팔린」이라는 2개의 신경 펩타이드의 분비가 촉진되는데, 이것은 통증을 억제하는 물질들이다.

⑫ 87년 코간박사는 「행동의학」 저널에 「불편을 느낄 때 소리 내는 웃음의 효과」란 논문을 발표, 소리 내어 웃는 것이 임상에서 환자의 통증을 없애 준다고 발표했다.

⑬ 그 밖에 소리 내어 웃는 웃음은 근육의 긴장을 이완시켜 주고 교감 신경계의 스트레스를 어루만져 준다. 심호흡을 하는 것과 같은 효과가 있으며 혈액순환도 촉진된다.

⑭ 91년 9월 영국 웨스터버밍햄 보건국은 마침내 「웃음소리 클리닉」의 개설을 허가했다. 웃음을 질병 치료법으로 인정한 것이다.

⑮ 웃음요법은 이미 실제 치료에 적용되고 있다. 독일의 이동병원에선 매주 1회씩 어릿광대를 불러 환자들을 웃기고 있으며, 일부 기업들은 사원들은 '웃음 세미나'에 참석시키고 있다. 현재 인도에는 전국적으로 2백50여개 웃음운동 클럽이 활동 중이다.
웃음은 정신적, 육체적 건강에 큰 도움을 준다. 인도에선 건강을 위한 '웃음운동'DLL 유행하고 있다. 가정과 직장에서 일과를 시작하기에 앞서 한바탕 웃음으로 컨디션을 조절하는 것이다. 웃음운동은 인도의 전통 수행법인 요가에서 비롯된 것으로 원숭이 웃음, 노새 웃음 등 여러 종류가 있다.

⑯ 웃음의 효과로는 배가 아플 때까지 눈물이 나올 때까지, 숨을 쉴 때까지, 크게 웃고 난 뒤에는 기분이 좋아지고 후련해짐을 알 수 있으며, 웃고 나면 굳어진 어깨도 풀리고, 스트레스도 사라진다.

⑰ 최근 미국에선 많이 웃고 나면 굳어진 어깨도 풀리고 스트레스도 사라진다.

⑱ 우리 몸에는 내장을 지배하는 교감신경과 부교감신경 등 두 가지 자율신경이 있다. 놀람, 불만, 초조, 짜증 등은 교감신경을 예민하게 만들어 심장을 상하게 하는 등 해를 끼치며, 웃음, 폭소 등은 부교감 신경을 자극시켜 심장을 진정시키고 몸을 안정시켜 주는 역할을 한다. 웃음은 스트레스와 분노, 긴장을 완화해 심장마비와 같은 돌연사도 예방해 준다.

⑲ 폭소는 긴장을 이완시키고 혈액순환을 도와주며 질병에 대한 저항력도 길러
준다. 웃을 때의 주름은 긴장과 근육을 풀어주고 얇은 주름이 생긴다. 그러나
화낼 때의 주름은 깊고 딱딱하고 강하다.

VI. 실버 레크리에이션

1. 정년을 대비한 여가교육

1) 여가교육의 필요성

일반적으로 노인들에 대한 교육은 성인교육과는 별개로 취급하는 추세이다. 그 이유는 현대 산업사회에서의 교육의 의미는 미래를 내다보는 투자로 간주되기 때문에 노인에게 많은 투자를 할 필요가 없다는 관념을 가진다. 따라서 이러한 노인들에 있어서 가장 필요하고 현실적인 교육은 여가교육이라 말할 수 있겠다. 여가교육은 노인들이 여가활동에 통하여 생활의 질을 높이고 즐거움을 느끼며, 의미 있는 참여와 오전에 대한 감각을 갖게 해준다는 장점이 있기 때문이다. 이러한 여가교육의 정의는 여가를 가치 있게 선용할 수 있도록 교육하는 것이다.

또한 여가교육의 포괄적 의미로는 개인이 자신의 생활양식과 자신이 속한 사회구조 내에서 자신과 여가와의 관계를 이해함으로서 얻어질 수 있는 인간의 종합적 발달과정이라 할 수 있다. 그러나 많은 사람들에게 여가활동은 단순히 논다는 개념을 갖고 있기 때문에 교육을 통해서 그들의 올바른 인식을 갖게 하는 것이 중요과제로 대두된다. 특히 직장생활을 마치고 좀 더 많은 여가시간을 갖게 된 노인층에게는 무엇보다 더 중요한 것이 정년퇴직전의 여가 교육이라 할 수 있다.

한편 퇴직이 갖는 의미는 지금까지의 노동역할에서 여가역할로의 전환이라 할 수 있다. 이와 같은 역할전환은 누구나 쉽게 적응할 수 있는 것으로 생각되나 이제 대한 사전의 계획을 갖고 있지 않은 대다수에 있어서는 고충이 따르는 과정이다. 최근 한국 노인문제 연구소에서 전국의 노인 1,041명을 대상으로 조사한 노인들의 여가활동 유형을 보면 라디오 청취, TV 시청이 72.5%로 가장 높고, 다음으로 화투, 장기 등의 놀이가 26.5%, 공원, 복덕방, 경로당 등에서의 17.4%, 신문, 잡지, 서적 등 독서 9.5%, 등산, 낚시, 산책 등 운동 6.9%, 예술관련 활동은 1.0% 등의 순이다.

또한 서울특별시 경로당의 여가 프로그램으로는 전체의 76.2%가 주로 바둑, 장기, 화투놀이 등이었으며, 라디오 청취, TV시청이나 여행, 소풍 등의 여가 프로그램은 44.8%, 그밖에 건강 체조 10.4%로 나타나 여가 프로그램의 종류가 다양하지 않다는 것을 알 수 있다.

서구의 경우 노인들이 운동경기 참여 및 관람, 문화 및 예술 활동 등 여가 활용의 형태가 다양한 데 비해, 우리나라의 경우 이런 종류의 여가유형에 대한 참여는 매우 저조한 편인데 이는 우리나라 노인들이 여가시간을 대체적으로 집안 내에서 홀로 소일하면서 소극적으로 보내고 있고 여가활동 유형 역시 다양하지 못함을 시사하고 있다.

그리고 가정 외의 장소에서는 어떠한 여가활동을 하고 있는지에 대해 30%가 경로당, 노인학교, 노인복지회관 등을 이용하고 있고, 그 중에서도 14%는 주로 경로당을 이용하며, 이용자들의 대부분은 저소득계층의 노인, 그리고 여자 노인 보다는 남자 노인의 이용 빈도가 높다.

무엇보다도 경로당을 유일한 여가활동의 장으로 활용하는 노인들의 심리적 특성은, ① 노인들은 지역사회 내에 경로당 이외에 적합한 여가활동 장소가 없고, ② 동년배의 노인들과 쉽게 어울릴 수 있고, ③ 경로당을 통해 세상사에 관한 상식과 시사문제의 식견을 넓힐 수 있으며, ④ 노인들의 연락장소로서 편리한 점이 있기 때문일 것이다.

2) 퇴직 전 교육

퇴직 전 교육이란 퇴직을 위하 준비, 퇴직상담, 퇴직교육 및 퇴직계획 등 여러 가지로 해석될 수 있다. 이같이 다양한 퇴직 전 교육을 포괄적으로 정의하면 "생계유지를 위한 노동으로부터 벗어난 퇴직 후의 개인적 적응을 용이하게 하기 위해 이에 관한 정보를 습득하거나 이해하는 과정"이라 할 수 있다. 즉, 퇴직 전 교육은 퇴직에 관한 제반문제를 해결하기 위한 정보를 제공하며 퇴직 및 노령화 과정에 대해 긍정적인 태도를 갖게 하고 퇴직 후를 위한 실질적인 계획이나 행동에 동기를 부여하는 것이라고 정의할 수 있다.

3) 퇴직 전 교육의 내용과 범위

퇴직 전 교육에서 다루어야 할 프로그램의 내용은 교육시간, 후원기관, 지도자의 전문성에 따라 다양해 질 수 있다. 외국서 행해지는 일반적 내용은 전년퇴직에 관한 태도, 노령화에 대한 고정관념과 실제, 법적문제, 정신건강, 가족관계, 사회보장제도, 의료문제, 퇴직연금관리 및 부동산 관리, 재취업 등의 문제가 다루어지고 있다. 이것은 퇴직 후의 노후생활에 대한 전반적이고 포괄적인 교육이 이루어지고 있음을 알 수 있으며 우리나라의 경우도 현재 노인들이 접하고 있는 제반 문제점을 분석하여 실질적으로 노인들이 사회 구성원으로 활동할 수 있는 대책을 강구하는 것이 우선과제라 할 수 있겠다.

4) 교육방법

퇴직 전 교육프로그램의 교육방법은 다음의 세 가지로 진행된다.

첫째, 그룹상담형식으로 퇴직에 대한 개인적, 사회적, 심리적 문제에 초점을 둔다.

둘째, 정보매체를 통한 방식으로 퇴직 전 교육문제에 미치는 시청각 교재를 제작활용하거나 지도자의 강의 또는 자연스러운 토의 등을 하는 방법이 있다.

셋째, 강의−토론형식으로 진행되며, 교재활용, 초빙강사, 그룹토의 등으로 진행된다.

교육방식은 프로그램 구성내용에 따라 효율적인 방법으로 하되 강의−토론방식이 권장되며 성인 교육적 접근방법으로 진행해야 한다.

5) 프로그램 참가자의 연령범위 및 구성

외국의 경우 60−65세로 참가자의 연령을 택하고 있으나 퇴직에 대한 준비는 일찍 할수록 사회적응이 용이한 것으로 나타났고, 퇴직 후의 생활에 보다 만족하고 있다고 한다. 대부분의 전문가들은 교육시기에 대해 퇴진 10년 전으로 권장하고 있으며 이는 자발적인 참가자를 그 대상으로 한다는 것이다. 참가자의 구성은 직장인 및 배우자가 같이 하는 것이 바람직하다. 그리고 교육목적의 효율적인 면을 위해서 사회, 경제적 여건이 다른 집단으로 분리하여 교육하는 것이 바람직하다.

6) 프로그램의 기간 및 참가자 규모

프로그램의 기간은 프로그램의 실시횟수, 실시시간에 따라 다양해 질 수 있으나, 대체로 2시간을 넘지 않는 범위에서 7회 내지 9회로 구성하는 것이 일반적이며 인원 구성은 15−35명으로 하는 것이 바람직하다.

7) 프로그램의 구성

퇴직자 또는 노인을 위한 여가교육의 방안은 교육 형태에 따라 다양하지만 크게 기존의 퇴직 전 교육내용 안에 포함해서 다루는 방안과 여가에만 초점을 두고 교육을 실시하는 두 가지 방안으로 구분할 수 있다. 프로그램내용의 일부로 여가교육이 포함되는 것은 여가교육이 상대적으로 등한시 될 수 있다는 단점이 있으나 보다 많고 다양한 계층의 참가를 유도 할 수 있다는 장점도 있다. 이와 같은 교육의 장소로는 대규모 기업체, 노조, 대학의 프로그램, 노인대학, 종교단체, 지역단체 등을 고려해 볼 수 있으며 교육의 내실화를 도모하기 위해 지도자의 증원, 기존시설의 확충, 정책적 지원 등이 선결되어야 한다.

8) 프로그램 지도자의 역할

여가교육을 담당하는 지도자는 퇴직 전후로 발생할 수 있는 부적응 상태를 여가활동이란 교육적 수단으로서 프로그램화 하여 노인으로 하여금 인생의 만족가을 느끼게 해주는 조력자라 정의할 수 있다. 즉 여가지도자는 노인인격은 노동역할에서 여가역할로는 전환과정을 보다 용이하게 해주는 임무를 담당한다. 퇴직 전 교육에 포함되어야 할 내용은, 그들의 현실에 대응하는 태도, 재정, 건강, 사회관계 등으로 지도자들은 노인자신이 제반환경을 고려하여 최선책을 마련할 수 있도록 노력해야 한다.

태도에 있어서는 퇴직예정자 등이 퇴직 및 여가에 대해 보다 긍정적인 입장을 갖도록 지도하며 노후에 가장 중요한 문제로 대두되고 있는 재정에 대해 미리 퇴직 전에 소요예산을 구상, 준비하도록 지도하고 건강문제와 관련하여 노후에 건강과 체력을 유지할 수 있는 여가활동을 권장해야 한다. 사회관계에 있어서는 직장으로부터 소속감, 일에 대한 성취감이 더 이상 존재하지 않음을 인식케 하여 퇴직 후 각종 사회적 욕구들에 부응 할 수 있는 여가 활동을 권장하여 자연스러운 사회적응을 할 수 있도록 해야 한다.

또한 재정적으로 여유가 있는 사람의 경우 활용 할 수 있는 방법을 소개하고 개인이 관리할 수 있는 능력을 가질 수 있도록 교육할 필요가 있다.

2. 여가와 평생교육

오늘날과 같이 급변하는 사회에서는 전통적 기분에 따르거나 현실에의 적응만을 강조하는 것만으로는 문제를 해결할 수 없는 경우가 많다. 따라서 최근에는 교육을 중심으로 하는 전체 문화의 혁신적인 개조가 강조되고 있으며 특히, 교육은 문화내용의 쇄신과 문화질서의 조정에 있어서 그 중심적인 역할을 담당하도록 요구되고 있다. 이러한 문화개조의 역할은 학교교육이나 사회교육만으로는 감당할 수 없으며 현대사회가 당면하고 있는 위기에 효과적으로 대처하기 위해서 평생교육이 부각되고 있다. 이와 같이 평생교육의 필요를 자극하는 현대의 생활은 여러 가지로 나타나고 있다.

따라서 사회변동에 대처하기 위한 고도의 적응력과 창의력을 길러주고 그 바탕 위에 외래문화를 선별적으로 받아들일 수 있는 능력은 평생교육을 통해 간증할 것으로 기대되고 있다. 더욱이 현대사회의 제반 문제를 능동적으로 해결하고 새로운 발전을 도모하기 위해서는 평생교육의 가치가 인정되고 있다.

이러한 추세에서 볼 때 노인들에게 주어진 여가를 성인교육과는 별도로 독자적인 노인 여가활동 프로그램과 더불어 평생교육의 개념에서 발전되어 질 때 개인은 물론 국가적인 안정을 가져올 수 있다고 할 수 있겠다.

3. 노인을 위한 레크리에이션의 필요성

고령화 사회를 맞이하여 무엇보다도 많은 여가시간을 갖고 있는 노인들에게 레크리에이션의 필요성은 적극적으로 요구되고 있다. 그 내용은 다음과 같다.

첫째, 여가활동을 통하여 건강한 신체를 육성하는 일이다. 최근 인간에게 평균 수명이 더욱 길어지는 반면 운동부족과 영양과다로 성인병이 급증하고 있다. 또 사회적 증상에서 오는 각종 스트레스 등을 해소키 위하여 가벼운 신체활동이 요구되며, 점차 허약해지는 체력을 강화시킴으로써 생활의 활력을 길러준다.

둘째, 기분전환을 위해서 필요하다. 도시의 인구집중으로 인하여 쉽게 기분전환을 할 수 있는 장소나 친구가 없기 때문에 폐쇄적인 성격으로 변할 수 있는 우려가 있으나 이러한 것은 여가 활동을 통하여 쉽게 해소할 수 있다.

셋째, 가족과 사회집단과의 화목과 친교를 위해 필요하다. 핵가족 구성으로 인하여 주변의 이웃과 서먹서먹한 관계를 유지하고 있는 실정이다. 또한 사회적인 친교에 있어서도 단순한 만남보다 레크리에이션을 통하여 접하게 되면 더욱 자연스러운 분위기를 만들어 주며 서로 신뢰하고 협동하는 분위기를 만들어주기 때문이다.

넷째, 여가시간의 활용이다. 계속적인 여가시간의 증대로 인하여 건전한 여가활동이 요구된다. 건전한 여가활동은 개인의 인격과 자신의 발견을 제공하여 사회적으로도 서로 돕고 이해할 수 있는 건전한 대인관계와 의식구조를 갖게 해 준다.

4. 실버 레크리에이션 지도법

1) 박수놀이(박수의 기본 ○○짝짝○○짝짝/ ○짝○짝/○○짝짝)

① 크게 작게 : 크게/작게
② 이수일과 심순애 박수 : 수일씨/놔라
③ 간호사박수 : 때리고/찌르고
④ 멋쟁이박수 : 머리 빗고/분바르고/눈썹 그리고/입술 바르고
⑤ 얼씨구절씨구 : 얼씨구/절씨구
⑥ 싱글벙글 박수 : 싱글/벙글
⑦ 니코내코박수 : 니코/내코

⑧ 애기박수 : 곤지/도리/잠
⑨ 찌게박수 : 지글/보글
⑩ 엉덩이박수 : 엉덩이/히프

2) 앉아서 하는 게임
(1) 두들기며 쓸기
① 먼저 양손으로 교대하여 자기 무릎을 때리도록 한다.
② 이번에는 양손을 펴서 앞뒤로 쓰다듬으면서 마사지하듯 한다.
③ 다음에는 왼손으로 안마를 하고 오른손으로 마사지를 일정한 리듬 에 맞추어 하도록 한다.
④ 잘 되는 듯 하면 지도자의 "바꿔" 구령에 맞추어 왼손 안마, 오른 손 마사지 하던 것을 바꿔 오른손 안마. 왼손 마사지가 되도록 한 다.
※ 우선 진행자가 능숙해야 한다.
위치를 바꾸어 이마, 배 등으로 전환 할 수도 있다.
어느 정도 숙달이 되면은 노래를 불러 가면서 할 수도 있다.

(2) 손가락 돌리기
양 손가락 끝을 마주대고 엄지끼리 돌리고, 검지끼리 돌리고……애지까지 다돌리고 또 다시 반대로 돌리기

(3) 손가락 접기
① 먼저양손을 펴서 엄지손가락부터 구부려 하나부터 열까지 세도록 한다.
② 그 다음에 엄지를 둘 다 구부리고 둘째손가락부터 시작하여 열까지 센다.
(엄지를 0으로 생각)
③ 이번에는 왼손의 엄지손가락만 구부리고 오른손을 정상대로 엄지부터, 왼손은 둘째손가락부터 시작하여 양손이 다르게 시작 하 여 하나부터 열까지 틀리지 않고 세게 한다.
④ 다 같이 둘씩 마주보면서 시합을 하고 잘 한 사람을 뽑아 시범을 보이게 하고 상을 줄 수도 있다.
⑤ 하나 둘 대신 노래, 도레미..,구호, 성경귀절. 등으로 활용 할 수도 있다.

(4) 손가락 교차하기
엄지검지 교차하기, 엄지 애지 교차하기, 엄지검지 사진 찍기(동요 부르며)

(5) 땅! 따당
① 지도자가 "땅"하고 오른손으로 총 쏘는 시늉을 하면 모두"따당"하고 되쏘는 시늉을 한다.

② 이번에는 "따당" 하면 반대로 "땅"하도록 한다.

③ 어느 정도 연습이 되면 "따당.땅"하면 반대로 "땅 따당", "땅.따 당"하면 반대로 "따당 땅"으로 하도록 연습을 한다.

④ 둘씩 짝을 지어 많은 연습을 하도록 한 후 아무나 지적 하여 틀린 사람이 적은 경우.

⑤ 이번에는 "땅" 하면 " 베드로" "따당"하면 "야곱" "땅 따당"하면 요한" 그리고 "따당 땅" 하면 "마태" 등으로 성경의 인물 등을 정 하여 응용을 한다.

⑥ 나중에는 성경의 인물과 연상 되는 것을 활용 한다.
　　예, "땅 야곱"하면 "따당 꿈" "따당 베드로"하면 "땅 닭울음"등 으로 성경의 내용을 잘 정리 하여 게임을 통 하여 성경공부를 할 수가 있다." 따당 땅 라 합" 하면 "땅 따당 구원"등 으로 할 수도 있다.

(6) 내 코, 내 귀

지도자가 "내 코" 하면서 자기 귀를 가리키면 모두 "내 귀 하면서 자기 코를 가리켜야 한다.

이번에는 "내 귀" 하면서 자기 코를 가리키면 모두 "내 코" 하면서 자기 귀를 가리켜야 한다.

지도자가 자기 다리를 가리키면서,"내 팔"하며 상대방은 자기팔 을 가리키며"내 다리"해야 한다.　이와 같이 우리의 신체의 여러 부분을 활용 하면서 할 도 있다.

2) 신나는 박수게임

(1) 사회자 환영 박수 1
【 사회자 】

① 걸어 나온다.　－－－－－－－－　고개를 끄덕이며 '아하'라고 한다.

② 오른손을 올린다.　－－－－－－－　박수를 친다.

③ 왼손을 올린다.　－－－－－－－－－　'와 － 아!' 하고 함성을 지른다.

④ 인사를 한다.　－－－－－－－－－　 일어서서 박수를 친다.

⑤ 손을 들어 흔든다.　－－－－－－－　옆 사람을 치면서 함성을 지른다.

⑥ 바지를 추켜올린다.　－－－－－－　발을 구르며 함성과 박수를 친다.

※ 먼저 하나씩 차례로 연습한다.

※ 연습이 어느 정도 이뤄지면 처음부터 연결해서 시도해 보라.

※ 사회자는 손을 들어 흔들면서 이렇게 말한다.
　" 저를 이토록 환영해 주시니 대단히 감사한다."

※ 참가자들은 "우" 소리를 지르며 자리에 앉는다.

(2) 사회자 환영 박수 2

    ① 오른손 올린다 : 청중은 박수를 친다.

    ② 왼손 올린다 : 청중은 함성을 지른다.

    ③ 양손 올린다 : 청중은 박수와 함성을 지른다.

    ④ 정중히 인사한다 : 청중은 일어서서 함성과 박수를 친다.

(3) 연결 박수

    ① 손뼉 한 번: 손뼉 1번 친다.

    ② 손뼉 두 번: 손뼉 2번 친다.

    ③ 손뼉 세 번: 손뼉 3번 친다.

    ④ 손뼉 다섯 번: 입으로(짜작 ~작~짜작) 외치며 5번 친다.

    ⑤ 손뼉 일곱 번: 입으로(짠짜자잔짠 짠 짠) 외치며 7번 친다.

    ⑥ 손뼉 여덟 번: 입으로(짜자자자잔짠 짠 짠) 외치며 8번 친다.

    ⑦ 손뼉 열다섯 번: 입으로(짠짜자잔짠 짠 짠, 짜자자자잔짠 짠짠)
        외치며 15번 친다.

(4) 비 박수

    ① 이슬비: 소리가 들릴 듯 말 듯 천천히 손뼉을 친다.

    ② 보슬비: 이슬비 보다 조금 빠르게 손뼉을 친다.

    ③ 가랑비: 보슬비 보다 조금 빠르게 손뼉을 친다.

    ④ 소낙비: 아주 세고 빠르게 손뼉을 친다.

    ⑤ 우박: 1박자 씩 끊어서 힘차게 손뼉을 친다.

    ⑥ 뇌성: 양손을 들고 번쩍, 번쩍 쾅하며 손뼉을 친다.

    ⑦ 번개 : 양손을 가슴 앞에서 엇갈려 빠르게 돌리며 박수 친다.

(5) 토끼와 거북이 박수

    ① 토끼 토끼 짝짝 : 양손을 귀에 대고 까닥까닥하며 손뼉2회 친다.

    ② 거북이 거북이 짝짝 : 양손을 얼굴 앞에 대고 펼친 후 손뼉 2회 친다.

    ③ 토끼 짝 , 거북이 짝 : ① 번 동작 후 손뼉 각1회 친다.

    ④ 토끼, 거북이 짝짝 : ② 번 동작 후 손뼉 2회 친다.

(6) 인절미 박수

    ① 오물오물 짝짝 : 양손바닥 아래 향하여 내민 후
                    떡 주무르는 모습 후 손뼉2회

    ② 조물조물 짝짝 : 양손바닥 위 향하여 내민 후
                    떡 주무르는 모습 후 손뼉2회

    ③ 오물 짝, 조물 짝 : 양손 바닥 아래, 위 향하여 내민 후
                    떡 주무르는 모습 후 손뼉 각1회

    ④ 조물조물 짝짝 : 양손 바닥 아래, 위 향하여 내민 후
                    떡 주무르는 모습 후 손뼉 각2회

    ⑤ 너 먹어! : 떡을 뜯어서 옆 사람에게 나누어 준다.

※ 메모」세계의 나라 말로 유도해 본다.
　일본 : 오물 조물 다음에 '이노'를 붙인다. 너 먹어는 '하이'
　프랑스 : '스와'를 붙인다. 「먹어스와」
　독일 : '리히'를 붙인다. 「먹어리히」
　러시아 : '스키'를 붙인다. 「먹으스키」
　이태리 : '르카'를 붙인다. 「먹으르카」
　북한 : '니끼니'를 붙인다. 「날래 먹으라우!」

※ 각 나라마다 특유한 분위기를 살려가며 먼저 시범을 보여주는 것이 좋다.

(7) 찌개박수
　① 지글 지글 짝짝 : 양손바닥 아래 향하여 내민 후
　　　　　　　　　　　양 손가락을 오므렸다. 폈다 한　후 손뼉2회

　② 보글보글 짝짝 : 양손바닥 위 향하여 내민 후
　　　　　　　　　　양 손가락을 오므렸다. 폈다 한 후 손뼉2회

　③ 지글 짝, 보글 짝 : 양손 바닥 아래, 위 향하여 내민 후
　　　　　　　　　　손가락을 오므렸다 폈다한다 한 후 손뼉 1회

　④ 지글 보글 짝짝 : 양손 바닥 아래, 위 향하여 내민 후
　　　　　　　　　　손가락을 오므렸다 폈다한다 한 후 손뼉 각2회
　⑤ 너 먹어! : 숟가락으로 국을 떠서 옆 사람에게 나누어 준다.

　※ 메모」세계의 나라 말로 유도해 본다.
　　일본 : 오물 조물 다음에 '이노'를 붙인다. 너 먹어는 '하이'
　　프랑스 : '스와'를 붙인다. 「지글스와」
　　독일 : '리히'를 붙인다. 「지글리히」
　　러시아 : '스키'를 붙인다. 「먹으스키」
　　이태리 : '르카'를 붙인다. 「먹으르카」
　　북한 : '니끼니'를 붙인다. 「날래 먹으라우!」

※ 각 나라마다 특유한 분위기를 살려가며 먼저 시범을 보여주는 것이 좋다.

(8) 니코 내코 박수
　① 니코 니코 짝짝 : 서로 마주보며 검지손가락으로 상대방의 코를 만진다.
　② 내코 내코 짝짝 : 검지손가락으로 자신의 코를 만진다.
　③ 니코 짝, 내코 짝 : 검지손가락으로 상대편 코, 자신의 코를 만진 후
　　　　　　　　　　각 손뼉 1회 친다.
　④ 니코 내코 짝짝 : 검지손가락으로 상대편 코, 자신의 코를 만진 후
　　　　　　　　　　손뼉 2회 친다.

(9) 짱구박수
　① 울퉁 불퉁 짝짝 : 양손 주먹을 쥐고 볼을 두드리고 손뼉 2회 친다.
　② 볼통 볼통 짝짝 : 양손 손바닥으로 배를 두드리고 손뼉 2회 친다.

③ 울퉁 짝, 볼퉁 짝 : 양손 주먹 쥐고 볼 두드리고 손뼉 1회 후
양손 손바닥으로 배를 두드리고 손뼉 1회 친다.
④ 울퉁 볼퉁 짝짝 : 양손 주 쥐고 볼두드리고 배를 두드리고 손뼉 2회친다.

(10) 곤지 · 잼 · 도리 박수
① 곤지곤지 짝짝 : 양손 검지손가락을 볼에 갖다 댄다.
② 잼잼 짝짝 : 양손 주먹을 쥐었다 풀었다 한다.
③ 도리도리 짝짝: 고개를 좌우로 돌리는 동작을 한다.
④ 곤지 짝, 잼 짝, 도리 짝 : ①, ②, ③ 같은 동작을 한다.
⑤ 곤지, 잼, 도리 짝짝: ①, ②, ③ 같은 동작을 한다.

(11) 말타기 박수
① 따그닥 따그닥 짝짝 : 양손으로 말을 타는 동작을 하고 손뼉을 친다.
② 이랴 이랴 짝짝 : 말 엉덩이를 때리는 동작을 하고 박수를 친다.
③ 빵 빵 짝짝: 총 쏘는 동작을 하고 박수를 친다.
④ 따그닥 짝, 이랴 짝, 빵 짝 : ①, ②, ③ 같은 동작을 한다.
⑤ 따그닥, 이랴, 빵 짝짝: ①, ②, ③ 같은 동작을 한다.

(12) 지화자 박수
① 얼씨구 얼씨구 짝짝: 오른손은 위로, 왼손은 아래로 대각선 방향으로 벌려서 흥겹게 흔든다.
② 절씨구 절씨구 짝짝: 오른손은 아래로, 왼손은 위로 아래로 대각선 방향으로 벌려서 흥겹게 흔든다.
③ 얼씨구 짝, 절씨구 짝: ①, ② 같은 동작을 한다.
④ 얼씨구, 절씨구 짝짝: ①, ② 같은 동작을 한다.

(13) 싱글벙글 박수
① 싱글 싱글 짝짝 : 양손바닥 벌려 바깥쪽으로 돌린다.
② 벙글 벙글 짝짝 : 양손바닥 벌려 안쪽으로 돌린다.
③ 싱글 짝: ①번 동작 후 손뼉 1회 친다.
④ 벙글 짝 :②번 동작 후 손뼉 1회 친다.
⑤ 싱글 벙글 짝짝: ①, ②동작 후 손뼉 2회 친다.

(14) 빨래 박수
① 빨고 빨고 짝짝 : 양손을 앞으로 뻗어 빨래하는 동작을 한다.
② 짜고 짜고 짝짝 : 양손을 비틀면서 빨래 짜는 동작을 한다.
③ 널고 널고 짝짝: 양손으로 빨래 너는 동작을 한다.
④ 빨고 짝, 짜고 짝, 널고 짝 :①, ②, ③번 동작 후 각 손뼉 1회 친다.
⑤ 빨고, 짜고, 널고 짝짝: ①, ②, ③번 동작 후 손뼉 2회 친다.

(15) 얼짱, 몸짱 박수
① 얼짱 얼짱 짝짝 : 양손으로 얼굴을 만지는 동작을 한다.
② 몸짱 몸짱 짝짝 : 양손으로 허리를 만지는 동작을 한다.
③ 얼짱 짝, 몸짱 짝: ①, ②번 동작을 한 후 손뼉 각 1회 친다.

④ 얼짱, 몸짱 짝짝 :①, ②번 동작을 한 후 손뼉 2회 친다.
⑤ 나~야(자기를 가리킨다)

(16) 춘향이 박수
① 춘향아 춘향아 짝짝 : 옆 사람을 끌어 않는 동작을 한다.
② 몰라요 몰라요 짝짝 : 옆 사람을 밀어 내는 동작을 한다.
③ 춘향아 짝, 몰라요 짝: ①, ②번 동작을 한 후 손뼉 각 1회 친다.
④ 춘향아, 몰라요 짝짝 :①, ②번 동작을 한 후 손뼉 2회 친다.

(17) 이수일과 심순애 박수
① 수일씨 수일씨 짝짝 : 옆 사람 팔을 붙잡는 동작을 한다.
② 놔라 놔라 짝짝 : 옆 사람을 사정없이 뿌리치는 동작을 한다.
③ 수일씨 짝, 놔라 짝: ①, ②번 동작을 한 후 손뼉 각 1회 친다.
④ 수일씨, 놔라 짝짝 : ①, ②번 동작을 한 후 손뼉 2회 친다.

(18) 떠들고 속삭여 박수
① 떠들어 떠들어 짝짝 : 서로 옆 사람과 손짓 발짓을 크게 한다.
② 속삭여 속삭여 짝짝 : 옆 사람과 소곤거리는 동작을 한다.
③ 떠들어 짝, 속삭여 짝: ①, ②번 동작을 한 후 손뼉 각 1회 친다.
④ 떠들어 속삭여 짝짝 :①, ②번 동작을 한 후 손뼉 2회 친다.

(19) 전투기 레이더 박수
① 전투기 전투기 짝짝: 오른손 바닥, 왼손 바닥을 펴서 사선으로 밑에서 위로 전투기 날아가는 동작을 한다.
② 레이더 레이더 짝짝: 양손을 어깨위로 펼친 다음 오른쪽에서 왼쪽으로 레이더가 움직이는 동작을 한다.
③ 전투기 짝 , 레이더 짝: ①, ②번 동작을 한 후 손뼉 각 1회 친다.
④ 전투기, 레이더 짝짝: ①, ②번 동작을 한 후 손뼉 2회 친다.

(20) 시계박수
① 양손을 앞으로 내밀고 좌우로 흔들며 '똑딱'하고 혓바닥 치는 소리를 내면서 지도자가 말한 시간만큼 손뼉을 친다.
② '2시'라고 하면 손뼉을 2번치고, '3시'면 손뼉 3번을 친다.
③ 같은 방법으로 '5시', '7시', '10시'를 연습시키고, '15시'하면 3번만 쳐야하는데, 15번을 치면 틀린다. ('4시 반'더 1번을 쳐야한다).

3) 분위기 조성을 위한 핸드게임

(1) 무조건 반대
① 지도자는 참가자들에게 몇 가지 동작을 소개하며 따라해 보게 한다.
예) 양손을 들어 반짝인다. 아래서 반짝인다.
주먹을 쥔다. 주먹을 편다. 오른팔을 올린다. 박수를 친다.
② 동작을 따라서 해보게 한 후 반대로 따라해 보게 한다.
예) 오른팔 올리면 – 왼팔을 올리고

위에서 반짝이면 - 아래서 반짝이고
박수치면 - 양손 양옆을 향해 벌린다.
③ 게임에 익숙해지면 몇 가지를 섞어서 재미있게 유도해 본다.
※ 메모」 4/4박자 노래에 맞춰서 해보면 재미있다.

(2) 팔굽혀펴기
① 양 손을 손바닥이 보이게 한 후 앞으로 쭉 뻗어 내민다.
② 팔 굽혀펴기를 큰 소리로 구령에 맞춰 5회를 실시한다.
③ 양 손을 손등이 보이도록 '엎어'라고 외치고 다시 구령에 맞춰 팔굽혀펴기를 5회 실시한다. (사회자는 동작을 멈추고 청중의 실수를 유도한다.)

(3) 엄지 바꿔
① 오른손은 엄지 왼손은 애지 손가락을 편다.
② 지도자가 '바꿔'라고 말하면 엄지와 애지를 양손 다 바꾼다.
(익숙해질 쯤 빠르게 한다)

(4) 소림사 7공법
① 서로 가위, 바위, 보를 한다.
② 이긴 사람은 공격을 하고 진 사람은 방어를 한다.
③ 공격 : 이긴 사람은 하나, 둘, 셋과 함께 진 사람을 공격한다.
눈 - 오른손 검지와 장지를 세워 진 사람의 눈을 공격한다.
코 - 검지와 장지를 세워 아래서 위로 공격
입 - 양손 검지를 세워 입을 향해 공격
귀 - 양손 검지를 세워 양쪽에서 귀를 공격
방어 : 진 사람은 이긴 사람의 공격 방향에 따라 재빨리 방어한다.
※ 메모」 ㄱ. 공격자의 공격을 제대로 방어하면 바꿔서 진행
ㄴ. 전면공격! 또는 배꼽을 공격해 보게 한다.

(5) 우리는 하나
① 참가자는 전원 엄지와 검지로 원을 만들어 왼쪽에 놓고 오른손은 검지로 세워서 오른손 사람 왼손 원에 갖다 넣는다.
② 노래를 부르다가 도중에 '잡아'하면 원을 만든 손은 옆 사람의 검지를 잡고 자신의 검지는 빨리 도망간다.
※ 메모」 간단한 이야기를 준비하여 이야기 도중 잡아! 해도 좋다.

(6) 잡아 놔! (토끼와 거북이)
① 참가자는 전원 왼손바닥을 펴서 위로 향하게 하여 왼쪽 사람을 향해 놓고 오른손 검지로 오른쪽에 앉아있는 사람의 왼손바닥에 올려놓는다.
② 이때 토끼와 거북이 이야기를 들려주며 '토끼'라는 단어가 나오면 자신은 왼손은 자신의 손바닥 위에 있는 옆 사람의 검지손가락을 빨리 잡아야 하고 신의 오른손 검지는 빨리 도망해야 한다.

(7) 안마게임
① 앞사람 또는 옆 사람과 안마할 수 있도록 원을 만들어 가까이 앉는다.

② 노래를 부르면서 처음에는 <주무르기 20㎞>,<두드리기 10㎞>로 시작한다.
③ 지도자의 지시에 따라 더 세게 두드린다.
　　예) 60㎞, 70㎞, 80㎞, 100㎞
④ '바꿔' 라는 진행자의 신호에 서로 바꾸어서 안마한다.

(8) 손가락 악수
① 양손 검지를 얼굴 옆에서 세워 돌게 한다.
② 그리고 모두 눈을 감게 한다.
③ 지도자의 신호에 따라 천천히 얼굴 앞에서 양손 검지를 접근해 나간다. (이
　　때 손가락이 마주치면 합격이다)
※ 메모」
① 양손 검지를 먼저 준비시키는 과정에서 조금 더 흥미를 유도한다면
　　더욱 재미있다.
　　예) 50cm만 벌리세요.
　　　　30cm만 벌리세요.
　　　　5cm만 벌리세요.
② 지도자의 '한, 둘, 셋'신호와 함RP 동시에 빨리 마주치게 한다.

(9) 하나 · 둘 · 뽕!
① 가위, 바위, 보를 하여 이긴 삶이 상대방의 코끝에 검지손가락을 갔다댄다.
② 이긴 사람이 '하나, 둘, 뽕! 하고 검지손가락을 상, 하, 좌, 우 네 곳을 향해
　　자유롭게 가리킨다.
③ 이때 진 사람은 "뽕" 소리와 함께 손가락을 따라서 움직인다.

(10) 코코코
① 지도자는 오른손 검지손가락을 코에 대고 '코코코'하고 구령을 외친다.
② 지도자 신호에 따라 어린이들은 오른손 검지를 코에 대고 '코코코'하고 따라
　　한다. 각 신체별 악기연주를 한다.
③ 지도자는 '코코코' 하고 하다가 '눈', '머리', '턱' 등과 같은 방법으로 진행한다.
④ 지도자는 '코코코' 하면서 '이마' 를 만지고 '눈' 하고 다른 부위를 만진다.
⑤ 이와 같은 방법으로 스피드를 넣어 재미있게 진행한다.

(11) 악기놀이
① 앞사람 또는 옆 사람과 안마할 수 있도록 가까이 앉는다.
② 각 신체별 악기연주를 한다.
　　· 머리 – 꽹과리 : 양손 앞사람 머리에 대고 꽹과리를 친다.
　　· 어깨 – 북 : 양손 앞사람 어깨에 대고 북 치는 모습
　　· 허리 – 기타 : 양손 엄지 펴서 앞사람 허리에 대고 기타를 친다.

(12) 큰 공! 작은 공!
① 지도자를 따라서 손을 둥글게 하여 큰 공을 가슴 앞에서 작은 공을 만든다.
② 익숙해지면 사회자 반대로 하게 한다.
③ 팀을 구분하여 팀 대항으로 한다.

(13) 다함께 가위 바위 보
지도자 대 대상 전체와 가위 바위 보를 해서 지거나 비긴 사람은 탈락을 하는 게임이다. (상품이나 보상이 있을 때 흥미를 가진다.)

(14) 손가락 맞추기
지도자와 대상이 동시에 손가락 하나를 내밀어서 같은 손가락을 내민 사람에게 기회를 주어 최종 진출자를 가리는 게임이다.
※ 단순하게 주먹을 쥐고 펴고와 손가락 열 개로 어렵게 응용가능

(15) 가라사대
지도자가 '가라사대'라는 말과 함께 동작을 요구하면 따라하고 '가라사대'라는 말이 없을 때 따라하지 않는다. 대상에 따라 다른 말로 바꿀 수 있음.
 ex) "가라사대 양 손드세요( )
 자 이번에는 예쁘게 반짝 반짝( ) 아직 게임을 이해 못하시는 분이 계시네요
 가라사대 박수 세 번 시작( )
 가라사대 박수 두 번 시작( )
 박수 한번 시작( ) 예 지금부터 틀리시는 분은 조상님을 원망해야 된다.
 자 이번에는 옆 사람과 어깨동무( )
 가라사대 어깨동무( )
 가라사대 오른쪽으로( )
 왼쪽으로( )
 신나게 좌우로 흔들면서 노래 남행열차 시작( )
 팔이 아프니까 내리세요( ) 정신 차리세요
 잘하고 계시는데 한번도 안 틀린 사람에게 상품 있다. 솔직하게 한번도
 안 틀린 사람 손드세요( ) 지금 손드신 분들 다 틀렸습니다.
 앞으로 나오세요( ) 예 역시 조상 탓 같습니다.
 앞에 나오신 분들을 위해서 격려의 박수 부탁드립니다.( )
 차렷 경례( )   이름이 뭐예요"( )
 대상에 따라 '가라사대'를 바꾸어서 진행

(16) 반대동작
① 지도자가 두 손을 위로 올리면서 '위로' 라고 말하면 대상은 두 손을 아래로 내리면서 '아래로' 라고 답한다.
② '안으로' '밖으로'도 똑같은 방법으로 한다. 벌칙 대상이나 무대로 불러내고자 하는 사람의 앞에서 동작을 빨리 하면 지도자와 같은 동작이 나온다.
③ '위로 위로', '아래로 아래로', '위로 아래로 밖으로 안으로'등으로 동작을 늘리거나 리듬을 타면 더 재미있다.
ex) 누가 지금 사투리로 울로 알로 합니까? 좋습니다. 이 분들을 위해서 사투리로 하겠습니다."

(17) 엉터리 대답
① 눈을 감고 감나무를 생각 – 이 감나무에 배가 몇 개 열렸나요?
   손가락을 7개를 가리키며……   (오답: 7개 / 정답: 안 열린다)
② 낙랑을 10번 외치게 한다. – 호동왕자의 색시 이름은?
                    (오답: 낙랑공주 / 정답: 평강공주)

③ 컨닝을 10번 외치게 한다 - 미국 초대 대통령 이름은?

(오답: 링컨 / 정답: 조지 워싱턴)

④ 숫자 1~4까지 4번 외치게 한다 - 리어카 바퀴는 몇 개?

(오답: 4개 / 정답: 2개)

⑤ 3개 30원하는 접시가 100원에 몇 개?

(정답: 3개반 / 정답 10개)

(18) 쥐고 펴고
① 지도자가 동작과 함께 '쥐고'라고 외치면 대상은 동작과 함께 '펴고'라고 답한다.
② 빠르고 혼란스럽게 하여 대상의 실수를 유도한다.
 ex) 지도자 : '쥐고 쥐고'
    대상 : '펴고 펴고'
    지도자 : '쥐고 펴고'
    대상 : '펴고 쥐고'
    지도자 : '쥐고 펴고 펴고 펴고 쥐고 쥐고'
    대상 : ?!
  '쥣다 폇다', '쥣나 폇나', '됐나 됐다'로 바꾸어 진행.

(19) 교차 박수
① 지도자는 참가자에게 진행자의 손이 서로 교차할 때 박수를 치도록 한다.
② 지도자는 위, 아래로 있다가 서로 교차가 될 수 있도록 한다.

(20) 헷갈리는 손가락
① 지도자가 오른손 검지를 펴 보이며 '몇 개'라고 물으면 '하나'라고 대답하고 ' 검지와 중지'를 펴 보이면 '둘'이라고 대답할 것이고 세 손가락을 펴 보이면 '셋'이라고 대답 할 것이다.
② 대상은 당연히 1, 2, 3이라고 생각하고 있을 때 리더는 '빨리 연속적으로 세 어 보겠습니다.'라고 한 뒤, 손가락 세기를 1, 2, 3으로 하지 않고 1, 2, 1로 펴 보이면 틀리게 된다.
③ '다시 한 번 기회를 주겠습니다.' 라고 한 뒤 처음에 1(하나)을 펴 보이는 것이 아니라 두개를 펴 보이면 '하나'라는 대답이 나와 스스로 웃게 된다.

(21) 코잡고 귀잡기
① 오른손으로 코를 잡고('너무 세게 잡으면 누런 잼이 나올지 모르니까 조심하 세요.') 왼손으로 오른쪽 귀를 잡는다.
② '바꿔'하면 반대로 오른손은 왼쪽 귀를 잡고 왼손은 코를 잡는다.
③ 이 동작은 여러 번 반복한다.

(22) 칙칙 폭폭
왼손 바닥을 앞으로 내밀고 주먹을 쥔 오른손은 망치질을 하면서 지도자의 구호에 맞추어 관계되는 단어를 대상이 답하는 게임이다.
 ex) 하나, 둘   셋, 넷
    둘, 둘   셋, 넷 (똑똑 해요)
    원, 투   쓰리, 포 (쓰리빠 아니예요)
    에이, 비   시, 디 (영어실력 대단하네요)

하늘천   따지   (아니 한문까지)
콩쥐   팥쥐   (고전문학도 하산하도록 하여라)
엄마   아빠   (귀엽네요)
심순애   이수일   (이주일, 닮았다. 닮았어)
칙칙   폭폭   (폭폭은 이마를 두드리는 겁니다.)
칙칙칙   폭폭폭   (지꺼라고 살살 때리면 안된다.)
칙치릭칙칙 칙칙   폭포록폭폭 폭폭 (완전히 골 때리네요)
※ 팀 대항으로 하면 더욱 재미가 있고, 노래 및 구구단 게임으로 응용하면 된다.

(23) 손가락 접기
① 양손을 머리 위로 올리고 엄지부터 1에서 10까지 세도록 한다.
② 엄지를 구부리고 둘째손가락이 1이라고 생각하고 둘째부터 시작하여 10까지 세어보도록 한다.
③ 왼손 엄지만 구부리고 오른손은 정상대로, 왼손은 검지부터 시작하여 1부터 10까지 세도록 한다.
④ 원래는 열까지 세어도 시작할 때처럼 왼손 엄지를 구부려서 끝내야 하는데 대부분 손가락을 다펴게 된다.
⑤ 이때 참가자들도 동시에 자신이 결정한 수를 손가락으로 표시한다.

※ 메모」 '저분은 계속 헤매다가 열에서 손가락을 다 펴면서 자신 있게 하시는 데 틀린 것 아시죠.

(24) 하늘 땅 바다 (天地海)
① 지도자가 '하늘'하면 두 손을 위로 올린다.
② 지도자가 '땅'하면 대상은 두 손을 가슴 앞에서 반짝반짝 한다.
③ 지도자가 '바다'하면 대상은 두 손을 아래로 반짝반짝 한다.
④ 지도자가 시범을 보인 후 하늘, 땅, 바다에 사는 동물이나 그곳에 있는 사물의 이름을 부르면 대상들은 위의 동작을 취한다.
⑤ 지도자는 구호와 동작을 다르게 하여 실수를 유도한다.
⑥ 펭귄, 개구리, 악어 등 육지와 바다에 함께 사는 것들에 대해서는 어떻게 동작이 나오는지 살펴본다. (재미있는 동작은 즉흥적으로
⑦ 지도자는 '천지해'로 박자를 잡아준다. 바로 동물이나 사물을 이야기하면 힘들다.
ex) '천지해 천지해 천지해 하늘' (위로 반짝)
동작을 재미있게 만들어 보기(하늘 : 나비처럼 날기, 땅 : 땡칠이, 바다 : 금붕어 춤) 해(海)대신 인(人)을 넣어서 사람 이름으로 대신할 수 있음.

(25) 텔레파시
① 지도자는 양 손가락을 서로모아 깍지를 끼고 양손 검지만 붙여 세운다.
② 지도자는 1, 2, 3, 4, 5 중에서 하나를 마음속에 정하여 세운 검지손가락 끝을 참가자들에게 말없이 보내는 동작을 한다.
③ 이때 사회자가 보낸 숫자를 참가자들은 느낌으로 받았다는 표시로 고개를 끄덕인다.
④ 아 받았다고 생각되면 사회자가 하나, 둘, 셋 하면서 마음속에 정한 숫자를 손가락으로 표시한다.

⑤ 이때 참가자들도 동시에 자신이 결정한 수를 손가락으로 표시한다.
⑥ 지도자와 숫자가 다른 사람은 탈락된다(한 사람이 남을 때까지 계속한다.)

(26) 내 코, 내 귀
① 지도자가 '내 코'하고 말하면서 자기 귀를 가리키면 모두 '내 귀'하면서 자기코를 가리켜야 한다.
② 반대로 '내 귀'하고 말하면서 자기 코를 가리키면 모두 '내 코'하면서 자기 귀를 가리켜야 한다.
③ 지도자가 자기 다리를 가리키면서, '내 팔'하면 상대방은 자기 팔을 가리키며 '내 다리'해야 한다.
④ 이와 같이 우리 신체의 여러 부분을 활용 하면서 할 수도 있다.

(27) 나도 지휘자
① 오른손으로 3박 지휘를 연습한다.
② 왼손으로 2박자 지휘를 연습한다.
③ 동시에 2, 3박자 지휘를 한다.

(28) 따로 따로
① 오른손으로 계속 가슴을 두드린다.
② 왼손으로 배를 문지른다.
③ '바꿔'하면 동작을 바꿔 실시한다.
④ 익숙해지면 빨리하면서 바꿔본다.

(29) 손가락 요술
① 각자의 오른손 검지를 펴서 눈 앞 10cm정도에 세운다.
② 마음을 비우는 손가락이 좌우로 움직인다. 라고 멘트 후 실시하게 한다.
③ 아무도 움직이는 사람이 없을 것이다.
④ 오른쪽 / 왼쪽 눈을 번갈아 가며 감으면 손가락이 움직인다.

(30) 땅! 으악
① 지도자가 '땅'하면 대상들은 '으악'한다.('땅' 의 숫자에 맞게 '으악')
② 지도자가 '찰칵'하고 장전을 하면 대상들은 '싹'하면서 피한다.
③ 지도자가 '수류탄 투척'하면 대상들은 '엎드려'라고 외치며 바닥에 엎드려야 한다.

4) 즐겁고 신나는 놀이모음

(1) 친구를 칭찬해요
■ 진행요령
① 모두 둥글게 둘러앉고 지도자가 지목하는 두 사람은 제자리에서 일어난다.
② 한 사람씩 상대방을 칭찬하는데 사회자가 그만하라고 할 때 까지 계속해야 한다.
③ 주로 상대방의 첫인상이나 외모, 이미지 등을 칭찬한다.
④ 조금 유머스럽게 칭찬해도 좋을 것이다.

예) "소리는 요, 입이 큰 것이 매력이고요 수다를 당해낼 사람이 없어요. 살 결은 백설 공주를 능가하고요...... ."
⑤ 만약 도중에 말이 끊기거나 할 말이 없어 머뭇거리면 지게 된다.
⑥ 지도자는 교대로 칭찬하게 해서 중간에 생각할 수 있는 시간을 준다.

(2) 훌랄라 랄라
■ 진행요령
① 다 같이 훌랄라 랄라(모두 모여라...) 노래를 부르다가 노래 끝부분인 랄랄 라를 가위, 바위, 보로 바꾸어 부른 후 각 팀 남자 대표선수 끼리 소림사 권법으로 가위, 바위, 보를 한다.
② 이때 지는 팀 남자 선수의 머리를 상대편 여자 선수가 고무 밴드로 예쁘게 묶어준다.

(3) 웃으세요
■ 진행요령
① 지도자는 수건을 준비한다.
② 참가자가 수건이 위에 있을 동안 웃도록 당부한다.
③ 지도자는 수건을 던진다.
④ 참가자는 수건이 땅에 떨어지기까지 웃는다.
⑤ 지도자는 계속 진행한다.
⑥ 지도자는 수건을 들고 있는다. [참가자는 계속 웃는다]

(4) 촛불펜싱
■ 진행요령
① 각 선수는 왼손에 양초를 들고 일정한 위치에 놓인 의자위에 올라가 마주선다.
② 왼손에는 똑같은 길이와 굵기의 양초에 불을 켜서 들고 오른손에는 부채를 든다.
③ 신호에 따라, 각 선수는 부채로 상대방 선수의 불을 끈다.
④ 2명씩의 대결이 끝나면, 이긴 선수끼리 한차례씩 경기를 하여 가장 많이 불을 끈 순 서로 순위를 정한다.

(5) 물 총잡이
■ 진행요령
① 둥글게 둘러앉아 다함께 노래를 부르면서 그 박자에 맞춰 물총을 옆 사람에게 전달해 나간다.
② 사회자가 호루라기를 불거나 노래가 끝나는 순간에 물총을 가지고 있는 사람이 실격이 된다.
③ 그 사람은 분풀이로 양옆에 있는 사람들에게 물총을 쏘아댄 후 원 중앙에 가서 앉는다.
④ 실격된 사람이 3~4명 정도 모아지면 벌칙을 받게 된다.
※ 메모 : 인원이 많을 경우에는 물총을 동시에 2개를 사용한다.

(6) 하얀 엉덩이 ! 젖은 엉덩이!
■ 진행요령
① 밀가루나 물이 들어있는 풍선을 반환점에 갖다 놓는다.

② 각 팀에서 5~10명씩 뽑아 출발선에 선다.
③ 신호가 나면 풍선으로 달려가 엉덩이로 터트리고 오는 게임이다.
④ 엉덩이에 밀가루나 물이 묻으므로 재미있는 게임이 된다.

(7) 나의재치
■ 진행요령
① 사회자는 팀별로 나눈다.
② 사회자는 한사람씩 눈을 가리고 시작과 함께 적당 시간 후 초를 맞추게 한다.
③ 많이 맞춘 팀이 승리하게 된다.
※ 메모 : 눈을 안 가리고 눈을 감도록 해도 좋다.
　　　　　초를 맞추게 하는 게임이다. 정확한 시간에 시작해야 한다.
　　　　　일대일 게임이니 시간에 가까운 사람이 승리하게 된다.

(8) 명령만 하세요.
■ 진행요령
① 미리 명령문을 풍선에 집어넣고 반환점에 놓아둔다. (이때 팀 명령은 같아야 한다)
② 각 팀에서 3~5명씩 뽑아서 한 사람씩 출발선에 서게 한다.
③ 신호가 나면 선수들은 풍선으로 달려가 엉덩이로 터트리고 그 속에 든 명령문을 가지고 각 팀에게 돌아온다.
④ 명령문에 있는 명령대로 해서 사회자에게 먼저 가져간 선수가 이기는 게임이다.

(9) 아슬아슬 통과하기
■ 진행요령
① 두 명에게 나무 장대의 양쪽 끝을 들고 있게 한다.
② 팀별 일렬종대로 서서 한명씩 장대 미틀 빠져 나가는데 몸을 뒤로 젖히고 낮은 자세로 빠져 나간다.
③ 장대에 몸이 조금이라도 닿으면 그 사람은 실격이다.
④ 처음에는 어깨 높이에서 시작해서 차츰 낮추어간다.
⑤ 실격되지 않고 끝까지 살아남은 사람이 가장 많은 팀이 이기게 된다.

(10) 나는 영화배우다.
■ 진행요령
① 각 팀에서 주장을 뽑는다.
② 뽑힌 주장들에게 연극 제목을 하나씩 준다.
③ 연극 제목을 가지고 팀으로 와서 제한된 시간(10분)만에 연극은 만든다.
④ 즉석에서 팀별로 연극을 제일 잘한 팀이 이기는 게임이다.

(11) 거울이 되어
■ 진행요령
① 두 팀은 일렬종대로 서서 마주 본다.
② 한쪽 팀에서는 각기 자유롭게 동작을 취한다.
③ 몸을 많이 움직여서 어렵고 재미있는 동작을 만들어 내고 동작을 자주 바꾼다.
④ 소리를 질러가면서 해본다.

⑤ 가장 재미있는 동작을 한 사람과 또 거울처럼 가장 똑같이 잘 따라하는 사람을 뽑는다.

(12) 모여라!
■ 진행요령
① 지도자를 중심으로 둥글게 서서 노래를 하며 돈다.
② 지도자가 갑자기 호루라기를 불고 "5명"하고 외치면 5명씩 모이게 한다.
③ 5명을 못 이룬 팀은 탈락된다.
④ 이렇게 해서 끝까지 남는 팀이 우승하는 게임이다.
⑤ 이때(남학생 3명에 여학생 2명, 각 학년별 한 사람씩) 이렇게 주문하면 더 재미있다.

(13) 사랑반지 끼워주기
■ 진행요령
① 팀별 일렬횡대로 서고 모두에게 빨대(반으로 자른 것)를 하나씩 준다.
② 지도자의 신호가 떨어지면 맨 처음 사람은 가운데 구멍구멍이 뚫린 과자를 빨대에다 끼우고서 옆 사람에게 전달한다.
이때 손은 뒷짐을 지며 요령껏 과자를 전달한다.
③ 도중에 과자를 떨어뜨리면 무효이다.
④ 제한시간 내에 맨 마지막 사람에게 과자를 가장 많이 전달 한 팀이 이기게 된다.

(14) 가위! 바위! 보! 도사
■ 진행요령
① 참가자 모두가 둘씩 짝을 지어 가위, 바위, 보를 한다.
② 진 사람은 이긴 사람의 뒤로 가서 허리를 잡는다.
③ 다시 이긴 사람끼리 가위, 바위, 보를 하여 진 팀은 뒤로 가서 허리를 잡는다. 5명을 못 이룬 팀은 탈락된다.
④ 이렇게 계속해서 한 줄이 될 때까지 계속한다. 그리고 그 줄의 리더가 가위, 바위, 보 도사가 되는 게임이다.
⑤ 이때 노래를 하면서 하면 더 재미있게 진행할 수 있다.

(15) 내 꼬리는 100미터
■ 진행요령
① 팀의 사람 숫자를 똑같이 나눈다.
② 지도자의 신호가 나면 팀별로 꼬리를 만든다.
③ 이때 자기 몸에 줄이란 줄은 다 이어서 떨어지지 않게 하며 길게 꼬리를 만든다. (허리띠, 양말, 바지 등등)
④ 제한된 시간이 되면 지도자는 동작그만을 외치고 어느 팀 꼬리가 길게 이어졌나 봐서 승패를 결정한다.

(16) 풍선 밟아 터트리기
■ 진행요령
① 모두 오른쪽 발목에다 풍선을 하나씩 잡아맨다.
② 지도자의 신호가 떨어지면 서로 상대팀의 발목에 있는 풍선을 밟아 터트린다.

③ 제한시간이 지난 후 풍선이 더 많이 남아 있는 팀이 이기게 된다.
※ 메모」 풍선 속에 밀가루를 넣고 해도 재미있다.

(17) 색종이 뒤집기
■ 진행요령
① 앞면과 뒷면이 색깔이 다른 색종이를 여기저기 바닥에다 흩어놓는다.
② 각 팀은 자기 팀의 색깔을 정한다.
③ 지도자의 신호가 떨어지면 각 팀은 색종이를 무조건 자기 팀의 색깔로 뒤집어 놓는다.
④ 제한시간이 지난 후 팀이 이기게 된다.

(18) 어거적 릴레이
■ 진행요령
① 각 조로 나누어 줄을 선다.
② 지도자의 신호로 몸을 구부려 주저앉아 두 손으로 양쪽 발목을 꽉 잡는다.
③ 그런 다음 오리의 모습으로 어거적, 어거적 걸어가 목표지점을 돈 다음 제자리에 돌아온다.
④ 이 게임은 릴레이식으로 진행하되 먼저 끝낸 조가 이기게 된다.
⑤ 경기 도중 허리를 펴거나 발목에서 손이 떨어지거나 하면 지게 된다.

(19) 바가지 쓴 토끼
■ 진행요령
① 각 조의 선두의 사람은 머리에 바가지를 쓰고 자신의 두 말목을 타월로 묶는다.
② 지도자의 신호에 따라 묶인 발로 깡충깡충 뛰면서 반환점을 돌아서 스타트 지점으로 되돌아온다. 이 때 뒤집어 쓴 바가지가 떨어져서는 안 된다.
③ 선두의 사람은 되돌아 온 스타트 라인에서 머리의 바가지를 다음 사람에게 씌우고 타월을 풀어서 그의 두발을 묶어준 다음 스타트 시킨다.
④ 이렇게 하여 릴레이를 빨리 끝낸 팀이 이긴다.

(20) 공 던지기 시합
■ 진행요령
① 미리 적당한 곳에 선을 그어 놓는다.
② 각 조별로 일렬로 서게 한 다음 주장을 그어 놓은 라인까지 가게 하여 자기 팀이 있는 쪽을 향하여 서 있도록 한다.
③ 지도자의 신호에 따라 주장은 자신이 들고 있는 공을 선두의 사람에게 까지 던진다.
④ 이때 그 공을 받은 사람은 잽싸게 그 동을 주장에게 다시 되돌려 던진 다음 그 자리에 앉는다.
⑤ 주장과 조원은 차례로 이와 같은 동작을 되풀이 한다.
※ 메모」 빨리 전 조원이 자리에 앉는 팀이 승리한다.

(21) 원형 줄다리기
■ 진행요령
① 밧줄의 양쪽 끝을 묶어서 원형으로 만든 후 밧줄로부터 2m 떨어진 지점에

기를 꽂는다.
② 선수들은 줄 안으로 들어가 허리까지 올리고 신호와 함께 줄을 끌어서 깃발을 뽑는 팀이 승리한다.

(22) 터널속의 사람
■ 진행요령
① 멤버 전원이 원형으로 줄을 지어 서게 한 다음 그 중간 두 사람에게 아치형 터널을 만들게 한다.
② 터널은 두 사람이 서로 마주보는 상태에서 두 손을 치켜들어 상대편의 손을 마주 잡는다
③ 음악에 따라 멤버는 행진을 하면서 터널을 빠져 나간다.
④ 갑자기 음악이 정지되는 순간 터널 속에 들어간 사람을 잡아 가두게 한다.
⑤ 음악에 따라 행진하는 사람은 터널을 빠져 나갈 때 절대로 뛰거나 해서는 안 된다.
⑥ 터널에 갇힌 사람은 바로 위의 사람과 짝이 되어 적당한 간격을 두고 새로운 터널을 만든다.
⑦ 마지막에는 긴 터널이 생기게 된다.

(23) 돼지몰이 릴레이
■ 진행요령
① 각 팀에서 맨 앞사람이 나와 출발선에 선다.
② 지도자의 신호가 떨어지면 막대기로 럭비공을 몰고 가서 반환점을 돌아온다.
③ 이 때 공을 세게 쳐서 날리거나 하면 안 되고 반드시 굴려야 한다.
④ 다른 사람에게 막대기와 공을 주어 교대한다.
⑤ 가장 먼저 릴레이를 마치는 팀이 이기게 된다.
※ 럭비공대신 탱탱 볼이나 축구공으로 하면 더 쉽다. 뜨는 2인3각 경기로 진행해도 재미있다.

(24) 이마와 이마사이
■ 진행요령
① 각 팀에서 두 명이 한조를 이루어 마주보고 서서 이마와 이마사이에 풍선을 낀다.
② 지도자의 신호가 떨어지면 양손을 마주잡고 게걸음으로 걸어서 반환점을 돌아온다.
③ 도중에 풍선을 떨어뜨리면 출발선으로 가서 다시 시작한다.
④ 릴레이를 가장 먼저 마치는 팀이 이기게 된다.
※ 메모」 등과 등, 가슴과 가슴 사이에 끼고서 해도 재미있다.

(25) 밭갈이 경주
■ 진행요령
① 각 팀 2인 1조로 선발한다.
② 5m 거리에 반환점을 만들고, 1명은 두 팔로 땅을 짚고, 1명은 팔 짚은 사람의 두 다리를 들고 반환점까지 가서 임무를 교대하여 돌아온다.
③ 릴레이로 먼저 끝나는 팀이 이긴다.

(26) 다리 줄이기
■ 진행요령
① 각 조별 대표선수 5명씩 선발한다.
② 지도자가 "다리 아홉"에서 "다리 하나"까지 부른다.
③ "다리 하나"까지 가장 많이 다리를 줄인 팀이 이긴다.

(27) 거울보고 공 던지기
■ 진행요령
① 각 팀의 맨 앞사람은 손거울을 들고서며 그 2m 뒤에 빈 상자를 놓아둔다.
② 지도자의 신호가 떨어지면 거울을 통해 보면서 등 뒤로 종이 공을 던져 넣는다. 한 사람이 3개씩 던지게 한다.
③ 지도자는 중간 중간 각 팀에게 몇 개가 들어갔는지 말해 준다.
④ 맨 마지막 사람끼리 다 하고 난 후 팀별로 종이 공의 수를 세어 가장 많이 들어간 팀이 이기게 된다.

(28) 빼빼로가 좋아서
■ 진행요령
① 지도자는 각 팀에게 빼빼를 준다.
② 각 팀에서는 남녀 두 명이 한 조를 이루어 함께 빼빼로의 양 끝을 문다.
③ 지도자의 신호가 떨어지면 빼빼로를 입에 문채 개 걸음으로 반환점을 돌아와 다음 조와 교대한다.
④ 만약 빼빼로를 떨어뜨리거나 부러뜨리면 실격이다.
⑤ 릴레이를 가장 먼저 마치는 팀이 이기게 된다.

(29) 수염 떼기
■ 진행요령
① 지도자는 먼저 각 팀 선수들을 선발하여 (혹은 벌칙으로 잡힌 사람들도 좋다) 팀 앞에 서게 한 후에 눈썹, 콧수염, 턱수염을 자른 종이를 물에 흠뻑적셔 선수들 눈썹 바로 위 코밑, 턱에 붙여준다.
② 이때 양손은 뒤로 돌리게 한다.
③ 지도자의 시작 신호가 떨어지면 (이때 사회자는 경쾌한 음악을 틀어주면 더욱 좋은 분위기가 연출된다.)
   손이나 다른 것을 이용하지 않고 얼굴만 움직여서 붙은 수염을 떼어 내야 한다.
④ 지도자는 시간을 재어 가장 빨리 떼어낸 선수와 팀에게 점수를 주면 된다.
※ 메모」 수염을 떼어내기 위해 얼굴을 일 그러 뜨릴때 사진 한 컷씩 찍어두면 아주 좋을 것이다.

(30) 풍선미팅
■ 진행요령
① 여자 일렬횡대와 남자 일렬횡대가 거리를 두고 마주보고 선다.
② 여자들에게는 풍선, 종이, 펜을 준다.
③ 종이에다 자신의 이름을 적은 후 똘똘 말아 풍선 안에 집어넣고 풍선을 불어서 묶는다.
④ 풍선을 방 한가운데에 섞어 놓는다.

⑤ 남자들은 풍선을 한 개씩 집어서 터트린다.
　　풍선안의 종이를 펴 보고서 이름의 주인공을 찾는다.
⑥ 자기 파트너를 찾은 사람은 함께 자리에 앉는다.
⑦ 가장 늦게 파트너를 찾은 사람은 벌칙을 받게 된다.

(31) 누가 누가 멀리가나
■ 진행요령
① 먼저 한 팀이 일렬횡대로
② 각자 신발 뒤꿈치를 벗어 신발을 벗어 던질 수 있게끔 준비한다.
③ 지도자의 신호가 떨어지면 일제히 신발을 앞을 향해 힘껏 벗어던진다.
④ 가장 멀리 나간 신발의 거리를 표시해 둔다.
⑤ 팀별로 모두 돌아가면서 신발 벗어던지기를 한 후 가장 멀리 나간 팀이 이기게 된다.
※ 메모」 고무신을 준비해서 하면 더욱 재미있다. (검정고무신)

(32) 거울이 되어
■ 진행요령
① 두 팀은 일렬종대로 서서 마주본다.
② 한 쪽 팀에서는 각 기 자유롭게 동작을 취한다.
③ 몸을 많이 움직여서 어렵고 재미있는 동작을 만들어 내고 동작을 자주 바꾼다.
④ 소리를 질러가면서 해 본다.
⑤ 가장 재미있는 동작을 한 사람과 또 거울처럼 가장 똑같이 잘 따라하는 사람을 뽑는다.

(33) 장님! 코끼리 더듬기
■ 진행요령
① 술래를 앞으로 나오게 하고 눈을 가린다.
② 다른 한 사람이 나와 술래와 마주 보며 선다.
　　(이성끼리면 더 재미있다)
③ 지도자는 술래에게 그 사람을 만져보게 하는데 반드시 사회자가 지시하는 곳만 만져봐야 한다.
④ 지도자는 먼저 "눈을 만져보세요"라고 말한다.
　　술래는 눈만 만져본 후 그 사람이 누구인지 짐작해 알아맞힌다.
　　못 알아맞힐 경우에는 "코를 만져 보세요.", "귀를 만져보세요", "머리를 만져보세 요"등등 몇 번의 기회를 더 준다.
⑤ 술래가 알아맞힐 경우 그 사람이 술래가 된다.

(34) 미이라 만들기
■ 진행요령
① 각 팀에서 두 명이 한조를 이루어 나오게 한다.
② 각 팀에게 두루마리 화장지를 하나씩 준다.
③ 지도자의 신호가 떨어지면 두 사람 중 한사람은 부동자세로 서고 다른 한 사람은 화장지로 그 사람의 몸을 휘감아 미이라를 만든다.
④ 이 때 눈만 빼놓고 머리끝에서 발끝까지 휘감아야 하며 화장지를 남기지 말

고 다 써버려야 한다.

⑤ 다 하고 난 후, 지도자가 미이라를 걸어보게 해 화장지가 찢기거나 풀리지
않고 튼튼하게 잘 감긴 팀이 이기게 된다.

(35) 가위! 바위! 보! 하나, 둘 , 셋

■ 진행요령

① 양 팀은 일렬종대로 마주보고 서서 두 사람씩 짝이 되어 가위, 바위, 보를 한다.
② 이긴 사람은 진 사람의 얼굴 앞에다 손가락을 세우고 "하나, 둘, 셋"이라고
말하면서 재빨리 오른쪽이나 왼쪽 방향을 가리킨다.
③ 이때 상대방은 얼떨결에 가리키는 손가락 방향을 쫓아가면 안 되고 그 반대
방향으로 고개를 돌려야 한다.
④ 손가락 방향대로 고개가 쫓아가면 꿀밤을 한 대 맞고 반대 방향으로 고개를
돌리면 꿀밤을 한 대 때린다.
⑤ 빠른 속도로 진행하면 더욱 재미있다.

(36) 스크림 짝짓기

■ 진행요령

① 모두 손은 잡고 노래를 부르며 원형으로 돈다.
② 지도자는 도중에 숫자를 외친다.
③ 사람들은 즉시 그 숫자대로 짝짓기를 맞대고 팔짱을 낀 채 앉는다.
④ 지도자의 신호가 떨어지면 짝짓기를 한 사람들은 그대로 팔짱을 낀 채 일어
나야 한다.
만약, 일어나지 못하면 실격을 하게 된다.
⑤ 실격한 사람은 벌칙을 받게 된다.
※ 점차 인원수를 늘려 나간다.

(37) 정확히 먹어요.

■ 진행요령

① 컵에다 같은 음료수를 따라 놓는다.
② 각 팀에서 한명씩 나와 눈을 가린다.
③ 지도자의 신호가 떨어지면 제한 시간 내에 빨대로 음료수를 마시는데 컵 바
닥에서 부터 2cm가 되게 남긴다.
④ 지도자는 자를 가지고 남겨진 음료수의 높이를 잰다.
⑤ 2cm와 가장 비슷하게 남긴 사람이 이기게 된다.

(38) 사랑의 애드벌룬

■ 진행요령

① 두 사람이 한 팀을 이루어 마주보며 손을 잡는다.
② 지도자는 각 팀에게 풍선을 하나씩 준다.
③ 지도자의 신호가 떨어지면 두 사람은 풍선을 공중에다 띄우고 입김을 불며
떨어지지 않게 한다.
④ 풍선을 떨어뜨릴 것 같으면 아주 잠깐 동안만 몸 사이에 끼울 수 있다.
떨어뜨리면 실격이 된다.
⑤ 풍선을 가장 오랫동안 공중에 띄우고 있는 팀이 이기게 된다.

(39) 인간의 자!
　　■ 진행요령
　① 팀 별 일렬종대로 선다.
　② 지도자의 신호가 떨어지면 맨 쥐에 있는 사람부터 의자에 앉는 것처럼 무릎을 굽히고 엉거주춤하게 앉는다.
　③ 이어서 신속히 그 앞의 사람이 똑같은 자세로 앉는다.
　④ 이어서 신속히 그 앞에 사람이 똑같은 자세로 앉는다.
　⑤ 이때 뒷사람이 앉지 않으면 앞 사람은 앉을 수 없으며 벽이나 다른 것을 잡고 의지해서는 안 된다.
　⑥ 맨 앞 사람까지 다 앉았으면 이제는 반대로 앞 사람부터 일어나 차례로 뒷사람까지 일어나기를 해 본다.
　⑦ 가장 빨리 앉았다 일어났다는 끝내는 팀이 이기게 된다.

(40) 방석! 내 방석
　　■ 진행요령
　① 전체 인원보다 하나 적게 해서 방석을 둥그렇게 놓는다.
　② 모두 손을 잡고 노래를 부르면서 방석 주위를 돈다.
　③ 지도자의 신호가 떨어지면 재빨리 방석을 하나씩 차지하고 앉는다.
　④ 이때 앉지 못한 사람은 퇴장 당하는데 방석을 하나들고서 퇴장하며 나머지의 사람들은 계속한다.
　⑤ 실격된 사람들은 따로 벌칙을 받게 된다.

(41) 인간의 한계
　　■ 진행요령
　① 두 팀은 일렬종대로 서로 마주보고 선다.
　② 지도자의 신호가 떨어지면 가위, 바위, 보를 하는데 진 사람은 좌우로 발을 약간씩 벌려 나간다.
　③ 계속 해나가다가 마침내 상대방이 양쪽다리가 너무 벌어져 견디지 못하게 되면 이기게 된다.

(42) 뚱뚱보 만들기
　　■ 진행요령
　① 각 팀에서 마른 체형을 가진 사람을 한명씩 뽑아서 뚱보 옷을 입힌다.
　② 모두에게는 풍선을 한 개씩 나누어 준다.
　③ 지도자의 신호가 떨어지면 각자 가지고 있는 풍선을 최대한 빨리 크게 분다.
　④ 제한 시간 2분 내에 뚱보 옷에 채워 넣는데 풍선을 많이 채워 넣어 가장 뚱보로 만든 팀이 이기게 된다.
　⑤ 다 마친 후에 지도자의 신호에 따라 재빠르게, 한꺼번에 풍선을 터트려버린다.

(43) 귤 체온기
　　■ 진행요령
　① 지도자는 각 팀의 맨 앞사람에게 귤을 하나씩 준다.
　② 지도자의 신호가 떨어지면 맨 앞사람은 귤을 웃옷 목 부분에 넣어서 몸을 통과 해 허리춤으로 끄집어낸다.
　③ 맨 앞사람은 다음 사람에게 귤을 전달하고 이런 식으로 해서 마지막 사람에

게 까지 귤을 전달한다.
④ 맨 마지막 사람에게 가장 짧은 시간 내에 귤을 전달한 팀이 이기게 된다.
※ 메모」도중에 귤이 터질 수도 있으므로 조심한다.

(44) 얼굴위에 비스킷
■ 진행요령
① 지도자는 팀 전원을 그 자리에서 일어서게 한 뒤 뒷짐을 지고 고개를 들어 하늘을 쳐다 보게 한다.
② 비스킷을 얼굴위에 올려놓고 안면근육을 움직여 비스킷을 먹는다.
③ 비스킷을 떨어뜨리면 실격이며 손을 쓸 수 없다.
④ 비스킷을 먹은 사람의 수가 가장 많은 팀이 이기게 된다.
※ 메모: 비스킷 대신에 얼굴 위에 얼음을 놓고 오래 버티기를 해도 재미있다.

(45) 엉덩이 쿵!
■ 진행요령
① 두 팀으로 나누어서 반원형으로 마주보며 선다.
② 양 팀에서 원의 가운데로 한명씩 나와서 등을 마주 댄 채 발을 옆으로 벌리고 선다.
③ 이때 두 사람 사이의 발꿈치 간격은 30cm 정도로 한다.
④ 두 사람의 가랑이 사이에다 타월 한 장을 펴서 놓는다.
⑤ 지도자의 신호가 떨어지면 재빨리 몸을 숙여 가랑이 사이의 타월을 잡는데 먼저 잡는 쪽이 이기게 된다. 이때 한 사람은 앞으로 넘어 질수 밖에 없으므로 폭소를 자아낸다.

(46) 에스키모 인사하기
■ 진행요령
① 각 팀은 남녀가 교대로 위치해 일렬종대로 앉는다.
② 맨 앞에 있는 사람은 코에 립스틱을 충분히 바른다.
③ 지도자의 신호가 떨어지면 앞사람은 뒷사람에게 코를 맞대어 립스틱을 옮겨 묻혀준다.
④ 이때 반드시 코와 코를 맞대야하며 손으로 코에 묻혀 주면 반칙이다.
⑤ 립스틱이 맨 마지막 사람까지 가장 먼저 전달된 팀이 이기게 된다.
※ 메모」립스틱 대신 숯검정을 써도 된다.

(47) 명함 전달하기
■ 진행요령
① 팀별 일렬종대로 선 후 사회자는 맨 앞사람에게 빈 명함을 하나 준다.
② 맨 앞사람은 명함을 코와 윗입술 사이에 끼운다.
③ 지도자의 신호가 떨어지면 뒷사람에게 전달하는데 손을 대지 않고 그대로 전달해야 한다.
④ 만약 떨어뜨리면 주워서 다시 입술에 끼우고 전달한다.
⑤ 맨 끝 사람에게 가장 먼저 전달하는 팀이 이기게 된다.
※ 메모」여러 팀이 동시에 하는 대신 한 팀씩 하도록 해도 재미있다.

(48) 콩 옮기기
　■ 진행요령
　① 모두에게 나무젓가락과 은박접시를 하나씩 준다.
　② 지도자의 신호가 떨어지면 각 팀의 처음 사람은 사회자에게 가서 나무젓가락으로 콩 10개를 집어 접시에 담아온다.
　③ 맨 처음 사람은 옆 사람에게 접시를 내밀고 옆 사람은 나무젓가락으로 콩을 집어 자기 접시에다 옮긴다.
　④ 맨 마지막 사람에게 콩을 가장 먼저 옮기는 팀이 이기게 된다.

(49) 콩 던져 넣기
　■ 진행요령
　① 각 팀의 전방 1M에다 탁자를 설치하고 물을 담은 유리컵을 놓아둔다.
　② 지도자는 한 사람에게 5개의 콩을 주어 유리컵에 던져 넣게 한다.
　③ 각 팀의 맨 마지막 사람끼리 다 던져 넣은 후 콩의 개수를 확인해 보아 유리컵에 콩이 가장 많은 팀이 이기게 된다.
　※ 메모」인원수가 많을 때는 어느 정도 진행한 후 유리컵을 새것으로 바꾸어 놓고 계속한다.

(50) 간지럼 버티기
　■ 진행요령
　① 각 팀에서 두 명이 한조를 이루게 한다.
　② 한 사람은 머리 위에 물이 담긴 그릇을 올려놓고 있는다.
　③ 다른 한 사람은 지도자의 신호가 떨어지면 물그릇을 올려놓고 있는 상대팀 사람에게 가서 붓끝으로 얼굴을 간지럽게 한다.
　④ 물그릇을 떨어뜨리지 않고 가장 오래 버티는 팀이 이기게 된다.

Ⅶ. 손유희와 리듬터치

1. 손유희란?

글자그대로 "손으로 하는 활동" 이다.

손유희는 1840년 프뢰벨의 유치원 교육과정 이후 지금까지 지속되어 온 활동으로 놀이, 동작, 언어, 음율적인 요소를 고루 충족시켜주며 언제 어디서나 쉽게 활용할 수 있다는 편이성, 그리고 손의 움직임을 통해 뇌의 발달에 커다란 자극을 주어 두뇌개발에 좋다는 의학적인 이론이 매우 크게 작용했다고 볼 수 있다.

유아 교육 전문가들은 아이들에게 손의 운동을 일찍부터 가르치는 것은, 지적 능력의 향상에도 크게 도움이 되고 조형활동, 예술표현 기능 발달에도 큰 도움이 되는 활동이기 때문에 아이들에게 손을 효과적으로 쓸 기회를 많이 주어야 한다고 강조한다.

독일의 철학자 칸트는 '손가락은 대뇌의 파견기관'이라고 말하며 손의 움직임과 두뇌 발달의 상관성을 일찍이 이야기 했다. 지금까지도 손동작과 뇌 발달의 상관관계를 연구하는 학자들은 특히 두뇌 발달이 급속히 일어나는 영, 유아의 시기에 더욱 적극적이고 활발한 손동작 등의 자극이 필요함을 강조하고 있다. 예를 들어, 캘리포니아대 의대 신경생리학자인 프랭크 윌슨 교수는 "손으로 자꾸 만지고 조작하는 기회가 많아지도록 교육 환경을 개선해야 한다'고 자신의 저서 'The Hand."에서 말하며 손가락 끝으로는 3mm간격의 점들도 구별할 수 있지만 몸통이나 다리와 같은 부위는 이런 손가락 능력의 10%에도 미치지 못한다고 설명하고 있다.

미국 컬럼비아대 심리학과 로버트 크라우스 교수팀은 손동작이 기억하기 힘든 단어를 상기하는데 도움을 준다는 연구결과를 발표하기도 했다. 손을 움직이지 못하게 막대를 꼭 잡고 있는 피험자들에게 단어를 찾도록 퀴즈를 내자 손을 자유롭게 쓸 수 있었을 때보다 정답 단어를 덜 맞히거나 시간이 더 걸린 것으로 나타났다는 것이다. 또한 미 캘리포니아대 어바인대의 실험에 따르면 여섯 달 동안 피아노 레슨을 받은 어린이들은 그렇지 않은 집단보다 그림조각 짜맞추기 능력이 38%향상된 것으로 나타났다는 것을 발표했다.

인간은 450만년 전 두 발로 걷게 되면서 자유로워진 두 손으로 헤아릴 수 없이 많은 일을 하게 됐다. 그 결과 인간의 두뇌는 발달하게 되었고 마침내 찬란한 문명을 창조하게 되었다. 즉, 정교한 손놀림이 인류의 두뇌 발달의 원동력이 되었음을 이야기 하고 있는 것이다.

손동작(손유희)은 유아들의 두뇌 발달을 위해 절대적으로 필요한 활동이다. 또한 손유희는 유아들에게 즐거움을 줄 뿐만 아니라 학습 면에서도 매우 유용하게 작용되고 있으며 기억력 감퇴 및 치매예방과 인지 기능 회복에 상당한 도움을 주고 있다.

2. 손유희의 효과

1) 탐구능력이 개발된다.
손유희의 여러 가지 추상적인 표현을 통해 창의력, 상상력이 개발된다.
(지나치게 추상적인 손유희는 피하라)

2) 언어발달에 높은 기대를 갖는다.
손유희의 여러 가지 언어표현을 통해 다양한 어휘력이 개발된다.

3) 사회성 발달이 된다.
노래 가사속의 여러 가지 표현을 통해 질서, 규칙 등 사회성이 발달된다.

4) 표현생활이 발달된다.
아름다운 모습을 표현하고 그 결과에서 얻어지는 만족감과 성취감은 자아개념을 긍정적인 자아로 이끌어 준다.

5) 건강생활이 발달된다.
건강 안전에 대한 올바른 습관과 기본적인 감각 운동기능을 익히며 건강한 생활을 한다.

6) 치매예방을 위한 인지재활에 도움이 된다.
기억력 감퇴 및 치매 예방과 인지 기능 회복, 신체적 기능, 일상생활 수행능력 향상에 도움이 된다.

7) 자존감을 향상 시킨다.

8) 웃음을 주는 손유희로 재미를 한층 더 한다.

3. 리듬터치란 ?

리듬터치는 음악과 함께 4박자 혹은 8박자로 신체를 두드리며, 박수와 함께 여러 가지 동작을 이용하여 활동하는 음악놀이이다.

4. 리듬터치의 필요성

우리의 몸은 12개의 경락이 양쪽으로 24개가 온몸에서 손끝과 발끝으로 흐르고 있어 전신을 특히 팔과 다리를 자주 두드려 줄수록 혈액순환에 많은 도움이 된다. 즐거운 음악에 맞추어 박수, 신체의 두드림, 율동동작을 섞어 리듬터치를 해주는 것은 특히 많이 움직이지 못하는 노인들에게는 더없이 좋은 놀이이다. 그냥 노래를 부르는 것보다 리듬터치를 하면서 노래를 부르면 심신의 건강에 유익하다.

5. 리듬터치의 종류 활용하기

① 고타법
  신체의 일정한 부분을 리듬에 맞춰 두드리거나 만져주는 음악활동놀이로 4박자 혹은 8박자, 16박자에 맞춰 신체중 머리, 어깨, 팔, 가슴, 배, 허리, 엉덩이, 다리 등을 두드려 줌으로 노인들의 혈액순환에 도움을 주는 신체활동 놀이이다.
② 네 가지 박수기법
  여러 가지 박수 중에서 4가지를 정하여 1번 박수(머리위에서 치는 박수), 2번 박수(코앞에서 내려치는 해병대 박수), 3번 박수(북한박수를 흉내 내는 북한박수), 4번 박수(지그재그로 치는 Z박수)를 반복하면서 4분의 4박자에 맞춰 노래한다.
③ 기본박수기법+여러 가지 동작을 넣거나, 혹은 가사대로 동작을 표현하는 방법
예)빤짝빤짝, 구리구리, 손털기, 와이퍼, 물결, 수영, 관광춤, 아리랑, 어깨춤, 올챙이
  기본박수는 무릎두번, 손뼉두번을 4박자에 하고 4박자는 다양한 동작을 넣는다. - 기본박수+가사대로 동작을 만들어 넣기도 한다.

※ 여러 가지 동작설명
  빤짝빤짝 : 양손 좌우로 빤짝빤짝   구리구리 : 양손주먹쥐고 실구리 감는 동작
  손 털기 : 양손 펴고 위아래 혹은 위좌우 아래 좌우 털기
  수 영 : 수영하는 동작

와이퍼 : 양손 바닥이 밖으로 보이게 하고 자동차 와이퍼처럼 좌우 흔들기
물   결 : 한손 허리 한손 가슴 앞에서 ㄱ자로 하고 물결 흐르듯 옆으로 흔들기
관광춤 : 양손 엄지 펴고 가슴 앞에서 좌우 흔들기(관광버스춤 자세)
아리랑 : 양팔 측면에서 한팔 펴고 한팔접고 아리랑 춤 동작
어깨춤 : 팔꿈치로 옆 허리 2회 터치 좌우
올챙이 : 고개 숙였다 들며 양손 주먹을 양 머리 옆에서 스쳐 내리기
홀라춤 : 양손 옆으로 모아 하와이 홀라 춤추는 동작
구리구리: 실구리 감는 모양

Ⅷ. 실버 레크댄스

레크리에이션 댄스(Recreation Dance)는 단순하게 표현한다면 레크리에이션 목적을 달성하기 위한 춤이라고 생각하면 쉽다. 그러나 우리가 흔히 레크리에이션이라고 하면 단지 흥겹게 웃고, 놀고, 즐기는 단순한 의미만을 생각하는데 레크리에이션에 깊은 의미는 창조와 발전을 위한 휴식이라고 본다.

레크리에이션 댄스 역시 이를 통해서 심신을 단련하고 협동과 친교가 이루어져 기분전환을 통해 새로운 분위기를 발휘하게 되는 것이라고 본다.

그러므로 레크리에이션 댄스는 고도의 전문성을 요구하거나 특정인을 위한 제한된 활동이 아니고 레크리에이션의 목적을 달성하기 위해서 우리가 알고 있는 여러 종류의 춤과 활동에 바탕을 두고 언제, 어디서나, 누구나가 쉽고 즐겁게 활용할 수 잇도록 자유롭게 응용 구성된 춤이라고 할 수 있다.

1. 레크리에이션 댄스의 정의

레크리에이션 활동에 참가하는 사람들이 보다 유쾌한 분위기에서 춤추며 만족을 얻을 수 있도록 상황에 따라 노래나 음악을 정하고 안무 · 구성한 무용을 가리켜 '레크리에이션 댄스'라 한다.

그러므로 레크리에이션 댄스는 나이, 서열, 직업 등에 관계없이 레크리에이션 프로그램에 참가하는 사람들의 수준에 따라 누구나 즐겁게 춤출 수 있도록 구성하고 지도하는 무용이다.

아울러 레크리에이션 댄스는 고도의 기술이나 전문성이 필요하지 않으며, 특정인을 위한 무용으로 활용할 수도 없다. 오로지 레크리에이션의 목적을 달성하기 위하여 사용될 뿐이다.

레크리에이션 댄스는 무용을 위한 음악의 선택과 안무 · 구성에 있어서 전형적인 무용인 민속무용(Folk Dance), 스퀘어 댄스(Square Dance), 댄스스포츠(Dance Sports)등과 그 외의 재즈 댄스(Zazz Dance), 탭 댄스(Tep Dance), 디스코(Disco) 등 많은 무용 형식을 자유롭게 활용한다.

2. 레크리에이션 댄스의 목적

아이에게서 노인에 이르기 까지 누구나가 쉽게 활용하고 배울 수 있는 레크리에이션 댄스는 레크리에이션의 목적을 달성하기 위해 생겨난 것임과 동시에 이를 통해 자기의 개성을 살리고 더욱 풍부한 감상과 표현력을 갖게 해주며 신체를 단련하

고 집단간의 단합과 친교를 이루어 정신적, 육체적으로 건강한 생활을 영위하는데
그 목적을 두고 있다.

3. 레크리에이션 댄스의 목표

1)쉽고 즐거운 동작을 적극적으로 표현함으로써 자신감이 넘치게 하며 삶의 활력을
갖게 한다.

2) 간단한 스킨십과 유희를 통해 집단간의 친밀감을 조성한다.
3) 댄스를 통한 신체활동으로 신체 및 심리적인 건강을 유지할 수 있다.
4) 댄스라는 적극적인 매개체를 통해 사회활동에 참여할 수 있게 하며 자신의
역할 을 발견하게 함으로써 폐쇄적인 생활을 방지한다.

4. 레크리에이션 댄스의 효과

　레크리에이션 활동으로 레크리에이션 댄스가 이루어졌을 때 그 결과로 나타나는
보람이나 가치를 가리켜 레크리에이션 댄스의 효과라 하겠다.
　그 내용을 간추려 보면 다음과 같다.

1) 피로회복을 통한 건강 효과
　적당한 신체적 음직임을 수반한 레크리에이션 댄스는 스트레스(stress)등에 의
한 신경계의 움직임 난조로부터 생기는 피로회복은 물론 생리적인 호르몬(hormon)
분비의 난조로부터 생기는 피로를 회복하는 데에도 효과적이다.

2) 신체적인 건강 효과
　레크리에이션 댄스에 즐겁게 열중하여 전반적으로 운동 부족 현상에서 자연스럽
게 벗어나고, 적당한 피로에 의해서 얻어지는 체력 향상과 건강 효과를 말한다.

3) 정신적인 효과
　생활의 많은 제약에서 벗어나 즐거운 레크리에이션 댄스에 참가한 사람은 정신적
으로 편안한 휴식의 느낌은 물론 마음의 안정을 얻게 되고 기쁨을 체험하게 된다.
이것이 레크리에이션 댄스를 통해 얻어지는 정신적인 효과이다.
　소위 현대병이라 불리는 노이로제(Neurose), 신경성 심장병이나 위장 질환 등은
마음의 안정을 통하여 벗어날 수 있다.

4) 사회적인 효과
(1) 인간관계의 개선 효과

순수한 마음으로 레크리에이션 댄스를 즐기다 보면 인간소외 현상과 극심한 이기주의적인 현실을 탈피하게 되고, 진정한 인간 본연의 자세로 돌아와 밝고 명랑한 인간관계를 형성할 수 있다.

(2) 사회 시민성의 발달 효과

즐겁고 유익한 집단 활동으로서의 레크리에이션 댄스를 통하여 상호간의 자연스러운 교류는 물론 시민 상호간의 교류에서부터 연대감, 친화감, 향토애 등도 기대할 수 있다. 나아가서는 심신의 건강, 범죄 예방과도 연결되어 사회적으로 명예로운 시민을 육성하는 데에도 공헌한다.

5. 레크리에이션 댄스의 구성형식

레크리에이션 댄스의 구성은 주로 댄스에 참여하는 대상의 연령, 성별, 직업, 댄스 기능의 수준, 프로그램의 목적 등에 따라서 음악의 선택과 안무·구성 형식이 바뀔 수 있다.
일반적으로 레크리에이션 댄스의 구성 형식은 다음의 세 가지 방법으로 분류할 수 있다.

1) 단순 구성 형식

음악을 사용해도 좋고, 아니면 참가자들이 직접 노래를 부르면서 춤출 수 있는 놀이의 성격을 띤 단순 율동 형식을 말한다.
스텝이나 동작은 8박자나 16박자 단위의 쉬운 동작으로 이루어진다.
단순 구성 형식은 주로 참가 대상을 폭 넓게 포용하기 위해서 놀이의 형식으로 쉽게 구성한다.

2) 복합 구성 형식

스텝이나 동작을 일단 8박자나 16박자 단위로 구성한 후 또 다른 몇 가지를 더해서 하나의 연결된 춤으로 구성한 것을 복합 구성 형식이라 한다.
음악은 필요하지만 일정한 곡으로 제한되지는 않기 때문에 리듬이 비슷한 다른 곡으로 다양하게 바꾸어 즐기는 것도 좋다. 복합 구성 형식은 주로 다양한 동작의 변화로 즐거움을 체험하도록 구성한다.

3) 종합 구성 형식

종합 구성 형식은 먼저 음악을 선책한 후 그 음악의 내용, 감정, 리듬에 따라 춤을 구성하는 것이 특징이다.

무용의 내용은 중복이나 반복 형태를 이룰 수도 있으며 앞서 설명한 단순 구성 형식이나 복합 구성 형식보다는 기술이나 수준면에서 세련된 구성이 이루어진다.

그러나 동작을 익히기 위해서는 보다 많은 시간이 필요하다.

6. 레크리에이션 댄스 지도시 유의점

1) 지도자라는 거리감 있는 자세보다는 못하는 사람도 할 수 있도록 인도하는 안내자의 입장에서 최선을 다해야 한다.
2) 호루라기를 자주 사용한다던가 지시하고 감독하는 식의 강압적인 방법보다는 자연스럽게 모이고 일어서서 어울리는 것에서부터 동작의 연결 등 제반 내용을 진행해야 한다.
3) 지도자의 실력을 과시하는 것과 같은 방법보다는 따라하는 사람들의 입장에서 지도해야 한다.
4) 신체의 한 부분만 움직이는 단순하고 쉬운 것을 먼저 지도하는 것이 효과적이다.
5) 많은 동작으로 구성된 긴 안무를 그룹으로 나누어서 지도하는 것이 효과적이다.
6) 복잡한 구성은 분리해서 지도한 다음 복합시켜 지도하는 것이 효과적이다.
7) 유머, 표정, 제스처 등이 인색해서는 안 된다.
8) 틀리거나 동작이 미흡한 사람을 개별적으로 지적하지 말아야 한다.
9) 간단하고 쉬운 것이라도 충분히 익히고 지도한다.

IX. 건강 근력댄스

1. 근력운동이란?

근력운동은 유산소운동의 반대개념으로 근육량을 늘리기 위해 부분적인 근력을 운동하여 근육조직의 양을 늘리는 운동이다.

근력운동을 하면 근육 양을 증가시켜 체지방을 보다 더 빨리 감소시키는데 효과가 있다. 그 이유는 근육조직은 지방조직보다 더 많은 열량을 소비하는데, 인체가 소비하는 칼로리의 90%는 근육이 사용하기 때문으로 지방분해의 주체는 근육이라고 할 수 있다. 같은 양을 먹어도 살이 찌지 않은 것은 근육 양이 많은 경우이다.

2. 근력운동의 종류와 방법

(1) 아령 : 다 먹은 음료병에 물을 채워 아령처럼 사용한다. (한번에 15회 정도 할 수 있는 무게를 선택하세요.) 힘들다고 느낄 정도의 강도와 횟수는 되어야 한다.
(2) 윗몸 일으키기 : 늘어진 배근육을 단련시켜 준다.
(3) 누워서 다리 들어올리기, 누워서 허리 들어올리기
(4) 앉았다 일어서기(이 때 음료 병을 들고 하면 운동강도가 더 커짐.)
(5) 팔굽혀펴기, 누워서 자전거 타기, 누워서 옆으로 다리 들기

3. 근력 강화 운동

근력 강화 운동은 주로 근력을 강화시키는 목적으로 시행하는 운동이다. 근력 강화 운동은 조직이 적응되어 있는 상태보다 더 큰 부하를 조직이 피로해질 때까지 가하면 근력이 증가한다는 헬리브랜드(Hellebrand)의 과부하 원리를 따른다.
근육 또는 관절의 염증이나 통증이 있는 경우는 동적인 근력 강화 운동은 하지 말아야 하며, 등척성 운동(매달리기처럼 근육의 길이 변화는 없이 단지 긴장만 초래하는 운동)은 부드럽게 시행할 수 있다. 심혈관계 문제가 있는 환자, 복부 수술 환자, 쉽게 피로해지는 환자, 골다공증, 급성 염증 환자들은 근력 강화 운동을 시행하는 데 많은 주의를 요한다.

X. 실버 포크댄스

1. 포크댄스의 유래

인간의 감정과 경험의 모든 유형들은 춤을 추는 의식에서 발생되었고 전승되어 왔다고 할 수 있다. 인간이 최초로 춘 춤들은 태양, 달, 동물등과 같은 자연적인 모든 힘들을 숭배하는 형태였고 인간생활 전반에 중요한 대행사의 가장 핵심적인 움직임의 발로였다. 문명의 발달로 집단부락이 생기고 많은 사람들이 모여 살기 시작하면서 서민의 정신적인 발로에서 자연발생적으로 형태를 이루는 원형무가 생기기 시작하였고 이는 세월이 흐르면서 전승 되어져 그 전통성과 고유한 문화를 가진 민속적인 춤이 되었다.

2. 포크댄스의 정의

포크(folk)란 원래 백성, 민족, 사람, 민중이란 의미를 가지고 있으며 우리말로는 민속무용이라고 표현하고 있다.
초기의 포크댄스는 농민들의 즉흥무였으나 차츰 대중적인 무용의 특성을 가지게 되면서 각 나라의 민요와 함께 고유한 문화적 가치를 가지고 있다.
따라서 민속무용은 직업적인 무용가나 특정 안무가에 의해 만들어진 무용이 아니라 민족성을 가진 전통적인 춤으로서 오랜 세월을 거쳐 이어져 내려온 누구나 다 함께 즐길 수 있는 춤이라 할 수 있다.

3. 포크댄스의 특징

(1) 누구나 다 쉽게 즐길 수 있는 춤이다.
(2) 생활에 활력을 주고 긴장을 해소 시킨다.
(3) 레크리에이션적인 요소가 많아 즐겁게 할 수 있다.
(4) 리듬감을 발달시킨다.
(5) 파트너 체인징은 소속감과 사회성을 향상시킨다.
(6) 리듬운동을 통하여 건강에 도움을 준다.

참고 : 대구 가톨릭대학교 체육교육과 - 장내심-

XI. 도구체조

1. 세라밴드를 이용한 스트레칭체조

어깨통증이나 결림은 어깨 주변의 근육의 손상이나 과긴장으로 인해 일어난다. 어깨는 동그란 공 모양의 상완 골두와 그 공을 싸고 있는 관절(socket)이 짝 맞춰진 구상관절(ball-and-socket)로 이루어져 있다. 어깨관절(shoulder joint)은 가동범위가 넓은 반면 매우 불안정하기도 하다. 그만큼 장애도 많아 중년, 노년층 중에는 사십견, 오십견으로 고생하고 있는 사람도 많다 젊은 사람이라도 야구 수영 등 어깨를 많이 사용하는 운동선수들의 경우 어깨의 통증을 호소한다.

어깨 뿐 아니라 신체의 근육이 장시간 긴장되면 혈관이 압박되어 그 부분의 혈류량이 감소하고 이로 인해 통증이나 피로를 느낀다. 특히 정맥의 경우 울혈의(congestion)형태로 나타난다. 울혈이 생기면 혈류가 부족하기 때문에 산소부족이 생기고 동시에 젖산 등의 근 피로물질이 축적되어 피로감과 함께 때로는 통증도 느끼게 된다. 어깨 주변에서도 같은 양상이 나타난다. 어깨가 나른하고 무겁거나 굳어지고 때로는 통증을 느끼거나 하면 아무래도 그 부분을 움직이기 힘들어진다 움직일 수 없게 되면 당연히 유연성이 떨어지고 동시에 혈액의 흐름도 점점 나빠지게 된다. 움직이지 않으면 근력도 저하 되어 쉽게 피로를 느낀다. 「어깨 결림 사이클」이 만들어져 악순환이 지속되는 것이다. 정신적 스트레스도 어깨 주변근육의 과긴장으로 연결되기 쉽다고 한다.

어깨 결림을 개선하려면 다음과 같은 운동을 통해 통증을 감소한다.
→ 스트레칭을 적극적으로 실시하여 유연성을 높인다.
→ 어깨주변의 근육이 사용되는 운동을 통해 적극적으로 근육의 수축이완을 반복하여 긴장을 풀고 유연성을 높인다.
→ 어깨 주변의 근력을 강화하여 과다 사용으로 생기는 근육의 긴장을 예방한다.
→ 전신운동으로 혈액의 흐름을 좋게 한다.

::: 앉았다 일어서기

반쯤 앉은 자세에서 밴드의 중앙부분을 양발로 밟아 고정하고, 양끝을 양손으로 잡는다.
이때 밴드를 잡는 위치는 무릎 옆에 오도록 조절한다. 그 자세에서 무릎을 펴면서 신체를 일으킨다. 이때 상체가 앞으로 넘어지지 않도록 주의하며 팔꿈치는 굽히지 않는다.

::: 발 뒤로 끌어당기기

한쪽 다리의 발목에 밴드를 감고 그 끝을 기둥이나 고정된 곳에 묶는다. 신체를 지탱할 수 있는 곳을 붙잡아 안정을 유지한다.
밴드를 감은 다리를 앞으로 내밀었다 무릎을 편 채 뒤로 끌어당긴다.

::: 다리 끌어내리기

의자의 뒤에 서서 한쪽 다리에 밴드를 감고 밴드의 끝을 의자 등받이에 묶는다.
양손으로 의자 등받이를 잡아 신체를 안정시키고 그 자세에서 다리를 뒤로 끌어내린다.

::: 목 주변근 트레이닝

똑바로 서서 밴드의 중앙 부분을 양발로 밟아 고정하고 양손으로 밴드의 끝을 밟는다.
팔을 편 채로 목을 움츠리듯이 양어깨만 올리고 어깨를 내릴 때에는 힘을 빼고 자연스럽게 내린다.

::: 어깨 세갈래근과 목 주변근 트레이닝

다리를 어깨넓이 정도로 벌리고 서서 밴드의 양끝을 밟아 고정한다. 팔을 앞으로 늘어뜨린 상태에서 밴드의 중앙 부분을 양손으로 잡는다. 그 자세에서
팔꿈치를 들어 올리면서 밴드를 턱 근처까지 올린다. 내릴 때는 힘을 빼고 자연스럽게 내린다.

::: 의자에 앉아 팔 들어올리기

의자에 앉아 다리를 펴고 양발에 밴드를 걸어 밴드의 양끝을 무릎 옆에서 잡는다.
팔꿈치를 뒤쪽으로 끌면서 밴드를 끌어당겨 양쪽 견갑골 (scapula) 가까이 닿도록 등을 조인다. (견갑골 사이에 물건을 끼우는 듯 한 느낌으로)

::: 팔 앞으로 들어올리기

다리를 어깨넓이 정도로 벌리고 서서 밴드의 부분을 양발로 밟아 고정한다.
밴드가 느슨하지 않도록 하여 밴드 끝을 양손으로 잡는다. 그 자세에서 팔을 몸 앞쪽으로 내밀 듯이 밴드를
끌어올려 똑바로 어깨 높이까지 끌어올린다. 만일 끌어올릴 수 없을 때 혹은 올리는 도중에 통증이 생기면 무리하지 말고 통증이 있는 곳에서 멈춘다.

::: 팔 뒤로 올리기

다리를 어깨넓이 정도로 벌리고 서서 밴드의 중앙부분을 양발로 밟아 고정한다.
밴드가 느슨하지 않도록 하여 밴드 끝을 양손으로 잡는다. 그 자세에서 팔을 편 채 몸 뒤쪽으로 밴드를 끌어올린다. 통증이 있는 경우 무리하지 말고 통증이 생기는 곳에서 멈춘다.

::: 팔 밖으로 돌리기

똑바로 자연스럽게 서서 한쪽 팔을 굽혀 신체의 전면으로 가져온다. 오른팔이라면 왼쪽 왼팔이라면 오른쪽에 고정한 밴드를 팔을 벌리듯이 어깨를 바깥으로 회전시켜 밴드를 잡아당긴다. 되돌릴 때는 천천히 하며 넓은 등근을 사용하지 않도록 주의한다.

::: 팔 안으로 돌리기

밴드는 비교적 탄력이 약한 것을 이용한다. 똑바로 자연스럽게 서서 한쪽 팔을 겨드랑이에 붙인 채 팔꿈치를 90도로 굽혀 옆쪽에 고정한 밴드를 잡는다.
그 자세에서 몸 앞을 수평으로 가로지르듯이 어깨를 안으로 돌리면서 밴드를 끌어당긴다. 되돌릴 때는 밴드의 반발력을 자각할 수 있을 정도로 천천히 되돌린다.
큰 가슴근을 사용하지 않도록 주의한다.

::: 양팔 바깥으로 벌리기

똑바로 자연스럽게 서서 한쪽 팔을 굽혀 신체의 전면으로 가져온다. 오른팔이라면 왼쪽 왼팔이라면 오른쪽에 고정한 밴드를 팔을 벌리듯이 어깨를 바깥으로 회전시켜 밴드를 잡아당긴다. 되돌릴 때는 천천히 하며 넓은 등근을 사용하지 않도록 주의한다.

:::측면으로 들어올리기

똑바로 자연스럽게 서서 밴드의 한쪽 끝을 발로 밟아 고정하고 다른 한쪽 끝을 밴드를 밟고 있는 반대쪽의 손으로 잡는다. 그 상태에서 자세가 흐트러지지 않도록 하여 팔을 옆으로 들어 올려 밴드를 잡아당긴다.
일반적으로 팔은 45°까지 올리면 될 것이다.
어깨 삼각근을 사용하지 않도록 주의한다.

*도구체조:여러 가지 도구를 활용한 스트레칭이나 체조는
　-가동 범위가 넓은 반면 매우 불안정하고 경직되어 있는 경추와 견갑대의 가동법위을
　　넓혀 목,어깨 통증을 완화시킨다.
　- 근력과 근지구력,악력,유연성,동적균형,협응력(근육,신경기관,운동기관등의 움직임)
　　향상에 도움을 준다.

1) 밴드운동(Band Exercise)의 효과
① 몸의 균형을 잡아준다.
② 대퇴부 근력을 강화 시켜 준다.
③ 신체지구력을 길러준다.
④ 다리를 탄력 있게 만들어 준다.
⑤ 골반 수축 운동이다.
▸ 세라밴드를 이용하여 어르신들이 가볍게 운동할 수 있게 도우며 어르신들의 몸을 치유하고 유연성과 근력 향상에 도움을 준다.
▸ 신체 재활 및 낙상예방과 노화방지에 탁월한 효과가 있다.
※ 이밖에도 다양한 운동 효과를 얻을 수 있다.

2) 밴드운동(Band Exercise)의 특징
① 강도 조절과 방향 전환:
　　밴드 운동의 최대 특징은 부하의 강도를 자연스럽게 조절할 수 있고
　　방향 또한 360도의 모든 방향으로 조절할 수 있다.
② 밴드의 색상, 잡은 폭(잡는 위치), 밴드를 다발로 묶는 방법에 따라 강도를 조절

할 수 있다. (같은 강도의 밴드라도 좀더 부하를 강하게 하고 싶으면 더 짧게 잡거나 더욱 강하게 하고 싶으면 이중으로 겹쳐 잡거나 두줄을 사용)

③ 편의성 : 밴드는 접거나 말 수 있으므로 휴대가 간편하다.

때문에 언제 어디서나 운동을 할 수 있으며, 밴드 하나로 여러 가지 운동을 할 수 있어 경제적인 면에서도 우수하다)

④ 부하의 특징에 익숙해진다.

밴드 운동의 기본은 밴드의 장력과 저항력을 부하로 한다.

길게 잡아당기면 그만큼 부하도 강해지고, 원래의 상태가 되면 부하도 약해진다.

-끌어당기고 멈추고 되돌리는가로 부하 강도가 변화 한다.

-빠른 동작으로 급격히 잡아당기면 동작 후반에 급격히 장력이 강해진다.

-갑자기 힘을 빼면 그때까지의 동작과 반대방향으로 몸이 끌린다.

※ 밴드의 부하특징에 충분히 익숙해지고 그 특성을 능숙히 살리면서 실시하는 것이 중요하다.

※ 부하 : 어떤 효과를 얻기 위해 취하는 행동에 필요한 동작이나 자원

3) 밴드운동(Band Exercise)시 주의점

-사용하기 전에 밴드가 찢어졌거나 변색 등의 이상이 없는지 반드시 체크한다.

-사용하기전에 주위의 안전을 확인한다.

-매듭이 단단히 고정되어 있는지 밴드가 꽉 쥐어져 있는지를 확인한다.

-옷의 지퍼나 단추, 금속성의 부속물 등에 부딪히거나 나무나 플라스틱 등 단단한 돌기 물에 걸리지 않도록 주의한다.

-운동중 반지나 목걸이 등은 풀어 놓는다.

-밴드를 얼굴 가까이 대지 않는다.

-되도록 안경을 쓰지 않는다.

-구부러진 상태,혹은 밴드 뒤에 단단한 물건이 놓이지 않도록 한다.

-땀이나 물에 젖은 경우에는 부드러운 헝겊으로 닦아내고 그늘에서 건조시킨다.

-사용후 파우더를 처리하여 보관하면 오래 사용할 수 있다.

※ 운동을 하기전 스트레칭으로 충분히 몸을 풀어준다.

※ 과도한 근력증가는 주의하여여야 한다.

2. 수건을 이용한 스트레칭체조

수건체조는 일상생활에서 움직임이 부족한 노인들에게 특별한 공간이나 도구사용 없이 행할 수 있는 근력 및 스트레칭 운동이다. 원활한 혈액순환을 도우며 근력과 유연성의 강화에 도움을 준다. 또한 남녀노소 모두 함께 즐길 수 있는 가벼운 생활체조의 하나이다.

[배워봅시다] 혼자 하는 수건체조

■ 목 표
1. 수건체조를 통해 원활한 혈액순환과 근력 및 유연성을 강화한다.
2. 수건체조를 통해 생활에 활력을 준다.

■ 준 비
1. 준비물 : 수건, 운동복
2. 대 상 : 수건체조에 관심이 있는 노인
3. 인 원 : 혼자서 또는 여럿이
4. 소요시간 : 20분 정도
5. 활동장소 : 자유롭게 움직일 수 있는 따뜻한 실내

■ 세 부 활 동 내 용
▶ 온몸을 풀어 주어 노인들에게 필요한 유연성을 강화시킨다.
  1. 제자리에 서서 수건을 50cm 간격으로 꽉 잡아준다.
  2. 목 뒤에 수건을 대고 손을 앞으로 당겨 고개를 숙여준다.
     5초 이상 정지하는 동작을 3회 이상 반복한다.
  3. 머리 위에서 양팔을 곧게 편 상태에서 왼쪽으로 3초 이상 정지하고 오른 쪽
     으로 내려가서 3초 이상 정지하고 3회 이상 반복한다.
  4. 가슴 앞에서 양팔을 곧게 펴고 왼쪽, 오른쪽 비틀기를 3초 이상 정지하고 3
     회   이상 반복한다.
  5. 수건을 잡은 상태에서 상체를 앞으로 90도 굽혀 3초 이상 정지한다.
     이때 등을 곧게 펴고 머리는 숙이지 않도록 하며 3회 반복한다.
  6. 종아리 뒤쪽에 수건을 대고 상체를 앞으로 최대한 굽힌 상태에서 3초 이상
     하고
     3회 이상 반복한다.
  7. 앉은 자세에서 수건을 양 발바닥에 대고 다리를 최대한 곧게 뻗어준다.
     이 자세를 3초간취하고 3회 이상 반복한다.

실 시 상 의 유 의 점
  1. 각 항목을 실시함에 있어서 몸을 충분히 이완시킬 수 있는 정지시간을 준다.
  2. 수건을 꽉 잡은 상태에서 놓치지 않도록 주의한다.
  3. 자신의 신체에 적합하게 조절해서 근육을 늘이도록 한다.

[배워봅시다] 둘이 하는 수건체조

■ 준 비
  1. 준비물 : 수건, 운동복
  2. 대 상 : 수건체조를 일상적으로 즐기고 싶은 노인
  3. 인 원 : 짝지어 여럿이
  4. 소요시간 : 30분 정도
  5. 활동장소 : 짝지어 자유롭게 움직일 수 있는 실내

■ 세부활동내용
▶ 짝을 지어 행함으로써 근력과 유연성을 더욱 효과적으로 강화시키고 흥미를 높일 수 있다
  1. 서로 마주보고 서서 머리 위에서 양팔을 펴되 팔꿈치는 곧게 하고 수건을 넓게 펴서 맞잡는다. 교대로 수건을 천천히 10회 이상 밀고 당긴다.
  2. 서로의 수건을 목 뒤에 대고 한 사람은 수건을 앞으로 당기고 이와 동시에 반대편 사람은 목을 지탱하는 것을 번갈아 5회 이상 반복한다.
  3. 서로의 수건을 어깨 높이에서 X자로 잡고 한사람씩, 한 팔씩 교대로 잡아당기는 작을 10회 한다.
  4. 서로 마주보고 서서 허리 높이에서 수건을 넓게 펴서 맞잡고 양팔을 교대로 잡아당긴다.
  5. 4번 자세에서 하나의 긴 수건의 중간부분을 오른 손으로 맞잡고. 왼손을 허리 뒤로 돌려 수건의 양끝을 잡는다. 이때 수건을 서로 밀고 당기며 수건을 따라서 몸통까지 돌린다.
  6. 등을 마주 대고 서서 수건을 머리 위에서 맞잡고 상체 굽히기를 양쪽 번갈아 가면서 10회 이상 한다. 3초 이상 정지하고 3회 이상 반복한다.
  7. 서로 마주보고 서서 수건을 맞잡고 줄넘기를 돌리듯이 팔로 큰 원을 그려준다. 양 팔을 번갈아 행하며 각각 10회 이상 한다.
  8. 서로 발바닥을 마주 대고 무릎을 구부리고 앉아서 하나의 수건을 맞잡고 밀고 당기며 교대로 윗몸 일으키기를 한다.

실시상의유의점
  1. 반드시 두 사람은 일정한 간격을 두고 다리를 어깨 넓이만큼 벌린 상태에서 한다.
  2. 두 사람에게 적합한 운동만을 선택해서 알맞은 양으로 한다.

3. 접시체조

① 관절을 회전시켜 기운을 순환시킨다
 -중요한 6대관절(손목 팔꿈치 어깨 골반 무릎 발목)의 주변의 근육과 인대의 체
온을 최대한 높여서 관절 가동범위를 넓혀주고 기혈순환을 촉진시킨다

 ② 상체의 열을 내려 수승화강 상태를 만든다
 -건강한 신체는 몸의 무게 중심이 대퇴부와 용천으로 내려와 머리는 차고 아랫배
 는 따뜻한 상태이다
 즉, 다리를 살짝굽힌 기마자세에서 상체는 자연스럽게 힘이빠지게 되고 하체로
 무게중심이 이동되어 스승화강상태를 만든다.

 ③ 좌우대칭 운동을 통해 몸의 균형을 회복시켜준다
 -잘쓰지 않는 근육을 골고루 사용하게 해서 몸의 유연성을 높여주고 틀어진 척추
 와 골반,어깨를 교정시켜 준다.

 ④ 근육을 당기고 늘려 주어 장기와 연결된 모든 경락을 열어준다
 -에너지 순환계가 상하.좌우.종횡으로 머리끝부터 발끝까지 분포되어 있는데 경락
 을 활성화 시켜 신경과 세포를 강화시킨다.

 ⑤ 볼텍스 운동을 통한 심리적 이완과 에너지를 충전시켜 준다.
 -볼텍스;돌다,회전하다(축을 중심으로 물체가 나선형으로 회전하는 현상)
 -송어가 엄청난 폭포를 거슬러 올라갈수 있는 것도 볼텍스 운동을 통해 물에 내장
 되어 있는 에너지를 흡수하기 때문이라고 한다.
 -무한대를 그리는 단순동작이지만 에너지가 정화되고 충만해지면서 몸이 회전할
 때 뇌도 생각도 회전해서 우리의 마음이 순환된다고 한다.

4. 막대봉(백업) 체조

① 손가락 소근육 및 하체 대근육 발달에 도움을 준다
② 인지기능 향상 : 코끼리코 만들기,피노키오 할아버지 머리띠 만들기 등 창의력
                발달 활동으로 인지 기능 향상시킨다.
③ 스토리 텔링 : 마법 빗자루 ,우주선,캥거루 고리 잡기 등등 어르신들의 최대한
의 상상력을 발휘하게 한다.
④ 볼풀공 콩콩 치기 : 집중력과 상 하체 근력 향상에 도움을 준다.
    * 시작 전 주의 사항을 전달하여 안전하게 진행한다.
⑤ 긴 막대봉, 줄넘기, 홀라후프 응용 및 낚시놀이로 재미를 유발한다.

XII. 라인댄스의 개념

1. 라인댄스의 정의

　라인댄스(Line Dance)란 앞줄, 옆줄을 맞춰 춤추는 장소의 4방향의 벽을 따라 시계 반대방향으로 움직이는 정해진 루틴을 의미하며, 미국에서 기원하여 발전한 Country & Western Dance를 의미한다. 라인댄스의 형식은 일군의 사람들이 하나 이상의 라인에서 춤추며 같은 움직임으로 파트너 없이 혼자서 방향을 전환하며 한 음악에 같은 동작을 여러 번 반복하며 추는 댄스를 통칭한다.

　따라서 라인댄스는 국민 전체 누구에게나 편안하게 즐길 수 있는 건강하고 유익한 춤인 동시에 건강한 마음과 신체를 통하여 건강한 삶과 밝은 사회를 이끌어 갈 예술성을 지닌 대중적인 생활체육의 한 분야이다

---

　① 방향을 전환하며 한 음악에 같은 동작을 여러 번 반복하며 추는 댄스 통칭.
　② 춤추는 장소의 벽(4 Wall)을 다라 진행하는 모든 춤
　③ Country & Western Dance

　ex1) 미국 서부개척 시대, 술집에서 남자들이 줄을 맞춰 4방향으로 전환하며 추던 춤.
　ex2) 댄스스포츠의 모던댄스 5종목, 라틴댄스의 삼바, 파소도블레

---

2. 라인댄스의 발달과정

　컨트리 음악의 발달과 더불어 발전한 라인댄스는 미국의 서부개척시대에 여러명의 남성들이 줄을 맞춰 같은 동작의 춤을 추며 부흥되다가 다시 미국으로 넘어와 노인들의 건강을 위한 댄스로 자리 잡았다가 전 세계에 전파되기 시작했다.

　1980년대 중반에 형식적인 틀을 가졌던 컨트리 음악이 여러 가지 특성들을 수용한 형태로 바꾸기 시작했다. 부드러운 락이 영향을 주었으며, 전체적으로 우울한 기분을 느끼게 하는 발라드가 최근에 영향을 주었고, 모자, 부츠, 허리 버클의 카우보이 이미지는 사라져가고, 무엇이 뉴 컨트리(New Country)인지를 알려주도록 돕는

음악 비디오를 통해 새로운 컨트리 음악의 이미지를 만들고 있다.

이 과정을 통해 뉴 컨트리 음악의 멋지고 새로운 스타일들이 많이 나타났고, 이러한 사람들은 음악은 단지 컨트리풍의 현상의 일부분이라고 여기며, 음악은 듣기 좋을 뿐 아니라 춤추기에도 좋아야 우수한 음악이라고 느꼈다. "댄스 랜치(Dance Ranch)"라는 컨트리 음악과 춤을 같이 즐길 수 있는 곳이라는 새로운 낱말도 생겼다. 1980년대 동안 청중들이 증가하였으며, 댄스 랜치들도 세계 곳곳에서 컨트리와 웨스턴 클럽(Country & Western club)으로 확립되었다. 혼자 가도 파트너를 구하기 위해서 걱정할 필요가 없으며 편안한 분위기로 긴장을 풀게 되고 넘쳐흐르는 분위기는 모든 사람들에게 멋진 시간을 보낼 수 있게 한다. 음악은 당신이 춤을 추길 원하게 만든다.

아메리칸 컨트리 라인댄스는 금요일 밤의 열기로 붐을 일으켰던 1970년대의 디스코 라인댄스의 인기에 비견할 만하다. 그러나 아메리칸 컨트리 댄스의 전통적인 동작들은 잊혀지지 않고 있으며, 일부는 라인댄스의 일부 동작으로 수용되기도 하였다. 1990년대 후반에서 2000년대 걸쳐 춤의 주된 것이 팝 음악으로 행해지는 약간의 변화가 라인댄스 클럽에 나타났다. 이것은 모든 연령층의 사람들을 위한 춤 형식에 관심을 새로이 하게 되었다.

3. 라인댄스의 특성

아메리칸 라인댄스는 줄로 서서 미리 짜여진 동작들로 춤을 춘다. 모두 같이 시작해서 모두 함께 같은 스텝을 하며 음악이 끝나면 춤도 끝난다. 라인댄스에서 사용되는 많은 음악들은 일반적인 4/4박자의 30-34마디의 적당한 빠르기로 걷는 속도를 유지하며 대부분의 춤들도 어떤 연령의 사람에게나 적절하게 되어있다. 춤은 당신을 건강하게 하고, 친구를 만나게 하며, 정신적으로 건강할 수 있게 한다. 동작들은 남자와 여자가 같으며, 같은 동작들이 여러 번 반복된다. 처음에 라인댄스를 배우다 보면 많은 용어들이 나오는데 동작의 특징을 나타내는 말로 각각의 스텝을 알기보다 한 묶음의 동작으로 이해하는 것이 춤을 배우는데 편리하다. 춤의 길이도 다양하고, 음악과는 정확하게 맞지 않을 수도 있으나 어느 누구도 그 점을 걱정하지 않는다.

① 파트너가 필요 없다.
② 남녀노소 누구나 할 수 있다.
③ 모든 사람들이 같은 방향을 보고 춤을 춘다.
④ 동일한 음악에 동일한 동작을 한다.
⑤ 여러 방향으로 전환하며 춤을 춘다.
⑥ 안무는 비교적 단순하고, 여러 사람이 쉽게 따라 추도록 만들어진 춤이다.

4. 라인댄스의 교육적 가치

1) 신체적, 정서적 발달이 왕성한 청소년 시기에 라인댄스를 학습함으로써 심리적으로 자기표현 욕구가 강한 학생들로 하여금 표출적인 신체활동을 통하여 스트레스를 해소시켜주고, 음악과 동작의 조화는 마음을 안정시켜 편안함을 줌으로써 신체와 정신의 건강에 긍정적인 영향을 미친다.

2) 라인댄스는 스텝위주로 구성되어 있어 각자 상체의 움직임과 팔 동작을 자연스럽고 멋지게 연출할 수 있어 자기를 표현하려는 인간의 본능적 욕구를 충족시켜주고, 다양한 장르의 음악과 움직임을 통하여 움직임으로써 리듬감을 향상시킨다.

3) 라인댄스는 운동량이 많아 체육활동 전반에서 요구되는 운동리듬이나 근력, 조정력, 협응력, 균형성 등의 신체적 능력을 길러주고 줄을 맞추어 움직여야 하므로 협동성, 사회성 등을 진자기켜 줌으로써 더불어 살아갈 수 있는 건강한 생활태도를 갖게 한다.

4) 안정되고 올바른 자세는 곧 자기의 건강하고 바른 모습을 보여 주는 것으로 인식시켜 당당하고 올바른 자세를 갖도록 한다.

5. 라인댄스의 운동효과

1) 올바른 자세를 갖게 한다.

라인으로 서 있는 모든 이들은 모두 척추를 바르게 세운 정돈된 (line-up)자세를 요구한다. 바른 생활에서 소홀하기 쉬운 우리의 몸의 골격을 댄스를 연마하는 과정에서 바른 자세를 지속적으로 유지하게 되고, 춤을 추는 동안 반복적으로 일어나는 업(up), 다운(down)은 무릎과 발목, 관절 등 우리가 평소 사용하지 않고 퇴화하기 쉬운 근육들을 골고루 사용하게 되어 바른 자세를 갖도록 만든다.

2) 비만이나 체력저하에서 벗어날 수 있다.

라인댄스는 운동특성상 다른 운동에 비해 후진워킹 스텝을 많이 하도록 되어 있어 대퇴 전근과 대퇴둔근의 운동이 활발하게 이루어지므로 관절, 인대 등을 강화시킨다. 또한 유산소 운동으로 체내지방을 태워주는 작용을 하므로 주 2회 정도 3개월 이상 라인댄스에 참여하다 보면 자신이 직접 체형이 변화되고 몸이 가벼워지는 것을 느끼게 된다.

3) 골다공증을 예방할 수 있다.

인간의 발달과정에서 골량의 변화를 보면 40세까지는 골량이 증가하나 40세 이후는 골량이 감소하기 시작해 10년 주기로 3-5%의 소실이 이루어지며, 워킹동작이 많은 라인댄스는 소실되기 쉬운 골밀도를 높여 우리 몸의 유연성을 증가시킨다.

4) 치매예방에 도움을 준다.

다양한 스텝과 동작들로 구성된 라인댄스는 회전량과 방향, 동작의 연결순서를 요하므로 뇌의 운동량을 높여 치매 예방에 도움을 준다.

6. 라인댄스의 음악

라인댄스를 추기 위해서는 음악에 대한 기초지식이 무엇보다 필요하다. 라인댄스는 댑분이 컨트리 음악에 맞추어 추는 것이 대부분이다. 최근에는 전통적인 컨트리음악이 아니라 재즈, 가야, 왈츠, 라틴 등 다양한 음악이 이용되고 있다. 그러나 라인댄스는 컨트리 음악으로 추는 것이 대부분 차지하고 있다. 음악의 리듬에 맞춰몸을 움직여야 하기 때문에 음악을 들으면서 리듬(beat)에 맞춰 발이 움직이는 연습을 하는 것이 좋다. 리듬은 통상 드럼 등의 타악기나 베이스로 표현이 된다. 라인댄스에서 사용되는 리듬은 4박자의 반복(4/4박자)이나 그의 변형으로 3리듬의 반복(3/4박자:왈츠리듬)이다. 이러한 비트는 4/4박자에서 1.2.3.4나 계속해서 5.6.7.8로카운트 되고 3/4박자라면 1.2.3이나 4.5.6으로 카운트 된다.

초보자에게 유아나 노인들에게는 16박자를 1.2.3.4 다음 2.2.3.4 반복 3.2.3.4 반복 4.2.3.4을 구령하며 지도한 다음 음악에 맞추어 하는 것이 쉽게 받아들인다. 음악이 32박자에 끊어지는 음악이면 더 좋다. 초보자에게는 32박자 이상의 동작은 어렵게 느끼며 따라하기가 힘들다. 음악에는 리듬을 세는 빠르기의 속도(tempo)가 있다. 한 개의 라인댄스는 여러 가지 음악으로 추어지지만 어떠한 곡으로 출지, 어떤곡이 맞을지는 그 댄스에 달려있다. 일반적으로 라인댄스의 스텝 시트에는 "추천곡(suggested music)" 으로 댄스를 만드는 사람이 추천한다. 음악의 타이틀과 붙여지는 이름이 적혀있다.

7. 라인댄스 지도자의 역할과 자질

오늘날 우리는 댄스문화의 거대한 변화 속에 놓여있다. 앞으로 그러한 변화는 끊임없을 것이다. 변화는 언제나 그 변화의 상황에 맞는 지도자를 요구한다. 그 변화가 급격하고 광범위하면 지도자의 역량도 탁월해야 한다. 오늘날 사회는 급격하게 국제화 하고 세계화 되고 있다.

그동안에 많은 인기를 끌며 오던 댄스 프로그램으로는 에어로빅댄스, 재즈댄스, 힙합댄스, 살사, 맘보, 댄스스포츠, 다이어트댄스, 민속댄스, 스윙댄스 등 많은 댄스로 건강을 위한 프로그램이 많이 유행되었고 지금도 많은 댄스 프로그램으로 자신들의 건강관리나 체형유지를 위한 수단으로써 지도자의 길을 택한 지도자도 있을 것이다. 그러나 라인댄스의 지도자의 역할,

첫째, 라인댄스의 지도, 둘째, 라인댄스의 관한 지식, 셋째, 건강증진을 위한 지도 등 세 영역으로 대별할 수 있다. 그리고 라인댄스 지도자는 지도관을 확립하여 전문 직업인으로서의 자질과 역할을 담당하는데 손색이 없도록 교육되어야 한다. 교육의 특성은 교육과정의 목표와 내용면이 있으며 라인댄스운동을 효과적으로 이행하기 위해서 교육의 특성과 교육내용 등이 연구되고 새로운 학문적 영역으로 개척되어져야 한다. 또한 라인댄스를 지도한다는 것은 바람직한 신체를 형성해주는 것으로 건강과 체력향상을 위하여 바르게 가르치는 일이다. 즉, 지도하는 일은 전달하는 일이라고 해도 무방하다. 그러나 인간의 움직임에는 여러 종류가 있다. 그 중에는 우리가 생활하는데 있어 필요한 것과 그렇지 못한 것이 있음으로서 선택의 필요성을 요하게 된다. 그러므로 모든 운동을 지도한다는 것은 지도자가 바르게 익혀서 도움이 될 수 있도록 해야 하며, 그것을 올바르게 지도 할 수 있는 자질이 구비되어야 한다. 라인댄스를 통하여 신체와 정신을 건전하게 해줄 뿐만 아니라 균형과 조화를 이루도록 하며 운동자의 자주성을 존중해야 되는 것이 또한 지도자의 역할이다. 특히 건강의 길잡이가 될 수 있는 라인댄스 지도자는 훌륭한 지도자인 것이다. 그러므로 사명감과 책임의식을 가지고 민첩하고 정확한 판단력도 요구된다.

지도자의 자질이나 인품, 인간관계 등은 많은 영향을 끼친다. 그것은 성실, 공평, 친절, 정열, 인내, 명랑, 학구열, 창조성, 자주성, 유머 등 모두 사명감의 기초가 되는 것이다.

1) 인격적 자질

인간의 품격을 일컫는 인격이란 개인의 지, 정, 의 및 신체적 측면을 총괄하는 전체적 통일체를 뜻한다. 때문에 지도자의 가치관이나 태도, 지식, 용모 등 자질이 중요시 된다.

① 신체적 요소 - 건강, 활동력, 청결한 몸가짐, 우수한 체력, 균형 잡힌 신체
② 성격적 요소 - 명랑, 결단력, 유머감가, 안정감, 감동력, 인내력
③ 사회적 요소 - 포용력, 통찰력, 이해력, 봉사정신, 설득력, 협조성
④ 지적 요소 - 명확한 사고력, 조직력, 표현력, 민주적 운영 가능성, 미래지향적 사고
⑤ 도덕적 요소 - 건전한 인생관, 올바른 가치관, 윤리관

2) 교양적 자질

교양이란 학문을 배워서 닦은 수양, 또는 생활을 품위 있게 하기 위하여 지, 정, 의의 전반적인 발달이 이루어지도록 체득되어지는 것을 뜻한다. 교양은 쉽게 얻어지는 것이 아니고 스스로 교육과 경험을 통하여 베어 삶을 보람 있게 살 수 있는 원천이 되는 것을 말한다.

3) 기능적 자질

신체의 움직임을 통한 라인댄스 지도자의 직접적인 것으로 기능적 자질이 중추적인 역할을 한다. 기능적인 자질은 내면적인 것이 아니라 표면으로 나타나는 것이므로 라인댄스 지도자가 지닐 수 있는 특권이며 기능적 자질이 우수하고 탁월하여야 보다 활력 있는 지도자로서 각광을 받을 수 있다.

8. 라인댄스의 용어 설명

	라인댄스 용어	라인댄스 용어 풀이
1	Across (어크로스)	동작의 일종, 교차시킨 상태.
2	And (앤드)	동시에 2개의 동작을 할 때에, 동작과 동작을 연결하기 위해 가운데 넣는 말. (예: step forward and clap hands)
3	& (앤)	음악 리듬의 전후에 off 비트로 넣는 말, 앞에 넣는 경우는 &1, 뒤에 넣는 경우는 1&으로 사용. (ex. step Left forward, step Right next to left)
4	Ball (볼)	발바닥을 2부분으로 나누었을 때, 앞부분을 가르킨다.
5	Brush (브러쉬)	볼로 바닥을 스쳐 올리는 동작.
6	Back (백)	댄서의 뒤 방향.
7	Backward (백워드)	댄서의 뒤 방향, 줄여서 Back으로도 말함.
8	BPM(Beats Per Minute: 비피엠)	음악의 속도를 숫자로 표시한 것, 숫자가 클수록 바르다. BPM의 측정방법 1분간에 자게 나누어 비트를 센다.
9	Bump (범프)	"부딪친다"는 의미이며, 힙을 전후좌우로 튕기며 움직이는 동작.
10	Balance step (발란스 스텝)	오른발 옆으로 스텝①, 왼발을 오른발 뒤로 끌어 붙이고 체중을 옮긴다②, 오른발 제자리 스텝③ (스텝 + 크로스 + 스텝)
11	Center (센터)	몸의 중심을 가운데로 하는 것, 횡격막(위) 부근.
12	Change of Weight (체인지 오브 웨이트)	체중을 옮기는 것.
13	Choreographer by~ (코레오그래퍼)	~에 의한 안무된 것.
14	Cha Cha (차 차)	오른발 옆으로 스텝①, 왼발 오른발 옆에 모으며 스텝(&), 오른발 옆으로 스텝②, 전후좌우로 가능. 2count로 이루어지며 셔플(shuffle) 스텝, 트리플(triple)스텝도 같은 형태라 할 수 있다.
15	Clockwise (클락와이즈 & CW)	왼쪽에서 오른쪽으로 시계방향으로 움직이는 것, 약어로 CW로 나타낸다.

	라인댄스 용어	라인댄스 용어 풀이
16	Count (카운트)	스텝의 리듬을 세는 것, 춤을 가르치거나 연습할 때 쓰는 구령이다.
17	Counter clockwise (카운터 클락 와이즈)	오른쪽에서 왼쪽으로 반시계 방향으로 도는 것, 약어로 CCW라고 나타낸다.
18	Charleston (찰스턴)	오른(왼)발을 전후좌우로 무릎을 가볍게 움직이며 발끝이나 뒤꿈치로 찍으며 딛는 동작.
19	Coaster (코스터)	오른발 앞으로 스텝①, 왼발을 오른발 옆으로 모으며 스텝②, 오른발 뒤로 스텝③ ~뒤로하는 경우에는 오른발 뒤로 스텝①, 왼발을 오른발에 모으며 스텝②, 오른발 앞으로 스텝③
20	Cross (크로스)	오른(왼)발을 반대 발 앞이나 뒤로 엇갈리게 엮는 동작.
21	Clap (클랩)	손뼉을 치는 것.
22	Cuban motion (쿠반 모션)	체중을 싣고 있는 쪽의 발부터 체중을 싣고 있지 않은 발쪽으로 이동할 때에 싣고 있지 않은 쪽의 발의 inside edge로부터 outside edge로 체중을 이동할 때 일어나는 허리의 움직임. (=Cuban hip motion)
23	Diagonal (다이어고널)	경사 45도
24	Degree of difficulty (디그리 오브 디피컬티)	댄스의 난이도, 아래부터 Novice(노비스) [댄스의 입문 클래스] Beginner/Intermediate (비기너/ 인터미디에이트) [댄스수준의 초, 중급] Intermediate(인터미디에이트) [댄스 수준의 중급] Intermediate/Advanced(인터미디에이트/어드밴스드) [댄스 수준의 중, 상급]
25	Direction (디렉션)	방향 (ex. forward, baxkward, side left side right)
26	Drag / draw (드레그 / 드로우)	끌어당기는 동작 또는 발을 끄는 동작
27	Dig (디그)	뒤꿈치 혹은 볼을 이용하여, 바닥을 강하게 차는 것 (삽으로 땅을 팔 때 발사용 방법 묘사)
28	Forward (포워드)	댄서의 앞 방향, 앞 방향으로 나아가는 것.
29	Fick (프릭)	무릎이나 그 아래 부분을 날렵하게 구부렸다가 발끝을 흔들듯이 움직이는 동작
30	Grapevine Step (그레이프 바인스텝)	보통 바인스텝 이라고도 하며, 오른발 옆으로 스텝①, 왼발을 오른발 뒤로 크로스②, 오른발을 옆으로 스텝③, ~반대로 하는 경우는 왼발 사이드 스텝①, 오른발을 왼발 뒤로 크로스②, 왼발을 사이드 스텝③, 보통 4count에는 터치, 킥, 투게더 등등 다른 스텝을 플러스 한다.

	라인댄스 용어	라인댄스 용어 풀이
31	Hully gully (헐리 걸리)	오른발 옆으로 스텝①, 왼발을 오른발에 모으며 스텝②, 오른발 옆으로 스텝③, 왼발을 오른발 옆에 터치④, ~(사이드+투게더+사이드+터치)
32	Hitch (히치)	무릎을 굽혀 당겨 올리는 동작.
33	Heel bounce (힐 바운스)	발뒤꿈치를 up 했다 down 하는 동작.
34	Hook (훅)	갈고리 모양으로 무릎과 발목을 굽혀 다른 발목에 걸듯이 하는 동작.
35	Jazz box (재즈 박스)	오른발을 왼발 앞으로 크로스①, 왼발 뒤로 스텝②, 오른발 옆으로 스텝③, 왼발을 오른발에 모으며 스텝④, ~4count에서 스텝을 변형하는 경우도 있다.
36	Kick (킥)	무릎을 뻗으며 발을 차 올리는 동작.
37	Kick-ball-change	오른(왼)발을 앞으로 킥한 후 볼로 딛고, 왼(오른)발에 체중을 옮기는 동작.
38	K step (K 스텝)	K모양으로 하는 스텝, 오른발 비껴 앞으로 스텝①, 왼발 오른발 옆에 터치②, 왼발 뒤로 제자리 스텝③, 오른발 왼발 옆에 터치④, 오른발 비껴 뒤로 스텝⑤, 왼발 오른발 옆으로 터치⑥, 왼발 비껴 앞으로 스텝⑦, 오른발 왼발 옆으로 투게더⑧
39	Lock step (락 스텝)	오른발과 왼발이 앞뒤로 엇갈린 상태로 자물쇠 채우듯 고정 시키는 동작.
40	Lunge (런지)	"내딛기"라는 의미이며 스텝을 크게 내딛으며 체중을 옮기는 동작.
41	Left (레프트)	Left (대문자 " L ")의 경우는 체중이 실린 발을 표시, left (소문자 " l ")의 경우는 방향을 표시, 반시계 방향으로 도는 것.
42	Right (라이트)	Right (대문자 " R ")의 경우는 체중 실린 발을 표시 right (소문자 " r ")의 경우는 방향을 표시, 시계방향으로 회전하는 것.
43	Mambo (맘보)	1930년대 쿠바에서 노예로 끌려간 흑인들 사이에서 전해진 춤. 1940년대에 이르러 아메리칸 재즈에 영향을 받아 현재 맘보가 되었다.
44	Monterey turn	왼 무릎을 구부리면서 오른발 오른쪽 옆으로 터치 오른쪽으로 회전 (1/2, 1/4:시계방향)하면서 왼발 옆에 오른발을 모으며 오른발에 체중을 싣고, 왼발 왼쪽 옆으로 터치, 오른발 옆에 왼발을 모으며 스텝
45	Over vine (오버 바인)	왼발을 오른발 앞으로 크로스①, 오른발 옆으로 스텝②, 왼발을 오른발 뒤로 크로스③

	라인댄스 용어	라인댄스 용어 풀이
46	Phrase (프레이즈)	음악분할의 방법, 소절을 나누는 것.
47	Posture (포스쳐)	자세.
48	Prep (프리프)	방향전환을 하기 전에 미리 역방향으로 신체를 약간 돌리는 것.
49	Pivot turn (피봇 턴)	체중을 한쪽 발에 싣고 회전하는 동작을 말하며, 이때 다른 발은 체중을 싣지 않고 앞 또는 뒤에 두고 턴한다.
50	Point (포인트)	한쪽 발끝이나 뒤꿈치로 어느 지점을 찍는 동작으로 보통 체중을 옮기지 않는다.
51	Paddle turn	한쪽 발에 체중을 두고 반대쪽 발을 터치나 스텀프 등을 하며 도는 동작.
52	Pageon toes	양발끝(토)를 유지한 채 양발 뒤꿈치(힐)을 벌렸다 모으는 동작.
53	Restart (리스타트)	정해진 일정한 박자에 맞춰 동작이 진행되다가 음악의 길이에 따라 처음 동작부터 다시 시작하는 형태.
54	Rise (라이즈)	볼에 체중을 실어서, 배근을 쭉 펴고, 위로 펴서 올리는 것.
55	Rotate (로테이트)	댄스홀에서는 제일 앞 열의 사람이 제일 뒤로 가고, 2열부터 순차로 앞으로 오는 것을 의미한다. (홀 전체 인원을 회전시키는 것)
56	Rotation (로테이션)	회전하는 것, 혹은 도는 것을 의미한다.
57	Ronde (론데)	원을 그리듯이 발을 돌리는 동작.
58	Reverse turn (리버스 턴)	뒤로 도는 동작 CCW.
59	Rock and recover	체중을 왼발에서 오른발 또는 오른발에서 왼발로 옮기는 동작.
60	Rocking chair (락킹 체어)	오른발을 앞으로 락 스텝①, 왼발 제자리 스텝②, 오른발을 뒤로 락 스텝③, 왼발 제자리 스텝④

	라인댄스 용어	라인댄스 용어 풀이
61	Rolling vine turn (롤링바인턴)	한쪽 방향으로 쓰리 스텝으로 도는 동작.
62	Switch step (스위치 스텝)	오른발 힐(토) 터치①, 오른발 제자리(&), 왼발 힐(토) 터치②, 왼발 제자리(&)
63	Side (사이드)	동작이나 스텝에 있어서의 옆 (오른쪽, 왼쪽)방향, 옆 방향으로 움직이는 것.
64	Step sheet (스텝 시트)	댄스의 설명을 적은 종이.
65	Syncopated (싱코페이티드)	박자에 변화를 주는 형태. (ex. 1&2, 12&3... 등 박자의 움직임)
66	Sailor step (세이러 스텝)	sailor step: 오른발을 왼발 뒤로 크로스①, 왼발을 옆으로 스텝(&), 오른발 제자리 스텝②, 2count로 이루어진 스텝 (비하인드 + 사이드 + 사이드)
67	Scissor step (시저스 스텝)	오른발을 옆으로 스텝①, 왼발을 오른발 옆에 모으며 스텝②, 오른발을 왼발 앞으로 크로스③, 홀드④ ~ (사이드 + 투게더 + 크로스 + 홀드)
68	Scuff (스카프)	뒤꿈치로 바닥을 차며 다리를 들어 올리는 동작.
69	Shimmy (쉬미)	어깨 또는 상체를 흔드는 동작.
70	Skate step (스케이트 스텝)	발을 비껴 앞으로 슬라이드 하는 스텝.
71	Spiral (스파이럴)	오른발 앞으로 스텝 후 체중을 오른발에 두고 제자리에서 턴하여 두 발이 크로스 되는 동작.
72	Stomp (스톰프)	발로 바닥을 세게 구르는 동작.
73	Sway (스웨이)	몸을 좌우로 경사지게 하여 흔드는 동작.
74	Suger Foot (슈거 풋)	제자리에서 발끝(토)을 아쪽으로 찍고, 뒤꿈치(힐)를 아웃시켜 찍는 동작.
75	Swivel (스위블)	"비비다"라는 의미이다.

	라인댄스 용어	라인댄스 용어 풀이
76	Snap (스냅)	손가락을 튕긴다.
77	Strut step (스트럿 스텝)	힐(토)를 먼저 딛고, 토(힐)를 드롭하는 동작.
78	Tag (태그)	추가부분, 음악에 맞추기 위해 박자가 일정한 길이로 진행되다가 어느 부분에서 박자가 길어져서 앞을 동작이나 뒤의 동작을 추가시키는 형태.
79	Twinkle Step (트윙클 스텝)	"반짝이다" 라는 의미를 연상하듯 오른발을 왼발 앞으로 크로스①, 왼발을 옆으로 스텝②, 오른발 제자리 스텝.
80	Tap (탭)	한쪽 발로 바닥을 가볍게 두드리는 동작, 보통 볼로 하는 동작.
81	Together (투게더)	두발을 나란히 모으는 동작.
82	Touch (터치)	한쪽 발로 바닥을 찍었다 드는 동작.
83	Toe(heel) fan 토 (힐) 펜	toe 또는 heel을 부채꼴 모양으로 스위블 하는 동작, ~ toe split 이라고도 한다.
84	Tag	박자가 일정한 길이로 진행되다가 어느 부분에서 박자가 길어져서 동작을 추가하는 형태
85	Variation (베리에이션)	오리지날의 스텝과는 다른 스텝의 것.
86	V step (V 스텝)	오른발 비껴 앞으로 스텝①, 왼발 비껴 앞으로 스텝②, 오른발 뒤로 제자리 스텝③, 왼발을 오른발 옆으로 스텝④, ~(Out + Out + In + In)
87	Weave (위브)	weave:"베를 짜다","얽히다" 라는 의미. 왼발을 오른발 앞에 크로스①, 오른발을 옆으로 스텝②, 왼발을 오른발 뒤로 크로스③, 오른발 옆으로 스텝④, ~(크로스 + 사이드 + 비하인드 + 사이드) ~ 4박자 이상의 스텝으로 이루어지는 경우도 있다.

XIII. 걷기 운동

1. 올바른 걷기 운동

걷기는 인간의 가장 자연스러운 움직임 중 하나로 언제 어디에서든지 할 수 있는 가장 쉬운 신체활동이다. 가장 안전한 유산소 운동으로 낮은 강도의 운동이지만 지방을 감소시켜 비만을 예방 할 수 있다

매우 활동적	활동적	다소 활동적	비활동적
어린이, 청소년, 건장한 어른	성인	중년	질환을 가지고 있는 성인

- 매우 활동적인(어린이, 청소년 그리고 건장한 어른) 사람 : 10,000~16,000보
- 활동적인(성인) 사람 : 10,000보
- 다소 활동적인(중년) 사람 : 7,000~10,000보
- 비활동적인(질환을 가지고 있는 성인) 사람 : 4,000~7,000보 (당뇨병, 심장질환, 관절염, 그외 중증 질환자들은 의사와 상담하여야 한다.)

[올바른 걷기]

- 자세 : 상체를 똑바로 펴고 바른 자세로 서서 몸에 힘을 빼고, 턱은 당겨 목을 바로 세운다. 가슴은 펴고,배는 등 쪽으로 집어 넣는다.
- 시선 : 머리를 든 상태로 정면의 10m 앞을 주시
- 팔 : 자연스럽게 구부리고 자신의 옆구리를 스치는 정도로 앞뒤로 흔들어 준다.
- 보폭 : 키의 40% 정도
- 걸음 : 발 뒷꿈치 >발 중앙 >발 앞꿈치 순
- 오르막길 : 보폭을 조금 줄이고 경사도와 비슷하게 상체를 앞으로 숙이고 발은 가능하면 평지에서처럼 발 뒷꿈치 부터 앞쪽으로 체중이 이동되도록 한다.
- 내리막길 : 체중으로 인한 부하로 관절에 무리를 줄 수 있기 때문에 주의해서 걷는다. 보폭을 줄이고 착지 할 때 무릎을 살짝 굽혀 충격을 완화시켜 준다. 경사가 심할수록 속도를 늦추고 중심을 잘 잡으며 걷는다.

2. 걷기를 위해 준비 및 주의사항

준비운동과 정리운동 	걷기 전에 약 5분 정도 약간의 땀이 날 정도로 맨손체조를 하면 체온을 적정수준으로 올려 근육이완의 효과를 얻을 수 있으며, 부상 예방과 심리적 안정에 도움이 된다. 걷기 후에도 스트레칭으로 정리운동을 하는 것이 좋습니다
신발 	걷기에 편안하고 발에 상처를 내지 않을 수 있는, 가벼운 신발 신발 밑창은 걷기로 인한 관절의 충격을 흡수해 줄 수 있어야 합니다
걷는 장소 	안전사고의 위험이 없는 곳 조깅 트랙, 흙이나 잔디가 있는 곳이 무릎과 관절에 부담을 줄여줄 수 있어 좋습니다.
걷는 형태 	8자형 걸음은 발목과 척추에 무리를 주기 때문에 삼가해야 한다. 약간 벌어진 11자형 걸음이 좋습니다.
걷는 시간 	걷기운동은 속도보다 지속 시간이 더 중요한데, 하루에 약 45분 이상, 3km내외의 거리를 일주일에 3~4회 정도 걷는 것이 좋습니다. 이 정도에 적응이 되면 점차 빠르게 걷도록 하고, 횟수도 늘려서 운동량을 증가시키는 것이 효과적이다. 고령자 중에는 온도에 대한 체온 조절 반응인 자율신경 조절 능력이 떨어져 있는 경우가 있기 때문에 너무 뜨거운 여름 낮 시간이나, 너무 온도가 낮은 시간은 피합니다

※ 대중교통을 이용하여 한 정거장 먼저 내려 걷기, 식사 후 산책하기 등 생활 속에서 활동량을 늘리는 작은 실천이 여러분을 건강하게 해 줄 것이다.

XIV. 낙상

1. 낙상의 개념

　낙상은 넘어지거나 떨어져서 몸을 다치는 것으로 노인에서 주로 발생하지만 모든 연령에서 발생 가능하다. 특히 노인 낙상의 발생은 점점 늘어나고 있으며 심각한 손상을 동반하거나 낙상으로 인한 합병증으로 사망까지 한다. 미국의 65세 이상 노인 중 3분의 1이상에서 연간 한번 이상 낙상을 경험한다고 하며 우리나라의 경우 65세 이상 노인의 신체 손상 중 반 이상이 낙상에 의하여 발생한다.

2. 낙상의 문제

　노인 낙상은 낙상으로 인한 사망 이외에도 중증의 손상으로 인해 삶의 질이 현저하게 감소하는 문제를 초래한다. 낙상으로 병원을 찾는 노인의 20-30%는 타박상, 엉덩이뼈 골절 또는 낙상으로 인한 머리 손상으로 고생한다. 노인에서 외상성 뇌손상의 가장 많은 원인이 낙상이며, 또한 낙상을 경험한 많은 노인들에서 낙상에 대한 두려움으로 일상생활의 운동범위가 줄어들기도 한다.

　낙상은 노인 외상의 가장 큰 문제이며 노인층의 증가와 함께 지속적으로 증가될 것으로 예상된다.

　낙상은 신체 건강상의 문제와 행동상의 문제, 환경적 요인에 의하여 발생 한다. 낙상을 유발하는 요인은 다양하며 요인이 많을수록 낙상의 위험은 높아진다.

3. 낙상이 잘 일어나는 위험 환경요인

　낙상은 주거 시설에서의 발생이 61.5%로 가장 많으며, 다음은 도로(20.0%), 상업시설(18.5%) 순이다. 주거시설에서 발생하는 낙상 중 95%는 가정에서 발생하였는데, 가정 내 미끄러운 바닥이나 계단 등의 위험한 환경적 요인이 25-45%를 차지한다. 응급실로 내원한 낙상환자의 19.2%에서는 지면 위의 물이나 얼음, 눈 등과 관련이 있었습니다. 특히 주거 시설 내 낙상은 지면의 물에 의하여 미끄러져 발생하는 경우가 20.6%였고, 화장실에서 발생한 낙상의 74.3%가 바닥의 물과 관련이 있었습니다(손상감시정보 2009. 6. 질병관리본부).

　도로에서 발생한 낙상의 경우 도로가 물, 눈 또는 빙판으로 덮여있는 경우나 경사진 지면에서 많이 발생하였습니다. 그 외 상업시설에서 발생한 낙상 또한 지면의 경사나 턱에서 많이 발생하였습니다. 또한 어두운 곳과 같이 환경적인 요인이 영향을 미치는 것으로 알려져 있어 아래와 같은 환경요인을 제거하는 것이 예방에 도움이 될 수 있다.

- 집안이 정리가 안되어 어지럽거나 전등이 희미한 경우
- 보조기구(지팡이, 목발 등)들의 크기나 형태가 맞지 않을 때
- 공간들의 디자인이 손상을 유발하도록 디자인 된 경우

4. 낙상과 관련된 인적 요인

낙상은 남자보다 여자에서 더 많이 발생하고(국내 1.9배) 낙상으로 인한 골절은 여자에서 2배 잘 발생하나 낙상으로 인한 사망은 남자가 여자 보다 49% 더 높게 발생한다.

낙상으로 인한 심각한 손상은 나이가 많을수록 더 많은데, 85세 이상에서는 65-75세보다 4-5배 정도 더 많이 심한 손상이 발생한다. 병원에서 퇴원 후 가정에서 요양 중인 환자의 20%에서 낙상을 경험하게 된다. 낙상은 질병과도 관련이 높은데 국내 조사에 의하면 60세 이상의 낙상환자에서 질병으로 인한 낙상이 6.2%로 나타났습니다. 주로 사지마비 등 보행장애나 균형 장애, 어지럼증이 있거나 부정맥으로 실신하는 환자, 전신적으로 쇠약한 환자, 혈압강하제나 수면제, 이뇨제 등 약물복용 환자, 호흡곤란, 간질 발작, 출혈과 관련된 빈혈, 낙상 경험이 있는 환자에서 많이 발생한다.

우리나라의 경우 음주와 관련한 낙상이 7.8%로 나타났으며 남성에서는 18.3%로 높은 편이다.

5. 행동적 위험요소

아래의 경우와 같이 행동의 제한과 약물이나 알코올의 섭취도 낙상의 위험성을 증가시킨다.

- 무기력하여 활동 저하
- 약물복용의 부작용이나 상호작용
- 알코올 섭취

6. 낙상을 잘 유발하는 위험요인

- 보행장애가 있는 질환을 앓고 있는 사람
- 기립성 저혈압이 있는 경우
- 4가지 이상 약물을 복용하고 있는 사람
- 발에 이상이 있거나 적절한 신발을 착용하지 않는 사람

- 시력이 떨어져 있는 사람
- 집안에 낙상 위험이 있는 경우

위의 6가지 위험요인 중 위험요인의 해당 개수에 따른 노인 낙상의 발생 빈도는 아래 그림과 같다.

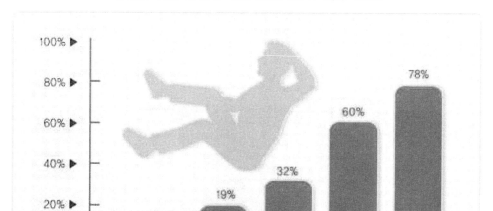

〈그림. 위험 요인에 대한 노인낙상의 발생 빈도〉

〈낙상 유발 위험 요인의 해당개수〉

▶ 보행 장애가 있는 질환을 앓고 있는 사람
▶ 기립성 저혈압이 있는 경우
▶ 4가지 이상 약물을 복용하고 있는 사람
▶ 발에 이상이 있거나 적절한 신발을 착용하지 않는 사람
▶ 시력이 떨어져 있는 사람
▶ 집안에 낙상 위험 요인이 있는 경우
 · 집안이 정리가 안 되어 어지럽거나 전등이 희미한 경우
 · 보조기구(지팡이, 목발 등)들의 크기나 형태가 맞지 않을 때
 · 공간들의 디자인이 손상을 유발하도록 디자인 된 경우

 보건복지부  대 한 의 학 회

7. 골절 및 손상

낙상으로 인한 사망은 60세 이상 환자의 약 0.3%에서 발생하며 대부분의 손상은 다음 아래의 한 가지 형태로 나타난다. 국내 낙상 심층조사에 의하면 낙상 후 가장 많은 손상은 머리손상(40.3%)이었으며 그 다음이 엉덩이 및 넙적다리 손상 (23.3%), 허리뼈 또는 골반손상(10.9%)의 순이다.

65세 이상의 노인에서 엉덩이뼈 골절의 90%이상은 낙상에 의하여 발생 하는데 넙다리뼈 경부 골절이 되면 인공관절 치환 수술을 하여야 하는 경우도 발생한다.

낙상 후 머리 손상은 넘어지면서 머리 부분을 땅이나 물체에 부딪혀 발생하는데 심한 경우에는 뇌손상으로 인한 수술이 필요한 경우도 있다. 그 외 머리뼈나 안면부 뼈의 골절은 낙상으로 내원한 응급실 환자의 4.7%정도를 차지한다.

겨울철 빙판에 미끄러져 손목부위의 골절로 병원으로 내원하는 경우는 3.1%정도 발생하며 이외에도 허리뼈나 가슴부위에 손상이 발생할 수 있다.

〈그림. 낙상사고의 손상 유형〉

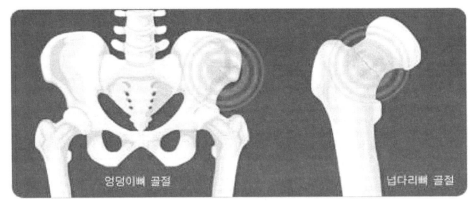

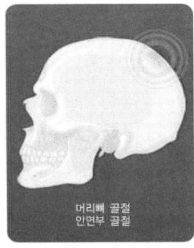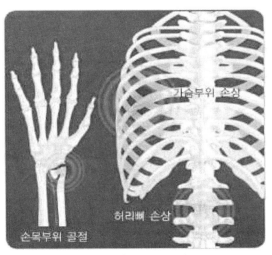

8. 낙상 예방

1) 낙상예방의 중요성

낙상 환자 10명중 약 1명은 대퇴부의 골절이나 머리 손상으로 입원이 필요한 심각한 손상이 동반되어 손상에 의한 치료 기간이 길어지고 경우에 따라서 사망까지 발생하므로 본인과 가족의 육체적 정신적 고통이 심하며 경제적 손실 또한 큽니다. 아래와 같은 이유 때문에 낙상에 대한 예방이 중요하다고 할 수 있다.

- 낙상은 심각한 손상이 동반된다.
- 낙상으로 사망할 수 있다.
- 낙상으로 인한 경제적 손실이 크다.
- 낙상은 예방 가능하다.

2) 낙상 예방을 위한 접근 방법

- 낙상의 예방을 위하여 낙상의 위험요소나 위험에 노출되어 있는 사람들과 가족 치료자들에 대한 교육이 시행되어야 한다.
- 낙상 발생 가능성에 대하여 미리 조사하는 것이 필요하며, 걸음걸이나 균형감각 또는 근육의 힘을 평가하여 낙상 발생을 예방할 수 있는 운동프로그램을 지역사회 차원에서 제공되어야 한다.
- 노인들이 복용하고 있는 약물들을 잘 살펴 약물에 의한 낙상이 발생하지 않도록 조절 하여야 한다.
- 앞이 잘 보이질 않아 발생하는 낙상을 예방하기 위하여 안과적 검진을 통한 적절한 안경을 착용하여야 한다.
- 가정에서의 위험요소를 제거한다.

3) 낙상 예방 방법

① 규칙적인 운동하기

규칙적인 운동은 근력을 강화시키며 균형감각을 증강시키는 것으로 알려져 있고, 실제 낙상의 위험을 17%정도 감소시키는 것으로 보고 있다.

② 복용 약물에 대해 의사에게 확인받고 과음 삼가 하기

- 어지러움이나 두통을 일으킬 수 있는 안정제나 근육 이완제, 고혈압 약물 등에 의해 낙상이 잘 일어날 수 있으므로 복용하고 있는 약물에 대하여 의사에게 확인하는 것이 좋습니다. 누워 있거나 앉은 상태에서 갑자기 일어나면 혈압이 떨어지면서 어지럼증이 생겨 낙상의 원인이 될 수 있으므로 급격한 자세 변화는 피하는 것이 좋습니다.
- 이미 평형장애가 있는 사람은 아주 조그만 알코올 섭취에도 많은 장애를 받을

수 있으므로 술을 절제해야 한다.

③ 시력이 나빠지면 자신에 맞는 안경 쓰기

④ 집안 환경을 안전하게 하기

- 어두침침한 곳, 계단, 침실, 욕실, 모서리 등을 어둡지 않게 한다.
- 부엌싱크대나 가스렌지 근처의 바닥에는 미끄러지지 않도록 고무매트를 깔아놓고, 물을 엎지른 경우에는 즉시 닦도록 해야 한다.
- 노인들이 자주 다니는 길목에 손잡이를 설치하고, 설치된 손잡이가 튼튼한지도 꾸준히 체크한다.
- 화장실이나 욕조에 손잡이를 설치하고, 욕실은 물기 때문에 미끄러울 수 있으므로 벽에 미끄럼 방지 스티커를 붙이거나 바닥에 미끄럼 방지 매트를 사용하는 것이 좋습니다.
- 노인들이 발을 헛디디지 않게 하기 위해 나풀거리는 카펫이나 깔개를 밑부분에 미끄럼 방지가 돼 있는 것으로 바꿉니다.
- 박스, 낮은 가구 등으로 실내를 어지럽히지 말아야 하며 특히 계단 주위는 깨끗이 정돈한다.
- 발에 꼭 맞는 신발, 바닥에 미끄럼 방지 처리가 된 신발을 신도록 해줍니다.

모든 낙상은 원인이 있다. 따라서 낙상이 발생하기 전에 항상 검사를 통하여 위험요소가 있는지를 확인하고 제거하는 것이 중요한다. 낙상 발생시에는 노인들에 대한 검사와 치료가 동시에 이루어져야 하며, 왜 낙상이 생겼는지 원인을 파악함과 동시에 또 다른 낙상의 예방을 위해 무엇이 필요한지 생각해 보아야 한다.

4) 낙상 예방 운동

〈그림 낙상 예방 운동〉

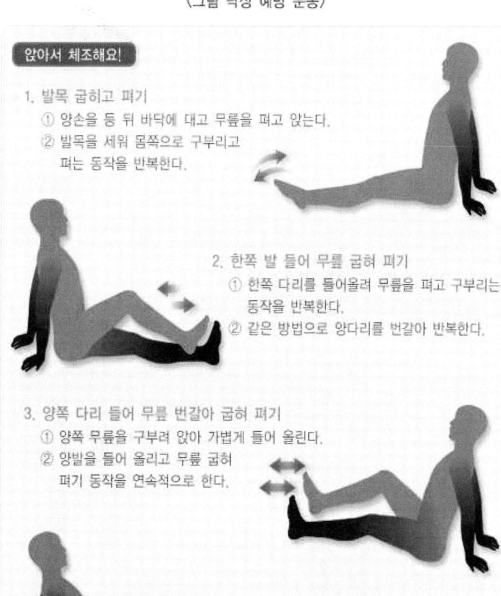

앉아서 체조해요!

1. 발목 굽히고 펴기
   ① 양손을 등 뒤 바닥에 대고 무릎을 펴고 앉는다.
   ② 발목을 세워 몸쪽으로 구부리고
      펴는 동작을 반복한다.

2. 한쪽 발 들어 무릎 굽혀 펴기
   ① 한쪽 다리를 들어올려 무릎을 펴고 구부리는
      동작을 반복한다.
   ② 같은 방법으로 양다리를 번갈아 반복한다.

3. 양쪽 다리 들어 무릎 번갈아 굽혀 펴기
   ① 양쪽 무릎을 구부려 앉아 가볍게 들어 올린다.
   ② 양발을 들어 올리고 무릎 굽혀
      펴기 동작을 연속적으로 한다.

4. 발바닥 붙여 들어 올려 내리기
   ① 양 발바닥을 서로 마주보게 붙인다.
   ② 양발을 붙인 자세에서 들어 올리고
      내리는 동작을 반복한다.

의자를 이용해 체조해요!

5. 의자 잡고 서서 뒷꿈치 들어 올리기
① 의자를 잡고 바르게 선다.
② 양발을 모으고 뒷꿈치를 들어 올리고 내린다.

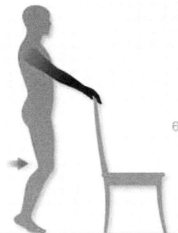

6. 의자 잡고 서서 무릎 굽히기
① 의자를 잡고 바르게 선다.
② 양발을 모아 뒷꿈치를 들어올리고 내릴 때 무릎을 가볍게 구부린다.

7. 한쪽 다리로 무릎 굽혀 펴기
① 한쪽 다리를 옆으로 들어 올리고 한발로 선다.
② 한발로 선 채로 무릎을 가볍게 굽히고 편다.

8. 한쪽 다리 옆으로 들어 올려 내리기
① 한쪽 다리를 옆으로 들어 올려 잠시 멈추었다 내린다.
② 양발을 번갈아 들어 올려 내린다.

5) 낙상 예방 안전용품

낙상의 위험성이 있는 노인들은 실버카나 보행기 등 낙상을 예방하는 기구를 이용할 수 있다. 또한 배변시 어지럼증이 있는 경우 좌변기 안전보조대 등을 사용하면 안전한다.

낙상을 예방하는 안전한 환경을 위하여 욕실이나 화장실 바닥이 미끄럽지 않게 하고 안전 손잡이 시설을 갖춥니다.

〈그림. 낙상 예방을 위한 안전용품〉

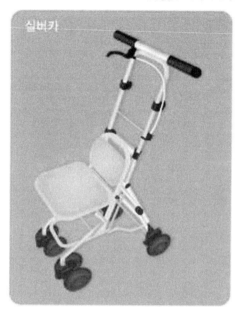

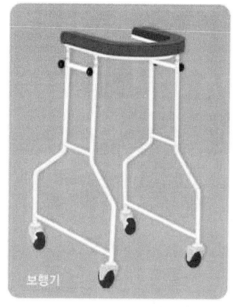

XV. 국민건강보험공단 건강프로그램
(건강백세운동교실)

1. 건강백세운동

노인운동 표준프로그램이란?

　노인의 신체기능 저하방지 및 개선에 적합한 표준운동프로그램을 개발하여 일상생활 속에서 쉽고 편하게 따라 할 수 있는 운동으로, 노인의 신체활동 능력 향상 및 건강증진을 도모하기 위하여 동영상으로 제작 강습 등에 활용하고 있다.

1) 준비운동(가동관절의 유연성운동) – 나는 17곱 살이예요
　① 손끝 말초신경자극하기
　② 손목, 발목 관절운동
　③ 손목 발목 안과 밖 관절 운동
　④ 고관절 회내운동
　⑤ 상체 앞으로 굽혔다 펴기
　⑥ 엉덩이 옆으로 들며 다리 들기
　간주 – 손끝, 손날, 손목, 두드리며 말초신경 자극하기
　⑦ 손목 발목 꺾기
　⑧ 상체 틀며 척추 트위스트
　⑨ 손바닥 땅에 짚고 앞, 뒤 걷기
　⑩ 상체 앞으로 굽혔다 펴기
　⑪ 옆구리 늘리기
　⑫ 호흡정리

2) 두드리기 운동(근육의 내성과 탄력을 키우기 위한 몸 다르림동작) – 해주아리랑
　① 팔털기 손털기
　② 다리 안쪽 두드리기
　③ 다리 바깥쪽 두드리기
　④ 고관절 두드리기
　⑤ 등 허리 두드리기
　⑥ 앞 몸통 두드리기
　⑦ 옆구리 좌우 두드리기
　⑧ 목줄기 좌우 두드리기(견정)
　⑨ 머리 두드리기
　⑩ 얼굴(볼, 눈) 두드리기
　⑪ 왼팔, 오른팔 두드리기
　⑫ 어깨털기/손털기
　⑬ 큰 숨 고르기

3) 본 운동 ① (유산소운동-음양오행의 원리와 한국춤사위동작) - 닐리리맘보

준비동작 - 양팔 좌우로 흔들기
① 양팔 사선으로 벌려 한발 들기(어깨춤)
② 앞뒤로 걸으며 가슴 펴기(앞뒤로 박수)
③ 양팔 앞 흔들며 사방치기
④ 탈 춤추며 뒤로 발들어 치기 ⑤무릎치기

4) 본 운동 ② (근력과 근지구력 강화운동-고관절강화와 평형성운동) - 빨간구두아가씨

준비동작 -
① 팔 트위스트 및 어깨 회전운동
② 상, 하체 근력운동
③ 어깨 근력 및 고관절 운동
④ 상체 트위스트 운동
⑤ 상, 하체 근지구력 및 근력운동
⑥ 정리운동

5) 정리운동(숨고르기 운동, 근육관절 이완과 호흡을 고르는 동작) - 등대지기

준비동작 -
① 목풀기(합곡을 누르면서)
② 좌우로 몸통틀기
③ 좌우로 옆구리 늘리기
④ 몸통제끼기/몸통 숙이기
⑤ 좌우로 다리풀기
⑥ 허리풀기
⑦ 다리 안 들고 팔 벌려 들기
⑧ 다리 밖 들고 팔 벌려 들기
⑨ 다리 앞 들고 팔 뒤로 들기
⑩ 기마자세로 큰 숨 고르기

2. 치매예방체조

치매환자는 조기 발견을 통해 10~20% 완치가 가능하다. 치매에 대한 잘못된 편견이 치매를 고칠 수 없는 병으로 인지하고 있는 경우가 많다. 그러나, 다양한 치매의 원인 중 뇌종양, 심각한 우울증, 갑상선 질환, 약물 부작용, 영양문제 등은 일찍 발견해서 치료하면 회복할 수 있다.

이에 보건복지부는 2007년부터 '무료치매검진사업'을 통해 60세 이상이면 누구나 전국 보건소에서 치매 검사가 가능하도록 실시하고 있으며, 치매로 진단 받고 보건소에 등록할 경우 치료관리비도 지원한다.

1) 치매 예방법

① 손과 입을 바쁘게 움직여라
: 손과 입은 가장 효율적으로 뇌를 자극할 수 있는 장치이다.
  손놀림을 많이 하고 음식을 꼭꼭 많이 씹자.

② 머리를 써라
: 활발한 두뇌활동은 치매 발병과 진행을 늦추고 증상을 호전시킨다.
  두뇌가 활발히 움직이도록 기억하고 배우는 습관을 가지자.

③ 담배는 당신의 뇌도 태운다.
: 흡연은 만병의 근원으로 뇌 건강에 해롭다.
  담배를 피우면 치매에 걸릴 위험이 안피우는 경우에 비해 1.5배나 높다.

④ 과도한 음주는 당신의 뇌를 삼킨다.
: 과도한 음주는 뇌세포를 파괴시켜 기억력을 감퇴시키고, 치매의 원인인 고혈압, 당뇨병 등의발생 위험을 높이게 된다.

⑤ 사람들과 만나고 어울리자.
: 우울증이 있으면 치매에 걸릴 위험이 3배나 높아진다.
  봉사활동이나 취미활동 등에 적극적으로 참여하고 혼자 있지 말고 사람들과 어울려 외로움과 우울증을 피하자.

⑥ 건강한 식습관이 건강한 뇌를 만든다.
: 짜고 매운 음식은 치매의 원인이 되는 고혈압,당뇨병 등의 발생 위험을 높인다. 신선한 야채와 과일, 특히 호두,잣 등 견과류는 뇌기능에 좋으므로 이러한 식품을 적당히 섭취하자.

⑦ 몸을 움직여야 뇌도 건강하다(노인운동)
: 적절한 운동은 신체적,정신적 건강에 좋다.
 적절한 운동은 치매의 원인이 되는 고혈압,고지혈증,당뇨병등을 예방하고 증상을
호전시킨다.
 일주일에 2회 이상 30분이 넘게 땀이 날 정도로 운동을 하자.
* 알츠하이머 치매의 13%는 운동 부족 때문이다.
* 운동을 열심히 하면 전체 치매 위험은 2/3 수준으로 줄고, 알츠하이머 치매 위험
은 1/2 수준으로 준다.
* 운동 부족군을 줄이면 세계적으로 치매 환자가 38만명이 준다.

⑧ 치매가 의심되면 보건소에 가자
: 60세 이상 노인은 보건소에서 무료로 치매조기검진을 받을 수 있다.

⑨ 치매에 걸리면 가능한 빨리 치료를 시작하자.
: 치매 초기에는 치료 가능성이 높고 중증으로 가는 것을 방지할 수 있다. 따라서
치매는 가능한 빨리 발견하여 치료하는 것이 중요하다.

⑩ 치료, 관리는 꾸준히 하자.
: 치매 치료의 효과가 금방 눈에 안 보인다 할지라도 치료,관리를 안하고 방치하면
뇌가 망가져 돌이킬 수 없다.

2) 뇌신경체조와 치매예방체조
① 필요성(국내 치매예방 체조의 개발 현황)
  - 국내 치매 예방 체조는 대분분 말초 신경을 자극하는 방법이며, 활동적인 유
    산소성 체조 형태는 부재.
  - 체계적인 연구 결괄르 바탕으로 개발된 운동법 부재.

② 원리
  - 뇌신경체조와 치매예방체조로 구성
  - 뇌신경체조 : 대뇌피질을 자극해서 인지기능을 향상
  - 치매예방체조 : 유산소 운동의 효과를 통해 노의 혈액순환을 증가시키고 인지
            기능을 향상
  - 기억력이 떨어지고 걷기가 불편하신 분들도 쉽게 할 수 있게 대상별 버전으
    로 개발

③ 뇌신경체조의 근거 및 효과
  * 뇌로 직접 이어지는 뇌신경(cranial nerve)를 자극함으로써 대뇌피질을 활성화

시켜 뇌 기능을 향상 시키는 동작으로 구성됨.

동 작	자극대상	추 가 효 과
얼굴 두드리기	삼차신경 안면신경	- 체감각 자극 수용체가 가장 많이 포함된 손과 안면을 자극함으로써 감각을 담당하는 대뇌 피질의 넓은 면적을 활성화
눈돌리기	동안신경 활차신경 외전신경	- 전두엽 기능 향상으로 주의력, 선택기억능력 향상
눈감고 씹기	삼차신경 안면신경	- 씹기 운동은 해마와 전전두엽 부위를 활성화시켜, 인지기능을 향상시킴 - 씹기 운동을 통한 뇌 피질과 소뇌영역의 혈액순환 증가
소리내기	삼차신경 안면신경 설인신경 설하신경	- 혀 체조, 볼 체조, 입술 체조는 연하 기능 향상 및 구강 안면 근력을 향상시킴
볼혀쓰기	안면신경 설하신경	- 볼 체조는 안면을 자극함으로써 감각을 담당하는 대뇌 피질의 넓은 면적을 활성화
목 돌리기	부신경	- 운동을 담당하는 대뇌 피질 자극

* 공통 효과
  : 체조만으로 유산소 운동 효과를 얻을 수 있는 동작으로 구성됨
  : 지속적 유산소 운동은 인지기능을 향상시키고 치매를 예방하는 효과가 있음
  - 운동 부족은 치매 위험을 1.8배 증가시키며, 전체 치매의 13%는 운동 부족으로 발생하므로 지속적인 운동으로 치매를 13.9% 줄일 수 있음.
  - 심폐체력이 높은 경우 노화로 인한 전두엽, 두정엽, 측두엽 조직의 감소를 줄일 수 있음
  - 4개월간의 유산소 운동 프로그램 후 노인의 신경심리검사 결과 호전 및 뇌의 신진대사 촉진
  - 유산소 운동에 참여한 노인은 단순 스트레칭 운동에 참여한 경우에 비해 뇌 용적이 증가
  - 노인의 유산소 체력수준은 기억력을 담당하는 뇌의 부위인 해마의 크기 증가와 관련됨

④ 치매예방체조의 근거 및 효과

* 개별 효과 : 뇌 피질을 효과적으로 자극하는 동작으로 구성됨
* 부가적 효과 : 걸으면서 실시할 경우 뇌를 더욱 활성화시키며, 심박수의 증가로
  혈액순환을 증진시키고 뇌로 가는 혈류량을 증가시킴

동 작	추 가 효 과
온몸 자극하기	* 상체 혈액순환 촉진 및 뇌 자극 - 머리를 두드리는 동작은 뇌 전두엽 자극 - 어깨, 엉덩이 두드리는 동작은 어깨의 회전력을 높여 운동 기능 향상에 도움
손 운동 (박수)	* 말초신경 자극, 혈액순환 촉진으로 인한 인지기능 향상 - 박수는 움켜쥐는 동작, 연속적 손가락 수행에 비해 대뇌피질 활성화에 가장 큰 효과를 나타냄
손 운동 (쥐기)	* 말초신경 자극, 혈액순환 촉진으로 인한 인지기능 향상 및 운동능력 향상 - 손가락 운동은 대뇌 영역의 폭넓은 활성화로 인지 기능 향상 효과
팔 운동 (두팔로 하기)	* 상체 혈액순환 촉진, 인지기능 향상 및 운동능력 향상 - 상지를 사방으로 뻗는 동작은 혈액 순환을 촉진시키고, 뇌 혈류를 증가시킴
팔 운동 (한팔로 하기)	* 상체 혈액순환 촉진, 인지기능 향상 및 운동능력 향상 - 양손의 교차적 운동은 소뇌를 활성화 - 상지를 사방으로 뻗는 동작은 혈액 순환을 촉진시키고, 뇌 혈류를 증가시킴
기 만들기 기 펼치기	* 후두엽, 두정엽, 전두엽 활성화 - 입체 공간적 사고력은 두정엽을 자극하게 되므로 동그란 수정구를 형상화하여 만들어 내는 동작과 밑/앞/옆면을 가상으로 만들어 그리는 동작이 두정엽을 활성화 시킴 - 본 동작은 시각을 함께 활용함으로서 시각정보를 담당하는 후두엽을 자극 시킴 - 사고력과 운동 집행과 관련된 부위인 전두엽 자극 - 양손의 교차적 운동은 소뇌의 활성화를 유발
온몸 가다듬기	* 어깨 및 가슴 근육의 이완 효과

3) 치매예방 운동

♣ 뇌신경체조 : 뇌 표면 자극으로 인지기능 향상

1. 얼굴 두드리기 삼차신경 및 안면신경 자극

① 양손가락으로 이마(눈썹 포함), 볼(콧날 옆), 입술 상부(인중 포함), 턱을 순서대로 2회씩 부드럽게 마사지합니다.
② 2회 반복합니다.

2. 눈 돌리기 동안신경, 활차신경 및 외전신경 자극

① 얼굴은 정면으로 고정한 상태에서 눈동자만 상 하 좌 우 방향으로 각 2초씩 응시합니다.
② 얼굴을 정면으로 고정한 상태에서 눈동자를 시계방향으로 4초에 걸쳐 회전합니다.
③ 얼굴을 정면으로 고정한 상태에서 눈동자를 반시계방향으로 4초에 걸쳐 회전합니다.

3. 눈감고 씹기 삼차신경 및 안면신경 자극

① 4초 간 눈을 꼭 감습니다.
② 4초 간 어금니를 앙 다뭅니다.
③ ①-②번을 번갈아 2회 반복합니다.

4. 소리내기 삼차신경, 안면신경, 설인신경 및 설하신경 자극

① 아 - 으 - 우 - 이를 4초에 걸쳐 순서대로 소리내어 발음합니다.
② 2회 반복합니다.
③ 크게 소리내어 '라라라, 파파파, 카카카, 라파카'라고 외칩니다.
④ 3회 반복한다. 첫 번째 시행에서는 강세를 첫 번째 글자에 두고, 두 번째 시행에서는 강세를
   두 번째 글자에 두고, 세 번째 시행에서는 강세를 세 번째 글자에 두어 외칩니다.

5. 볼혀쓰기 안면신경 및 설하신경 자극

① 입술을 꼭 다물고 양 볼을 최대한 부풀려 4초간 유지합니다.
② 입술을 꼭 다물고 양 볼을 최대한 수축시켜 4초간 유지합니다.
③ 혀로 왼쪽 볼을 최대한 힘껏 민 상태에서 4초간 유지합니다.
④ 혀로 오른쪽 볼을 최대한 힘껏 민 상태에서 4초간 유지합니다.
⑤ ① - ④번을 순서대로 2회 반복합니다.

6. 목 돌리기 무신경 자극

① 정면을 응시한 상태에서 고개를 오른쪽으로 최대한 돌려서 2초간 유지합니다.
② 고개를 다시 원위치로 돌려 정면을 2초간 응시합니다.
③ 고개를 왼쪽으로 최대한 돌려서 2초간 유지합니다.
④ 고개를 다시 원위치로 돌려 정면을 2초간 응시합니다.
⑤ ① - ④번을 순서대로 2회 반복합니다.

♣ 치매예방체조 : 뇌 표면 자극으로 인지기능 향상

7. 온몸 자극하기 어깨 회전범위 확대, 상체 혈액순환 촉진 및 뇌자극

❶
머리박수
손가락 끝을 세워
머리를 경쾌하게
두드려줍니다.

❷
어깨박수
양손으로 어깨를
두드립니다.

❸
엉덩이박수
양손으로 엉덩이를 두드립니다.

❹
세로박수
양손을 세로로 세워
박수를 칩니다.

8. 손 운동(박수) 말초신경 자극, 혈액순환 촉진 및 인기기능 향상

❶
주먹박수 4회 & 세로박수 4회
양손은 주먹을 꼭 쥐어 4번 두드려줍니다.
이어서 양손을 펴고 손바닥으로 4번 박수를 칩니다.

❷
손끝박수 4회 & 세로박수 4회
양손가락 끝을 맞대어 4번 두드려줍니다.
이어서 양손을 펴고 손바닥으로 4번 박수를 칩니다.

손바닥박수 `4회` & 세로박수 `4회`

양손을 쭉 펴고 손바닥 중간 면으로 4번 두드려줍니다.
그리고 양손을 펴고 손바닥으로 4번 박수를 칩니다.

4

손목박수 `4회` & 세로박수 `4회`

양손의 안쪽 손목을 맞대어 4번 두드려줍니다.
그리고 양손을 펴고 손바닥으로 4번 박수를 칩니다.

9. 손 운동(쥐기) 인지기능 향상 및 운동능력 향상

1

세로박수

양손을 맞대어 강하게
박수를 칩니다.

2

가로박수

양손을 수평이 되도록
눕혀 박수를 칩니다.

3

가로쥐기

양손을 수평으로 맞댄
상태에서 손을 꼭 줍니다.

4

깍지끼기

양손을 서로 마주 놓고
힘껏 깍지를 낍니다.

※앞선 모든 동작을 좌·우로 번갈아가며 2회 반복하고, 깍지를 낄 때는 엄지손가락
의 위치를 보고 번갈아 실시한다.

10. 팔 운동(두팔로 하기) 상체 혈액순환 촉진, 인지기능 향상 및 운동능력 향상

① 양팔 앞으로 밀기

양팔을 가슴 앞에서 앞쪽으로 밀고 제자리로 돌아옵니다.

② 양팔 위로 밀기

양팔을 위로 밀고 제자리로 돌아옵니다.

③ 양팔 옆으로 밀기

양팔을 좌우로 밀고 제자리로 돌아옵니다.

④ 양팔 교차하여 밀기

양팔을 앞을 향해 사선으로 교차시켜 밀고 제자리로 돌아옵니다.

11. 팔 운동(한팔로 하기) 상체 혈액순환 촉진, 인지기능 향상 및 운동능력 향상

① 한 팔씩 번갈아 밀기(앞-위-옆-사선-위-옆-사선-앞)

오른손을 시작으로 앞쪽, 위쪽, 옆쪽, 사선으로 한 팔씩 밀고 돌아오기를 반복합니다.

12. 기 만들기 후두엽, 두정엽 및 전두엽 활성화

기운 모으기

① 가슴 아래쪽에 양 손을 위·아래로 위치시키고 손가락을 둥글게 말아 줍니다.
② 왼손이 위로 향하도록 돌려줍니다.
③ 왼손이 위쪽에 위치하면 다시 오른손이 위로 향하도록 천천히 돌려줍니다.

기운 키우기

양손을 자신의 몸통 크기로 넓혀주어 같은 방법으로 천천히 돌려줍니다.

기운 크게 키우기

양팔을 위·아래로 길게 뻗어 같은 방법으로 천천히 돌려줍니다.

기운 펼치기

양팔을 위아래로 길게 뻗어 손바닥이 밖을 향하도록 하여 천천히 돌려줍니다.

13. 기 펼치기 후두엽, 두정엽 및 전두엽 활성화

밑면 동그라미 그리기

① 양손은 볼펜을 쥐듯이 가볍게 모아 허리에 위치시킵니다.
② 허리를 기준으로 밑면에 그림을 그리듯 동그라미를 그려줍니다.
③ 오른손과 왼손을 번갈아가면서 동그라미를 그려줍니다.

앞면 동그라미 그리기

① 양손은 볼펜을 쥐듯이 가볍게 모아 허리에 위치시킵니다.
② 허리를 기준으로 앞면에 그림을 그리듯 동그라미를 그려줍니다.
③ 오른손과 왼손을 번갈아가면서 동그라미를 그려줍니다.

앞과 옆면에 동그라미 그리기

① 양손은 볼펜을 쥐듯이 가볍게 모아 왼손은 옆면에, 오른손은 앞면에 위치시킵니다.
② 양손으로 동시에 동그라미를 그립니다.
③ 양손은 볼펜을 쥐듯이 가볍게 모아 왼손은 앞면에, 오른손은 옆면에 위치시킵니다.
④ 양손으로 동시에 동그라미를 그립니다.

14. 온몸 가다듬기 어깨 및 가슴근육 이완

① 크게 숨들여 마시기

가슴을 넓게 펴고 팔을 위로
올려서 숨을 들여마십니다.

② 크게 숨내쉬기

팔을 아랫배 위로 내리면서
숨을 내쉽니다.

③ 숨들여 마시기

손바닥이 위로 오게 하여
손끝을 마주 보게 가슴 쪽으로
올리며 숨을 들여마십니다.

④ 숨내쉬기

마주한 손을 내리며
숨을 내쉽니다.

☞ 출처 : 보건복지부, 중앙치매센터, 국민건강보험공단

☞ 치매예방 운동법 포스터 및 동영상 교재 무료 다운로드 방법
  - 중앙 치매 센터 : www.nid.or.kr
  - 치매정보365 : www.edementia.or.kr

[부 록]

1. DANCE 의 실제

2. 건강박수 기법

3. 응급처치법

4. 기도폐쇄

5. 심폐소생술

1. DANCE 의 실제

1) 오라버니(금잔디) - 레크댄스/고관절 교정(웃음운동)

가 사	박자	동 작 설 명	비 고
전 주(52C)	20	숨고르기	제자리 바운스
	32	양팔 사선(반짝반짝)/오,왼(16C씩,2회)	
1 날사랑 하신다니~~ 정말 그러시다니~~	32	힐업다운/양팔앞뒤흔들기(의샤의샤 /하하하하)	무릎고정(고들,가펴, 허세)
2 구름타고 빛나는 하늘 멀리멀리 날아갑니다	32	양팔 달리기(하체고정)	*고관절 교정
3 날사랑 하신다하니~ 정말 행복하여서~	32	무릎바운스/양팔 밖으로 벌리기(손 잼잼)/양팔안으로 모으기(손 잼잼)	
4 설레이다 떠난가슴은 아픈줄도 모른답니다	32	개다리춤/이마치며(마주보고)	
간 주 (32C)	32	전주 2번 반복	
* 전주--1~4--1~4--간주--1~4			

2) 찔레꽃(리믹스) - 근력 댄스(웃음운동)

가 사		박 자	동 작 설 명	비 고
전 주(40C)		8	숨고르기	*다리 바운스
		32	큰날개짓.2박자(4C)/ 작은날개짓.1박자(4C) 4회반복	
1	찔레꽃 붉게~ 피는~~~~	8	양손 모아 머리위 크게 큰원	
		8	힙범핑(좌,우)	
2	남쪽나라 내고~~ 향~~~	8	양손 가슴앞 주먹쥐고 모아 사선으로 뻗었다 모으기 (오)	*투스텝 *오,왼 2회반복
		8	"	
3	언덕위에~~ 초가산간~~~	16	부비부비/얼굴마찰동작(세수) "하하하하" 웃음운동	
4	그립습니다~~	16	머리위 박수/짝과함께 도시도 돌기	
*1절: 1~4번 동작 2회 반복				
간 주(32C)		32	전주동작	
*2절: 1~4번 동작 2회 반복 (2회째 마지막 4번 동작은 2회반복)				
마무리(24C)		24	오,왼,양손/최고	

3) 뿌이고 - 근력댄스(웃음운동)

가 사	박 자	동 작 설 명	비 고
8)전 주(4	32	날개짓	*다리 바운스
	16	숨고르기/제자리 걷기	
1 여기에 있어도~~..	8	오른손 사선(위,아래찌르기)(2회)	*웃음운동 *다위 가위짓
당신뿐이고~..	8	오른손 사선(위~아래,4등분 나누어 찌르기/**하,하,하,하**	
2 저기에 있어도~~.. 당신뿐이고~~..	16	*1번 동작 (왼쪽,왼손)*	
3 이 넓은 세상~~.. 어느곳에 있어도~~..	16	양손 교차 어깨/양손 제자리 어깨/양팔 아래/양손 제자리 어깨(옆으로 오른발 스텝, 오른발에 왼발 모으기/2회)	*(오,왼)
4 내사랑은~..	8	앞으로 걷기(포워드 터치)/머리위 박수	
~~..다~~~	8	뒤로 걷기(백워드)./머리위 박수	
5 힘든날은~~..	8	오른손 훌랄라하면서 머리위	*다리 가위짓
기대어 가고~~~..	8	왼손 훌랄라 하면서 머리위	
6 좋은 날은~~~..	8	양손 훌랄라 하면서 내려오기	*다리 가위짓
~~..고~~~..	8	엉덩이 좌우 흔들기	
간주	48	* 전주 동작 반복 *	
마무리	20	오,왼,양손/최고	

*동작 순서

1~6--1~6--간주--1~6--마무리

4) 황진이(박상철) - 건강댄스

	가 사	박 자		동 작 설 명	비 고
	전 주	32		손(허리), 엉덩이 흔들기	오른쪽부터
	얼씨구 절씨구~	16		양손 옆나란히 덩실덩실	오른쪽부터
		8		양손 머리위 덩실덩실	
1	내일이면 간다~ 너를 두고 간다~	8		발 : 싸이드 투게더 싸이드 터치 팔 : ㄴ자모양 (팔꿈치 벌렸다 모으기)	오른쪽부터
		8			
2	황진이 너를 두고~	16	4	오른손 만세->왼손 만세	
			4	머리위 박수 1회->아래로 내려서	
			8	손바닥모아 올챙이(아래->위로)	
	이제 떠나면~	16		* 1번 동작 반복 *	
	사랑아 사랑아~	16		* 2번 동작 반복 *	
3	진달래가 피고~	16		부비부비 (옆사람 마주보고)	
4	그리워서 어떻게~	16		브이댄스 (펄프픽션)	
	능수버들 늘어지고~	16		* 1번 동작 반복 *	
	보고파서 어떻게~	16		* 2번 동작 반복 *	
	그래도 가야지~	16		* 1번 동작 반복 *	
	황진이 너를~	16		* 2번 동작 반복 *	
	내가 사랑한~	16		* 3번 동작 반복 *	
	사랑아 사랑아~	16		* 4번 동작 반복*	
* 간주(16박자) : 손(허리), 엉덩이 흔들기 * 2절 : 1절과 동일					
	얼씨구 절씨구~	16		양손 옆나란히 덩실덩실	
	황진이~	8+( )		양손 머리위 덩실덩실-> 천천히 손 아래로 정리~~	

5) 장미 꽃 한송이 - 건강댄스

가 사	박 자		동 작 설 명	비 고
전 주	32	16	제자리 걷기	
		16	손털기(위4,아래4,양팔옆4,가운데4	
1 고운꽃 한송이~	16		날개짓하며 전진 (박수)-4박 　　　　　"　　후진 (박수)-4박	4회반복
2 햇빛에 가려진~	16		발:싸이드 이동 손:와이퍼 동작	오른쪽, 왼쪽
3 내가 마음바쳐~	16	4	오른손 동그랗게 머리위 하트-유지	
		4	왼손 동그랗게 머리위 하트	
		8	양손 깍지-엉덩이 흔들기	
4 그대 줄기 위에~	16	4	훌라후프 위로든 자세 취하며 오른쪽으로 이동	
		4	엉덩이 두드리기	
		4	훌라후프 위로든 자세 취하며 왼쪽으로 이동	
		4	엉덩이 두드리기	
5 내사랑 내사랑~	16		손:뒷짐진 상태로 누운팔자 돌기	

간 주 : 전주 동작과 동일
2 절 ：1절 동작과 동일

내가 마음바쳐~	16	3번 동작과 동일	
그대 줄기 위에~	16	4번 동작과 동일	
내사랑 내사랑~	16	5번 동작과 동일	
후 주	16	8	제자리 걷기	
		8	제자리 걸으며 쉼호흡	

6) 자옥아(박상철) - 도구체조(세라밴드)

가 사	박자	동 작 설 명	비 고
전 주(64C)	16	아래 좌,우 흔들기	제자리 바운스
	32	노젓기 16C,4회/오,왼	
	16	아래 좌,우 흔들기	
1 내곁을 떠나간 그사람~~......	32	다이아몬드 스텝 4회/양손 가슴위 높이 올리기	
2 그사람 어깨에 날개가~......	32	사이드런지,사선 당기기(16C) 오,왼	
3 자옥아~자옥아~.....	32	상체 큰 원 돌리기(위-아래/16C,오)/무릎치기 (16C)	
4 자옥아~자옥아~......	32	3번 동작 왼쪽으로 반복	
5 내어깨위에 날개가 없어~~~......	32	밴드 목에 걸고 나비날개짓 풀턴(오)/앞런지 머리위 하트/제자리	
간 주 (64C)	64	전주 동작 반복	

*2절: 1절과 같은 동작 반복/5번동작:오,왼 반복
*마무리: 8C

7) 대박났네 (김태곤) - 도구체조(막대봉-커플)

가 사	박자	동 작 설 명	비 고
전 주(56C)	56	서로 당기고 밀기/막대봉 바로잡고 (주거니 받거니)	
1 강남갔던 제비가~~ 박씨를 물고오니~...	32	양손모아 위로 올리기(8C씩) 양손모아 아래로 내리기(8C씩)/ 2회 반복	
2 에헤야 에헤라데야~ 너무나 좋을씨구~...	32	두손모아 오른쪽 왼쪽 왔다갔다 흔들기　　8회반복	
3 우리모두 다같이 슬근슬근~.. ..	32	양손크게벌려위로모으기(8C씩) 양손크게벌려아래모으기(8C씩) 2회 반복	
4 에헤야 데해야~ 우리모두 소원~....	32	양손모아 크게 원그려 돌리기(오,원)　　2회 반복	
5 박하나 터져도 또돈~ 박두개 터져도 또돈~..	48	서로 밀고 당기기(온몸)/스트레칭	다리 벌려 발바닥으로 고정
간 주 (40C)	40	전주 동작 반복(**손교차**)	

*2절: 1,2,4,5동작 1절과 같은 동작 반복/3동작:1동작 반복
*마무리: 16C /전주동작(손교차)

8) 청바지 아가씨 - 도구체조(풍선, 공)

	가 사	박자	동 작 설 명	비 고
	전 주	32	준비자세 (무릎반동)	*기본자세: 양손에 공 또는 풍선을 잡은상태유지
		32	*발:양발 모은 상태에서 무릎 구부렸다 펴기 반복(천천히 4회) *팔:가슴앞으로 접었다 펴기반복(천천히4회)	
1	청바지에 어여쁜~	16	*발:싸이드 투게더 싸이드 터치 *팔:이동방향으로 가슴앞에서 원그리기	오른쪽-왼쪽
2	처음보는 날 보고~	16	*발:1번 동작과 동일 *팔:이동방향으로 가슴앞에서 위로 원 그리기	〃
3	오오 이것 참~	6	뒤꿈치 들었다 났다(5회)	
		10	올챙이(아래에서 점점 위로 올라가기)	
4	오오 이것 참~	16	〃	
5	오오오오 이것 참 야단났네~	16	*발:어깨넓이 벌린 상태->오른쪽,왼쪽 번갈아 체중 이동(천천히4회) *팔:체중이동하는 쪽으로 몸을 살짝 틀어서 팔 접었다 펴기(천천히4회)	
6	어여쁜 아가씨가~	16	*발:5번 동작과 동일 *팔:체중이동하는 쪽으로 몸 90도 틀어서 팔 쭉 뻗기(천천히 4회)	
	오오 이것 참~	16	3번 동작과 동일	
	오오 이것 참~	16	〃	
7	설레이는 내 맘을~	16	*발:어깨넓이 벌린 상태 *팔:공(풍선)을 오른손으로 잡아 몸 뒤쪽으로 보낸뒤 왼손으로 받음->왼손의 공(풍선)을 다시 앞으로 가져와 오른손으로 받는다(천천히 2회)	
8	부푸른 내 마음을~	16	*6번 동작과 동일한 방법으로 진행하되 왼손부터 시작한다	
	청바지에 어여쁜~ 처음보는 날보고~ 오오 이것 참~ 오오 이것 참~	64	* 1,2,3,4번 동작 반복	
	간 주	32	*전주동작과 동일	
	오오오오 이것 참~ 어여쁜 아가씨가~ 오오 이것 참~ 오오 이것 참~	64	*5,6,3,4번 동작과 동일	
	설레이는 내 맘을~ 부푸른 내 마음을~	32	*7,8번 동작과 동일	
	청바지게 어여쁜~ 처음보는 날 보고~ 오오 이것 참~ 오오 이것 참~	64	*1,2,3,4번 동작과 동일 *마무리:공(풍선) 하늘위로 힘껏 던지기	

9) 제주도 타령 - 도구체조(접시)

가 사		박자	동 작 설 명	비 고
전 주		12	다리 바운스하며 리듬타기	
		24	다리 바운스하며 부채질	
1	아침에 우는 새는	6	무릎3, 접시박수3	전진과 후진을 2회 반복
	배가고파 울고요	6	양팔 앞으로 나란히 자세에서 교차	
	저녁에 우는 새는	6	"	
	님이 그리워 운다	6		
P	너냐나냐 두리둥실~	12	접시박수1, 윗덩실(오,왼) 4회	
	낮에낮에나 밤에밤에~	12	구리구리(아래->위, 위->아래)	
2	무정세월아	6	무릎3, 접시박수3	"
	오고가지를 말아라	6	양팔 번갈아 접었다 폈다 반복	
	아까운 내 청춘이	6	"	
	늙어만 가네	6		
P	너냐나냐 두리둥실~	12	P동작 동일	
	낮에낮에나 밤에밤에~	12		
간 주		24	다리 바운스하며 부채질	
3	바람아 강풍아	6	무릎3, 접시박수3	"
	불지를 말아라	6	양팔 옆나란히 자세, 옆덩실(오,왼)	
	고기잡이간 내 낭군님	6	"	
	돌아오실때까지	6		
P	너냐나냐 두리둥실~	12	P동작 동일	
	낮에낮에나 밤에밤에~	12		
4	세상만사가	6	무릎3, 접시박수3	"
	제 아무리 고되도	6	*어른손 -> 사선 만세 *왼손 -> 가슴박수1, 팔박수1, 　　　　접시박수1	
	열심히 살아가면	6	무릎3, 접시박수3	
	행복이 온다	6	*왼손 -> 사선 만세 *오른손 -> 가슴박수1, 팔박수1, 　　　　접시박수1	
P	너냐나냐 두리둥실~	12	P동작 동일	
	낮에낮에나 밤에밤에~	12		

10) 안동역에서(진성) - 접시체조

	가 사	박자	동 작 설 명	비 고
	전 주(64C)	64	양팔 쭉 펴서 상,하 비틀기 (운전하는 동작)	*다리 바운스
1절1	바람에 날려버린~~...~	32	양손 머리 위 좌우 흔들기 (동작 크게)/접시 오른손 잡고	*완 스텝
2	첫눈이 내리는 날 안동역 앞에서~~~...	32	양팔 머리뒤 상,하 　올렸다 내렸다 반복	*다리 바운스
3	새벽부터 오는 눈이~~...	32	양팔 옆으로 나란히 하고 팔목 꺾기(양손 교차)	*다리 바운스
4	안오는 건지~~............	64	접시 돌리기 6번	*살짝 기마자세(한발 앞으로)
	간 주(48C)	48	전주 동작 반복	
2절	1절 동작 반복			

11) 누이 - 라인댄스

- 작품길이 : 32 Count
- 형   식 : 4 wall
- 시   작 : 전주 64 C
- 음   악 : 누이(설운도)
- 응용음악 :

	step	count	description
1	느린 다이아몬드 스텝 (빠른 다이아몬드 스텝 2회)	1 - 2 3 - 4 5 - 6 7 - 8	오른발 앞으로 교차 스텝 왼발 앞으로 교차 스텝 오른발 뒤 옆으로 스텝 왼발 뒤로 스텝
2	로킹체어 2회	1 - 2 3 - 4 5 - 8	왼발 제자리 스텝(체중중심) 오른발 앞으로 락스텝 오른발 뒤로 락스텝 1 -4 반복
3	(오)바인스텝 터치/힙범핑	1 - 4 5 - 8	오른발 옆으로스텝, 왼발 뒤로 교차스텝, 오른발 옆으로 왼발 모아 터치 양손 머리위로 맞잡고 힙범핑
4	(왼)바인스텝/쿼러턴(90도턴)/ 왼발 히치 클랩,오른발 히치 클랩	1 - 4 5 - 8	왼발 옆으로스텝, 오른발 뒤로 교차스텝, 왼발 90도 턴 오른발 모아 터치 왼발 무릎 들고 박수1회,오른발 무릎들고 박수 1회

12) 슈가슈가 - 라인댄스

- 작품길이 : 32 Count
- 형 식 : 4 wall
- 시 작 : 전주 16 C
- 음 악 : 슈가 슈가
- 응용음악 :

	step	count	description
1	사이드 토터치, 투게더2회 (오,왼)	1 - 4	오른발 옆으로 토터치, 모아서 토터치(2회)
		5 - 8	왼발 옆으로 토터치, 모아서 토터치(2회)
2	로킹체어 2회	1 - 4	왼발 제자리 스텝(체중중심) 오른발 앞으로 락스텝, 왼발 뒤로 락스텝
		5 - 8	1 - 4 동작 반복
3	쉬미,클랩 (2회)/(오)	1 - 4	상체,어깨 앞뒤로 흔들며 머리위로 박수
		5 - 8	1 - 4 동작 반복
4	바인스텝(왼)/쿼러턴(왼) /V스텝	1 - 4	왼발 옆으로 스텝,오른발 뒤로 교차스텝,왼발 옆으로 (90도 방향전환),오른발 모아서 터치
		5 - 8	V스텝

13) 사랑의 트위스트 - 라인댄스

- 작품길이 : 32 Count
- 형   식 : 4 wall
- 시   작 : 전주 72 Count
  (32C:제자리 트위스트/32C:다이아몬드스텝/8C:힙범핑)
- 음   악 : Twist-em
- 응용음악 : 사랑의 트위스트(설운도)//간주:Tag 8C(힙범핑)

	step	count	description
1	트위스트(제자리)	1 - 8	양발 모아 발의 볼에 체중을 두고 힐 트위스트
2	오른발 사이드스텝/ 　　왼발 크로스 킥 왼발 사이스스텝/ 　　오른발 크로스 킥	1 - 4 5 - 8	오른발 옆으로 스텝/오른발 앞에 왼발교차 킥 왼발 옆으로 스텝/왼발 앞에 오른발 교차 킥
3	오른쪽 서프림 스텝 왼쪽 서프림 스텝	1 - 3 4 5 - 7 8	오른발 옆으로 스텝하며 상체를 약간 오른쪽으로 회전,왼발투게더,오른발옆으로 스텝 양발모아 점프 (정면보고 박수) 1 -3 왼쪽으로 4C동작
4	오른쪽 1/4턴 스톰프.홀드,왼쪽 1/2턴 스톰프.홀드. 양발 포워드 져그(스쿠트)-박수2회	1 - 2 3 - 4 5 - 6 7 - 8	오른쪽으로 1/4턴하면서 오른발 앞으로 스톰프.멈춤 왼쪽으로 1/2턴 하면서 왼발 앞으로 스톰프.멈춤 양발 모아 가볍게 뛰기2회 박수2회

14) Please Don't Leave Me

- 작품길이 : 32 Count
- 형　식 : 4 wall
- 시　작 : 전주 16 C
- 음　악 : pleas don't leave me
- 응용음악 : 닐니리맘보(이혜리)/편지(채정안)

	step	count	description
1	오른쪽 바인 스텝 터치/스텝터치(왼),스텝터치(오)	1 - 4	오른발 옆으로 스텝,오른발 뒤로 왼발크로스,오른발 옆으로 스텝,왼발투게더 터치
		5 - 8	왼발 옆으로 스텝,오른발토터치,오른발 옆으로 스텝,왼발 터치
2	왼쪽 바인 스텝 터치/스텝터치(오),스텝 브러시(왼)	1 - 4	왼발 옆으로 스텝,왼발 뒤로 오른발 크로스,왼발 옆으로 스텝,오른발 투게더 터치
		5 - 8	오른발 옆으로 스텝,왼발터치,왼발 옆으로 스텝,오른발 옆으로 브러시
3	오른발 포워드 록스텝 브러시/ 왼발 포워드 록스텝 브러시	1 - 4	오른발 앞으로 스텝,오른발뒤로 왼발 록,오른발 앞으로 스텝,왼발 앞으로 브러시
		5 - 8	왼발 앞으로 스텝,왼발 뒤로 오른발 록,왼발 앞으로 스텝,오른발 앞으로 브러시
4	로킹체어/왼쪽 피벗,1/2턴/피벗,1/4턴	1 - 4	오른발 옆으로 락,왼발에 체중이동,오른발 뒤로 락,왼발에 체중이동
		5 - 8	오른발 앞으로 스텝,왼발 피벗 1/2턴 왼발스텝,오른발 앞으로 스텝,왼발 1/4턴 왼발 스텝

15) Country Walkin

- 작품길이 : 32 Count
- 형　　식 : 4 wall
- 시　　작 : 전주 16 Count 듣고, *오른발 시작*
- 음　　악 : Walkin the Country
  응용음악 : 아이좋아(이혜리)/넘버나인(티아라)

	step	count	description
1	웍.웍. - 웍.왼발 포워드 킥 백 웍.웍. - 백 코스터 스텝	1 - 4 5 - 6 7 & 8	앞으로 걷기 (오 왼 오),왼발 앞으로 킥 왼발 뒤로 스텝,오른발 뒤로 스텝 왼발 뒤로 스텝,오른발 투게더 스텝,왼발 앞으로 스텝
2	웍.웍 _ 웍. 왼발 포워드 킥 백웍.웍 - 백 코스터 스텝	1 - 4 5 - 6 7 & 8	1번 동작 반복
3	재즈박스. 재즈박스 오른쪽 1/4턴	1 - 3 4 5 - 7 8	왼발 앞에 오른발 크로스스텝,왼발 뒤로 스텝,오른발 옆으로 스텝 왼발 투게더 스텝(약간 앞으로) 왼발 앞에 오른발 크로스 스텝,왼발 뒤로스텝,오른쪽 1/4턴 앞으로 스텝 왼발 투게더 스텝(약간앞으로)
4	오른발 스톰프.왼발 스톰프-힐 스위블 아웃.인.아웃, 힐 인.아웃 - 인.아웃.인	1 - 2 3 & 4 5 - 6 7 - 8	오른발 앞으로 스톰프,오른발 뒤로 왼발 스톰프(양발에 체중을 두고 끝남) 양발 볼로 스위블시켜 힐아웃,인,아웃 힐인,힐아웃 힐인,힐아웃,힐인

16) 십오야

- 작품길이 : 32 Count
- 형   식 : 4 wall
- 시   작 : 전주 32 C
- 음   악 : 십오야(유지나)
- 응용음악 :

	step	count	description
1	사이드 셔플 백락(오,원)	1 - 4 5 - 8	(오른발)사이드스텝(왼발)오른발에 투게더(오른발)사이드스텝/2C3S (왼발)백락.체중(오른발)두고.. 1 -4 동작 왼쪽 방향으로 반복
2	1번 동작 반복	1 - 8	1번 동작 반복
3	(오)사이드 포인,크로스 (원)사이드 포인,크로스 =바운스 업	1 - 4 5 - 8	(오른발)옆으로 스텝,앞으로 교차 스텝 (왼발)옆으로 스텝,앞으로 교차 스텝
4	재즈박스/쿼러턴/아웃인 아웃인(아이좋아,아이좋아)	1 - 4 5 - 8	오른발 앞으로 교차,왼발 뒤로 스텝,오른발 사이드 스텝/90도 방향전환 앞볼 고정상태에서 양발 뒷굼치를 밖으로 안으로(2회)+양팔 날개짓 2회(아이좋아 아이좋아)

17) 날봐 귀순

- 작품길이 : 32 Count
- 형　　식 : 4 wall
- 시　　작 : 전주 32 C
- 음　　악 : 날봐 귀순(대성)
- 응용음악 :

	step	count	description
1	오른쪽 셔플,백락/ 왼쪽 셔플,백락	1&2,3, 4	오른발 옆으로 스텝,왼발옆에 오른발에 모으고 오른발 옆으로 스텝,오른발 뒤로 왼발 백락
		5&6,7, 8	왼발 옆으로 스텝,오른발 옆에 왼발 모으로 왼발 옆으로스텝,왼발 뒤로 오른발 백락
2	오른쪽 1/4턴 재즈박스(2회)	1 - 4	오른발 앞으로 교차,왼발 뒤로 스텝,오른발 제자리 스텝
		5 - 8	1 - 4 동작 반복
3	아웃 아웃 인인(2회) *엄지를 세운 양손도 양발과 　함께 움직인다	1 - 4	오른발 앞으로 아웃 스텝,왼발 앞으로 아웃 스텝/ 오른발 제자리 스텝,왼발 제자리 오른발에 모아 스텝
		5 - 8	1 - 4동작 반복
4	왼 1/4패들턴 2회(하프턴) *엄지를 세운 양손으로 본인을 　가르킨다 왼 1/8턴 하면서 오른발 킥볼체인지(2회)	1 - 4	왼발에 중심을 두고 오른발을 토터치 쿼러턴 2회하여 하프턴 /
		5 & 6	오른발 차고 놓고 왼발 제자리 스텝(2회)
		7 & 8	5 & 6 반복

18) Bad Bad Leroy Brown

- 작품길이 : 32 Count
- 형　　식 : 4 wall
- 시　　작 : 전주 32 Count 듣고, *왼발 시작*
- 음　　악 : bad bad leroy brown
- 응용음악 : 어부바(장윤정,마지막 9시방향 Tag,8c)/So Cool(씨스타)

	step	count	description
1	왼발 포워드 스텝 , 홀드/ 오른발 포워드스텝 , 홀드/ 웍 ,웍 ,웍,홀드	1 - 2 3 - 4 5 - 7 8	왼발 앞으로 스텝,멈춤 오른발 앞으로 스텝,멈춤 앞으로 스텝(왼,오,왼) 멈춤
2	오른쪽 바인스텝,터치 왼쪽 바인스텝,터치	1 - 4 5 - 8	오른발 옆으로 왼발 뒤로교차 오른발 옆으로 왼발을 오른발에 모아 터치 왼발 옆으로 오른발 뒤로교차 왼발 옆으로 오른발을 왼발에 모아 터치
3	오른발 백스텝,홀드/ 왼발 백스텝,홀드/ 백 웍,웍,웍,홀드	1 - 2 3 - 4 5 - 6 7 - 8	오른발 뒤로 스텝, 멈춤 왼발 뒤로 스텝, 멈춤 뒤로 스텝(오,왼,오) 멈춤
4	왼발 시저스 스텝,홀드 오른발 시저스 스텝/ 왼쪽 쿼러턴,홀드	1 - 4 5 - 6 7 - 8	왼발 옆으로스텝 오른발을 왼발에 모으고 오른발 앞에 왼발 교차 오른발 옆으로 스텝 왼발을 오른발에 모으고 왼쪽으로 1/4턴하여 오른발앞으로 스텝,멈춤

19) Twist - em

- 작품길이 : 32 Count
- 형   식 : 4 wall
- 시   작 : 전주 72 Count(프리댄스)
- 음   악 : Twist-em
- 응용음악 : 사랑의 트위스트(설운도,간주:Tag 8C,힙범핑)/대형변화g8c)

	step	count	description
1	트위스트(제자리)	1 - 8	양발 모아 발의 볼에 체중을 두고 힐 트위스트
2	오른발 사이드스텝/ 왼발 크로스 킥 왼발 사이스스텝/ 오른발 크로스 킥	1 - 4 5 - 8	오른발 옆으로 스텝/오른발 앞에 왼발교차 킥 왼발 옆으로 스텝/왼발 앞에 오른발 교차 킥
3	오른쪽 서프림 스텝 왼쪽 서프림 스텝	1 - 3 4 5 - 7 8	오른발 옆으로 스텝하며 상체를 약간 오른쪽으로 회전,왼발투게더,오른발옆으로 스텝 양발모아 점프 (정면보고 박수) 1 -3 왼쪽으로 4C동작
4	오른쪽 1/4턴 스톰프.홀드,왼쪽 1/2턴 스톰프.홀드. 양발 포워드 져그(스쿠트)-박수2회	1 - 2 3 - 4 5 - 6 7 - 8	오른쪽으로 1/4턴하면서 오른발 앞으로 스톰프.멈춤 왼쪽으로 1/2턴 하면서 왼발 앞으로 스톰프.멈춤 양발 모아 가볍게 뛰기2회 박수2회

20) Mamma Maria

- 작품길이 : 32 Count
- 형   식 : 4 wall
- 시   작 : 전주 16 Count 듣고, 오른발 시작
- 음   악 : Mamma Maria
- 응용음악 : 있을때잘해

	step	count	description
1	오)오른쪽 대각선 웍.웍.웍-킥 왼발 대각선 백.백.백-터치	1 - 2 3 - 4 5 - 6 7 - 8	오른쪽 대각선방향 앞으로 웍. 왼발 웍 오른쪽 대각선방향 앞으로 웍. 왼발 킥 왼발 백스텝. 오른발 백스텝 왼발 백스텝. 오른발 터치
2	오)왼쪽 대각선 웍.웍.웍-킥 왼발 대각선 백.백.백-터치	1 - 2 3 - 4 5 - 6 7 - 8	왼쪽 대각선방향 앞으로 웍. 왼발 웍 왼쪽 대각선방향 앞으로 웍. 왼발 킥 왼발 백스텝. 오른발 백스텝 왼발 백스텝. 오른발 터치
3	오)포워드스텝-킥 왼)백워드스텝-백 터치(2회)	1 - 2 3 - 4 5 - 6 7 - 8	오른발 포워드스텝. 왼발 킥 왼발 백스텝. 오른발 백터치 오른발 포워드스텝. 왼발 킥 왼발 백스텝. 오른발 백터치
4	오)바인스텝.터치 왼)바인스텝 1/4턴.터치	1 - 2 3 - 4 5 - 6 7 - 8	오른발 옆스텝. 오른발 뒤에 왼발 크로스스텝 오른발 옆스텝. 왼발 투게더 터치 왼발 옆스텝. 왼발 뒤에 오른발 크로스스텝 왼쪽 1/4턴 왼발 앞스텝. 오른발 투게더 터치

21) Lemon Tree

- 작품길이 : 32 Count
- 형　　식 : 4 wall
- 시　　작 : 전주 32 Count 듣고, 오른발 시작
- 음　　악 : Lemon Tree
- 응용음악 : 꽃바람

	step	count	description
1	오)바인스텝. 크로스 시저스스텝	1 - 2 3 - 4 5 - 6 7 - 8	오른발 옆스텝. 오른발 뒤에 왼발 크로스스텝 오른발 옆스텝. 오른발 앞에 왼발 크로스스텝 오른발 옆스텝. 왼발 투게더 오른발-왼발 앞에 크로스스텝.홀드
2	왼)바인스텝. 크로스 시저스스텝. 1/4턴(오른쪽)	1 - 2 3 - 4 5 - 6 7 - 8	왼발 옆스텝. 왼발 뒤에 오른발 크로스스텝 왼발 옆스텝. 왼발 앞에 오른발 크로스스텝 왼발 옆스텝. 오른발 투게더 왼발-오른발 앞에 크로스스텝하며 오른쪽 　　　　방향으로 1/4턴. 홀드
3	오.왼)포워드스텝. 싸이드포인 터치+포인+터치+홀드	1 - 2 3 - 4 5 - 6 7 - 8	오른발 앞스텝. 왼발 싸이드 포인 왼발 앞스텝. 오른발 싸이드 포인 오른발-왼발옆 터치. 오른발 싸이드포인 오른발-왼발옆 터치. 홀드
4	3동작 반복	1 - 2 3 - 4 5 - 6 7 - 8	3동작 반복

22) Foot Boogio

- 작품길이 : 32 Count
- 형   식 : 2 wall (실버 4wall)
- 시   작 : 전주 16 Count
- 음   악 : Foot Boogio
- 응용음악 : 강원도 아리랑(유지나)/짜라빠빠해피해피(짜바사,Tag 4c)

	step	count	description
1	오-토,팬/토,팬 왼-토,팬/토,팬	1 - 4 5 - 8	오른발 앞볼 열고 닫기(뒷꿈치 고정) 왼발 앞볼 열고 닫기
2	오-토아웃,힐아웃/힐인,토인 왼-토아웃,힐아웃/힐인,토인	1 - 2 3 - 4 5 - 6 7 - 8	오른발 앞볼 열고 뒷꿈치(힐)열고 오른발 앞볼 닫고 힐 닫기 왼발 앞볼 열고 뒷꿈치(힐)열고 왼발 앞볼 닫고 힐 닫기
3	2번동작 (양발 같이)	1 - 2 3 - 4 5 - 6 7 - 8	양발 앞볼 열고 힐 열고 양발 앞볼 닫고 힐 닫기 1-2 반복 3-4 반복
4	포워드(웍 웍 웍),히치,클랩/ 하프턴(1/2)/ 포워드 (웍 웍 웍),두발모아 뛰며 클랩	1 - 3 4 5 - 7 8	앞으로 스텝(오,왼,오) 왼쪽방향으로 1/2턴 하며 왼쪽무릎 직각으로 올리며 머리위 박수 앞으로 스텝(왼,오,왼) 왼발에 오른발 모으며 가볍게 뛰기 /머리위 박수

23) Chilly Cha Cha

- 작품길이 : 32 Count
- 형   식 : 4 wall
- 시   작 : 전주 48 C
- 음   악 : Chilly Cha Cha
- 응용음악 : 꽃바람여인(조승구)/내귀에 캔디(백지영,Tag 4C,6시방향/홀드)

	step	count	description
1	포워드 락,차차차/ 백락 차차차	1 - 4	(왼발)포워드 락,체중(오른발)두고 (왼발) 백 차차차 스텝
		5 - 8	(오른발)백락,체중(왼발)두고 (오른발)포워드 차차차스텝
2	1번 동작 반복	1 - 8	1번 동작 반복
3	크로스 락 사이드 스텝/ 크로스 락 사이드 스텝,클랩2회 (왼발 시작/오른쪽)	1 - 4	(왼발)오른쪽 크로스,(왼쪽)사이드 락스텝 /박수2회
		5 - 8	1 - 4동작 반복
4	크로스 락 사이드 스텝/ 크로스 락 사이드 스텝,클랩2회 (오른발 시작/왼쪽) /쿼러턴(오른쪽)	1 - 4	(오른발)왼쪽 크로스,(오른쪽)사이드 락스텝/박수 2회
		5 - 8	1 - 4 동작 반복/오른쪽으로 90도 방향전환

24) How Long

- 작품길이 : 32 Count
- 형　　식 : 4 wall
- 시　　작 : 전주 24 Count 듣고, 오른발 시작
- 음　　악 : How Long
  응 용 곡 : 누이, 별빛달빛

	step	count	description
1	힐터치. 투게더 스텝(오,왼) 힐터치, 투게더 스텝(오,왼)	1-2 3-4 5-6 7-8	오른발 앞으로 힐터치, 오른발 투게더스텝 왼발 앞으로 힐터치, 왼발 투게더스텝 오른발 앞으로 힐터치, 오른발 투게더스텝 왼발 앞으로 힐터치, 왼발 투게더스텝
2	오른쪽 바인스텝. 터치 왼쪽 바인스텝 1/4턴. 터치	1-2 3-4 5-6 7-8	오른발 옆으로스텝, 오른발 뒤에 왼발 크로스 오른발 옆으로스텝, 왼발 투게더 터치 왼발 옆으로스텝, 왼발 뒤에 오른발 크로스 왼쪽1/4턴 왼발 앞으로스텝, 오른발 투게더 터치
3	K 스텝	1-2 3-4 5-6 7-8	오른발 대각선 앞 스텝, 왼발 투게더 터치 왼발 대각선 뒤로 스텝, 오른발 투게더 터치 오른발 대각선 뒤로스텝, 왼발 투게더 터치 왼발 대각선 앞 스텝, 오른발 투게더 터치
4	오른발 락. 리커버-백스텝. 홉 왼발 백 코스터스텝. 스톰프	1-2 3-4 5-6 7-8	오른발 앞으로 락. 왼발에 체중이동 오른발 뒤로스텝, 왼무릎 히치하여 오른발 힐 드롭 왼발 뒤로스텝, 오른발 투게더스텝 왼발 앞으로스텝, 오른발 투게더 스톰프

25) Touchy

- 작품길이 : 32 Count
- 형　　식 : 4 wall
- 시　　작 : 전주 32 Count 듣고, 오른발 시작
- 음　　악 : "Sentimental" by Gareth Gates(104 bpm)
  응 용 곡 : 일소일소일노일노, 이태원프리덤

	step	count	description
1	웍. 웍 - 포워드 맘보스텝 백웍. 웍 - 백 코스터스텝	1-2 3&4 5-6 7&8	오른발 앞으로 스텝, 왼발 앞으로 스텝 오른발 앞으로 락, 왼발 체중이동, 오른발 뒤로 스텝 왼발 뒤로 스텝, 오른발 뒤로 스텝 왼발 뒤로 스텝, 오른발 투게더 스텝, 왼발 앞으로 스텝
2	사이드 스위치(오,왼)-세일러스텝 오른발 재즈박스	1&2 3&4 5-6 7-8	오른발 옆으로 터치, 오른발 투게더 스텝, 왼발 옆으로 터치 오른발 뒤로 왼발 크로스, 오른발 옆으로 스텝, 왼발 작게 옆으로 스텝 오른발 크로스, 왼발 뒤로 스텝 오른발 옆으로 스텝, 왼발 앞으로 스텝
3	오른발 로킹체어-포워드 트리플 왼발 로킹체어-포워드 트리플	1&2& 3&4 5&6& 7&8	오른발 앞으로 락, 왼발에 체중이동, 오른발 뒤로 락, 왼발에 체중이동 오른발 앞으로 스텝, 왼발 투게더 스텝, 오른발 앞으로 스텝 왼발 앞으로 락, 오른발 체중이동, 왼발 뒤로 락, 오른발에 체중이동 왼발 앞으로 스텝, 오른발 투게더 스텝, 왼발 앞으로 스텝
4	왼쪽 피벗1/2턴-피벗1/4턴 오른발 포워드 맘보스텝- 왼발 백 코스터 스텝	1-2 3-4 5&6 7&8	오른발 앞으로 스텝, 왼쪽 1/2턴 옆으로스텝 오른발 앞으로 스텝, 왼쪽 1/4턴 옆으로스텝 오른발 앞으로 락, 왼발에 체중이동, 오른발 뒤로 스텝 왼발 뒤로 스텝, 오른발 투게더 스텝, 왼발 앞으로 스텝

2. 건강박수치료 기법

NO	박수이름	설 명	효 과
1	짝짜꿍 박수	열 손가락을 쫙 펴서 마주대고 양손을 힘차게 맞부딪치는 박수.	혈액순환 장애로 손발 저림, 신경통, 심장에 효과
2	엄지볼 박수	엄지손가락 밑에 불룩 한곳 끼리 마주 닿게 하고 치는 박수.	간장, 다리, 심장, 생식기, 하복부질환, 신장
3	손바닥 옆치기 박수	손바닥을 나란히 펴놓으면 새끼손가락 밑 부분 손바닥 끼리 닿게 하며 치는 박수.	신장, 간장, 다리, 심장, 생식기, 하복부질환,
4	손바닥 박수	손을 쫙 펴고, 손가락을 뒤로 젖힌 뒤, 손바닥만으로 치는 박수. 손바닥에는 오장육부가 있으므로 강하게 자극을 준다.	심장과 내장 기능 특히 대장 활동에 탁월
5	꽃봉오리 박수	손끝과 손목을 서로 맞대고 꽃봉오리 모양을 만든 상태로 치는 박수. 손끝과 손목에 동시에 자극이 되므로 두 가지 효과를 낼 수 있다.	눈. 팔. 다리. 간. 신장. 폐. 시력. 만성비염. 코감기. 코피가 자주 나는 사람. 치매예방. 두통. 수족냉. 설사. 생식기. 방광. 자궁. 시력. 기관지. 전립선. 신장.
6	손등 박수	한쪽 손등을 다른 한 손으로 위에서 때리듯이 치기도 하고, 손등끼리 서로 맞대고(더효과 있음)치기도하는 박수.	요통. 목통증. 척추
7	주먹 박수	손가락 끝을 손목 가까이 까지 주먹을 쥐는 것 같이 한 후 양손을 손가락이 맞닿고, 손목 부분도 맞닿으면서 치기도하고, 주먹을 쥐고도 치는 박수.	두통, 어깨 부위 통증
8	손가락 박수	양손 손가락끼리만 대고 손바닥은 뗀 채로 치는 박수.	기관지와 관련된 질병, 코
9	손가락 끝 박수	양손을 마주 대고 손가락 끝 부위만 댄 채로 치는 박수.	눈, 코, 팔, 다리, 간, 신장 폐, 시력, 만성비염, 코감기, 코피가 자주 나는 사람, 치매예방
10	손목 박수	손목 끝 부분만 마주치는 박수.	방광과 전립선, 자궁, 생식기 기능 강화, 정력증강, 오줌소태

NO	박수이름	설 명	효 과
11	목 앞뒤 배 앞, 등 뒤 박수	양손을 얼굴 앞에서 치고 목뒤에서 치고, 배 앞에서 치고 등허리 뒤에서 치는 박수.	어깨 부위의 근육과 옆구리 근육의 피로 완화, 자세가 좋지 않거나 운동을 하지 않아서 몸 전체가 뻣뻣한 사람
12	곤지, 곤지	한손바닥은 쫙 피고 한손은 손가락을 모두 한 곳으로 모은 후 곤지 곤지 하며 치는 박수.	손바닥 경혈을 아주 많이 크게 작용하므로 특히 노인과 어린이의 신체 모든 기능이 좋아지고 두뇌 발육에도 탁월
13	귓바퀴 잡고 도리도리	귓바퀴, 귓볼을 잡고 위로 아래로 앞으로 뒤로 비비기도 하고 잡아 당기기도 하고 손끝으로 귀 전체의 이곳저곳 지압.	귀는 엄마의 자궁 속에서 아기가 웅크리고 있는 모습, 귀에도 오장육부 신체의 모든 기능이 있으므로 온몸에 혈이 통하고 기가 통하므로 피로가 풀림
14	팔, 다리를 옆으로 벌리고 엉덩이 흔들고 머리 위 박수	양다리는 어깨 넓이로 벌리고 양손도 옆으로 벌린 상태에서 엉덩이를 빠르게 좌우로 흔들고 박자에 맞추어 머리 위로 치는 박수.	뱃살과 옆구리 살을 자극하여 살을 빼주는 효과가 탁월

▶ 건강박수 기초 상식
· 박수는 손의 기맥과 경혈을 부분적으로 자극해서 손과 연결된 내장 및 각 기관을 자극함으로써 갖가지 질병을 예방하고 치료하는데 효과가 있다.
· 하나의 동작을 10초에 60회 빠른 속도로 쳐야 효과가 있다.
· 치다가 아픈 부위가 있는 경우는 30초~1분 정도 연속해서 쳐야 효과가 있다.
· 손에는 전신에 연결된 14개의 기맥과 340여 개의 경혈이 있어 박수만 잘 쳐도 각종 질병의 예방과 치료에 도움을 줄 수 있다.
· 박수가 머리부터 발까지 운동 효과가 있으므로, 전신운동을 하는 것과 비슷한 효과가 있고, 전신 혈액순환에 탁월한 효과가 있을 뿐 아니라 신진대사까지 촉진시키고, 스트레스 해소, 두통, 견비통, 기관지, 방광, 신장, 내장 등을 자극하며 치매 예방, 두뇌활성화, 체중감량, 집중력 향상에도 도움이 된다.

♣ 주의 : 손에 멍이 들게 치면 안 된다.
멍이 들게 되면 어혈로 장기에 무리가 가므로 좋지 않다.
특히 고혈압 환자는 서서히 심장에 무리가 가지 않도록 치십시오.

3. 응급처치법

"응급처치법은 일상생활에서 생명을 위협하는 위험한 상황에서 발생한 부상자나 환자에게 전문응급구조원이 사고현장에 도착하기 전까지 도움을 주어 부상자의 고통을 경감시키고 생명을 보호하는 것을 말한다."

1) 위급상황에 직면하였을 때

현장조사	119신고	처치 및 도움

2) 응급 처치 시 지켜야 할 사항
① 응급처치의 안전확보
② 응급처치자의 신분 밝임
③ 환자의 생사 판단 금지
④ 원칙적으로 의약품 사용금지
⑤ 어디까지나 응급처치로 그치고 전문의료요원의 처치에 맡긴다.

3) 응급 처지 시 알아야 할 사항
동의 타인의 허락이나 동의 없이 신체에 접촉하는 행위는 위법이자 어떤 면에서는 폭행으로 간주되기도 하므로 반드시 응급처치 전, 환자로부터 동의를 얻어야 한다.
① 명시적 동의
　　대상자 : 의식이 있는 경우, 법적 성인, 아동의 보호자 신분과 응급처치 교육을 받았음을 밝히고 동의 시, 앞으로 행할 응급처치에 대해 설명한다.
② 묵시적 동의
　　대상자 : 무의식, 생명이 위험한 경우, 보호자가 없는 아동 위의 대상자의 경우 응급처치에 동의할 거라고 가정한 상태에서 응급처치를 시행한다.

선한사마리안법
응급의료에 관한 법률(일부개정 2008.6.13 법률 제9124호)
시행일 2008.12.14 선의의 응급치료에 대한 면책(법 제5조의2 신설)

응급의료종사자가 아닌 자. 다른 법령에 따라서 응급처치 제공의무를 가진 자가 아닌 자, 응급의료 종사자 및 응급처치 제공의무를 가진 자가 업무수행 중이 아닌 때에 각각 응급의료 또는 응급처치를 제공하여 발생한 재산상 손해와 사상에 대하여 고의 또는 중대한 과실이 없는 경우 그 행위자는 민사책임과 상해에 대한 형사책임을 지지 아니하고 사망에 대한 형사책임은 감면함.

4. 기도폐쇄

기도폐쇄는 음식물이 목에 걸려 호흡이 곤란하게 되고, 심한 경우 쇼크, 사망에 이르기도 하는데 적절한 처치가 지연되거나 잘못 처치 되었을 경우 심각한 상황을 초래하므로 기도 폐쇄에 대한 판별 요령을 알고 있어야 한다.

1) 기도 폐쇄의 원인

· 큰 조각의 음식물을 충분하게 잘 씹지 않고 삼키려 할 때
· 음식물을 먹으면서 술을 마실 때
· 흥분하거나 크게 웃으면서 음식물을 삼킬 때
· 입에 음식물이 있는 상태에서 걷거나 놀거나 뛸 때

2) 기도 폐쇄의 증상

① 부분 기도 폐쇄
· 호흡이 가능하기도 하며 기침을 세게하지만 쌕쌕거리는 거친 숨소리가 난다.
· 호흡이 잘 안되는 경우는 기침이 약하고, 호흡 시 거친 소리가 난다.
· 처음부터 호흡이 잘 안되는 경우는 완전기도폐쇄로 보고 다루어야 한다.

② 완전 기도 폐쇄
· 말을 못하고 호흡이나 기침을 할 수 없다.
· 환자는 한 손 또는 두 손으로 목을 움켜쥐는 동작을 하는데 이는 목이 막혔다는 신호다.

3) 의식 있는 소아, 성인 기도폐쇄 시 응급처치법

① 환자의 상태 확인
· 목이 막혔는지 확인 후, 환자에게 동의를 얻는다.
② 복부 밀어 올릴 위치 확인
· 환자 뒤에 서서 팔로 환자의 허리를 감싸고 한 손은 주먹을 쥔다.
· 주먹의 엄지손가락 부분을 배꼽 위와 흉골 아래쪽 끝 사이의 복부 중앙에 놓는다.
③ 복부 밀어 올리기
· 주먹 쥔 손을 다른 손으로 감싸고 환자의 복부 안쪽으로 주먹을 누르며 위를 향하여 빠르게 밀쳐 올린다.
· 이물질이 제거되었거나 환자가 의식을 잃을 때가지 반복한다.
④ 의식을 잃고 쓰러진 경우 심폐소생술을 실시한다.

4) 의식 있는 영아 기도폐쇄 시 응급처치법

① 영아의 머리와 목 뒷부분을 받치고 영아 다리 사이에 처치자의 팔을 깊숙이 넣어 손바닥으로 영아의 머리를 받혀 들어 올린다.

② 반대쪽 손으로 영아의 턱과 얼굴을 받히고 영아의 몸을 뒤집어 처치자의 허벅지에 영아를 올려 놓는다. (이때 영아의 머리는 가슴보다 낮게 하여야 한다.)

③ 손꿈치로 영아의 양쪽 어깨죽지 중앙(등의 상단 부위)을 강하게 5회를 두드린다.

④ 다시 영아를 뒤집어 양쪽 유두의 중앙 가슴 직하부 흉골을 찾는다.

⑤ 두 손가락으로 가슴두께의 1/3~1/2 깊이로 5회 연속 누른다.

⑥ 이물질이 나오거나 영아가 의식을 잃을 때까지 반복한다.

⑦ 의식을 잃고 쓰러진 경우 심폐소생술을 실시한다.

※ 복부 밀어올리기 및 가슴 압박을 내부 장기에 손상을 입힐 수 있으니 응급처치 후에는 반드시 환자를 병원 응급실로 데려가야 한다.

5. 심폐소생술

1) 심정지 시간과 뇌손상의 상관관계

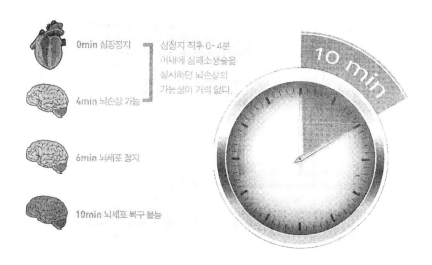

0min 심장정지

4min 뇌손상 가능

6min 뇌세포 정지

10min 뇌세포 복구 불능

심정지 직후 0~4분 이내에 심폐소생술을 실시하면 뇌손상의 가능성이 거의 없다.

2) 소생의 사슬

신숙한 신고 → 신속한 심폐소생술 → AED사용 → 전문 심장소생술 → 통합치료

3) 성인 심폐소생술 흐름도

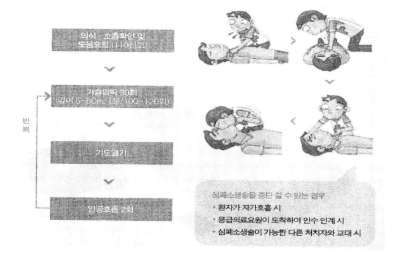

의식 호흡확인 및
도움요청 (119신고)

가슴압박 30회
(깊이 5~6cm, 1분/100~120회)

기도열기

인공호흡 2회

반복

심폐소생술을 중단 할 수 있는 경우
• 환자가 자가호흡 시
• 응급의료요원이 도착하여 인수 인계 시
• 심폐소생술이 가능한 다른 처치자와 교대 시

노인 건강운동의 이론과 실제

초판1쇄 - 2019년 07월 31일

지은이 - 이광재, 김미숙, 김경란, 김은주
펴낸이 - 이규종
펴낸곳 - 엘맨

서울시 마포구 토정로222
한국출판콘텐츠센422-3
출판등록 - 제2020-000033호

Tel. / 02-323-4060
Fax / 02-323-6416
e-mail / elman1985@hanmail.net
홈페이지/www.elman,kr
잘못된 책은 바꾸어 드립니다.
무단복제를 금합니다.

*값 20,000 원